U0935282

海市蜃楼

A MIRAGE

老荒 著

中国青年出版社

（京）新登字083号

图书在版编目（CIP）数据
海市蜃楼／老荒著. —北京：中国青年出版社，2014.3
ISBN 978-7-5153-2206-3

Ⅰ.①海… Ⅱ.①老… Ⅲ.①长篇小说－中国－当代
Ⅳ.①I247.5

中国版本图书馆CIP数据核字（2014）第031749号

责任编辑：孙文明
装帧设计：瞿中华

出版发行：中国青年出版社
社址：北京东四12条21号
邮政编码：100708
网址：www.cyp.com.cn
编辑部电话：（010）57350402
门市部电话：（010）57350370
印刷：三河市世纪兴源印刷有限公司
经销：新华书店
开本：880×1230　1/32
印张：12.75
字数：250千字
版次：2014年3月北京第1版
印次：2014年3月河北第1次印刷
定价：30.00元

第一章

一夜暴富

1

2012 年的秋天比往年来得更早一些。立秋之后，让人恐惧的“秋老虎”也没来。中国的南方仍然很热，和夏天没什么两样；东北和西部已经有些凉了，其中内蒙古的呼伦贝尔和黑龙江的大兴安岭落叶缤纷，秋意瑟瑟。北京不冷也不热，只是早晚有些凉意，总体感觉很舒适。在这个季节，亿万富翁、著名导演和编剧、原黄钟影视传媒公司总经理、44 岁的贾成功开始了他周游世界的计划。他打算在寒冬来临之前游遍五大洲。

周游世界需要钱，同时也需要时间。有钱的人往往没时间，因为他们正在忙于赚更多的钱。有时间的人往往没钱，因为他们闲着没事干。贾成功不光有钱，也有的是时间。这似乎有些不可思议。很多富翁有了 1 个亿还想赚 10 个亿，有了 10 个亿还想赚 100 个亿，直到临死前躺在病床上都在关注账户上的数字。贾成功能停下来，是因为无奈。他的睾丸没了。不是俩都没了，是右侧的那个没了。为了抢到一部小说的电视剧改编权，他连夜从北京开车去太原，在路上出了车祸，失去了右侧的睾丸，并完全丧失了性功能。不仅如此，他拍电视剧的时候还曾因过度劳累差点死了。身体都这样了，赚钱还有什么意思？于是他把自己的影视公司注销了，一下子闲了下来。

地球是北边冷南边热，贾成功打算先去欧洲和北美等地，后去澳洲和南美等地。但由于签证和航线方面的原因，计划赶不上变化。为了节约时间，他和多家旅行社同时保持联系，能去哪儿就去哪儿，有些东一榔头西一斧子的。近年来，因为某些国人偷渡、出境后滞留不归等恶劣行为，一些使馆对中国大陆公民送签的材料要求极严。好在贾成功的巨额财产都在国内，没有非法移民的主观动机，一般不会被拒签。总的来说，出国旅行并不像想象得那么难。到遥远又陌生的国度，往往只是从家门到飞机机舱的一段空间距离，只要双脚迈出家门，整个地球都在脚下。

美国很平等很自由很包容，机场安检特别特别严，恨不能让你脱得一丝不挂，安检后旅客都提着裤子趿拉着鞋，像从桑拿房里出来一样。俄罗斯大，国土面积大，城市大，公园大，展览馆、博物馆、教堂多而大。大街上的汽车很破旧，很多70多岁的老太太还在餐馆端盘子。印度大街上人很多，破旧的人力三轮车横冲直撞。泰姬陵外面垃圾遍地，宝莱坞外面杂草丛生，尘土飞扬，一不小心就会踩上牛粪。朝鲜的领袖铜像多，赞美领袖的标语多。大街很宽，车辆很少，不会堵车。新、马、泰古典而现代、优雅、浪漫、热烈、神秘，风情万种，像睡莲一样迷人。马尔代夫除了美还是美，美得无边无际，美得无聊乏味，美得让人心慌……

人在某些特定的情境中，总会有一些平时所没有的独特的感受。把自己的性命交给飞机，长时间在万米高空之上，远离熟悉的生活环境和亲人，不知道能不能安全到达目的地，不知道目的地是什么样……在这种特定的情境中，人们对生命、对时空、对自己和这个世界的关系的感受往往更加敏锐，更愿意回忆过去，更愿意思考诸如“人生意义”之类的大命题。贾成功在飞机上不看书不看报，习惯微闭着眼睛靠在座椅上，在飞机嗡嗡的轰鸣声中，回忆自己 44 年的人生中经历的人和事。他觉得自己活得很拧巴。命运总是因为欲望、财富、女人，戏剧性地起落、沉浮。回首凝望，一片狼藉——

一根绣花针在他脑袋里藏了 11 年，让他饱受“癫痫病”的折磨。因为拿不出两万块钱结婚，他不得不和初恋情人分手，肋骨还被打断了两根。因为自卑，和高贵的女人在床上没有骄傲，只有屈辱。27 岁的时候，他还穷困潦倒，馒头都吃不起。开公司赔得血本无归，被妻子狠心地扫地出门。和最心爱的女人 18 年没有一次完美的性生活，眼睁睁地看着她嫁给美国佬，并亲自把她送上飞机。另一个让他深深迷恋的女人心安理得地“黑”了他上千万，让他坚信“爱情是个王八蛋”。一个偶然的机会一夜暴富，经多年打拼终于成了亿万富翁，可是财富带给他快乐的同时也带给他更多的痛苦。他觉得自己的人生极其失败，一想就蛋疼……

2

就从他一夜暴富说起吧。

你见过海市蜃楼吗？估计没见过。那玩意儿可不是想见就能见到的。如果你生活在海边或沙漠里，才有见到的可能，但概率极低。贾成功却见到了，不仅见到了，还用专业摄像机拍下来了。不仅拍下来了，还卖了。卖给了外国佬，卖了个他不敢想的高价——他就是这样一夜暴富的。

见到海市蜃楼那天是2003年8月19号。

这时，贾成功是济南某著名影视公司——孔孟传媒——的电视编导。35岁的他身高1.77米，不胖也不瘦；皮肤有点黑；眼睛不太大，是单眼皮；留着不长也不短的小分头。算不上十分标准的美男子，但还算潇洒、帅气。上下班的时候在公交车上，一个人散步的时候，一个人在家里的时候，他的脸有些阴，目光有些狠——这是他最惯常的表情。一看就是生活得不如意，好像受了多大委屈似的。尤其是他的目光，有些吓人，一看就是不好惹的主儿。和别人说笑的时候，表情就活泛了，眼睛眯着，一口白牙，显得很没城府，甚至有些孩子气。虽然已倒霉了很多年，但大概因为“耐受力”强，他对生活依旧充满热情，坚定地相信未来，相信明天会更好。因为毕竟受过生活的欺骗，而且骗得挺狠，他内心还有那么一点点玩世不恭。

贾成功的工作是拍摄电视栏目剧，卖给全国几十家电视台。所谓的栏目剧，不是真实故事，也不是电视剧。故事是编的，然后找非专业演员演的（公司有上千名非专业演员的资料，包括照片、身高、文化程度、普通话程度、性格描述等等，需要谁找谁）。比纪实片更具故事性，比电视剧更贴近生活。节目形态是四不像，在业界没有公认的提法。

贾成功说是编导，其实除了配音和演播室录像，什么活都得亲自干。制片人安排一个学电影摄像的实习生小张给他做助手，但小张和很多大学刚毕业的年轻人一样，有些自负，稀奇古怪的想法太多，喜欢“创新”。比如，他采访一个人，会把镜头卡在那个人的脖子上，看上去像上吊。他一“创新”，贾成功就担心，只好亲自扛摄像机，小张只是帮他扛扛三脚架、拿拿话筒什么的。

8月16号，贾成功带领小张从济南坐长途汽车去蓬莱，打算在这个海边小城拍一些空镜头，作为他一个5集节目的外景。他从网上查过相关的资料，得知蓬莱虽然是烟台市所属的一个县级市，却有“中国最佳休闲旅游城市”的称号，有“人间仙境”的美誉和“八仙过海”的传说，城市建设得也不错。

按照贾成功的计划，17号一天完成拍摄，18号早饭后回济南。可是，老天不作美，17号、18号连着下了两天雨。气温也一下子降了七八度。活不能干，只能在宾馆房间里隔着窗户望雨兴叹。19号早晨，雨终于停了，感觉有些闷热，贾成功站在窗前向外看了看，外面的天空很蓝很干净，一丝云彩都没有，像水洗过一样。在他印象中，济南的秋天总有一段时间天也很蓝，蓝得都想让人谈一场死去活来的恋爱，但似乎没有这么干净。

今天天气好，贾成功想早点开始干活，一个上午把节目所需的镜头全部拍完，午饭后就回济南。在宾馆的餐厅里吃完早餐，他和小张提着 DVCPRO 摄像机、充满了电的电池、三脚架等一套设备，打车去了蓬莱阁。他希望在蓬莱阁拍一些意想不到的好镜头。

蓬莱阁在蓬莱城北海边的丹崖山峭壁上，凌空欲飞，与湖北的黄鹤楼、湖南的岳阳楼、江西的滕王阁并称中国的“四大名楼”。贾成功和小张都是第一次去蓬莱阁，在他们想象中，蓬莱阁应该很高很雄伟，到了才发现并没有那么高那么大。但登上蓬莱阁，他们还是被震撼了。蓬莱阁下面就是大海，一望无际。向北偏东 110 公里左右是辽东半岛的大连，向东 350 公里左右是朝鲜半岛。万里澄波，茫茫无垠，海天一色，空明澄碧。小张在短短两秒钟之内就变成了一个才华横溢的诗人。他诗兴大发，吟出了两句能气死李白、吓哭杜甫的诗：

大海啊大海，
真他娘的大。

这时蓬莱阁上还没有别的游客。小张吟了那两句诗之后，就从诗人变成了哑巴。过了一会儿又从哑巴变成了母狼，对着大海扯开嗓子嗷嗷地叫。但他的声音显得很微弱。贾成功也扯着嗓子叫了几声，声音同样微弱。

贾成功支好三脚架，把摄像机放上去，开始拍大海。这时，太阳已经升起来了，东方水平线上一片通红。平静的海面上笼罩着一层薄雾，像婚纱一样，朦朦胧胧的。贾成功拍了一组大海的镜头，又把摄像机摇向海岸线及蓬莱城区。这里是一个制高点，适合俯拍。在聊城长大的小张仍站在那里对着大海发呆，像长在蓬莱阁蓝色砖墙上的一朵蘑菇。

忽然，一阵风刮过来，很凉，贾成功打了个寒战。他扭过头望了一眼大海，这一望，他发现了异常：刚才还氤氲一片的薄雾不见了，天空中零星浮现出浅黄色带状云雾，并逐渐转白，海面更加澄净。在东北方向的海面上，远远有一片若隐若无的红光，并出现了一条闪着白光的带状物。那带状物在不断地延伸，过了一会儿颜色变紫，形状犹如一片郁郁葱葱的原始森林。东北方向的长山列岛，几个岛屿在漂移，迅速连在了一起，时隐时现，忽高忽低，忽尖忽平，忽浓忽淡。

“我靠！”贾成功瞪着眼珠子，不由得发出了一声惊叹。难道是自己的幻觉吗？他揉了揉了眼睛，急忙把摄像机镜头推到那几个岛上去，从寻像器里仔细看。寻像器里却一片模糊，影影绰绰的。这时小张指着东北方向的岛屿大声喊：“贾老师你看你看，那几个岛在动！”

听小张这么叫喊，贾成功才相信那不是幻觉。他一下子想起来，宾馆房间里有个“蓬莱旅游”的小册子，上面详细介绍了海市蜃楼出现时的情景。难道是海市蜃楼出现了？他又觉得不可能。那个小册子上说，海市蜃楼是一种光学现象，也叫“神山现世”。出现的时间大多在春夏、夏秋之交。这时节，海上万里无云，海水与水面上的空气层容易出现较大温差，光线通过密度不同的气层会发生折射或全反射。于是，几千里甚至上万里以外的城市、山峦就会出现在海面上，这就是海市蜃楼。海市蜃楼的奇观一般不容易看到。贾成功想，这是自己第一次来蓬莱，就能看到海市蜃楼，有这么幸运吗？这些年自己可是一直都很倒霉的。

这时，贾成功听见海边有人兴奋地大喊：“出海市了，出海市了！”再看看海边，已聚了一大片人，每个人都兴奋地大呼小叫。他这才确信海市蜃楼真的要出现了。小张在他不远处嗷嗷大叫，麻雀一样一蹦一蹦的，激动得脸色通红。

出于职业敏感，贾成功的第一个念头就是用手中的摄像机把海市蜃楼拍下来。于是，他把三脚架固定好，镜头对准了东北方向那几座变幻莫测的岛屿。

贾成功看见，在海天相连处出现大团的云彩，形状倏忽万变，瞬间浮出一道似透明非透明的天幕，就像电影的幕布一样。接着，天幕上出现一座小山，小山的南面有三座高楼。十几分钟后，其中一座高楼变成了一个像宝塔一样的建筑，里面还有灯光闪烁，在它旁边隐隐约约出现了一个闪着亮光的巨大的十字架。又过了大约十几分钟，海面上出现了一座半球状的白色建筑，旁边是一片楼房。二十多分钟后，对面的几个岛屿明显变了形，一个两头翘起，像一只墨绿色的海龟遨游海上；另一个变成了黑色的大蘑菇，时而浮上来，时而沉下去。而刚才的宝塔则变成了一座自由女神雕像，在它的旁边有三处灯光不停地闪烁。

一盘66分钟的带子拍完了，贾成功对小张喊："换带子！"小张张着大嘴，瞪大眼睛盯着大海，就像听不懂中国话似的，问："贾老师你说什么？"贾成功扶着摄像机，飞起一脚踢在小张屁股上，又大喊了一声。小张这才醒过神来，急忙从包里拿带子。这时，贾成功向海边看了一眼，海边的人已越聚越多，黑压压的一大片。小张把带子递给贾成功，贾成功的手碰到了小张的手，小张的手冰凉，不住地颤抖。

十几分钟后，另一幅画面呈现出来了：一大片楼群，连绵数十公里，楼群的白墙、红瓦、门窗清晰可见。楼群右方是两艘巨轮，其中一艘为黑灰色油轮，另一艘是银白色货轮。两艘轮船都破浪向前，船体四周溅着波浪。画面里还有一个港口，码头上的塔吊正繁忙地装卸。画面正前方，渔船行驶，海鸥飞翔，与海市相呼应，虚虚实实，分不清真假。

随后，海上的画面不停地变幻，似海龟、军舰、巨轮，又似鲸鱼、楼群，时聚时分。忽然，海面上立起一道巨大的天幕，一座城市出现了。这个城市孤零零地在水中央，被微波荡漾的碧水环绕着。城市的中心是鳞次栉比的高楼大厦，高耸的灯塔、宽阔的街道、川流不息的车流、行走的人群、掩映在绿树中的民居、高大建筑物玻璃幕墙上的光亮，等等，一切都清晰可辨。

奇怪的是，远看很清晰，把摄像机镜头推上去的时候，从寻像器里看却一片模糊，什么都看不清。贾成功再把镜头拉出来，固定好焦距，不再动机器了。

第二盘 66 分钟的录像带到头了，又换了第三盘。

海平面上的画面开始由高到低、由近及远地不断变化着。十几分钟后，大海中的城市忽然变成了上海的外滩，黄浦江畔一派繁华。过了七八分钟，上海外滩变成了意大利水城威尼斯，交错纵横的河道内的行船都隐约可见。二十分钟后，水城威尼斯变成了澳门海边，高高的大三巴牌坊和炮台诉说着百年沧桑，葡京酒店巍然耸立。十几分钟后，澳门海边又变成了澳大利亚悉尼，海港大桥和造型独特的悉尼歌剧院清晰可见。海港附近还有一艘巨大的白色客轮，正在缓缓行驶。

忽然，海面上起了一阵风，有些凉飕飕的。贾成功的衣服早已被汗湿透了，这时他打了个很长的寒战。他使劲盯着大海，海中的画面越来越淡、越来越白，连在一起的两个岛屿在漂流，距离越来越大。不到两分钟，两个漂流的岛屿不动了，海上的画面消失了，消失得干干净净。贾成功扭头看了一眼海边，兴奋的人群正四散开来。他又赶快调整机位拍了一组人群的镜头。他的手搭在摄像机上，机器热得烫手。他看了一眼寻像器，发现带子又快到头了。

他有气无力地对小张说：“换带子。”

小张问：“贾老师，你还要拍什么？”

他愣了愣神，说：“不用换带子了。不拍了。”

贾成功让小张收摄像机，他想抽支烟。可是烟还没掏出来，他忽然腿一软，瘫坐在地上，虚脱了似的，浑身一点力气都没有了。大腿内侧一阵发热，他尿了一裤子。

3

贾成功要把那190分钟的海市蜃楼录像卖掉，而且要卖给外国人。

他8月19号晚上从蓬莱回到济南，20号上午就去电信营业厅为自己的手机开通了国际长途业务，还预存了500元话费。

他不知道在他之前有没有人拍到过海市蜃楼，即使有人拍到过，也不影响他卖个好价钱。至于能卖多少钱，他心里一点谱儿都没有。说它值5万它就值5万，说它值100万它就值100万，如果一直没人买，到最后有人出500元他也认了。它的市场价值不好衡量，能卖多少钱，完全取决于买主想给多少钱。

贾成功想起了一个拍纪录片的朋友。那家伙是省电视台一档旅游栏目的资深编导，40多岁了，到过很多国家，拍过很多纪录片。据那家伙说，国外的同行都觉得中国这个东方文明古国很神秘，中国的万里长城对他们来说简直是不可思议的，他们想破了脑袋也想象不出在这个地球上居然会有那么“雄伟的墙”。在中国随便拍些东西在国外就能卖大钱，比如西部的胡杨林、雅丹地貌、敦煌等等；神秘的西藏就更不用说了。

外国佬喜欢这些，花钱毫不含糊。当然，人家买回去也是要赚钱的。

贾成功决定把海市蜃楼的录像卖给外国人。可是，卖给谁呢？他忽然想起，去年10月他曾去广州参加过亚洲影视艺术节颁奖典礼，至今还保存着五六个外国影视和文化传播机构的老板的名片。其中几位老板，他还能想起他们的模样。

新加坡一位老板是个大腹便便的秃顶的老头，皮肤的颜色就跟铁锈似的，领带是绿色的，看上去不够干净利索。菲律宾一位老板脸黄得近于棕色，一副睡不醒的样子，表情很古板，看人的时候眼睛有些色眯眯的。日本一位老板有50冒头，皮肤白净，头发灰白，看起来完全像个中国人，如果再说一口吴侬软语，肯定会被当成江浙沪一带的人。韩国一位老板是书法家，头发有些卷曲，五官很周正，气质很“浪”。那次他带了一大捆书法作品，写的都是中国的唐诗，字写得还真不错。他的名片很有意思，一般的名片上有电话、地址、网址，可是他名片上这几项分别叫“鱼传尺素”、“君子大隐”、“驿寄梅花”，都是从中国古文学来的。他的名字很好记，叫“朴昌仁”。贾成功记得这几位外国老板都会说中国话，其中那个日本老板曾在深圳工作过4年，普通话还算流利，只是有些南腔北调，既像福建人那样把“二”说成“饿”，又像河北北部的人那样在句尾把音调提上去。

贾成功从写字台抽屉里找出了那几位外国老板的名片，坐在沙发里，分别给他们打电话。

新加坡的电话打通了，却没有人接。韩国老板的电话打通了，接电话的是一位年轻女人的声音，说的是朝鲜语，声音很高亢，听上去像吵架。贾成功试着说了几句英文，意思是要找朴老板。对方仍然说朝鲜语，他一句都听不懂，只好挂断了电话。菲律宾的电话打不通，一直是“嘟嘟嘟”的忙音。三位老板的名片上只有办公电话，没有移动电话。

只剩下那个日本老板了。那个日本老板名叫青木太郎，名片上的头衔看起来有些古怪：日本国东京中丰影音株式会社代表取缔役社长。名片上既有固定电话又有移动电话（固定电话号码是 8 位数；移动电话号码是 11 位数，080 开头；国际区号是 0081）。贾成功决定先打手机。手机打通了，刚响了两声，就听见一个中年男人的声音。贾成功急忙说了句“你好”。对方居然很清楚地说了一句“您好”。确认对方就是青木太郎后，贾成功简单地做了自我介绍，并说去年 10 月在广州的香格里拉酒店见过青木社长。青木太郎有些夸张地“哦”了一声。

贾成功原以为和青木太郎交流多少会有些语言障碍，没想到对方能完全听懂他的话，也能清楚地用汉语表达自己的意思，只是语速有些慢。贾成功说，他在山东东部海边小城蓬莱拍到了海市蜃楼。他以为青木太郎不懂，正准备挖空心思解释的时候，青木太郎却十分惊讶地“哦”了一声，说：“海市蜃楼，我知道海市蜃楼！蓬莱，我知道蓬莱！”

贾成功委婉地说，他想把那 190 分钟录像带卖掉，不知青木社长是否有兴趣。青木太郎没有马上答复，而是很详细地询问一些相关情况：什么时候拍的，从几点几分到几点几分，都是拍到了什么，用的什么录像带，录像带是什么制式，色温是多少，画面是否清晰，是否有复制品，等等。问完了之后，青木太郎问贾成功打算多少钱出手。贾成功心里没底，不知道青木太郎能出多少钱，他怕说少了吃亏，说多了显得不厚道，就说自己不了解行情，不好说价钱。青木太郎说，如果画面质量好，钱不是问题，考虑考虑再给他答复，但没说考虑多久。

此后的几天里，贾成功在编辑机房里做那个 5 集的节目，每天都盼着青木太郎的电话。大概是第六天，早晨 6 点多，贾成功刚刚起床，正在厨房里煮方便面，手机响了。电话是青木太郎打来的，说他乘坐上午 8 点半从东京飞往青岛的飞机，下午到济南后再和他联系，请他不要关闭手机，不要离开济南。贾成功浑身的血直往脑门上涌，脱口冒出了一句日语：“哟嘻，哟嘻！”这个词儿他是跟抗战题材影视剧里学的。

青木太郎最早也得下午三四点钟才能到济南。这中间大半天的时间对贾成功来说无疑是一种折磨。他知道自己要发财了，而且是要发大财了，最少也得几十万美元。这是他长到 35 岁见到的最大一笔钱。他在银行营业厅的柜台上见过一摞一摞的百元大钞，但那一摞一摞的钱加起来，可能也没有几十万美元。这么多年，他从来没有这么兴奋地等过一个人。时间还早，但他却找出一身最好的“行头”穿上了。海蓝色的真丝短袖 T 恤，米黄色的亚麻休闲西裤，棕色的牛皮凉鞋。这身“行头”是几年前买的，他的前妻很喜欢，说他穿这身衣服显得很大方很潇洒。

贾成功在屋子里走来走去，不断看着墙上的钟，估算着青木太郎到了哪里。手机一秒不离地拿在手里，去厕所也拿着，不时看一下是否开着，里面的电还多不多（已充了一夜的电）。走累了就在沙发上坐一会儿，在沙发上坐累了就上床躺一会儿，在床上躺累了就再站起来走。

4

下午三点半左右，贾成功接到了青木太郎打来的电话，请他到银座索菲特大酒店去一趟，并告诉了他房间号。这时，贾成功正在泉城广场上坐着。他背了个黑色的帆布小包，里面是那三盘录像带。他已经在这儿坐了两个多小时了，午饭吃了一包方便面就过来了，早早地来等青木太郎。他猜测青木太郎极有可能住在银座索菲特大酒店，还真猜准了。这家酒店是济南两个五星级酒店之一（另一个是山东大厦），就在市中心的泉城广场旁边。

不到10分钟，贾成功就来到了酒店。开门的是一个女孩子，向他微微鞠躬，说了句“您好”，是很标准的普通话。贾成功也急忙对女孩子说了句“您好”。女孩子看起来有二十七八岁，不算太漂亮，但也不丑，脸蛋圆圆的，身材有些胖，皮肤很红润，头发扎了个“马尾巴”，穿了件咖啡色长裙。她有些矜持，如果大大咧咧一些，看上去就是一个典型的中国北方女孩，就像贾成功的那些女同事。这是一间总统套房，很大，很气派，里面是卧室，外面是客厅，陈设看上去都很高档。青木太郎正坐在客厅的黑色真皮沙发上喝茶，看见贾成功进来，马上站起来迎了几步，微微鞠躬，然后和他握手，一连说了几个“您好”。青木太郎穿了一身浅蓝色休闲套装，脚穿白色旅游鞋，红光满面，笑容可掬，看起来精神很好。

贾成功坐下后，那位女孩子倒了一杯茶，躬身屈膝，双手捧着放在他面前的茶几上，然后身板直直地坐在一旁。一股浓浓的茶香钻进贾成功的鼻子里，应该是名贵的西湖龙井。贾成功看了一眼那女孩子，脑子里琢磨她是中国人还是日本人，和青木太郎又是什么关系。青木太郎似乎明白了他的心思，指着女孩子介绍说：“浅田英子小姐，我的助手。”女孩子欠了欠身子，冲他一笑，用很地道的普通话说：“叫我英子就成。”

青木太郎和英子说了几句日语后，英子走到电视机前，从一只旅行箱里取出一台小型的 DVCPRO 放像机，接到那台 34 英寸电视机上。英子接好了音频线和视频线，对贾成功说：“贾先生，现在我们可以看看录像带吗？”贾成功已从包里拿出那三盘录像带，走过去递给了她。

青木太郎和英子专心致志地看录像。贾成功边看录像，边认真观察着两个人的表情，想从中捕捉一些信息，以便讨价还价的时候作为参考。青木太郎张着嘴，眼睛瞪得很大，使劲往前伸着脖子，像是要钻进电视机里去。事实上，电视机离他已经够近的了，还不到 3 米。英子也目不转睛，两个黑眼珠很亮。

青木太郎边看边和英子用日语交谈。贾成功就像鸭子听打雷似的，但他能听懂青木太郎不断脱口而出的“呦嘻”。两个人说话的声音有时候很小，有时候很大。青木太郎一点都不掩饰自己的兴奋。

青木太郎出汗了。贾成功坐在他身旁，清楚地看见他额头上的青筋也鼓胀着，脸上出汗了，淌到了脖子里，然后继续往下淌，还不时咕咚咽一下口水，喉结幅度很大地动一下。贾成功悄悄站起来，找到空调遥控板，把温度调到 20 度。他仰脸对着空调机，伸了伸舌头，咧嘴笑了笑。

录像看完后，青木太郎坐在沙发上，小口小口地喝茶，不说话，还有些意犹未尽的样子。贾成功等着青木太郎开口谈价钱，他希望青木太郎能给他 20 万美元。过了一会儿，青木太郎掏出手机打电话，边打电话边踱步，眉飞色舞的，说的都是日语。这电话一打就是半个多小时。打完了电话，他坐下来和英子用日语交谈了一会儿。青木太郎盯着贾成功的眼睛，一字一顿很认真地问：“贾先生，100 万，100 万美元，你觉得满意吗？”

贾成功耳朵不聋，只是自从和前妻离婚后，这两年多来经常耳鸣，虽然吃过一些谷维素，也不管用。但耳鸣并没有影响他的听力，他的听力像猫一样灵敏。青木太郎的话他听得很清楚，可同时又觉得一点都不清楚，很像是在隔壁房间里说的。这时候，他听见不知从什么地方传来的优美的歌声：“我能想到最浪漫的事，就是和你一起卖卖电脑。”他不明白两口子一起“卖卖电脑”有什么浪漫的，不知道是台式电脑还是笔记本电脑，是品牌电脑还是组装电脑。在济南山大路科技市场，有不少两口子一起卖电脑的，因为说话太多，他们一天到晚口干舌燥的，中午也不能休息，实在累了就在躺椅里躺一会儿——也没见他们多么浪漫。这首《最浪漫的事》贾成功本来很熟悉，也会哼唱，但这时他脑子短路了，把“慢慢变老”听成了“卖卖电脑”。

贾成功咧嘴笑了笑。

英子微笑着盯住贾成功的脸，很期待的样子。贾成功也盯着英子的脸。英子唇红齿白，又问了一句：“贾先生，100 万美元，你觉得可以成交吗？”

这一次，贾成功听清楚了。他大学是学外贸的，出于专业的敏感，美元兑换人民币的汇率是 1 ∶ 8.72，他很快换算出 100 万美元就是 872 万元人民币。想象着那 872 捆人民币码在桌子上是多大一堆，他激动得差点跳起来。他想他不能给中国人丢脸，不能让这个日本人小瞧了，于是就使劲抓住沙发扶手，极力让自己平静下来。他跷起二郎腿，微笑着说：“看来青木先生很识货，我这人不在乎钱，100 万元美元，成交。”

英子从一只皮包里拿出一张支票和一支签字笔，递给青木太郎。青木太郎在支票上签了字，由英子递给贾成功。贾成功只看了一眼，花花绿绿的，什么都没看清楚，就装进了包里。接着，英子又拿出一份事先打印好的文件，让贾成功在上面签字。文件上有日文和中文，一行日文一行中文。主要内容是：

保证海市蜃楼的录像没有复制品，以免再卖给其他个人或机构，不然将返还100万美元，并赔偿50万美元。但纸上都写了些什么，贾成功一个字也没看清——他眼睛看清了，没进入脑子里，等于没看。他需要填的空是汉字“壹佰萬”、阿拉伯数字“1000000”和汉字“贾成功”。

贾成功心里一直有个疑问：青木太郎为什么如此大方，价都不讲，开口就是100万美元？那三盘录像带能值那么多钱吗？当天晚上，这个谜底就解开了。

5

青木太郎在酒店三楼的一个包间里宴请贾成功，浅田英子作陪。包间很大，桌子也很大。但“硬菜”只有七道：黑鱼、三文鱼、葱油鲤鱼、腰果虾仁、糖醋里脊、香菇油菜、蛰皮菜心。还有六七盘小菜，豆腐乳、拌三丝儿什么的。日本人大概和上海人一样，吃饭不铺张。黑鱼和三文鱼是生的，贾成功不敢生吃，没动一筷子。青木太郎和英子倒吃得很起劲。酒是“松竹梅”牌日本清酒。这种酒喝到嘴里像兑了水的低度白酒，闻起来有一股淡淡的米香味，酒体有淡淡的米黄色，据说加了芥末才好喝。贾成功觉得很没劲，日本的酒和中国酒就是没法比。

席间青木太郎讲了一个故事，关于他父亲的故事，一个日本老兵在中国的故事：

青木太郎的父亲青木千裕，出生于日本著名军港城市横须贺一个寺庙住持家庭。在日本，僧人可以娶老婆生孩子，并能子承父业。1939 年，20 岁的老青木通过了国家僧侣律师考试。按照他的人生规划，他本来应该在寺庙里当和尚，可是不久，一纸征兵令让他成了军人。1940 年初，入伍不久的老青木随“华北支那派遣军第十二方面军”畈田部队，坐船来到了中国山东青岛。在山东潍坊接受了半年的军事训练后，他成了一名轻机枪手，并慢慢学会了说中国话和写中国字。

1941 年 6 月底的一天凌晨，老青木所在部队在山东烟台附近遭到了八路军的伏击。他扛着轻机枪逃跑，几名八路军战士在后面紧追。眼看就被追上了，他决定自杀，于是边跑边用手中的轻机枪朝自己的脑袋打了三发子弹。因刚下过雨，他扣动扳机的时候脚底一滑，子弹射偏了，没死成，只是额头被擦伤了。他知道自己逃不掉了，就趴在地上装死。可是他装得不像，八路军战士抓着他的腰带一拎，就露了馅。就这样，他成了俘虏。

老青木不想当俘虏，每天都想逃回自己的部队，可是却没有机会。八路军优待俘虏，不仅给他治好了头上的伤，还无微不至地照顾他的生活，完全像对自己人一样。后来八路军战士还送给他一本杂志，上面有几篇文章详细介绍了中日战争发生的背景。当时，21 岁的老青木不知道这场战争是什么性质，内心充满困惑和彷徨。侵华老兵向他灌输过一些“大东亚共荣”的思想，把对中国的野蛮侵略当成了正义的战争。直到看了这几篇文章，他才恍然大悟，意识到自己不过是军国主义者的“炮灰”，对这场战争一下子厌倦到了极点。

八路军方面希望老青木能为反战宣传做些事情。可是，老青木毕竟是日本人，他热爱自己的国家和民族，他无法做到“倒戈一击”。后来，他多次目睹日军在大扫荡中“烧杀抢掠奸”的野蛮行径，感受到了战争给中国老百姓造成的巨大伤害和深重灾难，灵魂被深深地震撼了。于是，他彻底摒弃了那种狭隘的民族主义思想，加入了一个名叫“日本士兵觉醒联盟”的组织，要为反战宣传尽一分力量。这一组织是由杉本一夫等 7 名日本籍八路军战士于 1939 年 11 月成立的。

随后，老青木被派往鲁中山区，以一个曾经的侵华日军士兵的身份，近距离地对据点里的日军喊话。他说，这是一场侵略战争，是错误的，请大家不要一错再错。当然，那些据点里他的同胞并不买账，大骂“八格牙鲁”。他再喊，就用迫击炮轰他。他向日军喊话，由武工队的人负责他的安全，等他喊得差不多的时候，武工队的人拉着他就跑。往往是他刚跑出去，炮弹就落在身后了。

日本投降后，出于安全方面的考虑，八路军方面没有准许老青木立即回国，而是安排他在烟台协助有关部门处理日军战俘回国问题。不少日军战俘和日本侨民，都是经他做了一些具体工作之后，才顺利回到日本的。

在这期间，老青木有幸看到了海市蜃楼。那是 1948 年 9 月上旬的一天，他和两个中国同事去蓬莱调查一位日本侨民的情况，在蓬莱阁附近休息的时候，海市蜃楼出现了。那时的蓬莱县城还很小，是一大片平房；蓬莱阁附近也是一片荒地。那天，他看到的海市蜃楼持续时间较短，只有半个小时左右。“画面”上是几座古堡和一片工厂，古堡下的人影影绰绰，依稀可见。他当时都看呆了。那年他 29 岁。

新中国成立后，老青木曾在河北张家口工作，并在那里娶妻生子。他的妻子是“四野”一位日本籍女护士，他的儿子就是青木太郎。1953 年，经过周密而充分的准备，老青木带着妻子和两岁多的青木太郎悄悄回到了日本。青木太郎从小就跟父母学会了中国话。因为独特的经历，他迷恋中国文化，并在中日民间文化交流方面做过一些有益的事情。

现在老青木还健在，已经 80 多岁了，身体还硬朗。从小到大，青木太郎多次听父亲讲到 1948 年 9 月他在中国山东蓬莱看到的奇观，并且知道了那叫“海市蜃楼”。在他看来，那种奇观是不可想象的，如果他能看到，也是一生的幸事。没想到，一个名叫贾成功的中国年轻人居然用专业摄像机拍下来了，并愿意卖给他。这让他欣喜若狂。这东西在贾成功手里不值钱，但到他手里就值钱了。他把它买下来后，将制作成音像制品，在全日本甚至东南亚各国发行。

闲聊的时候，浅田英子也说到了她自己。她曾在中国生活过 6 年，在中央民族大学、南开大学和山东大学求学，研读藏学和汉语言文学。她迷恋中国的民间工艺，尤其是木版年画，曾在天津杨柳青、山东潍坊杨家埠拜两位“世界非物质文化遗产传承人”为师，刻苦学习年画制作工艺。她本来是中央民族大学的留学生，为便于学习木版年画，才辗转去南开大学和山东大学留学的。回国后她制作过很多木版年画，在艺术品拍卖会上赚了一把，后来一个偶然的机会认识了青木太郎，就去他的影音株式会社担任“课长”。

第二章

牛胃里的 9 万元钞票

1

贾成功决定回一趟老家。他有两年多没回去了。

人在外面混好了，都愿意回老家，去逞逞能，这叫“衣锦还乡”。人之常情，一般人都很难免俗。2000多年前，刘邦混好了的时候也回了趟老家沛县，并留下了一首《大风歌》：“大风起兮云飞扬，威加海内兮归故乡，安得猛士兮守四方？”这时候他混得很好，已经不能再好了——都当上了皇帝，成汉高祖了。所以，他回老家的时候很排场。当然，村里的老少爷儿们照样有人叫他的小名“刘三儿”，管他什么“汉高祖”“汉低祖”的。他和昔日的一帮狐朋狗友一起喝酒，喝得醉醺醺的时候，想想这些年自己从一个亭长（相当于现在的乡镇派出所长或武装部长，行政级别为“股级”）混到了国家最高领导人，而且是天下第一牛人，真是挺不容易的，心里有很多感慨，就随口吟唱起了这首《大风歌》，边唱边哭，“泣下数行”。

贾成功回老家，不是回去逞能。他也不敢逞能；如果村里人知道他一下子有了870多万，他的父母就再也别想睡个安稳觉了。他回老家有两个目的：一是看望家人，给他们一些钱；二是想睡几个好觉。自从有了那870多万元，这些天来每天晚上都失眠，不到凌晨3点是睡不着的。他觉得自己的身体像氢气球一样直往上飘，想换个环境接一接地气，让自己的身体沉下来，静一静，想想今后干什么。

这天，贾成功早早地吃完了午饭，去济南长途汽车总站坐车。他身上带了41万元现金。一捆一万元，共41捆。出于安全方面的考虑，他曾想过不带现金，只带着存折，到了县城的银行再取钱，但又怕一下子取不出那么多钱来，所以就准备了1000块的零钱。他找出几年前的一件短袖T恤穿上，是咖啡色的，有些破，一看就是地摊货。背包也是个很破的蓝色帆布包，差点要当垃圾扔掉的。他还花2000多块钱买了100只海参，装在一个皱皱巴巴的方便袋里。他用破衣服把那41万块钱包好塞进破背包里，上面塞了那包海参和饼干、火腿肠、榨菜、大半瓶纯净水；零钱装在裤子的口袋里。上车后，他把破背包塞在自己座位上面的行李架上。破帆布包看上去一点都不起眼，谁也不会想到里面会有那么多钱。

一出桃城汽车站，贾成功就被既熟悉又有些陌生的鲁西南话包围了。鲁西南话和豫剧里的河南话比较接近。平时，贾成功在济南说普通话，觉得鲁西南话不好听，现在却觉得很亲切。在鲁西南话里，“水”念“妃”，“树”念“富”，称呼父亲为“大大”。十几个机动三轮儿车夫围上来，有的拍着他的肩膀说：“兄弟，坐三轮儿不？”有的拉着他的胳膊说：“上哪去？送你去呗，提着包多沉。”还有的用手指着他的脸，冲他喊：“三轮儿！三轮儿！”好像他的名字叫“三轮儿”。他看见不远处有一辆出租轿车，是天津夏利，就挣脱了三轮车夫，朝出租车走过去。

贾成功到家时，大概下午 3 点钟。他的父母正坐在院子里的梧桐树下择毛豆。他想给父母一个惊喜，所以这次回来前没打电话。看见他进了院子，父母都很惊讶，急忙站起来。他的父亲贾得福埋怨他不提前打个电话。他的母亲爱哭，看见他穿着破衣服，提着破包进了门，眼泪就更止不住了。他的父亲咧着嘴笑，对他说：“你看你娘，总是这么没出息。眼泪说流就能流下来，就跟个演员似的。”

贾成功和父母坐到堂屋里，父亲泡了茶让他喝，是那种很便宜的花茶。得知他没吃午饭，母亲急忙下厨房给他煮了两包方便面，里面还卧了两个鸡蛋。以前每次回家，他都买些好吃的，到了家先从包里掏出那些东西一样一样放在桌子上。这次，吃完了方便面，他把海参、饼干、火腿肠、榨菜、大半瓶纯净水掏出来。他的母亲看着桌子上的这么一点东西，用手绢抹眼泪。看着母亲抹眼泪，贾成功嬉皮笑脸地说：“我贷款买的房子，每个月得还银行 1800，可穷可穷了，这次回来也没买啥东西。”

贾成功的父亲吸着烟，眼睛被烟熏得眯缝着，阴阳怪气地说：“你太客气了。我看这些东西怎么也值 10 块钱。你就是一分钱的东西不买，大老远跑回来了，这里也是你温暖的家。”贾得福“三年自然灾害”期间在桃城一中上过两年半初中（饿得受不了就辍学了，去安徽要饭），多少有些文化，说话喜欢“拽词儿”，喜欢对大儿子冷嘲热讽。

老两口盯着大儿子的破帆布包，显然，他们很想知道里面还有什么东西。贾成功嬉皮笑脸地说：“包里是替换的衣服，别的没啥东西了。”他又把那包海参打开，说：“这东西还值几个钱。”老两口不认识海参，问他是什么东西，怎么吃，多少钱买的。得知这么点东西就花了2000多块钱，老两口很惊讶很心疼，说他“不想过了”。

贾成功又把包着钱的破衣服拿出来，放在桌子上，慢慢打开。看到一大堆钱，老两口眼睛都直了。老太太一迭声地小声说：“我的娘哎，这是多少钱。我的娘哎，这是多少钱。”老头子吸着烟，呛了一口，脸涨得通红，瞪着那堆钱说：“这是咋回事？你没干啥坏事吧？我可是教育过你，要做一个好人。”

贾成功把那41捆钱分成4摞，10捆一摞，多出的一捆放在一边。他摩挲着那4摞钱说：“你们俩一摞，老二一摞，老三一摞，小梅一摞。那一小捆是一万，给老三家孩子。”

贾成功有两个弟弟一个妹妹，他是老大。老三的儿子刚出生7个月，他还没见过，一万块钱算是见面礼。老三已经有个女孩，7岁了。按计划生育政策，头胎是女孩的，还可以再生第二胎。老二家有个男孩，只有这一个，已经11岁了。以前穷，贾成功的弟弟妹妹谁家有了孩子，他都给50块钱，说是给孩子买件衣裳。现在有钱了，他给老三家的孩子一万块钱，说是给孩子买衣服，其实是给大人的。

老两口瞪着眼睛看着那一堆钱，神情都有些恍惚，都不说话。老太太还在抹眼泪，眼泪好像更多了。老头子又点燃了一支烟。老头子吸完了烟，又用破衣服把那堆钱包起来。

2

这天晚上，全家人聚在一起，吃了顿团圆饭。老二、老三头几年都在北京打工，这两年不去了，觉得太遭罪，家也顾不上。从北京回来后，二人种过花菇，赔了；种过蔬菜大棚，养过小尾寒羊，也没赚多少钱。两人都觉得未来就像梦似的，一点都把握不了。贾成功的妹妹小梅也带着孩子来了。她嫁到了邻村宋庄，只有三里路。宋庄有个小超市，商品很齐全。老三拿着大哥给的 200 块钱，去采购吃的东西，顺便告诉小梅大哥回来了，让她回家一趟。老三还到卖熟食的“宋刀子”那里买了几斤猪下货。

老太太和老二媳妇、老三媳妇、小梅在厨房里烟熏火燎地忙活，老二、老三一趟趟地往堂屋里端盘子，热菜凉菜荤菜素菜摆了一桌子。老二把酒杯刷好了，老三把一捆啤酒冰在一个大水桶里。天已不太热，不知谁把风扇打开了，嗵隆嗵隆地转。

吃饭前，贾成功就宣布要分钱，并公布了方案。那堆钱就放在条几上。吃饭的时候，全家人不时看一眼那堆钱。除了贾成功，都是第一次见到这么多钱。老头子喝了几杯“曹州老窖”，脸色通红。贾成功和老二、老三每人开了三瓶啤酒。

老二、老三和小梅都问大哥是怎么发的财，贾成功就把整个过程轻描淡写地说了一遍，但日本人给了多少钱，却没说。全家人就像听了天方夜谭似的，似信非信。小梅问他，那日本人到底给了多少钱，他笑而不答，只是说够他这辈子用的了，可能下辈子也用不完。老头子劝小梅说：“别问了，他要是想说，不问也会说的。这是他的隐私，咱都别问。”

贾成功问老头子，在村子里盖一处新院子需要多少钱。老头子说，一个不太好也不太孬的院子，大概需要五六万。贾成功心想，他那些钱能盖 100 多处院子了。他们村子比较小，只有 30 多处院子，那些钱能盖五个村子了。五个村子，红砖瓦房，很漂亮的一大片。

一家人除了老二媳妇闷声不响，都说说笑笑的。除了老二，也没人在意他媳妇的闷声不响。老二的儿子和老三的女儿只顾吃，筷子不好使就下手抓。小梅的女儿就文静多了。这孩子长得很漂亮很可爱，扎着两个小羊角辫，大眼睛忽闪忽闪的，说话细声细气的，和她妈小时候一样。老太太看看这个看看那个，忽然感慨地说：“要是李菲也回来，多好，咱家人就齐了，多热闹。”

小梅跟着说：“对呀大哥，你为啥不叫嫂子来？我还怪想她的。她长得好，穿啥衣服都好看。”

贾成功听小梅这么说，心里咯噔了一下子。他和李菲离婚都两年半了，一直瞒着家里人。他急忙低下头去，嚼着辣炒大肠说："她工作忙，不好请假。放假的时候她又怕车不好坐。她那个破工作，我都不想叫她干了，可是她在家里闲着又难受。下次吧，下次我叫她跟我回来。"

老太太说："你们咋还不要孩子？你都 37 了（贾成功周岁 35，被"虚"了两岁）。明年老三家孩子就不用我看了，上济南给你看孩子去。"

农村老太太去城市里给儿子看孩子，是一件很荣耀的事情。穿得干干净净的，养得白白的，回到村子里就和一般的农村老太太有些不一样了，老太太十几年前就盼着去城市里给大儿子看孩子了。老头子曾笑话她"命贱"，人生最大的爱好除了做饭就是看孩子，一点都不注重精神生活。

贾成功喝了一大口啤酒，说："要孩子不急。"过了一会儿又说："要孩子不急。等李菲辞掉了工作再说吧。我还想再好好地挣两年钱。"

老太太叹了一口气，说："光想着挣钱，啥时候是个头啊。你是老大，到时候孩子却最小。"

贾成功忽然觉得有些累了，身上很没力气，头也有些疼。情绪刹那间变得恶劣起来，他就什么话也不想说了，剩下的半杯啤酒也不想喝了。

老太太早早地吃完了饭，从老三媳妇怀里接过小孙子，让老三家媳妇好好吃饭。老太太亲了亲小孙子的脸，对不会说话也听不懂话的小孙子说："一会儿，大爷给咱一万块钱，赶集买肉吃。”

老二媳妇忽然不咸不淡地说：“俺儿早生了十年，不然也能得一万块钱了，也能赶集买肉吃了。俺儿的命不好。”

老二瞪了媳妇一眼，说：“啥命好命不好的，别胡咧咧！”

老二媳妇声音低低地说：“我没胡咧咧，我说的是实话。”

老三媳妇嘴角浮起不易察觉的笑，语气很平静，说：“二嫂再生一个啊，大哥一高兴，说不定给两万呢。”

老二媳妇剜了老三媳妇一眼，还想说什么，小梅抢在前头说：“二嫂，话不能那么说，有你外甥女的时候，大哥不也给了 50 块钱吗？那时候大哥不是条件不好吗？咱得体谅大哥。”

这时老头子才明白了怎么回事，他咋呼小梅说：“吃你的饭，哪来这么多废话，我听着烦！”

老头子实际上是冲二儿媳妇来的。他虽然平时爱说爱笑的，但在这个家里拥有绝对的威严。两个儿媳妇就都不吱声了。为了缓和气氛，老太太拿脸蹭着小孙子的脸，说：“奶奶多说话了，奶奶傻。你说，奶奶是不是很傻呀？”

吃完饭，贾成功把钱分了。老二和老三的媳妇都领着孩子回自己家的院子了。小梅也走了。天黑，她又带了 10 万块钱，老三去送的她。不一会儿，老三就回来了。

贾成功和父亲、两个弟弟坐在院子里梧桐树下喝茶、说话，主要是盘算各自的 10 万块钱怎么花。老头子准备把那些钱存进银行，作为养老的钱。老二、老三都想把那些钱当成本钱，干点什么。他俩文化程度都不高，都是初中毕业，除了靠体力挣钱，没有什么过硬的生存技能。老二会泥瓦活，老三会开车。老二说想办个养鸡场，老三说想买个小客车拉客。贾成功不参与意见，因为这两个领域他都不懂；他只是觉得想法很好，但事情挺复杂，得慢慢来。老头子既不赞成老二办养鸡场，也不赞成老三买小客车，但他也没好主意。过了一会儿，老头子坐在椅子里耷拉着脑袋打起了呼噜，贾成功和老二、老三这才离开。

贾成功睡在父母隔壁的院子里，这是奶奶生前住的院子。堂屋比较破了。屋里正墙上挂着奶奶的遗像。奶奶已去世三年多了。贾成功开着灯，抽着烟在屋里转了几圈。奶奶很慈祥地看着他走来走去。如果奶奶还活着，他会给奶奶很多钱，她想吃什么就支使老二或老三赶集去买。当然，奶奶舍不得花钱，可能偶尔想吃个烧饼夹驴肉。她这辈子吃过的最好的东西就是烧饼夹驴肉了。如果给她海参吃，不告诉她海参有多贵，她会用筷子夹出来扔给鸡吃。前些年，贾成功混得不好，最多一次给过奶奶 50 块钱，少的时候还给过她 10 块钱。临去世的时候，奶奶都不能说话了，用手拍拍自己的枕头。父亲拆开枕头，发现一个鼓鼓囊囊的荷包，打开荷包，里面都是钱，有一把 1 角、5 角、1 元的硬币，还有一叠皱皱巴巴的纸币，面额最大的一张是 50 元的。一共是 230 多块钱，也不知道她攒了多少年。奶奶一辈子光受苦了，光干活了，去世前不久还天天在厨房里烧火，一天都不肯闲着。贾成功看着奶奶的遗像，想着她在世时的一个个生活场景，想起她去世时没见最后一面，眼泪禁不住哗哗地流。

贾成功睡的床也是奶奶生前睡过的，比单人床宽，比双人床窄。他关了灯躺下后，又想起了他的初恋情人朱蕊、前妻李菲、他深爱的戴娜。如果他早就有钱，她们谁都可以做他的妻子。没钱的时候是真没钱，有钱的时候又一下子有那么多，要是能均匀一下就好了。1994 年，他有两万块钱就能把朱蕊给娶了。2000 年，他如果有 20 万，李菲就不会把他扫地出门了。半个月前，他还和戴娜同居，如果戴娜晚去美国几天，或者他早几天拍到了海市蜃楼并卖掉，戴娜就是他的媳妇了，就不是美国人约翰逊的夫人了。想想这几个女人，尤其是戴娜，贾成功又哭了，泪水流到了耳朵里，很痒痒。

3

老头子的那 10 万块钱没了，一夜之间全没了，1000 张，一张都没剩。

贾成功醒来的时候刚过六点，天已经很亮了。这一觉他睡得很香，连个梦都没做，已不记得多久没睡过这么高质量的觉了。他老家这个地方，立秋之后白天有些热，夜里还是很凉爽的，睡觉很舒服。如果他的膀胱足够大，还能继续睡。去了趟厕所，回来懒洋洋地蜷在床上，他伸伸胳膊蹬蹬腿，感觉很惬意。阳光很明亮很热烈，透过窗棂照进屋里，一绺一绺的。外面有鸡叫，有狗叫，还有不知谁家的驴很响亮很欢畅地叫。贾成功的身体曾经去过很远很远的地方，现在又躺在自己出生时的老屋里，心里很踏实。这种感觉已经很多年都没有过了。

这时，老头子推开门进来了，神色有些焦急，问贾成功夜里听到了什么动静没有。贾成功急忙折起身子，说没有。老头子说，那10万块钱没了。说着，老头子走出去了。贾成功愣了愣，赶紧穿好衣服，去隔壁父母院子里。

老太太正在厨房里做饭，老头子蹲在厨房门口抽烟。老太太边烧火边哭，边哭边埋怨老头子，大意是说老头子一辈子没见过钱，有了点钱就不知道往哪里塞，一夜起来，10万块钱连影儿都看不见了。老头子说，他认为那个地方是最安全的，谁能想到会出这样的事。贾成功也蹲在厨房门口，问到底发生了什么事。从老头子的叙述中，他大概知道了怎么回事。

昨天夜里，老头子临睡觉前想把那10万块钱藏起来。院子有门，屋子也有门，多少年了，从来没进来过小偷。可是这天晚上，老头子总觉得小偷会来。他先是把10万块钱装在衬衣的袖筒子里，两头扎死，放在枕头边上，手搭在上面。可是，闻着崭新的人民币的气味，他睡不着。起来抽了两支烟，躺下，还是睡不着，他又把钱装进一个破提包里，踩着凳子放在房梁上。可是，他在黑暗中盯着房梁上那个黑乎乎的提包，总担心它会掉下来，于是又取下来塞到床底下。塞到床底下又怕被老鼠啃了嚼了。折腾到半夜，人怎么都睡不着。后来，他想到了一个绝对安全的地方，那就是牛圈。牛圈在院子西南角，里面养了一头健壮的母牛，还怀孕了。原来的水泥食槽裂了个大口子，不用了，但还没有搬走。老头子披着衣服起来，没开灯，在黑暗中摸索着用一张塑料纸把那 10 捆钱包好，放进牛圈的那个破食槽里，上面盖了一些乱草。如果有小偷来，绝对不会想到钱放在这里。老头子为自己的聪明感到自豪，躺在床上咧着嘴笑眯眯地睡着了。下半夜，他起来小便，又披着衣服去了趟牛圈，在破食槽里摸了摸，塑料纸完好。

天亮后，老头子去喂牛，一走进牛圈，在晨光中瞥了眼那个破食槽，惊得一下子蹦起来了。那个破食槽里，包钱的塑料纸散开了，10 捆钱不翼而飞。他跑到院子里，转了个圈，打开院门往外跑，跑到了村路上。村路上空无一人，在朝霞中一片彤红。他又跑回家来，跑到牛圈里，和牛对视。牛正在“倒沫”（鲁西南把“反刍”称作“倒沫”），瞪着大眼睛，一脸单纯和安详。

老头子从牛圈跑到院子里，从院子里跑进牛圈里，怎么都想不明白这是怎么回事。从现场看，这钱不像是被偷了。可是，不是被偷了又会是什么可能呢？

贾成功听了这些情况，并没多么心疼那些钱，那只是他的1/87。谁有 87 块钱，丢 1 块都不会太在意。他只是觉得太奇怪了。他安慰老两口不要难过不要心疼，不就是 10 万块钱吗，没了就没了，过些日子再给他们10 万。老太太擤了一把鼻涕，说：“你说得真轻巧，你的钱是大风刮来的？你光给我们钱，李菲不会有意见？”

贾成功心里又咯噔了一下子，他想，他就是把 872 万都给了父母，李菲也不会有意见了。他不再说什么，决定去勘查一下现场，于是就进了牛圈。老头子也跟过来了。贾成功仔细观察破食槽里的乱草，并找了给牛拌草的棍子来回拨弄着。忽然，他看见乱草里有几片人民币的碎片，大的有榆树叶那么大，小的像指甲盖那么小。牛嘴边倒沫的沫子是淡红色的。老头子也看见了这些碎片，疑惑地看着贾成功。贾成功笑了，拍了一下大腿，说："我知道钱在哪儿了。"

老头子眨巴着眼睛，问："钱在哪儿？你是说在牛肚子里，叫牛给吃了？"

贾成功很肯定地点了点头。他想起有一次看电视，偶然看到一个小知识：牛的草料如果太单一，营养失衡，牛就会产生"异食癖"，吃一些乱七八糟的东西。为了验证自己的猜想，他从裤兜里摸出两张人民币，伸到牛嘴那里，牛果然伸出舌头要把钱卷进去。老头子见状，抄起拌草的棍子向牛背上抡去，抡得啪啪地响。牛哞哞地叫，乱踢乱蹦。老头子冲着牛恶狠狠地咋呼："你活不成了，今天就宰了你！"

牛不知是因为了挨了打，还是听懂了老头子的话，眼角流出泪来。很多家养的动物都通人性。贾成功想起小时候有一年家里卖猪，卖猪之前给猪准备了顿美餐（猪食里多放了些坏地瓜），让它多吃点，卖的时候压秤。可是猪摇着尾巴在圈里跑来跑去，不住地哼哼，也不享用美餐，显得焦躁不安。主人说"卖猪"，它听见了。它大概知道自己是"猪"，也明白"卖猪"什么意思，所以就以绝食来抗争。牛比猪更聪明，也许知道"宰了你”是什么意思。牛的眼神让贾成功心里很难受，他走出了牛圈。

看来必须得宰牛了。牛能反刍，那 10 捆钞票它吞下去顶多有三个小时，肚子里也许会有一些完整的钞票。这头母牛加上肚子里的小牛，大概能卖 4000 块钱。如果宰了它，肉能卖 2000 多，这样一算，如果能从它的胃里取出 20 张完整的票子，宰了它就划算。老头子主意已定，吃完饭就宰牛。

吃早饭的时候，老头子很没胃口，什么都吃不下，还不住地打嗝。老太太也盯着眼前的碗，一口小米粥都没喝，还不住地抹眼泪。她说：“10 万块钱，说没就没了。能盖两处院子了。要是种麦子，得种十好几年。”

这时，老太太还不知道那些钱让牛给吃了。贾成功虽然心里也有些不舒服，但他胃口还不错。他喜欢吃母亲蒸的馒头、腌的咸菜。老头子知道，如果老太太听说钱在牛肚子里，得宰牛，饭肯定更吃不下了，于是他劝老太太说：“你也吃点吧，快点吃，吃完了我有话说。咱那 10 万块钱，说不定还能回来一些。我了解你，你的心理承受能力很差。”

听“心理承受能力”从老头子嘴里说出来，贾成功差点把嘴里的小米粥喷出来。他也劝母亲赶快吃饭，一会就凉了。老太太掰了一小块馒头，边吃边长吁短叹；小米粥只喝了半碗，就把碗推出去了。

老头子看老太太实在吃不下去了，就把牛吃了钱的猜想和宰牛的想法说了。老太太听了，什么都没说，站起来收拾了桌子上的碗筷，端起来走进厨房里，回来往床上一躺，用毛巾被蒙住头，哭起来了。她在毛巾被下面边哭边说：“好好的牛就送到锅上，好好的牛就送到锅上……”翻来覆去只有一句“好好的牛就送到锅上”。

这头正值壮年的母牛确实为主人出大力了，而且它肚子里还怀了一头小牛，宰了它谁都心疼。现在，农村的机械化程度越来越高，养牛的已经不多了。但这头牛干活好，繁殖能力也很强，就没舍得卖。早知道这样，还不如卖了它。老太太一开始心疼钱，现在既心疼钱又心疼牛，这个初秋的早晨她心里真够纠结真够难受的。

贾成功本来打算今天去县城逛逛，看能不能见到朱蕊，没想到家里出了这样的事，只好待在家里。他坐在堂屋当门的椅子里喝茶、吸烟，不时安慰母亲几句。

老头子背着手，步履沉重地到外面走了一圈，回来后进了牛圈，再没出来。贾成功忽然发现老头子的背有些驼了。

4

宰牛的宋刀子来了，是老头子支使老二骑摩托车去叫来的。宋刀子骑着一辆机动三轮车，车斗子里有好几把明晃晃的刀子，长的约一米长，短的约半尺短，还有绳子、塑料纸、皮围裙、化肥袋子等。

老二把宋刀子领进院子后，在院子里站了一会儿，吸了一根烟，骂了骂牛，就回前面自己院子里去了。按理说他应该在这里，帮帮忙，但他不放心媳妇。媳妇一夜没睡好，今天一睁开眼睛就烦，说话就像吃了枪药，看见鸡骂鸡，看见狗踢狗。老二知道她还在眼红老大给老三的那一万块钱，心里不痛快。老二担心媳妇把锅或水缸给敲了，所以得回去监视着她。

宋刀子是远近闻名的屠户。关于他，贾成功脑海里储存的形象是：高个子，红脸膛，络腮胡子，身上的衣服总是油渍麻光的，骑着自行车上，手里拿个鞭子，自行车后架上挂着几条吱哇吱哇乱叫的狗。他走村串户收狗，回去宰了卖肉。后来他不光宰狗，还宰猪、羊、牛、马，只要肉多，除了人什么都宰。他炖出来的肉和下货味道很好，不用赶集去卖，在家里就能卖完。方圆十几里，没有人不知道宋庄的宋刀子，嘴馋了，或者家里来客人了，就带上钱骑着车子去宋庄买熟肉。

贾成功小时候经常见宋刀子，20 多年没见，快认不出来了。现在的宋刀子不到 70 岁，却佝偻着腰，脸色发黄，走路的时候脚有些抬不起来，不住地擦地。一看见他，贾成功脑子里一下子想起了很多事来，都是 20 多年前的事了。

宋刀子是贾成功的小学同桌宋爱国的父亲。贾成功所在的贾庄村子小，没有小学，小孩上学都跑三里地去宋庄的小学。宋爱国嗓门大。1976 年 8 月底，也就是刚入学那段时间，宋爱国每天早晨都高声朗读“毛主席万岁”，脖子里和太阳穴旁边的青筋一根一根地鼓胀着，聒得贾成功的耳朵嗡嗡地响。如果换成别人，那么大的嗓门朗读半个小时就“没电”了。语文课本的第一页是毛泽东的彩色画像，下面是“毛主席万岁！”五个字。当时宋爱国并不知道毛主席是哪个村的、是干什么的，也不认识那五个字，但每天早晨都朗读这五个字，而且只朗读这五个字。半个多月后他不朗读了，因为毛泽东逝世了。

宋爱国的家和学校只有一墙之隔，墙很矮，还有个豁子。贾成功记得，宋爱国上学下学都是从那个豁子那里跳墙，课间饿了还跳墙回家拿个窝头来吃，窝头里有盐和香油。宋爱国家有一个压水井，夏天课间渴了，同学们都跳墙去他家喝水。他家院子里有一口很大的锅，是煮肉用的。

有一次，大概是上二年级的时候，贾成功跟宋爱国去他家喝水，闻到了很香的肉味，他馋得牙齿打战，眼一黑，倒在了地上。宋爱国问他怎么了，他说想吃肉。宋爱国说，他家里的肉不能吃，不然他大大会发现，会打他的。说着就拉贾成功起来，贾成功却咬住了宋爱国的胳膊不松口，血都出来了。宋爱国疼得嗷嗷直叫，这才答应给他肉吃。宋爱国进屋拿了一块冒着热气的狗肉给他。他狼吞虎咽，几口就咽下去了。这块狗肉是贾成功小时候吃到的最好吃的东西。后来，宋刀子回家发现狗肉少了，问宋爱国是不是偷吃了。宋爱国承认了，于是挨了狠狠的一顿打，眼睛都快哭肿了。宋刀子打完了宋爱国，才看见他胳膊上有伤，问他怎么回事。他说让狗咬了。

宋爱国每次考试分数都不低，都是在全班前十名，但小学毕业考初中的时候却是全班倒数第一。复读一年有了点进步，倒数第二，所以初中就没上。除了贾成功，没有人知道他学习很差。他考试成绩好是因为每次都抄袭贾成功的。贾成功当然绝对是第一，从来都是第一，一次第二都没有。

宋爱国虽然学习不好，却有唱歌和唱戏的天分。唱戏的到哪个村，他就追到哪个村，一出戏，他听两遍就会唱，然后在村子里比划，咿咿呀呀地唱，别人笑话他也不在意。他从广播里学会了很多歌，有《绣金匾》、《南泥湾》，歌词是几年后才知道的……

宋刀子坐在堂屋里喝茶，贾成功的父亲陪着他说话。这是宋刀子第一次上门宰牛，平时都是别人把老得不能干活的牛捆在地排车上送到他家去，叫“送到锅上”。老二去叫他的时候只是说牛把钱吃了，得去宰牛，但没说具体情况，他还不知道怎么回事。老头子告诉宋刀子的情况是：辛辛苦苦攒了大半辈子钱，只攒了4万多，准备翻盖屋子，就把钱从银行取出来了。钱没合适的地方放，夜里就放在牛圈的破牛食槽里，没想到牛竟把那些钱吃了。

老头子不敢“露富”，所以没说实话，把10万说成了4万多。

事不宜迟，马上宰牛。

挨着厨屋有两间东屋，除了堆了些粮食，空空荡荡的。老头子把牛牵进了东屋。宋刀子穿上了皮围裙，手里拿着一把明晃晃的长刀。一看见他，牛瞪大了眼睛，眼泪哗哗地淌，哞哞地大叫。老头子关上门，站在窗户下面往里看。宋刀子从窗户里扔出了拴牛的绳子。老头子捡起绳子，进了牛圈，很长时间没出来。

东屋里传出两声很沉闷的哞哞声，声音很大，简直能把屋顶掀起来。接着是咚的一声，像是牛倒在了地上。

贾成功坐在堂屋当门喝茶、吸烟，心里一阵阵难受。听着东屋里传出来的动静，老太太用被子紧紧地蒙住头。老头子抽着烟，一会儿走进牛圈里，一会儿站到东屋的窗下往里看，和宋刀子说几句话。

不到一小时，牛宰好了。宋刀子两手血淋淋的，开门扔出来一只鼓鼓囊囊的化肥袋子，对站在窗下的老头子说："得福，钱都在这里了，你慢慢数吧。你说是 4 万多，我看最少有 10 万，那么大一堆。"老头子急忙说："宋刀子你别胡说，哪来的 10 万呢？要不是 4 万多，我头朝下走。"

宋刀子嘿嘿笑了笑，不说话。他把机动三轮车挪到东屋门口，把肢解了的牛的尸块一袋子一袋子往车上装，白色的化肥袋子都渗出了血水。他从衣服口袋里掏出一沓钱，放在窗台上，对老头子说："这是两千。凭良心说，这些钱不少了。我这些年白刀子进红刀子出，不知道毁了多少条命，坏良心啊。但是我做买卖从来不坏良心。"

老头子说："两千就两千，没嫌少。"

宋刀子走后，老头子把东屋打扫干净，然后找来一领席子，铺在堂屋当门，把化肥袋子里的钱倒出来。真是一大堆，都是钞票的碎片。老头子和贾成功用小棍拨拉着，老太太也从床上起来了，也找了把尺子来拨拉。这些碎片大部分都像一元硬币那么大，也有大一些的，但最完整的也就保留了大约 70%，一张完整的都没有。三人先把比较完整的挑出来，完整程度达到70%左右的有50多张，完整程度达到50%左右的有120多张。其余的就不好挑了，只好衬在白纸上拼接，但很难拼完整。

过了一会，老三抱着孩子，媳妇跟在身后，急匆匆地进来了。老三的院子比较远，刚才他看见宋刀子了，问他干什么去了，才知道牛让他宰了。老头子让老三两口子帮着拼钱。老三却抱着孩子蹲在屋门口不动，媳妇倚在门框上，哭丧着脸，两人的表情都不大对头。老三抱着孩子去了趟牛圈，进东屋看了看，回来又蹲在门口。老三媳妇也去了趟牛圈，进东屋看了看，回来又倚在门框上。

老三媳妇说："大大，娘，牛就这样宰了？"

老头子头也不抬，说："可不就这样宰了，还能咋着。不宰牛，10万块钱就会变成牛粪；宰了牛，兴许还能找回来两三万块钱。"

老三媳妇说："那，牛肚子里的小牛呢？"

老头子说："别说小牛，一块骨头都没剩，只剩了一盆牛血、一堆牛粪，都叫我打扫了。"

老三媳妇说："大大，娘，宰牛咋不跟俺说一声？"

老头子说："跟你说一声，你还能帮上啥忙？宋刀子一个人就办了，我都没偎上去。"

老三媳妇说："我说的不是这。当初咱可说得好好的，牛肚子里的小牛是俺家的。"

老两口一下子都愣住了，手也停下来，交换了一下眼神。

原来，这头母牛以前是老三家的，去年卖给了老头子，市场价大概 4000 块钱，但老三只要了老头子 3000 块，说好等大牛生了小牛，把小牛给他家。现在大牛没了，大牛肚子里的小牛当然也没了。大牛没了，两口子都不会急，急的是小牛没了。于是，老三很郁闷，老三媳妇很生气。老头子因为急着扒开牛肚子取钱，没有多想，就把这茬儿给忘了。

老太太盯着老头子，问："你说咋办？"

老头子看看老三和老三媳妇，咧着嘴，想笑却笑不出来，说："我哪知道咋办？"

老三媳妇说："牛肉不是卖了两千块钱吗……俺也不是缺那一千块钱，只是这事该跟俺说一声。"

老太太干笑着，不知说什么好。

贾成功早就急了，心想昨天晚上刚给了你们 11 万，因为多给一万而得罪了老二媳妇，现在倒好，计较起那一千块钱来了，做人真不厚道。但他不好对弟媳妇发作，一直忍着。这时看到父母为难，他脱口而出："不就是一千块钱吗，这钱我出了！"说完他才意识到自己嗓门大了些。

老三媳妇愣了愣，笑着说："我的娘哎，大哥生那么大的气呀。大哥有钱了，脾气也大了，有钱没钱就是不一样啊。"

老三瞪了媳妇一眼，说："你少说一句吧！"

贾成功被老三媳妇呛了一句，气得肚子一鼓一鼓的，不知道说什么好。

老太太打圆场："素云，你大哥挣个钱也不容易，昨天刚给了你们11万。咱做人可得讲良心。”

老三媳妇说：“娘，那11万俺可以不要。只要大哥说一句‘素云，你把那11万还给我’，我这就回家拿去，都在床底下放着呢。俺家又没牛，想叫牛吃了都办不到。”

老三媳妇很能吃苦很能干，一年四季舍不得买件新衣服，一心只想着把日子过到别人前头去，在农村算个好媳妇，可是有时候说话很噎人。她这句话暗藏机锋。一是给大伯哥出了个难题，说那11万可以还给他，可是她也知道大伯哥不可能说“素云，你把那11万还给我”的话，她得了便宜又故意气了贾成功。二是说风凉话，既传达了自己家的小牛没了、老头子欠她一头小牛这样的信息，又嘲笑了老头子把钱藏到牛圈里让牛给吃了这样一个滑稽可笑的“桥段”。

老三骂媳妇：“少说两句能死吗？真不是省油的灯！”说着，腾出一只手抓着她的胳膊就往外推。老三媳妇咧了咧嘴，哭了，边哭边往外走，嘴里嘟囔着说：“俺就是问问小牛的事，大哥就给俺脸子看，还是有钱好啊。俺没钱，俺命苦。”

老二媳妇昨天晚上说自己的孩子命苦，现在老三媳妇也说自己命苦。摊上这么两个弟媳妇，贾成功觉得自己才命苦。他气得做了几个深呼吸动作，手在颤抖。

下午，老头子和老二带着一包残缺的和拼接起来的钞票，去了趟镇上的信用社，换回来8600多块钱。10万块，过了一夜，1万都不到了。

贾成功这次回家本来是衣锦还乡，心里却很不爽。

第三章 老K的咒语

1

贾成功从老家回到济南后，从孔孟传媒辞了职，把那100万美元兑换成人民币，不到一个月的时间花了700多万元，在北京、上海、广州买下了12套商品房，在杭州千岛湖买下了一座小岛。这是他一生中很引以为自豪的大手笔。2003年商品房价格还不算高，北京的平均售价大约是4400元/平方米，而到了2011年，他投入的那700多万元已变成了4000多万元，尤其是那座小岛，升值30多倍——这是后话。

自从有了那些钱，贾成功每天都琢磨着怎么把这些钱花出去。他不想把钱存在银行里。让钱躺在银行里睡大觉，利息是一笔可观的收入，足以能够让他吃香的喝辣的。但物价会上涨，物价上涨把利息“吃”了都不够，还得再赔进去一些，其实是“负利率”。只有穷人才会把钱存在银行里；富人都在想方设法花银行的钱，借银行的“鸡”为自己下“蛋”，让自己成为更富的富人；而银行里的那些钱大部分都是穷人辛辛苦苦攒下的存款。穷人之所以穷，在一定意义上说，是穷在思维上，眼睛只盯着那几毛钱的利息，攒点钱就往银行里存。贾成功不想花穷人的钱，也不想让富人花他的钱，他要投资，让钱生钱。

上次回老家，贾成功发现县城都有商品房了，一大片一大片的，有的还是小高层。这对他触动很大。凭直觉和理性分析，他认为投资房产会有很好的回报。苏联解体后，老百姓的日子不太好过，但那些拥有不动产的人却可以淡定。贾成功决定炒房。2011 年，为抑制房价，国家出台了房产“限购”政策，不允许炒房。而 2003 年，只要有钱，即使把一个城市的商品房都买下来，在政策上也是允许的。他在北京买了 8 套，其中仅望京社区就 6 套；其余两套分别在潘家园和百万庄，都是复式结构的，面积一个是 267 平米，一个是 242 平米。在上海买了 2 套，在人民广场附近、苏州河边。在广州买了 2 套，在北京路步行街附近。杭州千岛湖那座小岛面积 20 多亩，他花 70 万元买下了 50 年的租赁使用权。按规定，小岛不能荒着，必须种经济作物，他就雇了当地一个老头儿在岛上种杨梅。

买下那些房产之后，贾成功以购房者的身份给那些开发商打电话，询问价格。没想到，还不到半个月，那些房产就升值了；而且今后升值空间大得难以预见。也就是说，贾成功的财富将像驴打滚那样越滚越大。

以前，贾成功和很多穷光蛋一样，曾经无数次梦想一夜暴富。他以为，一夜暴富之后，再也不愁吃不愁喝，肯定很快乐。

可是，他自己一夜暴富之后才知道，财富带给人快乐的同时，也会带给人烦恼，比如会让人失眠。

夜里，一想起自己拥有那么多财富，他就激动得睡不着。他像烙煎饼一样，一会儿往左边翻身，一会儿往右边翻身，耳边有三种声音：心跳、喘息和耳鸣。怎么都睡不着，他就打开灯，从写字台抽屉里捧出一只精美的纸盒子。这只纸盒子是一套高档保暖内衣的包装盒，现在盛着房屋所有权证、购房合同、购房发票、完税凭证、钥匙等等。他抱着纸盒子上床，打开，把里面的东西一股脑倒在床上，一样一样地看。他已经看过几千遍上万遍了，但每次看都像第一次那样激动。一串钥匙他都能看半小时。每个房产证也能看半小时，房产证号和房屋编号他都背下来了。所有的东西都看一遍，三四个小时就过去了。他有些困了，就关了灯，搂着纸盒子躺下。可是，还是睡不着，他还想看那些东西，于是再拿出来看，一看又是三四个小时。这时，窗外的天光越来越亮了。

贾成功想让自己的身体疲劳一些，以便睡个好觉，于是每天晚上都出去走。可奇怪的是，他怎么走都不觉得累。

城市的街道白天总是车水马龙，熙熙攘攘，夜里却空无一人。路灯很亮。他看见千佛山上的灯火明明灭灭，依稀看见兴国禅寺门前的灯笼昏黄昏黄的。他看见银行门口的保安穿着制服，腰里别着电棍，怀里抱着长长的手电筒，歪坐在椅子上打哈欠。他看见一群流浪狗在一起撕咬，一个个龇牙咧嘴，异常凶猛。他看见几个浓妆艳抹的“小姐”穿着短裙披着外衣，坐在 24 小时营业的餐馆里吃夜宵，边吃边说说笑笑。他看见电视台和报社大楼某些房间灯火通明，有人站在窗前伸懒腰、打哈欠。他看见街边栾树上簌簌落下的黄叶在风中飘零。他看见穿着黄色工作服的环卫工人在明晃晃的路灯下扫树叶子。他看见东方越来越亮，路灯越来越黯淡。他看见早餐摊点开始出摊，穿着校服的中学生坐在那里吃油条喝豆浆。他看见大街上的人陆续多起来。他看见太阳出来了……他终于觉得有些累了，开始往家走，走到家倒头就睡。

就这样，一个个日子，贾成功的黑夜从早晨开始，早晨从下午开始。

这些日子，在因为暴富而激动的同时，贾成功总是情不自禁地沉浸在对过去的回忆中，这也是他失眠的一个原因。别看他现在这么有钱，又是买房又是买岛，过去的十几年里却很悲摧，倒霉、贫穷、尴尬、无奈、狼狈，就像一群魔鬼在他屁股后头跟着，走到哪儿跟到哪儿，怎么甩都甩不掉……

2

在这个面积 5.1 亿平方公里的地球上，每年都会发生很多大事。1992 年，46 岁的克林顿当选美国第 42 任总统。1992 年，苏联解体后的俄罗斯政局极为混乱，总统叶利钦主导的俄罗斯政府决定取消国营农场和集体农庄，将大部分国营企业改为股份公司，加快私有化过程。1992 年，在中国，88 岁的邓小平于年初到南方几个城市视察，说了一些很重要的话，通称“南巡讲话”；10 月份中共召开十四大，“社会主义市场经济”新鲜出炉。

1992 年，24 岁的贾成功个人生活中也发生了两件大事，一是从脑袋里取出了一根绣花针，二是有了第一次性经历，从童男子变成了男人。

那根绣花针很小，长约 4 厘米，直径约 0.8 毫米，是一根钢针，在贾成功脑袋里藏了足足 11 年，从 13 岁到 24 岁。

贾成功自幼极聪明，1981 年小学毕业，以全县第一名的成绩考入了桃城一中。可是谁也没想到，在开学前不久，他却得了癫痫病。

那天上午，贾成功只穿着一件小裤衩，扛着一只大篮子，钻进玉米地里，给家里的两头绵羊割草。玉米地密不透风，很闷热，他身上的小裤衩都被汗湿透了。玉米须子落了他一身，痒得难受。把草送回家里，他跳到村头的大坑里洗了个澡。已经是秋天了，风有些凉了。从大坑里爬出来，他就不住地打寒战。吃午饭的时候，他捧着一大碗炖茄子喝，喝着喝着，忽然眼珠子一翻，把碗一摔，躺地上抽起风来，手脚抽搐，口吐白沫。

贾成功被乡卫生院确诊为癫痫（俗称“羊角风”）。入学后不久他就成了桃城一中的名人，校长知道他，食堂的伙夫知道他，小卖部的售货员知道他，全校师生没有不知道他的。上课的时候，吃饭的时候，上早操的时候，不一定什么时候，他就会犯病。一犯病，他就躺在地上口吐白沫不省人事，四肢抽搐得像一只下崽的山羊，脖子拧得像一只生瘟的公鸡。大约半个小时后就好了，他从地上爬起来，拍拍身上的土，该干什么干什么。很多人都看到过他犯病时的样子。

除了上课、吃饭、睡觉，贾成功每天必须做的事情比别人多了一样，那就是吃药。他在宿舍里睡在上铺，他床头有一个长方形的小纸箱，里面是各种各样的药。每隔一两个星期，他把纸箱子清理一次，倒在垃圾箱里的空药瓶子、空药盒子有一大堆，花里胡哨的。

贾成功的父亲贾得福每天必须要做的一件事就是听收音机（那时候农村没有电视机），获取治疗癫痫病的广告信息。哪儿有治癫痫病的，提上包就走，他去过安徽、河南、江苏、山西四个省，坐过汽车，也坐过火车，因此也成了村子里见识最广的人。

贾成功家里本来就穷，因为他常年吃药变得更穷了。一年四季他只有一条单裤和一条棉裤，冷了穿棉裤，热了穿单裤。他个头蹿得快，裤子穿着穿着就短了，他就把裤腿绾起来，让别人看不出长短来。中午学校食堂的菜有两毛钱一份的，有一毛钱一份的。两毛钱一份的菜里面会有薄薄的几片肉，一毛钱一份的菜通常是清炖的白菜或冬瓜。两毛钱一份的菜从没吃过一次，一毛钱一份的顶多一星期吃一次。吃饭的时候，别的同学在下铺吃菜吃馒头，他盘腿坐在上铺，就着咸菜疙瘩啃馒头。因为营养不足，他得了夜盲症，下了晚自习回宿舍时看不见路，眼前漆黑一片，只能像瞎子那样摸索着走。从教室到宿舍，别人不到 5 分钟就跑到了，他得摸索着走半个多小时，有时候会撞到墙上，有时候会撞到树上……

第一年高考，贾成功连当地的师专都没考上；复读一年，考上了北京某经贸学院。大学四年，癫痫病一点都没减轻。那时的他清瘦清瘦的，脸色苍白，又有些驼背，看起来像一根营养不良的豆芽；头发很长，胡子也不刮；戴一副宽大的灰框眼镜；因为腮上的肉少，嘴撅得很突出。他的同学都谈过恋爱，而且大部分都有了性经历，他却只能想想。茕茕孑立，形影相吊，他变得自闭、自卑、阴郁，一天天沉默得像哑巴。走在校园里，他斜着白眼看着男女同学手拉手、肩并肩从他身旁走过，坐在树林的石凳上拥抱、接吻、抚摸，他的心都碎了。野百合也有春天，他只有漫长而严寒的冬天，连狗尾巴草都不如。为了压制情欲，他不得不自虐——夏天穿长衣长裤，扣子系得严严实实，头发总是被汗水湿透；天凉了却穿起短袖衫，每天都冻得直哆嗦。舞厅一次都没去过，他连“慢三”都不会跳。四年里，他最大的渴望是劫个“色”，在寂静的校园小路上拦住一个漂亮的女孩子，把她拉到树丛里……

大学毕业后，在去县工业局报到的那一天，在癫痫病折磨了他 11 年之后，病因终于找到了。

那天是 1992 年 8 月 19 日。贾成功骑着自行车从村子里去县城，快到县城的时候，在一座桥上，一辆拖拉机从他身后驶过去，斗子挂住了他的衬衣，他一头撞到桥栏杆上，顿时鲜血直流。他被送到了县医院。医生为他的头部拍了 CT 片，发现他脑袋里有个异物，长约 4 公分，像一根钉子，横在颅内颞部。必须尽快动手术取出来，不然会有生命危险。因各方面条件有限，这样的手术县医院不敢做。

在济南一家大医院，经过 CT 加细扫描和 X 光检查，贾成功被确诊为“颅内有金属异物，继发癫痫”。医生说，脑袋的颞部是很容易产生癫痫的地方，这个金属异物在里面生锈，刺激脑组织，产生了异常癫痫灶。人的大脑既精密又很柔软脆弱，有时候一点点伤害就会导致人死亡。这个异物从贾成功左侧太阳穴进入头部之后，几乎碰到了他的眼球。但是，就像设计好了一样，居然奇迹般地避开了脑中动脉等主要血管，并滞留在眼球旁边。如果再歪半公分，很可能就会要了他的命。

金属异物被取出来了，是一根钢针，因为生锈已断成了两截。医生用铝盘子端给头缠绷带躺在床上的贾成功看。贾成功看了一眼，咧着嘴笑得咯儿咯儿的，笑了一会儿，他使劲闭上眼睛，眼泪哗哗的，枕头都湿了。医生又端给他的父亲贾得福看。贾得福瞪着眼珠子足足看了一分钟，咧嘴笑了笑，然后走出了病房。他来到医院大门对面的一家小卖部，买了一小瓶二锅头、一袋花生米，回来坐在病房楼门口的台阶上，吃一粒花生米，抿一小口酒。从他身旁进进出出的人很多，都用怪异的眼神看他一眼。他嬉皮笑脸的，冲每个人笑。二锅头和花生米一会儿都进了肚。忽然，他蹬着两腿，号啕大哭起来。

这根钢针是怎么进入贾成功脑袋里的呢？一开始，他怎么也想不起来。在病床上瞪着天花板想了一星期，他终于想起来了，相关的细节历历在目：

1981年夏天，桃城一中发榜的时候，贾成功的父亲贾得福骑着自行车，驮着他去县城看榜。录取榜贴在桃城一中大门口旁边的红砖墙上，有200个名字，第一个就是贾成功。榜上的字是毛笔字，很好看。那是7月下旬，正是一年中最热的时候。贾得福穿着背心和大裤衩子都出汗，在红榜前站了一会儿，头发和背心都湿透了。看榜的人很多，贾得福冲每个人咧着嘴笑。如果有人看他，他就拍着贾成功的脑袋说："这个孩子就是贾成功，我的。这孩子从小就学习好。"贾成功把脑袋歪向一边，不让贾得福拍。贾成功并没觉得多高兴，他唯一高兴的是，来县城上学可以天天吃白面馍了，再也不用啃地瓜窝头了。

看完榜后，贾得福急着回家给玉米施化肥，贾成功却想在县城里玩玩。贾得福说："你想玩啥，说吧！你想吃啥，说吧！"贾成功想吃国营饭店的包子，贾得福就领他进了一家国营饭店，要了一屉猪肉蒸包。贾成功吃得满头满脸都是油。贾得福一个包子都没吃，在一旁不住地咽唾沫。来到县文化馆附近，贾成功看见一片空地上有一个巨大的绿色帆布篷，听见里面锣鼓喧天的。有个胖女人手拿扩音器，卖力地吆喝着介绍杂技项目，有"狮子滚绣球"、"空中飞人"、"绣花针穿玻璃"、"顶碗"、"蹬伞"等等。贾成功想看杂技，贾得福就花两块钱买了两张票进去看。

有这么一个细节，贾成功记得很清楚：他和父亲掀开绿色帆布篷的帘子进去的时候，有个身穿红色马褂、月白色灯笼裤、蹲着马步的年轻人，手里捏着一撮绣花针，正准备往四五米远的玻璃上飞掷。玻璃就在帆布篷出口处不远的地方，贾成功正前方。只见那年轻人运足了气，手迅速一抖，几根绣花针穿透了玻璃，落在玻璃下面的黑布上。当时，应该有一根绣花针偏离了方向，没有穿透玻璃，却飞进了贾成功的脑袋里。

这似乎有些不可思议，但这种推断是最合情合理的。后来贾成功看过一份材料，说是美国有类似的先例，射钉枪不小心把一根钢钉射进了一个人的脑袋里，因为瞬间的力量太大，那个人居然丝毫没有察觉，表皮也没有留下明显的伤口。当时，贾成功也没有任何感觉。从 1981 年秋天上初中前，一直到 1992 年秋天大学毕业后，前后 11 年，虽然做过几次体检，但没做过一次脑部 CT 检查。如果早做这种检查，那根绣花针也许早就发现了。

造化弄人，贾成功就是这么倒霉。用他父亲贾得福的话说，是“倒八辈子血霉了”。

如果没有那根绣花针，贾成功会怎么样？这个还真不好说，因为生活中的偶然性、不确定性太多。他的奶奶是个宿命论者，认为这是命，命里八尺，难求一丈；一个人一个命，谁都逃不过。按照唯物辩证法的观点，以贾成功的天资和勤奋，如果没有什么意外的话，考上清华是有可能的（桃城一中是省重点中学，几乎每年都有考上清华、北大、复旦等名牌大学的），即使考不上清华，考上山东大学也应该问题不大。那样他就有可能留在北京、济南等大城市工作，像他的很多同学那样当教授、研究员，或者当官，绝不至于回桃城工作。

当然，如果不回桃城工作，贾成功就不会爱上朱蕊。多少年后他发现，这场所谓的“爱情”是在错误的时间、错误的地点发生的一场注定要失败的爱情。

3

鲁西南地处鲁、苏、豫、皖四省交界处，是山东省经济最不发达的地区，和青岛、烟台、威海等沿海地区是不可同日而语。桃城位于鲁西南平原。1990 年代初期的桃城很贫穷很落后。县城东西宽南北窄，从东到西不到 3 公里，从南到北也不到 3 公里，有一大片红砖红瓦红院墙的平房，楼房不超过 20 个，最高的是 5 层（百货大楼）。县城最好的宾馆是 4 层楼的县政府招待所，也叫桃城宾馆。除了酒厂、轮胎厂，桃城也没有什么好企业。火葬场算是好单位了。粉饰得花花绿绿的殉葬服务车满大街转悠，大喇叭里播放着歌曲《潇洒走一回》。县城人口也不多，如果在县城生活一两年，经常骑着自行车在大街上露露面，面孔自然就会被全县人记住。

桃城富裕的人家不多，家里能有 10 万块钱，就把院子盖得像一座碉堡，养好几条狼狗，枕头下面放着菜刀，睡觉的时候只闭着一只眼。在桃城这个地方，如果仅靠诚实劳动，不投机取巧，不贪污受贿，辛苦半辈子也攒不上 20 万。

贾成功觉得，如果长期在这种地方生活，生命质量会很低很低，自己的未来一眼就能看到头，到退休顶多熬个副局长（行政级别为副乡科级），在县城有一座不错的四合院。即使让他当县长，他也不愿留在这里。他隐隐约约觉得中国正在发生着很大的变化，并将发生更大的变化。外面的世界很精彩。他想尽快远走高飞，去北京或济南闯天下。如果在这个小县城谈恋爱，娶妻生子——那样自己这辈子就完了，就被套牢在这里了。

可是，朱蕊却不期而至。

男人喜欢的女人有好几种。不同的男人会喜欢不同种类的女人。同一个男人，不同的时期会喜欢不同种类的女人。如果有可能，同一个男人会同时喜欢好几种女人。其中一种女人是风情万种，女人味十足，让人强烈地热爱她的肉体，一见就想上床。和这种女人并不需要多少精神层面的交流，也不必付出多少情感，在一起可以昏天黑地地做爱。如果动感情，准会一败涂地，不可收拾。朱蕊就属于这一类女人。

朱蕊是桃城轮胎厂的工会干事，也是桃城的名人。她长得不算太漂亮，颧骨和下腭比较宽；眉毛很浓，但有些短；嘴大，门牙大，一笑露上牙花子；上嘴唇毛茸茸的，像长了胡子；说话嗓门有些粗。但却很有女人的魅力：个头很高，皮肤很白，腰很细，屁股和胸很大——像绑了两个气球；眼睛弯弯的，春情荡漾，很媚人。这样的女人在大城市也许并不出众，但在小县城绝对属凤毛麟角。小县城的女人没有多少漂亮的，即使有一两个漂亮的，也只是脸蛋不难看而已，气质很“乡气”。县城里的爷们儿看见朱蕊，会眼前一亮，脑子里电光石火般迸出一些乱七八糟的想法来。

朱蕊是贾成功的性幻想对象。贾成功早就认识她了，他们是桃城一中的校友，她比他低一年级。她家是县城的，住在二街，是走读生。上学的时候，她就是桃城一中的名人。她学习不太好，但却能歌善舞，学校每次举办文艺晚会，她都在台上又唱又跳的，出尽了风头。几乎所有的男生都喜欢她。贾成功也暗恋她。但他是农村的穷孩子，又有“羊角风”，总觉得她离自己很遥远，和自己不是一个世界的人。在他难熬的青春期，开始对女人的身体想入非非的时候，想得最多的就是她的身体。直到上了大学，她仍是他的性幻想对象。

贾成功在县工业局上班后第一次见到朱蕊，是在她们厂里。贾成功的工作是写材料。有一次，局长让他去轮胎厂搞一个“砸三铁”（铁饭碗、铁交椅、铁工资）的材料，上报给地区工业局。贾成功穿着正时兴的咖啡色双排扣西服套装，戴着时兴的深红色塑料框变色近视镜，骑着自行车去了县城东部的轮胎厂。他在接待室等厂长的时候，有个身材很好的女孩子来倒茶。她穿着紧绷绷的深色牛仔裤，弯腰倒茶的时候，浑圆结实的臀部轮廓分明。等她倒完茶转过身来，贾成功只看了她一眼，眼睛就定住了，脱口而出：“朱蕊！”

朱蕊愣了一下，两颊飞红，眨巴着眼睛打量着贾成功，像在记忆里搜寻他的名字，笑了笑说：“我看你有些面熟，咱们肯定见过，一下子想不起来了。”

贾成功变化很大，上中学的时候穿得很寒碜，相貌也不出众；现在有工资收入了，有条件打扮自己了，人也精神多了。他说出了自己的名字。朱蕊瞪大了眼睛，眼睛弯弯的，笑得很好看："贾成功！我知道贾成功，就是得羊角风的那个。"说着笑弯了腰，又问："你的羊角风好了吧？"

贾成功不想谈羊角风，就敷衍她说早好了。朱蕊关上接待室的门，在贾成功身旁坐下来。两人都有些激动，嗓门有些高。贾成功觉得就像做梦一样，他怎么也不会想到，多少年来的那个性幻想对象居然和他坐在同一张沙发上，和他保持着半米的距离，不断地给他倒茶喝。

自从取出那根绣花针，贾成功觉得自己被"命运"这个王八蛋给骗了，骗得他欲哭无泪，他开始有些玩世不恭。这次见到朱蕊，他脑子里立马就冒出一个念头：和她上床。这个念头很坚硬，比那根绣花针的"密度"都要高。他不愿再幻想了，他已幻想了很多年，幻想太苦。时不我待，只争朝夕。

贾成功是这么想的：朱蕊又不是什么纯情少女，"那事"应该比较看得开，不会太在乎。成了也就成了，不成也无所谓，顶多脸上挨她两耳光。这事她又不会宣扬出去，即使宣扬出去，他也不怕，因为说不定哪一天他就会远走高飞。

不久，机会终于来了。12月初，县精神文明办公室、县总工会联合下发通知，将于1993年元旦举办全县职工文艺调演，要求全县各系统都要出节目，自行组织排练。在全县工业系统，如果有一个人出节目，肯定是朱蕊。果然，朱蕊报了个节目，是她自己编排的现代舞《孤独的曼陀罗》。

工业系统的排练在工业局会议室，一连一个星期弦歌交作，鼓乐阵阵，每天都到下午下班才结束。贾成功住在工业局办公楼顶楼的一间办公室里。有一天下班后，他回到宿舍里。不一会儿排练结束了，朱蕊穿着紧身的肉色毛裤和大红大绿的鲜艳的裙子，披一件军大衣，手里抱着羽绒服、牛仔裤等一大堆衣服去他屋里。她还没卸妆，看上去很妖冶很妩媚很冷艳，尤其是眼睛，大概因为描了眉，短眉毛变长了，两端细细的，有一种勾人魂魄的魔力。

朱蕊是来贾成功屋里卸妆、换衣服的。她让他出去一会儿。他却不出去，还把门插得死死的。贾成功像傻了一样打量着朱蕊，全身的血都往脑袋上涌，面红耳赤，呼哧呼哧地急喘。朱蕊看他这样，抱着衣服站在床前不知如何是好，瞪着大眼睛，咧着嘴冲他傻笑。贾成功低下头，走到朱蕊跟前，一下子抱住了她。

朱蕊在贾成功怀里扭动着身子，可是她越扭动，贾成功抱得越紧，好像怕她跑了。

朱蕊说："贾成功，你不能这样。"

贾成功说："为什么？为什么不能这样？"

朱蕊微微闭起眼睛，双颊绯红，呼吸很急促，在贾成功怀里瑟缩着。贾成功把她抱起来，摆放在床上，脱去了她的军大衣，又脱去了她的裙子，像打开一本书一样把她打开。这是贾成功第一次见到女人的裸体，这个裸体和他多年来幻想的有些不一样。屋里没有暖气，只点着煤球炉子，有些冷。朱蕊钻进了被窝。贾成功把自己脱光后钻了进去。

朱蕊闭着眼睛在贾成功身体下面轻声哼哼。贾成功的身体直打哆嗦。一阵慌乱，不到两分钟，就结束了。朱蕊要起来穿衣服，贾成功不让，紧紧抱住她有些发凉的身体，到处抚摸。她的两个乳房大得像注满了水的热水袋子，鼓鼓胀胀的。贾成功一抓，她就“啊”一声。过了一会儿，贾成功又行了。朱蕊变换着各种姿势，耐心地引导着他。

这是贾成功的第一次性经历。24 岁的他由一个童男子变成了男人，终于知道女人是怎么回事了。

生于 20 世纪六七十年代及更早年代的人，绝大部分都是在新婚之夜才懂得了异性的身体。贾成功上初中的时候学过《生理卫生》，但老师不好意思讲，学生不好意思学，上课的时候，年轻的男老师脸是红的，学生的脸是烫的。老师讲到某些难以启齿的地方，就说：“课本上都有，大家自己看看吧，我就不重复了。”课本上人体的图片都是“写意”的，没有“写实”的。生物教研室里有一幅很写实的关于女性身体构造的彩色挂图，但从来没在教室里挂过。生物教研室窗户上两根手指粗的钢筋不知被什么人弄弯了，正好可以伸进去一个脑袋。贾成功经常偷偷地把脑袋伸进去，看那幅挂图，毕竟有些远，看不太真切，他非常渴望因为《生理卫生》考试成绩不好，被老师叫到办公室狠狠地训一顿，他好顺便偷偷地看看那张挂图。但遗憾的是这门课不用考试。女人的身体、性，一直是贾成功大脑中一个幽暗、混沌的黑洞。

4

贾成功原以为，能把朱蕊弄上床有点乘人之危，有很大的偶然性，只会有那么一次。没想到，他试探着提出和她约会，她居然同意了。

那是事后的第三天，朱蕊来工业局送一份材料。往常，朱蕊每次来工业局都到“老同学”办公室坐一会儿，这一次却没有。她正要走，贾成功却在一楼走廊里遇见了她。

这三天，贾成功心里一直很不安，夜里觉都没睡好，怕朱蕊想不开。他以为那天自己粗暴地把她弄上床，事后她会很痛苦，说不定眼睛都哭肿了。他不知道再见到她该怎么面对，很担心她推开他办公室的门，扑过去就扇他的脸。找个没人的地方扇他的脸，他一点都不怕，顶多热辣一阵子就过去了，如果在他的大办公室里当着六个同事的面扇他的脸，他的脸就没地方搁了，他毕竟暂时还不能离开小县城。

贾成功从一楼的打字室出来，准备上楼，迎面遇见了刚下楼的朱蕊。他想藏起来，可是已经来不及了。他愣愣地站在那里，腿有些发软，大气都不敢喘。他悄悄抬眼看朱蕊的脸，她的脸很平静，眼睛没有哭肿。他这才松了一口气。朱蕊平时嗓门有些粗，这时柔声问：“嗳，干什么去了？”以前都是叫贾成功的名字，现在叫“嗳”了，听上去很亲近。贾成功嗫嚅着说去打字室了。对贾成功来说，三天前发生了一件天大的事，一个在他生命中具有里程碑意义的重大事件，可是对朱蕊来说，却风平浪静，好像什么都没发生。如果她有什么变化的话，是脸色更红润了，看起来很靓。贾成功是个聪明人，在这个短暂的瞬间，他一下子长了 10 岁，变成了一个成熟男人。他伸了个懒腰，咧了咧嘴，一脸坏笑。朱蕊嗔怪地剜了他一眼，轻声说："熊样儿。"

朱蕊往外走，贾成功跟在她身后送她。她穿着紧身的牛仔裤，火红的羽绒服包着屁股，高统皮靴的底子上钉了铁掌，走起路来咔咔地响，披肩长发散发出一股松香的气息。从三天前开始，朱蕊的身体对贾成功来说已经没有神秘感了，但却充满诱惑。他打量了一眼她的身体，心跳得很厉害，嗓子里发干，下身的反应也很强烈。朱蕊不时侧过脸来瞥他一眼，上嘴唇翘着，嘴角漾着诡谲的笑。贾成功鼓足勇气问她晚上有空吗。她甩了甩长头发，扔下一句话："晚上七点，你去二街街口等我。"

贾成功一蹦老高，撒丫子奔向办公楼。

从此，他们开始了约会。那时候移动电话（那种像半截砖头一样的"大哥大"）还很少，传呼机也没普及，联络不方便，他们就把约会时间定在每周一、三、五晚上 7 点，约会地点是二街街口。每次约会，贾成功都会骑着自行车，提前大约五分钟赶到二街街口。二街说是街，其实是个五六米宽的胡同。贾成功穿着绿色军大衣，竖起领子，屁股坐在自行车座上，一条腿支在地上，伸着脖子盯着胡同的深处。有皮鞋咔咔地响，朱蕊远远地走过来了。她坐在他自行车后架上，搂着他的腰，头贴在他后背上。他把自行车骑得呼呼的，一直骑到工业局办公楼下。

每次约会都是老一套，除了做爱还是做爱。从 7 点到 11 点多，4 个多小时，做爱 3 次。

贾成功是快乐的，也是忧愁的；他有多快乐就有多忧愁。忧愁是因为他会离开桃城，却舍不得和朱蕊分开。每次约会后，送走了朱蕊，他都呆坐在床沿上，呼吸着朱蕊留下的气息，皱着眉头一连抽三四根烟，心里很空很空。

这年冬天，贾成功和朱蕊的关系出现了问题。

他们约会的时间是每周一、三、五晚上。其余的晚上，每天晚饭后贾成功照旧骑着自行车在县城漫无目的地转悠，累了才回去，一般都到 8 点半左右。

有个星期二，晚上 7 点左右，贾成功转悠到了二街的街口，在一个小商店里买烟的时候，看见了朱蕊。只看见朱蕊一个人倒没什么大惊小怪的，是两个人。那个人是个女的也没有什么大惊小怪的，是个男人。一个二十几岁的年轻男人，脸型有点像扑克牌上的“老 K”。老 K 骑着摩托车，穿着棕色皮衣，头发很长，看起来很壮实，把摩托车停在胡同口。过了一会儿，朱蕊出来了，她坐上了老 K 的摩托车，搂着他的腰，撅着大屁股，把脸贴在老 K 的后背上，看起来很满足很幸福。看着他们远去，贾成功张着嘴发呆，嘴好长时间都没合上……

星期三晚上，贾成功把朱蕊接到自己屋里，过了一个多小时就把她送走了。只做爱一次，创历史最低纪录，而且当中他就不行了，休息了十几分钟才举。朱蕊急得咬他的肩膀，在他身下瞪着眼睛，焦急地问他怎么了。他撒谎说正给局长写材料，明天上午局长去地区局开会，要带着，可是材料只写了一半，因为脑子里老想这事，所以状态不好。他暂时不想问她和老K是怎么回事。

星期四晚上，贾成功又去二街街口，远远地躲在暗处。他希望那个胡同空空的，寂静无声，不要再走出来朱蕊，不要再响起皮靴咔咔的声音，那声音让他害怕；希望胡同口没有老K，老K让他心慌。可是，他不希望有的都有了。情形和星期二晚上一样。

星期五晚上，贾成功把朱蕊接到自己屋里，过了半小时就把她送走了。他没脱自己的衣服，也没脱朱蕊的衣服。他坐在椅子里，一副无动于衷的样子。朱蕊坐在他腿上，搂着他的脖子。他坐怀不乱，比柳下惠都冷静沉着。朱蕊拍拍他的脸，撇了撇嘴，粗着嗓门问他这是咋了。他说感冒了，浑身一点力气都没有。朱蕊把自己的额头贴在他额头上试了试，说一点都不发烧呀。他说，是发低烧。这次约会居然没做爱。贾成功很想知道朱蕊和老K是怎么回事，却极力忍着不问。

星期六晚上贾成功又去二街街口，看到的情形和星期二、四晚上一样。星期天晚上去，没什么情况。贾成功终于明白，除了星期天，朱蕊一个晚上都不闲着，她同时在和他、老K两个人约会。老K有摩托车，贾成功没有。老K有皮衣，贾成功没有。贾成功心里很不舒服，确切地说，是胃里不舒服，就像喝醉了酒吐过一样，有些揪得慌，想再吐却吐不出来。其实这就是所谓“心痛”的感觉。贾成功“心痛”了。

贾成功“心痛”了，才知道朱蕊对自己的重要。他发现自己已经离不开朱蕊了。可是，自己爱她吗？他不知道。他从一开始他就没打算爱她，只是想把她“拿下”，拥有她的身体，没想到却对她的身体产生了依赖，就像嗜酒的人会有“酒精依赖”一样。

贾成功从来没想过和朱蕊结婚，朱蕊不是他理想中的妻子。他理想中的妻子长相可以普通一些，看起来很平凡，隐忍内敛，不事张扬，最好再戴一副近视镜；可以是中学老师，也可以是事业单位的普通职员；在家里是贤妻良母，他想喝酒的时候就给他炒几个菜，有空就辅导孩子的学习。最重要的是纯洁，像一张白纸一样没被人涂抹过，没有过去，只有未来。而朱蕊的过去太复杂。上中学的时候就不断有穿着喇叭裤、吹着口哨的社会青年去找她；现在她作为小县城的名人，仍有很多单位的小青年喜欢她。如果她提出嫁给他，他肯定不会同意。

贾成功知道，他不会在小县城生活太久。这里不属于他，他也不属于这里。外面的世界很精彩，他要去大城市生活，去省城济南。如果他还没认识朱蕊，没有对她的身体产生依赖，说不定已经去济南了。他知道自己要走，却割舍不下朱蕊，这是他最痛苦的事情。

而现在，忽然半路杀出个程咬金。贾成功不想败给这个“程咬金”，更不想败给朱蕊。他觉得自己已经够倒霉的了，现在又有人“欺负”自己，他无论如何也咽不下这口气。于是他脑子里冒出一个念头：征服朱蕊，和她结婚，让她完全属于自己。

可是，拿什么结婚，怎么征服朱蕊呢？贾成功不知道。

5

1994 年春节到了。贾成功虚岁 28 了。他周岁是 26 岁零 4 个月，不知怎么就虚成了 28 岁。奶奶和母亲都对他说："你都 28 了，也该找个媳妇了。"

在农村，这个年龄的人确已经是大龄青年了。他的小学同学，不管男同学还是女同学，都已经结婚了，也都有孩子了。他的小学同桌宋爱国结婚最早，孩子都 6 岁了。宋爱国很有本事，生了一儿一女两个孩子，是双胞胎。他经常哼着歌，骑着自行车驮两个孩子去赶集，横梁上坐一个，后架上坐一个。

贾成功的二弟比他小两岁，结婚都三年了，儿子都 2 岁了。小东西穿得很厚很笨，圆滚滚的，像个棉花弹子，在院子里跑来跑去，一会儿骑狗，一会儿抓猫，动作很卡通。一家人的视线都紧紧地缠绕着他，怕他磕着碰着。因为贾成功给了小东西 20 块压岁钱，老二媳妇不厌其烦地提醒小东西喊"大爷"。小东西经常"大爷、大爷"地喊，喊得很甜。贾成功弓着腰坐在堂屋门口的马扎子上抽烟，看着小东西在院子里跑，真有结婚的渴望了。正上高中的妹妹小梅躲在屋里看书，看他长时间发呆，笑着问他是不是想媳妇了。他咋呼小梅："胡说八道！"

春节假期结束后，贾成功和朱蕊约会时，感觉她很冷淡，看起来心事重重的样子。通常，每次约会贾成功都提前几分钟到二街街口，朱蕊一般晚出来几分钟。可这一次，朱蕊早出来了两分钟，贾成功晚了一分钟。她就向他发脾气，埋怨他不守时。他拿出很大的耐心哄她高兴。他觉得真麻烦，很累。

贾成功先把朱蕊脱光，塞进被窝里，自己一件一件地脱衣服。他脱光了衣服，坐在被窝里。朱蕊啪啪地拍着他的后背，说："贾成功，我想结婚了。"

贾成功光着上身，起了一身鸡皮疙瘩，愣了许久，问："和谁？"

他希望听到朱蕊说"和你"，朱蕊却说："不知道。"

贾成功想到了老 K，反问了一句："不知道？"

朱蕊摩挲着他冰凉的脊背，问："贾成功，你告诉我，你有多少钱？"

贾成功说："存折上有 900 块钱。"

贾成功每月工资 120 多块，工作一年多，攒下了 900 多块钱。几天前他还看了看存折，记得上面的数字是 907.86。

朱蕊抓着贾成功的胳膊，把他往被窝里拉，贾成功坐着没动。朱蕊见他身上鼓出了一层"小米"也不往被窝里钻，自己又折起身子把衣服穿上了。贾成功也穿上了衣服。两人并排坐在床沿上，像在照相馆里照相一样矜持。

朱蕊说，她的婚事她自己做主，她是很想嫁给他的，她觉得他适合当丈夫。她是这么想的：他有文凭，又一表人才，和社会上的那些小青年不一样；工作能力也很强，如果好好干，

40 岁以前当上工业局副局长应该没问题，说不定 45 岁能当上副县长。春节前她爸看上了一块地皮，前有财水，后有靠山，是少有的风水宝地，她爸想尽快给她买下来，盖一处院子。连地皮带院子，总共需要 8 万块钱左右。如果他们结婚，他得出 2 万块钱，剩下的钱她爸想办法。她爸通过熟人暗中“考察”过他，她妈躲在工业局门口的小卖部里看过他好几次，都对他很满意。春节期间，她爸她妈劝她早点结婚，她妈每天天一亮就唠叨她。

朱蕊说：“我觉得让你出两万块钱不算多。”

贾成功挠了挠头，说：“不多，确实不多。按咱们这儿的规矩，是我娶媳妇，地皮应该我来买，院子也应我来盖。可是我只有九百块钱，恐怕只能盖个厕所。”

朱蕊沉默下来。贾成功也沉默下来。他在想，两万块钱，父母活了大半辈子还从没见过这么多钱，家里恐怕连三千块钱都拿不出来，即使能拿出来，他也不好意思用。这些年他上学、治“羊角风”，花钱太多了。老二结婚花了不少钱；老三已经定亲，也想早点结婚；妹妹小梅正在上学，正是花钱的时候。父母的负担真是够重的。

朱蕊和很多平凡的县城女人一样，理想的生活就是在县城有个占地半亩左右的院子，正房有三四间，还要有卫生间、厨房、洗澡间、储藏室，院子里种一些花草，家里养一条凶猛的狗。每天骑自行车上下班，路上接送孩子上下学。如果是个官太太那就更好了，每天晚上在家里准备好茶水、香烟、瓜子，穿着得体的衣服，温文尔雅地接待客人（收礼、受贿）。

朱蕊苦心孤诣，深谋远虑，把贾成功的职业生涯都规划好了，等着当副县长太太。可是，贾成功却不想在桃城当副县长，让他当正县长都不干。他的生活在别处。

两个人都没再说话。朱蕊穿好了外套。贾成功知道她要走了，也穿上了绿色军大衣，戴上手套，出去送她。

朱蕊坐在自行车后架上，两手抓着贾成功的衣服，不像以前那样搂着他的腰。从工业局到二街街口，平时骑自行车顶多不超过五分钟，可是今天，贾成功觉得足有二百里路。

到了二街街口，朱蕊从自行车后架上跳下来。贾成功没下车子，屁股坐在车座上，一条腿支在地上。朱蕊在他面前站着，和他相距大约半米，白毛线围巾把头包得很严实，眨巴着眼睛，脸上没有任何表情。贾成功脸上也没有任何表情，他想说点什么，却不知道说什么好。他们鼻子里呼出的白色气团交融在一起，交融，又散开，交融，又散开。过了一会儿，朱蕊莞尔一笑，戴着红色线手套、缩在袖子里的手向贾成功摆了摆，转身走进了小胡同。

朱蕊的皮靴发出很响的咔咔的声音。咔咔的声音越来越远，空洞，缥缈，悠长。

贾成功仰起脸来，雪花落在他脸上，很凉。

在昏黄的路灯下，贾成功弓着腰使劲蹬着车子，身子使劲往前倾着，看上去一只笨狗熊。

后来贾成功去二街街口等朱蕊，连续去了五六次，朱蕊都没出来。难道就这样结束了吗？贾成功有些不甘心。他还一点心理准备都没有，觉得这样分手有些仓促。虽然不需要举行一个仪式，但也得提前准备准备，酝酿酝酿情绪，说些该说的话，好聚好散。当然少不了亲吻、拥抱、昏天黑地地做爱，说不定还会抱头痛哭一场。这倒好，他和朱蕊衣服脱了又穿上了，连手都没碰一下。急刹车还有一个缓冲呢，朱蕊和他分手却一点“缓冲”都没有。他受不了，很憋得慌，简直要憋疯了。

6

这段时间，贾成功倒是看见过朱蕊几次。她去工业局送材料，送到他隔壁的办公室。他听见她有说有笑的，他觉得她是故意笑给他听的。过一会儿，皮靴咔咔的声音在走廊里和楼梯上响起来。他装作无意地盯着窗外楼下，看见她推着自行车往外走。她回头朝他办公室的窗户看了一眼，他急忙把自己的脑袋缩回来。他真想冲下楼去，叫住她，像扛麻袋一样一口气把她扛到楼上自己屋里，最后累死在她怀里。

贾成功自己不做饭，都是在县政府食堂吃饭。每天晚饭后，回到工业局顶楼那间房子里，他都就着花生米、榨菜，喝八两“二锅头”，然后骑着自行车出去漫无目的地转悠。他醉醺醺的，车子骑得飞快。自行车的轮子不像在他屁股底下，而像是长在他脚上，就像哪吒的风火轮一样。他骑着车子经常蹭到墙上，手背和腿上的皮肤被擦去一大块，血结了痂，衣服粘在身上，但他没觉得疼。他去朱蕊所在的轮胎厂，站在门口往里望。看大门的老头问他干什么，他说不干什么。他去县城西边正在修建京九铁路的工地，看刺眼的白炽灯下那些工人“咣当咣当”地敲打铁轨。他骑着车子出了县城，沿着公路继续往东南方向走，居然到了火葬场。

最后，贾成功来到了二街街口，屁股坐在车座上，一条腿着地，发一会呆，然后来到朱蕊家后面的小胡同里，朱蕊房间的窗下。朱蕊房间里亮着灯，隐约还能听见收录机里正播放着电视连续剧《渴望》的主题曲：“悠悠岁月，欲说当年好困惑，亦真亦幻难取舍。悲欢离合都曾经有过，这样执着究竟为什么？”他把自行车停好，倚着墙抽烟。他和朱蕊的空间距离也就是一堵墙的厚度，还不到 40 公分。可是，这 40 公分却是无法逾越的。

不知过了多久，朱蕊房间里的灯关了。贾成功“喵呜——喵呜——”地学猫叫。他觉得自己学得很像，简直都可以给动画片配音了，于是很得意，竟哈哈大笑起来。朱蕊房间里的灯亮了。他仔细听，里面没有一点动静。过了一会，朱蕊房间的灯又关了。他又开始学猫叫，一会儿是温柔可爱的母猫，叫声很纤细；一会儿是乖张暴戾的公猫，叫声很凶恶，简直像鬼嚎一样。朱蕊房间里的灯又亮了。他仔细听，里面还是没有一点动静。那灯老是亮着，不知亮到什么时候。他倚着墙，歪着脖子，倦意袭上来，竟站着睡着了。不知过了多久，几家居民的钟表“当——当——”地敲了两声，是凌晨两点了。贾成功打了个激灵，醒过来了。下雪了，周围一片白茫茫。他使劲跺了跺墙，又学起猫叫来。猫叫声在寂静的雪夜里十分瘆人。朱蕊房间里的灯又亮了。贾成功“呵呵呵”笑了几声，扑打了自行车上的雪，自言自语着“我可拿不出两万块钱”，骑上车子走了。他觉得口渴，想早点回去喝水。

一连四天，每天深夜贾成功都喝得醉醺醺的，跑到朱蕊窗下学猫叫。第五天深夜，他正站在朱蕊窗下，闭着眼睛倚着墙，陶醉似的学猫叫，忽然听见了一阵摩托车响。正在发愣，三辆摩托车已停在他面前了，其中有那个老 K。三个小青年摘下头盔，一步步向他逼近。在雪光中，老 K 的脸显得十分狰狞。另两个小青年一人扭着他一条胳膊，把他扭到附近的一片空地上。老 K 在他身后踹了一下他的腿腕，他一下子趴在地上。接下来是一阵拳打脚踢，他直觉得眼前闪烁着一片金星。

一个小青年一只脚踩着他的头，另一个小青年一只脚踩着他两条腿，老K一只脚踩在他腰上，点燃了一支烟，吐着烟圈说：“告诉你贾成功，你要是再敢骚扰她，可别怪哥们儿不客气，卸下你一条腿都是轻的！你他妈的也不撒泡尿照照自己，一个农村的穷小子，上了几年大学就人五人六了？农村穷小子就是农村穷小子，别他妈的癞蛤蟆想吃天鹅肉！”

这几句话贾成功听得清清楚楚的，每个字都像一把刀子捅在他心脏上。他浑身的血直往脑门子上涌，真想爬起来把老 K 的脸打肿，揍掉他两颗门牙。无奈被三个人踩得结结实实的，他一动不能动，因为脸贴着雪地，甚至话都不能说。

三只脚从贾成功身上拿开，扬长而去。贾成功挣扎着，浑身疼，跌跌撞撞地爬起来。

贾成功的肋骨被打断了两根。在医院躺了一个多星期后，他写了辞职报告，交给了局长。他要去济南。他要像扔掉阑尾炎手术后的那一截盲肠一样，把在桃城的这一段生活扔掉，开始新的生活。邓小平同志说，发展是硬道理。对贾成功来说，赚钱是硬道理。他要赚钱，赚很多很多钱。君子报仇，十年不晚，他总有一天要把朱蕊拿下。

第四章

超级『屌丝』

1

新世纪以来，互联网越来越普及，网络流行语也越来越丰富：木有（没有）、酱紫（这样子）、小喷油（小朋友）、表（不要）、肿么了（怎么了）、童鞋（同学）、帅锅（帅哥），还有“蛋疼”、“我勒个去”等等。2012年，最火爆的流行语大概就是“屌丝”了。不光网络，一些晚报和生活类报纸也开始频频使用。

更让人惊讶的是，《人民日报》也于2012年11月3日在“迎接党的十八大特刊”上首次使用了这个词。文章说：“回望10年历程，中国社会结构变化之深、利益格局调整之大、遭遇的外部环境之复杂，实属罕见。市场经济的冲击余波未了，全球化、民主化、信息化的浪潮又不期叠加。分配焦虑、环境恐慌，拼爹时代、屌丝心态，极端事件、群体抗议，百姓、社会、市场、政府的关系进入‘敏感期’。人民群众不仅要福利的拓展，也要公平的过程；不仅要权利的保障，也要权力的透明。满足‘需求’，回应‘要求’，不仅关系到发展能否实现‘正义增长’，关系到13亿人的政治信任，更关系到中国现代化的前途。”

2013年1月2日央视《焦点访谈》盘点2012年年度流行语，就收入了“屌丝”，同时收入的还有“高富帅”、“白富美”、“元芳，你怎么看”等等。这期节目的主持人是个女的，说到“屌丝”的时候，表情从容自若。

贾成功从家乡小县城跑到省城济南之后，就是个“屌丝”，而且是超级“屌丝”。

济南有一家杂志叫《星期八》，主办单位是齐鲁文化艺术研究院，是一本生活类杂志。为什么叫“星期八”？因为要倡导休闲。1994年中国还没实行双休日制度，是隔周双休（从1995年5月1日起正式实行双休日制度）。按照人们的习惯说法，一周上六天班叫“大礼拜”，上五天班叫“小礼拜”。休息时间太少，不过瘾，所以需要一个星期八。杂志教给读者如何让夫妻性生活更和谐，怎样饮食才能营养均衡，皮衣如何上光保养，等等。也有一些“深度报道”，比如探讨全国各大城市涌动的民工潮、社会主义市场经济条件下的国有企业改革，等等。发行量大约3万多份。

杂志社一共14个人，其中主编老李、副主编姜开蔚、发行部主任白玉兰是“正式的”，是齐鲁文化艺术研究院的“在编”工作人员。逢年过节只有他们三个人领福利——花生油、鸡蛋、带鱼之类。编辑部的编辑只有一个人，老石，一个60多岁的老头，是某中学的退休教师，喜欢写些介绍济南风物、掌故的“豆腐块”，文笔倒不错。老石是编辑，但每天的主要工作是剪报纸。每天上午，收发员把杂志社订的报纸杂志送来，放到老石桌上。老石戴着一副老花镜，拿着一把看上去很锋利的剪刀，挑选适合杂志用的文章，“咔哧咔哧”地剪下来，贴上标题签。杂志上一半以上的稿子都是他从其他报纸杂志上剪下来的。反正作者一般不会看到，倒是省下一笔稿费。来稿也有，但不是太多。发行部也只有一个人，白玉兰，她也是发行部主任。

三个“正式的”不怎么干活儿，每天都是喝茶、聊天、看报纸。一天上班八小时，有效工作时间不超过半小时。内勤小包是个小伙子，很瘦，很聪明，什么乱七八糟的事都干，主要是跑邮局（替白玉兰发行）、跑印刷厂（替姜开蔚校对）；三个“正式的”分了鸡蛋、花生油，懒得拿或不好拿，小包用手提着或用自行车驮着，屁颠屁颠地分别给他们送到家里。

贾成功在《星期八》是个拉广告的。在桃城的时候，他给《星期八》写过稿子，因此算杂志社的老熟人。主编老李很欣赏他的文字，希望他能做编辑（如有必要，可以把老石辞退，反正都是“临时工”）。但贾成功来济南是为了挣钱，当编辑每月只有 300 块钱的死工资，不吃不喝五六年才能挣下 2 万块钱，才能娶一个朱蕊。他想拉广告，那样来钱快。虽然拉广告基本工资才每月 100 块钱，但提成较高，一年拉 10 万块钱广告，就能挣 3 万，就能娶一个半朱蕊了。贾成功曾经咬着后槽牙暗暗地下决心：一年最少拉 10 万的广告！

在《星期八》，像贾成功这样从小地方来省城“淘金”的还真不少。除去那三个“正式的”和老石、小包，其余九个人全是拉广告的。有的在外面租房子住，这是发了财的；没发财的都住在杂志社提供的集体宿舍里。研究院大院东北角有个锅炉房，锅炉房旁边有一栋两层小楼，楼很小，每层只有四个房间，是供锅炉工、大院保安和餐厅厨师、服务员等临时工住的。主编老李跑到院长那儿磨过几次嘴皮子，终于要到了一个30平方米的房间，让杂志社的几个临时工住。这几个临时工习惯把自己称作“狗”——给杂志社逮兔子的狗，逮到兔子自己能吃点肉，逮不到兔子就得饿死。

这几个临时工在研究院大院里是“狗”，出了大院来到大街上却是记者，兜里都揣着杂志社颁发的记者证。1990年代，像他们这样的“记者”比牛毛还多。在大城市里，人们一眼就能看出他们是外地人。他们的皮鞋上有厚厚的一层土；西服看上去光鲜却很便宜，袖口的商标还没有剪去；领带是两块钱一条的“一拉得”。没有人知道他们的袜子磨出了洞；没有人知道他们夜里住在廉价的旅社里；没有人知道他们肚子饿了只能去路边的小饭馆吃一屉蒸包或喝一碗肉丝面；没有人知道他们怀揣着一个梦想，那就是挣下足够多的钱，在大城市买下房子，落下户口，成为大城市的居民。

如果不出差，他们每天晚上都在那间30平方米的宿舍里喝酒、打牌，轮流掏钱买菜做饭。买个鸡架子或一堆骨头，在电炉子上炖一锅冬瓜或大白菜，再买两瓶最便宜的“卧虎山”白酒，敲着“老虎、杠子、鸡、虫”，喝得晕晕乎乎的，感觉就很好。

临睡觉前，他们照例关着灯开“卧谈会”，就像在大学里一样，谈得最多的是《星期八》的美女白玉兰的风流韵事。白玉兰三十二三岁，皮肤白皙，身材高挑，两腿修长，眼角有细细的皱纹，给人一种风霜感；神情从容、淡定、恬静；穿着打扮总喜欢标新立异，用贵州出产的蜡染布做罩衫和流苏裙，裤腿宽得像布袋一样，上面绣着荒诞夸张的脸谱，如果一个农村妇女或下岗女工穿着她的衣服跑到大街上，八成会被人送到精神病院；穿她在身上就很“浪”，别有一番情调。据说，她老公是一家大型国有企业驻香港办事处主任，很少回家。喜欢她的男人很多，据说晚饭后她经常被开着摩托车或高级轿车的男人接走。她的眼圈总是有些发黑，可能和睡眠少、纵欲过度有关。

副主编姜开蔚就很喜欢白玉兰，但只有意淫的份儿。姜开蔚年近 40，瘦如麻秆，尖嘴猴腮，两个眼镜片像啤酒瓶底子那样厚、那样大、那样圆。眼镜太重，老是往下滑，眼珠子白多黑少。他是个离了婚的男人。他只离过三次婚。他阳痿。北京、上海的大医院都去过，偏方也吃过，病就是治不好。他最辉煌的经历就是在第一次结婚之前，曾经和一个叫赵雪晴的大学女同学谈过一个多月的恋爱，拼上攒了 20 多年的力气把女同学搬上了床。他经常向人炫耀这一段，《星期八》所有的人都知道。他有一张赵雪晴的照片，就压在他办公桌的玻璃板下面。贾成功看过那张照片，觉得赵雪晴并不漂亮。据说赵雪晴在济南著名的私营企业神马集团工作。

姜开蔚经常向白玉兰献殷勤。他给白玉兰倒水，是为了在白玉兰接水杯的时候“无意”地碰一下她的手。白玉兰启朱唇露白齿对他一笑，他最少两天不知道自己姓啥，走路的时候一跳一跳的像踩弹簧。像姜开蔚这样猥琐的男人，心高气傲的白玉兰能允许他给自己倒一杯水，就已经给足他面子了。在大街上遇见这样的男人，她都不把眼皮抬一下。

群居终日，言不及义。每天晚上都说白玉兰，慢慢就觉得腻歪了。夜晚的时间不好打发，几个人就一起步行很远，去济南南部的八里洼看黄色录像。

多少年后的八里洼是济南最高档的生活社区之一，高档楼盘鳞次栉比，价格也都高得吓人，而 1994 年这里却是城乡接合部，是一大片低矮、拥挤、阴暗的民房，是济南外来人口居住最集中的地区。因为有需求，录像厅特别多，大都放一些港台的武打和艳情片。门口的广告牌上大都是一些穿着三点式、嘴唇涂得血红的搔首弄姿的女人。来看录像的以民工居多，如果有看上去人模狗样的，多半是“记者”。

每次看完了录像回来，几个人在床上翻来覆去地“烙煎饼”。因为裆里那东西迟迟不倒，都不敢仰面躺着。他们都不说话，因为每个人都在想女人。贾成功在黑暗中瞪着眼睛想朱蕊。不过，和朱蕊比起来，录像里的那些女人仅是深红浅白而已，逊色多了。

几个人大都有“女朋友”。他们的“女朋友”也大都是漂在济南的外地人，身份不明。和“女朋友”幽会，地点总是很麻烦。如果在一起只是聊聊天、拉拉手，在马路上就可以；如果要拥抱、接吻，在街心花园和树林里也能凑合。难的是“圆房”。去宾馆开房，俩小时也收一天的钱（那时候还没有钟点房），太浪费，舍不得。没有更好的地方，只能在集体宿舍里。谁想“圆房”就掏 100 块钱给其他几个人，让他们出去找个小饭馆喝酒。时间是两个小时，不能早回来。如果两个小时不够用，每延迟半小时多拿 50 块钱，让几个家伙多吃点多喝点。当然，几个家伙很少按时回来——不是两小时以后，而是提前，也不敲门，就在门外头唱歌。内勤小包人长得瘦，能跑腿，不怕累。他不喝酒，菜吃得也少。当别人吃到一半的时候他就跑回去，撅着屁股趴在门上听里面的动静。如果里面的动静大，他就悄无声息地仔细听；如果动静小或没动静，他就忽然掏出一大串钥匙，故意把锁弄得哗啦啦地响。这个时候就能听到一个女人“啊”的一声尖叫。他撒丫子就跑，跑到酒桌上，气喘吁吁、满脸通红、绘声绘色地模仿里面的呻吟声或尖叫声，和几个家伙分享。

这就是这几条“狗”的生活。

贾成功对这种生活极不适应。太无聊了，太没品位了，太可怜了。和所有刚刚失恋的人一样，他很想一个人静静地待着，想想未蕊。不愿和其他人厮混在一起，不愿和他们一起喝酒、打牌，不愿和他们一起去看黄色录像。可是，不和他们在一起，他又能去哪儿呢？后来，他终于想到了一个可以去的地方，可以一个人待着了。但他没想到，无意间窥到了白玉兰的秘密。

2

贾成功看见白玉兰和一个男人做爱，就在他眼前。

《星期八》的办公室在研究院大楼的四楼，是一个面积大约 40 平方米的大房间。编辑部、发行部、广告部都在一起。里面很杂乱，有很多桌子，墙角堆着一大堆过期的杂志，还有衣服架、沙发、茶几等等。这天晚饭后，贾成功谎称去找同学玩，悄悄地进了办公室，反锁上门。办公室里很黑，但他没开灯。他坐在主编老李的座位上，腿翘到写字台上，很舒服地坐在黑暗中想朱蕊。想他和朱蕊在一起的点点滴滴，想朱蕊的身体，想自己什么时候才能有两万块钱。现在是 4 月了，天开始暖和了，他觉得有点热，就脱下上衣挂在旁边的衣服架上。来济南一个多月了，他第一次这么清静地一个人待着，觉得真好。

忽然，办公室的门锁哗啦哗啦地响。贾成功惊得一下子站起来，头发都竖了起来，本能地把衣服架往自己身边拉了拉，以便挡住自己。进来的人有办公室的钥匙，肯定是《星期八》的人，但不知道是谁。他脑子转得飞快，琢磨着那个人开了灯看见他，他该做何解释。门“吱呀”一声开了，同时他闻到了一股很好闻的香水味，也听见了一个女人低低的声音：“妈呀，这么黑。”

是白玉兰。

一个男人低低的声音说：“能开灯吗？”

白玉兰说：“不要开灯，不然保卫科的人会以为忘了关灯，会上来的。”

贾成功一猫腰钻进主编老李的写字台下，屁股撅在里面，脑袋伸在外面。他并不想窥探别人的隐私，但因为空间狭小，也只能这样藏身了。他大气都不敢喘，仔细听着两人的动静。两个人朝他这个方向走过来。距离主编老李的写字台两米的地方，有一张又宽又长的布艺沙发，老李经常半躺在上面看报纸。他看见白玉兰和那男人站在沙发旁，拥抱、接吻。他听见白玉兰鼻子里哼哼唧唧的，那男人则呼哧呼哧地急喘。那男人的右手拍打着白玉兰的屁股，发出像击打水面一样啪啪的声音。那男人把手伸进白玉兰的裤子里。白玉兰扭动着屁股，鼻子里发出惬意、陶醉、含混不清的声音。这时，那男人的大哥大响了，他对着大哥大压低声音说：“饭还没吃完呢，王总、何总他们挺能喝，得让他们喝舒服。可能还得两个小时吧，吃完饭就回去。怎么这么安静？我在卫生间呢。我没怎么喝，不会醉的，放心吧。”

白玉兰说：“你老婆。”

那男人说：“没事，还有两个小时呢。”又下流地笑了笑，说：“我得三次！”

白玉兰说：“就吹牛吧你！累死你！”

那男人说：“累死在你怀里，也是幸福的。”

那男人有大哥大。多少年后，连小学生、环卫工人、收破烂的都有手机了，而 1994 年，大哥大不是谁都能买得起的，得一两万元（参照 2012 年的物价指数，最少也得七八万。

当然，到 2012 年，在“高价回收手机”的地方，只能卖 10 块钱），除了通信功能，更主要的是身份的象征。主编老李也有一部，经常放在写字台上，上厕所都带着。这家伙很大，看上去很结实，如果搏斗的时候当作武器，能把人的脑袋打个窟窿。

那男人把白玉兰放倒在沙发上，一件一件地脱她的衣服，一直把她脱得一丝不挂。在黑暗中，白玉兰的身体一片雪白。然后那男人迅速地脱光了自己。一个雪白，一个微黑，两个身体扭在了一起。大约五六分钟，那男人嗷了一声，长长地舒了一口气，说：“我不行了，我不行了。”

两个人穿上衣服，去了趟卫生间，回来半躺在沙发里，拥抱、抚摸。白玉兰在那男人怀里拱来拱去，那男人则有些懒洋洋的。

白玉兰问：“你今天给我的这个链子很贵吧？”

那男人说：“不贵。”

白玉兰问：“多少钱？”

那男人说：“2300 多块钱。”

那男人又说：“公司里资金有些紧张，所以现在每个月只能给你那么多，以后会多的。”

白玉兰说：“无所谓。”

那男人问：“他几个月没回来了？”

白玉兰说：“有三个月了吧。还是过年的时候回来的。”

那男人问：“咱俩几个月没在一起了？”

白玉兰说：“有两个多月了。上次是正月十六晚上，你忘了？那天晚上从玉泉森信大酒店出来的时候，月亮很圆。”

那男人说：“这次有些匆忙，没来得及订房间。下次我想在舜耕山庄订房间。”

白玉兰说：“随便。”

那男人问：“姜开蔚还骚扰你吗？”

白玉兰说：“嗨，别提了。这个人就是一堆垃圾，恶心！要不是同事，我都不正眼瞧他。前天下午下班，他在我回家路上的那个小饭馆等我。我正走着走着，他忽然从里面蹿出来了，嬉皮笑脸的，吓我一跳。他说他睡眠质量差，吃安眠药也不管用。我说我又不是医生，跟我说这个干什么。他结结巴巴地说和我很有关系。他想请我吃饭，请我去爬千佛山，请我去逛趵突泉公园，请我去大明湖划船，我都没答应。我急着回家。他缠着不让走，问我能不能答应他一个要求。我问什么要求。他说想摸摸我的手。我把手伸给他，说你就随便摸吧。路上人来人往的，他又不敢摸，咕咚咕咚地咽唾沫，脸红得像刚蒸出来的龙虾，额头上汗都出来了。”白玉兰说着咯咯地笑起来。

那男人说：“真他妈不是男人！要不我找人修理修理他？”

白玉兰说：“没必要。不就是想摸我的手吗？又没说摸别的地方。”说着又有些淫荡地笑起来。

那男人鼻子里极轻蔑地“哼”了一声，说：“真给男人丢脸！”

白玉兰说：“我们单位来了个小伙子，小贾，气质挺好的。”

蹲在主编老李写字台下的贾成功心里咯噔了一下，使劲侧着脑袋听下面的话。

白玉兰说：“整个杂志社只有他气质好，一看就是那种很有内涵的人。个头也高，身材也好。”笑得有些放荡：“他这个年龄吧，俩小时三次还差不多。”

贾成功在老李的写字台下张着大嘴，极力控制着自己的喘息。他裆里那东西正在遭罪。

白玉兰说：“不知道他为什么拉广告。他从鲁西南一个小县城来的，在济南啥也没有。”

贾成功心想，是的，刚被小县城的女人甩了，还挨了老K一顿打，来到济南一个多月了，一分钱的广告还没拉到手，可以说是一无所有。这时他裆里那东西又萎下去了。

那男人说：“我现在行了。”

说着，那男人三下五除二把白玉兰脱光，然后三下五除二把自己脱光。这一次持续的时间较长，大约20多分钟。白玉兰变换着好几种姿势，叫声也比第一次更恣意、更忘情。

像第一次那样，完事后两个人去了趟卫生间，从卫生间回来相拥着半躺在沙发里。那男人往外挪挪，白玉兰就往外跟跟，脑袋在他怀里拱来拱去。那男人挪到沙发头上的时候，白玉兰长长的胳膊环绕着他的脖子。

那男人懒洋洋地说：“我得回去了。”

白玉兰说：“你不是跟她说两个小时才回去吗？现在才一个小时多一点儿。”

那男人打了个哈欠，说：“我真得回去了。”顿了顿又说：“我真得回去了。”

白玉兰鼻子里“哼”了一声，笑着说：“还三次呢，两次就这熊样了。也快 40 岁的人了，别再嘴硬了。”

那男人自嘲地笑着说：“好好好，我不嘴硬了，我哪儿都不硬了。”

那男人先走了。白玉兰站在窗前，嘴里轻声地哼着歌：

让青春吹动了你的长发让它牵引你的梦，
不知不觉这红尘的历史已记取了你的笑容。
红红心中蓝蓝的天是个生命的开始，
春雨不眠隔夜的你曾空独眠的日子，
……

还没唱完，她忽然骂了一句：“他妈的！”优美的歌声和粗俗的骂声反差太大，以至于贾成功简直不相信自己的耳朵。这样的话怎么会从这个高贵美丽的女人嘴里吐出来？她又在骂谁？

过了十几分钟，白玉兰也走了，轻轻地锁好了门。房间里弥漫着由高档香水味和某种腥味混合而成的气息。贾成功从主编老李的写字台下钻出来，伸了伸腰，浑身的关节嘎嘣嘎嘣地响。在写字台下蜷缩了大约一个小时，贾成功浑身难受。他有些口渴，要倒水喝，就开了灯。沙发上有一副金项链，闪着耀眼的光。贾成功把金项链拿在手里，把玩了一会儿，扔在沙发上。他又关了灯，在黑暗中又坐了一会儿，想了想朱蕊，决定回宿舍。

走到门口，他又折回去，摸索着找到了那副金项链，装进了自己口袋里。他觉得这么贵重的东西丢在沙发上不安全。他想明天上午早点去办公室，争取第一个去，把金项链再放到沙发上，看着白玉兰把它收起来。他没有多想，只想学雷锋做好事。

没想到，这副金项链给贾成功带来了麻烦。

3

贾成功打算尽快把金项链还给白玉兰，可是在接下来的几天里却一直没有机会。他出差了，跟着费志高和吴富贵两个人拉广告去了。白玉兰和那个男人幽会是星期一晚上。星期二一早贾成功跟费志高去了济南北部的德州市齐河县，当天就回来了。星期三他又跟着吴富贵走了，星期四晚上才回来。

贾成功来《星期八》已经一个多月了，一分钱的广告还没拉到手，他很着急。他曾咬着后槽牙发誓一年挣 10 万，可是这样下去，别说 10 万，1000 也挣不上。每个月 100 元的基本工资，连吃饭都不够，只能动用在桃城工作时的一点积蓄。费志高、吴富贵他们经常几千几千地拿钱回来，再上千上千地提成，是两个出类拔萃的“狗”。贾成功想跟们学学。

费志高拉广告的诀窍是脸皮厚，全省各地到处跑，见了工厂、乡镇政府和富裕的村子就进，去了就坐那儿不走。这次出去，费志高领着贾成功来到了德州市齐河县的一个乡政府。之所以去齐河，是因为在济南长途汽车总站恰巧看到一辆去齐河的车马上就要开了。之所以去那个乡镇，是因为长途汽车正好路过那个乡政府大院门口。

费志高是 1958 年出生，之前是济宁某中学历史老师。他戴着金丝眼镜（因年代久远，金丝已变成了铁丝，还生出了绿色的锈），看上去像个迂腐又清高的知识分子。人并不算太瘦，腰却很细，还有些驼背，上半身向前倾着，给人的感觉是永远都在挨饿，渴望吃一顿饱饭，喝一顿大酒。初次和他打交道，都会觉得他有些难以接近，因为他不说不笑的时候，那张白脸看起来有些阴。等碰了几次杯，脸开始发红，表情就活泛起来了。这时会发现他是一个很有意思的人，说话风趣，能讲笑话。别人笑得前仰后合，他依旧不动声色。他出去拉广告，“套路”是先和客户吃一顿饭，酒过三巡，称兄道弟，开口要钱。

这次，费志高和贾成功 10 点左右就到了乡政府大院，正好乡长在，就把乡长堵在了办公室里。费志高稳稳地坐在棕色假皮沙发上，像长在了上面。乡长问他有什么事，他不说，只是掏出名片递给乡长，和乡长闲聊。没话说的时候，就沉默着，场面很冷。很显然，他是在等中午那顿饭。不断有人来找乡长谈工作，用陌生的眼光打量他们一眼。贾成功如坐针毡，觉得这样等一顿饭太不要脸了，就像要饭的一样。他真想替费志高告诉乡长，他们是来拉广告的。但费志高一点都不着急，一副既来之则安之的表情。终于到午饭时间了，乡长居然没赶他们走，还安排食堂做了一桌子菜招待他们。菜都很“硬”，光猪肘子就有两个，在一个大搪瓷盆子里冒着热气。乡长叫了副乡长、办公室主任和宣传委员等人作陪。几杯酒下肚，费志高的话多起来，人一下子可爱多了。他的荤段子不时逗得一桌子人哈哈大笑。别人敬酒，他统统笑纳，然后再回敬每个人。他酒量大，敬得别人都有些招架不住了，同时也很感动。别人平均喝了半斤，他最少喝了一斤。不知不觉间，他开始称呼乡长“老弟”了，乡长则称呼他“老大哥”或“老费”，彼此之间已没有一点距离感。这时，他终于切入了正题，谈起了拉广告的事。他的“老弟”很痛快，马上安排宣传委员整理一份宣传材料寄到《星期八》，并让财政所长汇款。

等了一上午，吃了一顿饭，喝了一斤多酒，认了个“老弟”，3000元的广告费就到手了。

出了乡政府大院，费志高找个没人的地方撒了一大泡尿，然后蹲下来，手指伸进嘴里，抠了一下喉咙，“哗哗”地呕吐。他要把肚子里的那一斤多酒吐出来。他用一个破手绢擦了擦嘴，自嘲地说：“什么叫白吃白喝？我日他姐，这就叫白吃白喝，吃多少吐多少，喝多少吐多少。”

贾成功笑着说：“老费，我终于知道你为什么总是一副挨饿的样子了。不过，今天拉了3000块钱，挣了900块钱提成，值！”

费志高弓着腰，揉着肚子说：“值是值，可苦了我这胃了。”

贾成功说，在乡长屋里干坐着等上午这顿饭，有些死皮赖脸的。费志高说，不死皮赖脸是不行的，要是不等着吃这顿饭，很快就会被乡长打发走，一分钱也拉不到。当然，今天算是顺利的，有时候在外面跑几天，只是混了几顿饭，混了一肚子酒，钱一分也没拉到。有的客户当时说得好好的，可是酒劲一过，说过的话就被大风吹走了，再打电话催，人家就不认识你了。俗话说“脸皮壮，吃得胖”，只要能挣到钱，就不管脸是啥腚是啥了。

贾成功觉得，费志高的这一套他学不来，打死也学不来。如果让他长期干这个，他情愿再回桃城县工业局写材料，庸庸碌碌熬到胡子白。

吴富贵拉广告也不比费志高高明多少，总的来说是半斤八两。如果说费志高最大的特点是脸皮厚，吴富贵最大的特点是能蒙。他是1960年出生，之前是泰安市某县工商局的办公室副主任，因和主任共事不愉快，一直受压制，提拔无望，就出来了。他人高马大，很有派头，如果在县政府大院里，和副县长站在一起，他绝对像正县长。他要进了乡镇大院和一些不太大的企业，一看就是“上面”来的人，谁也不敢怠慢。

这次贾成功跟吴富贵去了莒东县。和费志高去齐河县一样，吴富贵去莒东，也是因为在汽车站正好遇到一辆去莒东的车马上就要发车了，车上还有座位。到了莒东，天已经黑了，二人住在汽车站附近一家破旧的小旅馆里。简单地吃完晚饭，贾成功问吴富贵到底去哪儿拉广告。吴富贵说不知道。贾成功很纳闷：来莒东拉广告，却不知道客户是谁？晚饭后百无聊赖，吴富贵找旅馆服务员要了一张《莒东县报》，斜躺在床上看。忽然，他一拍大腿，说：“有了！明天最少能拉到4000块！”

贾成功一头雾水，不知道怎么回事。吴富贵只是得意地笑，把那张《莒东县报》折叠起来装进口袋里。

第二天上午，两人花了 6 块钱，坐机动三轮车来到距离县城 10 多公里的一家镇办企业。一进厂办公室，吴富贵就说找老侯。办公室的人说，厂长不在，去镇政府开会了。吴富贵说："马上把他叫来。"是一种命令的口气。办公室的人问有什么事，吴富贵说："玉山叫我们过来跟他说点事儿。"办公室的人马上把二人请到接待室，上了好烟好茶好水果。办公室的人打了一通电话，不到 10 分钟，厂长就回来了。

厂长看上去 50 岁左右，矮胖，红脸膛，眼珠子有些黄。吴富贵说明了来意，并说多次听玉山说这家企业效益不错，老侯也很有能力，是个人才。听吴富贵这么说，厂长有些兴奋，不住地拭去红鼻头上冒出的汗，当即吩咐会计将 4000 元的广告费汇到《星期八》的账户上，吩咐办公室的人尽快把广告稿和照片寄到《星期八》。厂长提出中午在镇上最好的饭店宴请他们。吴富贵婉言谢绝，说中午还有事。厂长说，无论如何也得吃个便饭。吴富贵这才说，玉山那边安排好了，在县政府招待所。厂长讪笑了一下，不再说什么，让司机把他们送到县政府招待所。临上车的时候，厂长紧紧地抓着吴富贵的手，悄声说："老弟，等见了马县长，麻烦你给我捎两句话。第一句是我今年其实只有 45 岁，身体很好，精力旺盛，每天工作 15 个小时都不累；第二句是我和那个姓薛的十几年都没来往了，今后也不来往。就这两句话，别的不用说。"吴富贵把那两句话重复了一遍，说：“放心吧，我一定把你的话一字不漏地捎给玉山。”

白色面包车把两个人送到县政府招待所。两个人在一楼大厅的沙发上坐了一会，看着面包车驶出了院子，这才步行去汽车站附近那家破旧的小旅馆。贾成功惊魂未定，担心那个看上去 50 岁、其实只有 45 岁的厂长领着公安局的人找过来。

吴富贵问：“怎么样？过瘾吗？”

贾成功说：“老吴你是个大骗子。你骗人的手段简直炉火纯青。”

吴富贵“嘿嘿嘿”地笑。

贾成功问吴富贵，“玉山”、“马县长”、“老侯”到底是怎么回事。吴富贵从口袋里掏出那张皱皱巴巴的《莒东县报》递给他。贾成功看到小报上有一篇关于那家镇办企业在厂长侯某某的带领下大搞技术革新的报道，大约 1500 字；还有县长马玉山一篇《大力发展龙头企业，促进农业产业化再上新台阶》的讲话。

贾成功一下子明白过来了。不过他有些担心：这不是钢丝绳上跳芭蕾——玩悬的吗？那个厂长什么时候见了县长，如果说起这事来，不就穿帮了吗？吴富贵故作高深地笑了笑说，这你就不懂了，厂长肯定认为他和县长有什么特殊关系，拿出 4000 块钱的广告费，也算送了县长一个人情。不过，厂长见了县长肯定不会提这事，那样会让县长面子上不好看。

中午，两个人躲在汽车站附近一个脏乎乎的小饭馆里，花了不到 30 块钱，要了一盘酸辣土豆丝、一盘西红柿炒鸡蛋、一盘凉拌黄瓜、四瓶啤酒，吃起来喝起来。吴富贵说，现在是他人生的低谷，他想干点大事，可是没有第一桶金，没办法，只能这样连坑带骗。他也觉得这样做有点坏良心，但干大事不能有妇人之仁。等有了一定的原始积累，他就离开《星期八》。贾成功问他想干什么大事，他城府很深地笑了笑，什么都不说。

贾成功觉得，吴富贵的连坑带蒙他也学不来，打死也学不来。他总觉得那样有些像诈骗，在法律上也许构不成诈骗罪，但在道德上却是应该受到谴责的。大哲学家康德说："道德本来就不教导我们如何使自己幸福，而是使自己如何无愧于幸福。"贾成功觉得这话是为他说的。

跟着费志高和吴富贵出去拉广告，贾成功本来想学点本事，却发现什么都学不来，而且越学越沮丧。看来他不适合这份工作。今后怎么办呢？他有些发愁了。

还有一件让他发愁的事。他跟吴富贵跑了趟莒东，出去两天，《星期八》发生了一件事，他不能在集体宿舍住了。事情是这样的：

星期三晚上，有个叫葛鲁光的要"圆房"。另几个"狗"拿着葛鲁光给的100块钱出去喝酒。没想到葛鲁光的女朋友叫声很大，结果招来了一个最不该招来的人——保卫科长。

保卫科长有50多岁，喜欢穿西服打领带，头发总是打着发乳，看起来很干练。但他西服上衣袖口的商标没有剪去，红色的领带喜欢打在圆领毛衫的外面，像小学生的红领巾在风中飘呀飘的。他没多少文化，"酗酒"念"胸酒"，"参差不齐"

念“餐叉不齐”；还特别爱吃蒜，早饭都吃，辛辛苦苦工作一天，和那么多的人脸对脸说过那么多的话，嘴里的蒜味都散不去。他几乎在研究院所有的科室都待过，最后被任命为保卫科长。这科长一当就是十多年，而且很可能要当到退休。他之所以在那么多科室待过，是因为所有科室的人都烦他，都齐心协力赶他走。别的科长都是正科级行政级别，他这个科长连小小的副科级都不是，只是个称呼。他的下属只有两个人，单位大门口的保安。

这天晚饭后，保卫科长背着手出来散步。路过单位大院东北角的时候，他听见了那种叫声。他仔细听了一会儿，脸红了红，咧嘴笑了笑，甩开胳膊大步流星地往单位大院里走。他悄悄潜伏到房间门口，又仔细听了一会儿，脑门上的汗都出来了。他用手抹了一把汗，整理了一下表情，“咣咣”地砸门。里面的叫声戛然而止。过了一会儿，葛鲁光提着裤子、趿拉着鞋，红着眼珠子开了门，头像蒸笼一样冒着热气。那个女孩子低着头坐在床沿上，脸红得像保卫科长胸前的领带，正用手整理着蓬乱的头发。保卫科长在女孩子对面的床沿上坐下来，使劲盯着葛鲁光床上的几团卫生纸和一包安全套，又看看葛鲁光，看看女孩子，严厉地问：“你们，你们在这儿干什么？”

葛鲁光反问：“你说我们在这儿干什么？”

保卫科长满脸通红，摇晃着脑袋，鼻子里直往外呼气。

葛鲁光递给保卫科长一支济南人爱抽的“大鸡”烟，说：“来，抽根‘大鸡’吧——不，是‘大鸡’——别气坏了身体，革命事业还需要你。”

保卫科长一手从衣兜里摸出了打火机，一手伸过来接那根“大鸡”烟。葛鲁光却又把递烟的手缩回来了，说：“这烟不能给你了，只有这一根儿了。这个时候我特别想抽烟——你可能也和我一样。再说，抽烟有害健康，你是大科长，我不能害你呀。我这命不值钱，就叫它危害危害我的健康吧。”

保卫科长鼻子里“哼”了一声，站起来，背着手走了。

第二天，也就是星期四，上午一上班，保卫科长就找到了院领导，把他昨天晚饭后的事情都说了一遍，唾沫星子喷到了院领导面前的文件上和水杯里，坚决要求《星期八》的几个“临时工”搬出大院。因保卫科长是个老同志，得给他面子，更因他嘴里的蒜味让人实在受不了，院领导没等他说完就表示同意了。

院领导打电话把主编老李叫过去训了一顿，要求几个“临时工”十天内搬出大院。几条“狗”得出去租房子住了。

4

贾成功急着把那副金项链还给白玉兰。星期五这天，他去办公室很早。8 点半上班，他 8 点 20 就到了。他想趁办公室没人的时候把金项链放在白玉兰的办公桌上。没想到白玉兰到办公室更早。他到办公室的时候，白玉兰手里捧着一杯茶，正坐在沙发上发呆，很失落的样子，看见他进来，木然地冲他笑了笑。

金项链就在贾成功的口袋里。他想把金项链还给白玉兰。他去卫生间提来拖把，一遍遍拖地板，脑子里琢磨着怎么说。他的脸有些发烫。白玉兰没有注意到他的反常。地板拖了三遍，他也没想好怎么开口。他还想再拖一遍，白玉兰说，小贾，地板已经干净了，不用拖了。他想提着水壶去打开水，白玉兰说，小贾，开水已经打了。这时，主编老李、编辑老石等人已经进办公室了，贾成功也安静地坐下来。

贾成功每天都把金项链装在口袋里，每天都想找机会还给白玉兰，可是一见到她，又不知道怎么开口了。他很后悔自己多事，不该学雷锋做好事。他想偷偷地把金项链放在白玉兰办公桌上，又怕弄丢了，总觉得应该亲手交给她。

一个星期后的一天，贾成功决定把金项链亲手交给白玉兰。这天早晨他第一个来到办公室，找了个信封，把金项链装进去，信封揣在自己口袋里。他涮了拖把，拖地，等白玉兰来。他想好了，就说那天晚上 9 点多从外面吃饭回来，去办公室打了个电话，在沙发上看到了金项链，知道肯定是她的。之所以强调晚上 9 点，是因为那个时候白玉兰已经回家了，暗示她，他并不知道她和那个男人的事情。至于为什么过了这么几天才还给她，就说把金项链锁在自己箱子里了，又跟费志高和吴富贵出差几天，回来发现钥匙找不着了，刚刚把箱子撬开。

过了一会儿，白玉兰进来了，收拾自己的办公桌。贾成功走过去，本想把已想好的话说一遍，却不会说了。他低着头，把信封放在白玉兰办公桌上，什么都没说。白玉兰说：“咦，小贾，这是什么东西？”贾成功没吱声，提着拖把匆匆地去了卫生间，涮了很长时间。

白玉兰平时在办公室里喜欢说说笑笑的，这天却安静得像蜡像一样，捧着报纸一动不动地看。她偶尔抬起头来，目光瞄一眼贾成功。贾成功该喝茶喝茶，该打电话打电话，躲避着她的目光；他眼睛的余光瞥见她在看自己。姜开蔚的眼珠子贼溜溜的，不时从镜框上面盯着白玉兰看，忽然冒出来一句：“玉兰美女不说话，办公室里就太安静了。玉兰美女今天有些不正常。”

白玉兰放下报纸，说：“没有啊，我在看‘华航名古屋空难’呢。死了264个人，太惨了。”

姜开蔚说：“报纸都登了好几天了，还在看呐。”

白玉兰笑着说：“夜里没睡好，睡眠质量差，没精神，不愿说话。”

姜开蔚干笑了两声，脸竟然不易察觉地红了红，低下头去看报纸，不再说话。

贾成功正低着头给一家广告客户写信，但姜开蔚和白玉兰的每句话都进入了他的耳朵里。白玉兰说自己“睡眠质量差”。办公室里十几个人，除了她和姜开蔚，只有他一个局外人明白其中的玄机。

这天，几个“正式工”又分鸡蛋了，一个人一塑料筐，10斤。下午下班的时候，贾成功正要往外走，白玉兰叫住了他，请他帮自己把鸡蛋送回家去。以前都是内勤小包帮她送鸡蛋，这天小包不在，请假回老家了。办公室里人不多，贾成功又最年轻，让他帮忙倒也理所当然。贾成功有些迟疑，和白玉兰对视了一眼。白玉兰眨巴着眼睛，满眼睛都是话。贾成功知道她有话要对自己说，就答应了。白玉兰住在研究院大院旁边的家属院里，很近。

贾成功把鸡蛋送到白玉兰家，放进厨房里，看白玉兰并不想跟他说什么，转身就要走。白玉兰却站在门口拦住他，说要在家里请他吃顿饭。如果换成姜开蔚，能吃上玉兰美女亲手做的饭，并在这个春风沉醉的夜晚在美女家里和美女共进晚餐，肯定兴奋得流鼻血。但贾成功却没这个兴致，他说："现在才五点多，我还一点都不饿呢。"

白玉兰问贾成功一般几点吃晚饭，晚饭都是吃什么。贾成功说一般都是七点左右吃晚饭。白玉兰说："现在我也不饿。那就先坐会儿吧，说说话。"

贾成功想不出非走不可的理由，于是就在沙发里坐下来。白玉兰去了趟厨房，一会儿端出一个果盘来，放在贾成功面前的茶几上。果盘里是像红玛瑙一样鲜艳的大樱桃，还有几个青色的毛桃。白玉兰说，大樱桃是烟台的朋友送的，是有名的栖霞大樱桃；毛桃看起来青涩，其实挺好吃的。她又给贾成功泡了一杯红茶。

贾成功吃了几颗大樱桃和一个毛桃，小口小口地呷着红茶，等白玉兰说点什么。可是白玉兰却什么都不说，吃了几颗大樱桃，进了卫生间。卫生间的门没关，只是虚掩着。

贾成功环视着白玉兰家的客厅：米黄色的地毯上绣着红玫瑰，客厅正中挂着一个墨绿色的大风铃，墙上挂着草编牛角、花篮、舞鞋。一幅油画很醒目：一位面孔庄重宁静、长发飘扬的女神，双手优美地托举着长笛，笛管里袅袅飞出蓝色的火焰，那是女神在夜晚吹出的音乐。

卫生间里传出淋浴的声音。白玉兰在洗澡。贾成功想象着白玉兰的裸体，激动得鼻尖上出了汗。过了一会儿，白玉兰从卫生间出来了。她穿着一件紧身的玫瑰红真丝睡袍，头发披散着。贾成功只看了她一眼，就呆住了。这个时候的白玉兰比任何时候都漂亮，比任何时候都性感迷人。贾成功忽然有些口干，两口就喝下了那大半杯红茶。白玉兰轻声说："你也去洗洗吧。"

刚才贾成功还在纳闷：白玉兰说要和他说说话，却什么都没说，而是把他晾在客厅里，自己去卫生间洗澡，洗澡的时候还敞着门，她这是什么意思？现在，白玉兰让他也去洗洗，他才明白了怎么回事。幸亏有朱蕊的调教，让他明白了一些男女间的事情，不然这个时候肯定呆得像一只木鸡。自从和朱蕊分手，好几个月了，他还从没碰过女人，那方面的渴望十分强烈。他犹豫了一下，进了卫生间。

贾成功洗完了澡，穿着内裤从卫生间走出来，听见白玉兰在叫他："小贾，小贾。"循着声音，他走进了白玉兰的卧室。一进卧室，迎面是一幅美国著名影星施瓦辛格的巨幅照片。施瓦辛格微笑着，牙齿很白；上身只穿了件黑背心，双臂弯曲着，一疙瘩一疙瘩的肌肉很硬很结实，像在挑衅，也像在炫耀。也许很多女人都渴望被他抱在怀中，被他蹂躏。贾成功的目光迅速地从施瓦辛格身上移开。白玉兰仰面躺在床上，身上盖着毛巾被，身体的轮廓很分明，脸上的神情很从容，很安详。

贾成功心跳得十分厉害，喘得也十分厉害，身体有些哆嗦。白玉兰冲他笑笑，拍拍枕头，示意他快上来。他把卧室的门关上，做了一个深呼吸的动作，脱去内裤，掀开了白玉兰身上的毛巾被，紧紧地抱住了她。他的身体很烫，白玉兰的身体却有些凉。白玉兰身上、床上有一股很好闻的香水味。闻到那香水味，贾成功有一种灵魂出窍的感觉，头晕目眩，浑身发软，轻飘飘的。贾成功开始抚摸白玉兰。

就在这时，他头皮一麻，脑子里“铮”地响了一声，毫无铺垫地想起了两句让他沮丧的话。一是那天晚上白玉兰对那个男人说的“从鲁西南一个小县城来的，在济南啥也没有”；二是老K说的“农村穷小子就是农村穷小子”。于是他就萎了下来。

贾成功的身体下面是一个高贵、时髦、妖冶的城市女人，而他是一个农村穷小子，离开小县城来济南闯天下，一无所有，像一条饿狗一样。前几天跟着费志高和吴富贵出去两趟，发现自己既不能像费志高那样不要脸，也不能像吴富贵那样坑和蒙，这份工作显然不适合自己，还不知道何去何从呢。因葛鲁光得罪了保卫科长，集体宿舍不让住了，得出去租房子，又是一笔开销，这事也让他发愁。

贾成功从白玉兰身上爬起来，垂头丧气地穿上内裤，坐在白玉兰身旁，弓着腰，背对着她。白玉兰用脚抚摸着他的脊背，咯咯地笑。见他仍闷闷不乐，她坐起来，用手轻轻地抚摸他的头。她的神情有几分慈爱，甚至有几分母性，就像抚摸着一个受了委屈的孩子。她自言自语地说："这孩子，这是怎么了？"

贾成功再也不敢和白玉兰对视。临出门的时候，白玉兰说求他一件事。贾成功问什么事。白玉兰说，千万不要把金项链的事情说出去，不然她在单位就没法混了。贾成功瓮声瓮气地说了句"知道"，就头也不回地下楼了。他听见白玉兰高声说："小贾，谢谢你给我送鸡蛋！"然后门"咣"的一声关上了。

贾成功觉得今天简直丢死人了，他也厌恶透自己了，比厌恶姜开蔚都厌恶自己。在回研究院大院的路上，贾成功一直在踢一块杏仁大的小石子。他把小石子踢到前面，等走过去的时候，再往前踢。石子太小，他得目不转睛地盯着。从研究院家属院门口，一直踢到研究院大院门口，足足踢了300多米。贾成功在心里发狠：自己不会永远一无所有的，他要拼命挣钱，总有一天会牛逼起来的，那时候他要从容不迫地把这个高贵的城市女人拿下！

第五章 恐怖的警笛声

1

五岳之首的泰山，台阶一共是多少级？有人计算过，是6300级左右，长度是5.5公里。如果一个人徒步上山，又背着一个人徒步下山，你可能认为这个人是个疯子。可是，的的确确，贾成功就这么做了。他不仅没疯，而且脑瓜子很清醒。他是背着一个人一口气从泰山极顶跑下来的，当中一秒钟都没停。他背的是一个体重大约110斤的漂亮女孩子。

这是1994年5月中旬的一天，贾成功去泰安拉广告。泰安在济南以南，与济南相距70多公里，是距离省会最近的一个市。从济南到泰安的火车比公交车都稠，最慢的也不足两小时。泰安城区就在泰山脚下。贾成功的广告客户是泰安郊区一家毛白杨繁育基地。还算顺利，谈成了。只不过额度不算大，才4000元，能拿到提成1200元。这是贾成功来到《星期八》以后拉到的第一笔广告，这标志着他开张了，他心里还是很高兴的。

离开基地的时候是下午 4 点多，贾成功本来打算坐火车回济南，但因为心里高兴，忽然有了登泰山的兴致。泰山他还从来没登过。那么多的外省人、外国人都不远来登泰山，他作为一个山东人，现在就在泰山脚下，如果不登一登，似乎有些对不起泰山，更对不起自己。不过，如果不在山上过夜，不看日出，这个时候登泰山已经有些晚了。于是贾成功在火车站附近找了一家小旅馆住下来，决定明天早饭后开始登山。

第二天早饭后，贾成功买了些面包、火腿肠、矿泉水装进背包里，坐上了开往中天门的专线旅游车。登泰山一般都是从中天门开始，可以乘缆车到极顶玉皇顶，也可以徒步登上去。贾成功只听说过登泰山很累，但因为没登过，并不知道有多累。不过他才 26 岁，身体很棒，他相信别人能登上去他也能。他已打定主意，不管有多累，都要徒步登上去。

去中天门的路是盘山公路，公路下面是山谷，不知道有多深。贾成功望着车窗外，看到了奇异的景象：一朵朵一片片棉絮样的云飘飘悠悠冒上来，就在车窗外，仿佛伸手就能抓住。他上中学的时候学过杜甫的那首《望岳》诗：“岱宗夫如何？齐鲁青未了。造化钟神秀，阴阳割昏晓。荡胸生层云，决眦入归鸟。会当凌绝顶，一览众山小。”那时候贾成功对“荡胸生层云”感到不可思议，以为杜甫这老头儿忽悠人，现在看见车窗外的袅袅白云，才觉得这首诗挺写实，同时他也体会到了诗的妙处。

专线旅游车到了中天门，贾成功下了车，买了门票，开始登山。抬头看南天门，仿佛近在眼前，几步就能窜上去。可是，看山跑死马，感觉很近，其实却很远，必须脚踏实地，一步一个石阶地登。他低着头，眼前是一级一级的石阶；抬起头，眼前还是一级一级的石阶。石阶迤逦而上，缥缥缈缈，仿佛没有尽头。泰山上最险峻、最壮观的一段是十八盘。十八盘又有三段，按照急缓分为“紧十八、慢十八、不紧不慢又十八”。

刚开始往上登的时候，贾成功并没觉得累，可是过了半个多小时，就明显觉得累了。

登泰山是一个快乐的过程，因为看到了美景，挑战了自我，多了一份独特的生命体验，但同时也是一个痛苦的过程。贾成功累得张着嘴，腿也像是假的一样。一开始，他给自己规定，每登 100 个石阶可以坐下来休息一会，后来是每登 50 个石阶休息一次，再后来是每登 20 个石阶休息一次，最后是一个石阶都不想登了，只想休息，恨不能插上翅膀飞回济南去，躺在床上睡半个月。

好不容易登到了南天门，已经将近 11 点了。南天门距离极顶玉皇顶就很近了，几分钟就能上去。贾成功终于松了一口气。他坐下来休息了一会儿，拖着仿佛灌了铅的两腿来到天街上溜达。天街有些破旧，像北京圆明园遗址的某个角落。然后他吃力地登玉皇顶。玉皇顶又称天柱峰，海拔 1545 米。他看了玉皇宫、“古登封台”碑，到观日亭流连了一会儿，之后去望河亭遥望“黄河金带”。山色无限空蒙，大地一片苍茫，“黄河金带”看不见。山风缕缕，吹动他的头发。

贾成功靠在望河亭的栏杆上，想想自己登泰山的心得。他虽然是个拉广告的，但也是个文化人。文化人都喜欢形而上的思考。他皱着眉头想自己此时此刻最大的感受是什么，居然是有点沮丧。累一上午，目的终于达到了，然而达到这一目的又是为了什么呢？达到目的的同时也最终失去了目的，只剩下了过程。而整个过程却充满艰辛、坎坷和疲累。人活着不也是这么回事吗？一辈子为了名利含辛茹苦拼命挣扎，无论多么牛逼，死后都是一把灰。“古今将相在何方？荒冢一堆草没了。”平生的辛苦、辉煌也许能惊天地泣鬼神，但之于这抔黄土，什么都是浮云。就像海市蜃楼那样，看起来很美，却是虚幻之物，海风一吹，什么都没有了。这就是人的宿命。

人生虽然很虚无，但饿了有饭吃、渴了有水喝还是很幸福的。贾成功打开背包，拿出火腿、面包、矿泉水吃起来喝起来。他打算一会儿乘缆车下山。如果让他徒步下山，他情愿死在泰山极顶上——不然，累也能累死，大概还到不了“不紧不慢又十八”，就不紧不慢地累死了。他两腿发软，身体轻飘飘的，如果有一根羽毛落在他肩膀上，他就会被压倒。

可是在接下来的几分钟里，贾成功又突然改变主意了，决定徒步下山。谁让他坐缆车他跟谁玩命。因为他认识了一位漂亮的女孩子。

2

贾成功从泰山极顶往下走，准备去南天门乘缆车下山。刚走了几步，看见不远处嶙峋的乱石间坐着一个女孩子。她看起来二十三四岁，戴着白色的遮阳帽，手里拿着太阳镜，长发像瀑布一样倾泻下来，上身穿淡绿色的休闲外套，下身穿粉红色的休闲长裤，脚蹬白色旅游鞋。

贾成功只看了她一眼，腿就不能动了，像被什么魔力定在了那里。他脑子里第一个念头是仙女下凡，这个仙女下凡的时候，由于技术不够纯熟，没掌握好降落的角度，或有意偏离了既定的轨道，结果没落到地面上，落到泰山极顶上了。第二个念头是，仙女是不会戴遮阳帽和太阳镜的，她应该是一个可以亲吻可以拥抱可以做爱的凡人。

这是贾成功这辈子第一次怦然心动。怦然心动是什么感觉？就是小心脏嗵腾嗵腾跳得厉害，怀里像揣了只兔子，每时每刻都在拼命地抓挠。忽然，他哭了。不是咧着嘴哇哇大哭，也没有出声，只是流下了眼泪。眼泪像甲壳虫一样爬进他嘴里，咸咸的，他才知道自己流泪了。他抹了一把脸，擦干了眼泪，极力装出平静的样子。女孩子望着他，好像有什么话要说。这时贾成功的腿能动了，他朝女孩子走过去。女孩子表情看上去有些痛苦有些无助，像是崴了脚。

如果是在几年前，这么漂亮的女孩子贾成功是不敢接近的。这两年通过在朱蕊和白玉兰那儿“进修”，多多少少有些懂女人了，不再惧怕了。再说，这女孩子也许真的需要他的帮助。想到这里，他鼓足勇气走近女孩子，问：“你是不是崴了脚？”

女孩子点点头，说：“是的。”

贾成功在旁边一块石头上坐下来，看了看女孩子的脚，没看出什么异常来。看来她崴得不重，不然的话，脚会瘀青。他问女孩子：“你需要我的帮助吗？”

女孩子打量着他，充满感激地说：“麻烦你扶着我去南天门，我要坐缆车下山。你把我扶上缆车就行，别的不需要麻烦你。”

从这个地方去南天门，顶多十几分钟就到了。如果只是把女孩子扶上缆车，十几分钟后他们的缘分就到头了。贾成功想和她多待一会儿，想和她一起走下山去，于是问：“你是坐缆车上来的吗？”

女孩子点了点头。

贾成功说：“坐缆车上山，再坐缆车下山，游了一次泰山等于没游，有些遗憾。”

女孩子说：“我也是这么想的。我本来打算走下去的，没想到刚才脚崴了一下子，现在疼得很厉害，看来走不下去了。”

贾成功说：“我也是坐缆车上来的。来一趟泰山不容易，我得走下去，看看风景。”

女孩子并没在意贾成功的话，她伸出胳膊，示意贾成功把自己扶起来。贾成功抓住了她的胳膊。她试着站起来，可是屁股还没抬起来，就叫了一声，又一屁股坐下去了。她站都站不起来，看来不能一起走下山了，只能把她背到南天门，和她一起乘缆车下山。贾成功背对着女孩子，在她面前蹲下来。女孩子很自然地趴到了贾成功背上。贾成功背起她就走。女孩子个头较高（大约有 1.70 米），比较瘦，但体重最少也有 110 斤。贾成功本来很累很累，110 斤对他来说应该“重于泰山”了。但奇怪的是，他觉得女孩子“轻于鸿毛”，背着她一点都不累。不仅如此，他背上女孩子之后，就感觉身上像是绑了氢气球，整个身子轻飘飘的，腾云驾雾一般，简直妙不可言。于是他打定主意，要把女孩子背下山去。

十几分钟后，南天门到了，但贾成功并没有停下来，而是继续往下走。女孩子在他背上大呼小叫，要去坐缆车。贾成功说：“在我背上，比缆车里舒服。而且你还可以省下坐缆车的钱。”

女孩子叫嚷：“我要坐缆车，快回去！”

贾成功说：“缆车里没有座位，只能站着，可是你站都站不住。”

女孩子一条胳膊搂紧贾成功，腾出一条胳膊，用小拳头捶他的肩膀：“你这人怎么这样……”

贾成功说：“我是不会送你去坐缆车的。现在是我说了算，你最好老老实实的。咱们一会儿就能到中天门，比缆车慢不了多少。”

说着，贾成功加快了速度，像贴着台阶飞翔一样往下跑，而且速度越来越快。女孩子在他背上“嗷嗷”地尖叫，有些惊恐，也有些兴奋。身旁那些上山和下山的人在贾成功眼前一闪而过，一张张累得龇牙咧嘴又惊愕不已的脸。有人大喊：“加油！加油！”有人举起相机，“咔嚓咔嚓”地拍照。七八位泰山挑夫，光着脊梁，古铜色的皮肤上滚着豆粒大的汗珠子，用木棍抬着一台什么机器，脚步缓慢而沉实，一阶一阶艰难地向上攀登。看见贾成功，他们不约而同地停下了脚步，为贾成功让道。

贾成功一直没有停下来，不一会儿，到了山下的中天门。他看了看手表，才知道过了两个小时。三个十八盘，仿佛只有三个石阶，一眨眼就迈下来了。回头望望十八盘，感觉仿佛是从天上飘落到泰山上的锯齿一样的一条带子。南天门远远的，高高的，有些缥缈。

贾成功和女孩子在路边的石头上坐下来，等去泰安市区的专线旅游车。贾成功的头发被汗湿透了，一绺一绺的，还滴着水，像刚从水缸里出来。他的浅蓝色长袖 T 恤也都湿透了，成了深蓝色。他的牛仔裤裤腰以下直到膝盖也是湿的，紧紧地贴着屁股和大腿。女孩子从包里掏出一块黄色的手帕，替贾成功擦脸上的汗。贾成功伸着脖子，把脸递过去，配合着她的动作。给他擦了脸，女孩子让他把 T 恤脱了，要给他擦身上的汗。贾成功脱下来了。女孩子用手帕擦他的前胸和后背，拧了拧手帕，拧出了水。贾成功的裤子贴在身上很不舒服，但却不能脱下来。女孩子盯着他的屁股和大腿，嘟了嘟嘴，皱了皱眉头。贾成功抓着 T 恤的领子，在空气中“呼呼”地甩来甩去。女孩子柔情缱绻地看着他，微微笑着，腮上一边一个小酒窝。贾成功心里嗵腾嗵腾跳得厉害，不敢和她对视，急忙转过脸去看南天门。遥远的南天门有些飘忽，好像也在晃动。贾成功有些头晕，眼前一片金色的星星。等车的游客一直在看他们俩，目光充满好奇。

不一会儿，专线旅游车来了，贾成功急忙把 T 恤套在身上，搀扶着女孩子上车。

现在，贾成功和女孩子坐在泰山火车站附近的一家小饭馆里。才下午 4 点多，太阳还很高，贾成功想回济南。女孩子却执意要请他吃顿饭，表示谢意。贾成功也很想和女孩子多待一会儿，就同意了。因为还不到吃饭时间，除了他们俩，小饭馆里一个顾客都没有。女孩子点了四个炒菜一个紫菜鸡蛋汤，一瓶 52 度的泰山特酿白酒、一罐青岛啤酒。白酒给贾成功喝，啤酒她自己喝。

女孩子掏出名片，她向服务员要了笔，在上面写了“宿舍：南公寓楼 403”几个字。名片显示，女孩子名叫戴娜，是济南一家民办高校“博雅职业技术学院”的英语教师。她有些自嘲地说，她们学校的老师除了教课，都有招生任务，所以学校统一印了名片，一盒没用完，又给印一盒，但她不愿见个人就送名片，所以现在都有三盒了。

戴娜左手把玩着贾成功的名片，边自言自语“《星期八》记者贾成功”，边用右手捂着嘴笑。她大概是第一次见到记者，又是“星期八”的记者，很好奇，问贾成功平时都是干什么。贾成功觉得自己的工作实在难以启齿，他本不想让戴娜知道自己是拉广告的，但看一眼戴娜笑意盈盈的脸，不知为什么就如实说了。戴娜把贾成功的名片收起来，双手支着下巴，目不转睛地望着贾成功。贾成功目光躲躲闪闪的，偶尔看她一眼，就被震撼一次，心脏都剧烈地跳动。戴娜身材高挑，皮肤白嫩，眉清目秀，妩媚动人，一颦一笑都让他觉得灵魂要出窍了。尤其是她的眼睛，很大，眼珠很黑很明亮很清澈，像一泓深潭。贾成功觉得，在她面前哪怕说半句谎话，都是不可原谅的罪过。

戴娜问贾成功急不急着回济南，贾成功说不急，反正回济南的火车多得是，今天夜里能回去就行。戴娜说，如果不急的话，她想让他多陪自己一会儿。贾成功问她怎么一个人来泰山。戴娜说，她一个女同事家是泰安的，听说她还从没登过泰山，趁这两天都没课，死活拉她来。可是到了泰安，那位女同事的嫂子忽然要生小孩了，预产期提前了，女同事和家里人手忙脚乱的。女同事去医院前，把家里的钥匙给了她，扔下她不管了，她就一个人登了泰山。晚上她要去女同事家里睡觉，明天一早和女同事一起回济南。

不一会儿，菜、汤、酒都上齐了，两个吃起来喝起来，也聊起来。

戴娜因不急于回女同事家，拉开架式和他闲聊。她问贾成功为什么执意背她下山。贾成功说，因为她太漂亮了，他喜欢她，很想和她多待一会儿。戴娜“扑哧”笑了，问他体格为什么那么好。贾成功说，家是农村的，从小就干农活，栽地瓜、浇白菜的时候肩膀上挑两个大水桶，手里还提一个大水桶；200 斤的麻袋呼哧一声就能扛起来；倒着的碌碡他一用劲就能扶起来。戴娜问他小时候一定受过很多苦吧。贾成功说，他是吃地瓜窝头长大的，直到 1981 年去县城上初中，才天天吃白面馒头。1977 年他上小学二年级，那一年他们村每人分了 24 斤麦子，他家是 7 口人，他刚学会乘法，就用小木棍在地上算，算出全家分的麦子一共是 168 斤。小时候他唯一能喝到的饮料是醋，他偷喝醋的时候有好几次被奶奶堵在厨房里，每次都挨奶奶两巴掌。戴娜问他结婚了吗。贾成功说没有，因为他太穷了，对方要两万块钱，他拿不出两万块，就分手了……

贾成功甩着腮帮子，边吃边说。戴娜没动静了，贾成功抬起头来看她，看见大颗大颗晶莹的泪珠滚落下来。她抽了一张面巾纸，擦眼泪，又抽了一张面巾纸，擤了一把鼻涕。贾成功眨巴着眼睛，嘴嚼着鸡腿愣住了。戴娜又“扑哧”笑了，举起啤酒杯，说：“来，咱们走一个。”

贾成功闷声不响地吃。他觉得很奇怪，本来他有些虚荣，一般不愿让人知道自己家是农村的。可是和戴娜，什么真话都愿意说。他想，如果自己是个杀人犯或强奸犯，戴娜是办案民警或公诉人，他会把详细的作案经过和盘托出。如果她需要物证，他也会为她提供。如果死在她手里，哪怕被判处极刑，也心甘情愿。

贾成功厚着脸皮，把自己的心理活动告诉了戴娜。他说得不动声色，平平淡淡。戴娜瞪了他一会儿，忽然趴在了桌子上笑，一只脚在桌子底下踢他，好久她才抬起头来，满脸通红，伸过手来，掐他的脸，说：“你的想象力太丰富了！笑死我了。”

不知不觉，这顿饭吃了将近三个小时，外面的天色暗下来了。小饭馆里人也越来越多，吵吵嚷嚷的。戴娜怕耽误贾成功赶火车，想快点走。贾成功急忙抓起酒瓶子，把剩的二两白酒倒进嘴里。一斤 52 度的白酒下肚，他居然半点醉意都没有，和喝矿泉水一样。戴娜装作去洗手间，又从吧台拿来了四罐青岛啤酒。既然拿来了，那就喝吧，贾成功对着易拉罐吹，一口气吹一罐。戴娜瞪大眼睛，说："我的妈呀，你这是喝酒吗?这是喝水呀。"戴娜问贾成功还喝不喝，贾成功说不喝了。戴娜调皮地说："我知道你还能喝，能喝也不让你喝了，你给我省几块钱吧。"

贾成功也不知道自己今天怎么了，以前他从没喝过这么多酒，最高纪录是白酒八两半。他去了趟卫生间，顺便到吧台结了账。

出了小饭馆，大街上已灯火辉煌。戴娜去了女同事家，贾成功去了火车站。在街边一棵老槐树下道别的时候，贾成功咧着嘴，挠着头，不知道该说些什么。戴娜冲他笑，什么都不说，忽然张开双臂，拥抱了他一下，在他后背拍了四下。然后她扭过头，向夜色里走去。贾成功发现，戴娜走路的时候，上身挺直不动，两腿不是迈出去的，而是往前甩出去的，屁股往两边扭。她的个头看上去比一些男人都要高。她的长头发披散着，手里提着那顶直径大约半米的白色遮阳帽，像希腊神话中狩猎归来的女神。

3

贾成功和戴娜相识第三天的上午10点多，他坐在从哈尔滨回济南的火车上。火车已过了长春、四平，正行驶在辽宁省北部的广袤土地上。5月中旬，山东已是暮春，满眼都是绿色，已经很暖和了，穿一件长袖T恤正合适。东北大地却是一片初春景象。在田间劳作的农民，身上还穿着棉衣。贾成功坐在封闭的火车车厢里，只穿着那件浅蓝色的长袖T恤，觉得有些冷。和戴娜相识的当天晚上，贾成功在火车上。第二天他还在火车上。现在是第三天，他仍在火车上。

前天晚上，和戴娜一起吃完饭，贾成功去了泰山火车站。8点左右，他坐上了从菏泽发往哈尔滨的火车。车上人不是太多，很多座位都空着。这个季节从山东去东北的人比较少（农历正月十五以后、二月二之前这段时间人最多，过道里都是人，甚至座位底下都趴着人）。泰安的下一站就是济南，两个小时就到了。可是贾成功到济南没下车。因为他睡着了。他一觉睡了20多个小时，一直睡到了哈尔滨。

那天晚上，贾成功一上车，就躺在一个能坐三个人的座位上。躺下后才他忽然觉得累，浑身酸疼，肉也疼，骨头也疼。他想起了鲁西南农村的麦收。从他记事起，直到1990年代，鲁西南地区的麦收，机械化程度几乎为零，没有收割机，只能用镰刀，和几千年前的生产方式没什么两样。如果说有什么不同的话，只能是比以前更累。因为施用化肥的缘故，土壤得到了改良，麦株很稠密，长得也高，而且往往有大片的倒伏，割起来更费劲。极累极累，走着路都能睡着，甚至骑着自行车都能睡过去。贾成功从泰山极顶把戴娜一口气背下来，那种疲累比割麦子要强烈一百倍。奇怪的是，和戴娜在一起的时候，他一点都没觉得累。直到上了火车，在座位上躺下来，这种疲累在他身体的各个部位刹那间苏醒。他被重重地击倒了。而且，酒劲也在他上火车以后上来了，头疼得像要裂开一样。

贾成功睡着以后，就失去了大部分知觉、意识和全部的记忆，和死过去了差不多。这期间，他去盥洗处喝过三次凉水，上过四趟厕所，但他一点都不记得。车过济南、德州、天津，车上的人越来越多。从天津到沈阳，他是在座位上坐着的。两个从山海关上车的农民，肩上扛着有“尿素”字样的编织袋子，在车厢里到处找座位，看他一个人占了三个人的座位，就扶他坐起来。一开始，他坐在靠车窗的座位上，但他的脑袋不时撞在车窗玻璃上，咚咚地响。他又挪到当中位置，耷拉的脑袋轮流靠在两个农民的肩膀上。后来火车过了沈阳，下了很多人，车厢里座位多起来，两个农民把他平放在座位上。一个农民轻轻拍拍他的脸，问他去哪儿。他眼睛都不睁，嘟哝着说回济南。那农民对大家说：“他说他要回济南，可是现在已经过沈阳了。”车厢里的人都哄笑起来。那农民又问他喝了多少酒，他仍闭着眼睛，说喝了一斤 52 度的白酒和四罐啤酒。那农民出于好心，使劲摇晃他的胳膊，试图把他弄醒，可他就是不醒。

后来，意识像一群虫子一样蠕动着，慢慢爬进贾成功的大脑，他才想起自己是在从泰安到济南的火车上。他甚至想起自己在泰安上车的时候是晚上 8 点左右，现在应该快 10 点了，济南快到了。火车减速行驶，越来越慢，车厢广播里响起悠扬动听的萨克斯曲《回家》。贾成功知道火车马上就要进济南站了，于是努力睁开眼睛，准备下车。他觉得身上有些冷，不明白济南的春天为什么这么冷。过了一会儿，车厢广播里传出广播员的声音："旅客朋友们，本次列车的终点站哈尔滨站就要到了……"听到"哈尔滨"三个字，贾成功一下子睁大了眼睛，一骨碌从座位上坐起来。看看车窗外，夕阳的余晖像金子一样铺满了哈尔滨火车站的站台。

贾成功没出哈尔滨火车站，就买了回济南的车票。

4

爱情是什么？爱情是王八蛋。这是多少年后贾成功对爱情的看法。

多少年后，贾成功再也不相信"爱情"了。年岁越长，他越不知道"爱情"是什么了。在人类的各种情感中，亲情、友情都容易理解，唯独爱情概念模糊，难以界定。字典上，爱情的释义是"男女间相互爱慕的感情"。这种释义当然千真万确，放之四海而皆准，但同时也什么都没说。

自然科学家们对"爱情"的研究无疑有助于人们更加理性地认识"爱情"是个什么东西。研究表明，"爱情"是靠人脑内分泌的一种叫“多巴胺”(Dopamine)的物质来维系的。这是一种神经传导物质，专门传递亢奋和欢愉的信息，掌控人的情欲。如果大脑产生疲倦感，“多巴胺”的分泌就会减少，或者干脆罢工。研究表明，相爱的男女，无论爱得多么轰轰烈烈，不到四年，彼此就会产生“审美疲劳”，“多巴胺”就极少分泌或彻底停止分泌了。这时候，“爱情”就死亡了。如果相爱的男女之间说“我永远爱你”，这话是靠不住的，哪怕是哭着说的，也千万别信。如果相信，也只能相信他（或她）此时此刻“我永远爱你”的真诚。永远有多远？其实没多远，说短还真短，顶多是四年。古今中外有那么多表现爱情的文学作品，其中有些作品，由于不懂爱情的“发生机制”，只是精心营造了一幅看起来很美却很虚伪的“布景”，真相却被遮蔽或淹没了。这样的作品就像精神鸦片一样毒害了一代又一代的人，致使集体弱智，罪莫大焉……

有意思的是，从化学成分看，“多巴胺”和某些能导致人神经错乱、发疯的物质是一样的。所以不难理解，热恋中的人都像疯子一样。这就是“爱得发疯”的生物学依据。

26岁时的贾成功和大部分年轻人一样，还是相信爱情的。当然，本来不相信爱情的人，如果遇见了戴娜，也可能hold不住了。如果仍能hold住，一般会有两种情况：一，这男人有器质性疾病，脑内不能分泌“多巴胺”；二，这男人是个神，没有七情六欲。

男人喜欢的女人有很多种，其中一种天性率真，不染铅华，不事雕琢，骨格清奇，天生丽质，是天山上的雪莲花，是这个充满喧哗与躁动的尘世里的异类，让男人一见就想疼就想爱。比如电影《罗马假日》里的奥黛丽·赫本。在这样的女人面前，所有的男人都会自惭形秽，会觉得她是水做的，冰清玉洁，而自己是泥做的，是个浊物。含在嘴里怕化了，捧在手里怕打了，只想把她放在一个离自己心脏最近的地方，用所有的爱和精神去呵护她。她会让人孤独，所谓“情到深处人孤独”。她会让人苦闷，因为没有合适的语言可以表达对她的喜欢和爱。她会让人痛苦，因为她不能属于自己。如果艺术是苦闷的象征，她会让瞎子成为画家，高位截瘫的人成为舞蹈家，哑巴成为歌唱家，文盲成为诗人。

戴娜就属于这种女孩子。

戴娜是青岛人。青岛出美女。从长相上来说，她和那些当红的影视明星相比毫不逊色。很多光彩照人的当红女明星，如果不化妆，走在大街上就是一个普通人，会被淹没在人群中。如果你是一位男士，和她手拉手一起走，别人会以为你们是两口子，还觉得“这女的配不上这男的”。戴娜如果和她们走在一起，她们应该自惭形秽。拼的是什么？是天生丽质。

现在，贾成功认识戴娜已两个多月了。这两个多月里，由于他脑中的多巴胺分泌量大，他也快成疯子了。

起床的时候、上厕所的时候、洗脸刷牙的时候、吃饭的时候、骑着破自行车从出租屋去《星期八》上班的时候、坐在长途汽车上出差拉广告的时候、躺在陌生小城的旅馆里的时候……贾成功每时每刻都在心里和戴娜说话。如果身边没人，他就会嘟嘟囔囔地说出声来。实在没什么嘟囔的就为戴娜背诵爱情诗。他背的最多的是台湾女诗人席慕蓉的诗，他上大学的时候买过席慕蓉好几本诗集，还有泰戈尔、海涅、叶赛宁的诗。背诵叶芝那首《当你老了》的时候，他会泪流满面。想象着将来有一天，戴娜年华已逝，成了一个老太太，满脸“痛苦的皱纹”，他就心如刀绞。

贾成功租住的地方叫南岗子街，在解放桥以北大约800米，历山路以西。这个地方是济南的一个繁华地区，但高楼背后却有一片简易、陈旧的民房，大都是二层红砖楼。一层是房主居住，二层对外出租。出租的房间都很小，大的不过15平米，小的不过10平米。说是街，其实只是个小胡同，宽不到3米，只能开进去一辆小面包车。贾成功住在一栋临街的二层楼的二楼。房间面积大约9平方米。窗外，一天到晚是喧闹、嘈杂的市井人声，有各种商贩的吆喝声、老太太和中年妇女的说笑声、两口子吵架的哭闹声，还有小饭馆里食客们“老虎！杠子！鸡！虫！”的划拳声。

戴娜供职的博雅学院位置很偏，在济南南部一个山坡上，只有一路公交车（是终点站），每天晚上8点半收线。校园不太大，高楼、矮楼有七八座，也不是太新，但院子很整洁，绿化也不错，据说以前是某炮兵部队的兵营。学校周围没有多少建筑，显得孤零零的。附近的山坡上有很多或高或低、或大或小的墓碑。据说很多年前这里是刑场，枪毙过很多人，后来改成了公墓。

每天晚饭后，贾成功都骑着自行车去找戴娜。两地相距大约 25 华里，而且大部分是上坡，但他一点都不觉得累。

一开始，贾成功并没打算和戴娜谈情说爱。在泰安的那天晚上，他们在那棵老槐树下道别的时候，他就觉得他们的缘分到头了。只是，从泰安（哈尔滨）回到济南后，贾成功经常愣愣怔怔的。晚饭后独自出去散步，走着走着，他就看见戴娜长发披肩，手里提着那顶白色的遮阳帽，微笑着朝他走过来。他揉揉眼睛，眼前什么都没有。回味着戴娜的一颦一笑，贾成功心里充满了甜蜜和忧伤。他知道，戴娜只是他生命中的一个过客，茫茫人海，萍水相逢，过去就过去了，什么都不会留下。戴娜供职的那个学校他知道，但他绝不会去找她。他想，做人得有尊严，美女谁都喜欢，但如果人家不喜欢你，你还死皮赖脸地去纠缠人家，那就太下三烂了。他和朱蕊分手后，有些不甘心，去她窗户底下学猫叫，结果挨了老 K 一顿打骂，这事他每次想起来都觉得太掉价，后悔得要死。

没想到，戴娜却主动找贾成功了。那是从泰安回来大约一星期之后，是个星期二，戴娜没课，就坐公交车到市中心买衣服。在人民商场附近，她用公用电话给贾成功打电话，问他有没有空，想让他陪她买衣服。那天贾成功给广告客户打了几个电话，正闲着没什么事，就马上骑自行车赶到了人民商场。以前他曾陪朱蕊买过两次衣服，朱蕊总说他眼光不行。奇怪的是，他和戴娜的眼光很一致，他觉得好看的衣服，戴娜肯定也喜欢。

戴娜买的那几件衣服，都是他一眼就看上的。买完衣服，戴娜请他吃了一顿饭，并邀请他有空去找她玩。她语气很真诚，不像是客套。贾成功心里这才踏实了，才有勇气去找她。

戴娜住在博雅学院女生公寓楼。学院只有两栋公寓楼，男生一栋，女生一栋。女生公寓楼在男生公寓楼南边，又叫南公寓楼。戴娜和那位泰安的女同事两个人住一个屋，南公寓楼403室。女生公寓楼男的不能进，贾成功每次去，都在楼下拦截一个女学生，去403叫“戴老师”。过一会儿，戴娜就会蹦蹦跳跳、欢欢喜喜地出现在楼门口。

两人约会的地点在校园内一个山坡上。石头晒一天，坐上去热乎乎的。一开始的半个多月里，贾成功连戴娜的手都没碰过。后来的一个晚上，望着远处山坡上的一座座墓碑，贾成功讲起了他老家鲁西南地区的一些“鬼故事”，戴娜听得一惊一乍，自然地就坐到了他怀里。他俯下身去，想吻她，但又不敢。戴娜在他怀里坐了一会儿，忽然伸出修长的胳膊，勾住了他的头。他这才开始吻她。

从此，每次约会，他们都拥抱、接吻。有时候，戴娜坐在贾成功腿上，两手在他脖子后面扣住，长发像黑色的瀑布一样倾泻下来，什么都不说。在银色的月光下，她的面孔端庄、恬静，仿佛有骨质瓷的质地。和戴娜在一起的每一分每一秒，贾成功都无比珍惜，真想收藏起来，等将来老了的时候拿出来回味。每天晚上10点，戴娜必须回宿舍。10点半熄灯，她得洗漱。贾成功骑上自行车回南岗子街的出租屋，一路下坡，春风沉醉，身子轻快得像羽毛一样。只是有件事让他充满哀愁：8月下旬，学校开学前，戴娜就要回青岛工作了。

很快暑假就到了。戴娜没回青岛的家，而是应一家培训中心的邀请，为初中三年级的学生办暑期英语补习班。课时费还是很可观的，不到两个月能挣五六千元（她的月工资是600多元）。办补习班的地点在人民商场附近的一所小学，离《星期八》杂志社比较近，骑自行车大约需要10分钟。

这家培训中心是个草台班子，是个摇滚乐队，名称叫“在路上”，同时还是个搬家公司，名称也叫“在路上”——对于一个搬家公司来说，这个名称实在算不上好。培训中心主任是乐队主唱、搬家公司经理，大约30岁，很高很壮很黑，头发长可披肩，是济南本地人。其他五六个小伙子都是外地人。他们都热爱摇滚，摇滚使他们成为一家人。能联系到演出就去唱，联系不到演出就在济南老老实实地给人搬家，暑假和寒假则瞅准机会给中学生办各种补习班，发一笔小财。他们什么课都不会讲，只能请“外援”。戴娜和她那位同室、泰安的女同事就是“外援”。

每天中午吃饭的时候，贾成功都去见见戴娜。戴娜和其他几个“外援”由培训中心一个小伙子（乐队的鼓手、搬家公司的副经理兼司机）领着，在附近一家餐馆吃自助餐。贾成功去了以后，坐在戴娜的邻桌，装作不认识，各吃各的，彼此看一眼，都偷偷地笑。那小伙子的长头发烫得像一簇簇的波浪。他总是向戴娜献殷勤，肉麻兮兮地叫她“娜娜”，眉飞色舞地吹嘘自己在外面演出时的经历。每当这个时候，贾成功端着盘子从小伙子身后经过，就装作不小心，把西红柿鸡蛋汤淋他一头。

隔几天，等戴娜下午下课后，贾成功到那所小学的门口去接她。他把自行车停在小学斜对面一棵法桐树下，屁股坐在车座上，一只脚着地，手里举着一份《齐鲁晚报》，挡住自己的脸，眼睛不时瞅一眼校门口。他看见戴娜走出了校门口，就咧着嘴笑。戴娜瞅他一眼，也笑笑，快步向他走过来。

贾成功骑自行车驮着戴娜，去找小饭馆吃饭。吃完饭，他骑自行车驮着戴娜去护城河边，找个安静的地方，在石凳上坐下来，聊天、拥抱、接吻。护城河边垂柳依依，凉风阵阵。晚上 8 点左右，贾成功骑自行车驮着戴娜去解放桥公交站，戴娜乘最后一班公交车回学校。

5

这个夏天贾成功特别需要钱。其实他需要的并不多，七八百元就够了。买身普通的衣服，买双普通的皮凉鞋，买块普通的手表，配副普通的眼镜，这些大概需要三百多元；再剩下三四百留着零花，请戴娜吃个饭什么的。他的金丝眼镜成了铁丝眼镜，镜框上长满了绿锈，左边的镜片裂了一个纹。灰色的短袖 T 恤领子磨破了，露出一根根的白线。米黄色的西裤腿弯处皱皱巴巴，裤脚被踩得卷曲起来，裆下被自行车座磨出了一个洞。塑料凉鞋的脚后跟越磨越薄，走路的时候往后仰。

电子手表每天慢 18 分钟，如果不调，10 天就慢 3 小时；塑料表带也快断了。他和戴娜一起吃饭，十次有六次是戴娜抢着付钱，他的自尊心有些受不了。他也想在戴娜面前穿得干干净净、利利索索的。

可是贾成功越需要钱越没有钱。他像饿狗一样到处跑着拉广告，结果只是白搭路费和住宿费。他想把白搭的路费和住宿费捞回来，于是又出去跑，结果又白搭了更多的路费和住宿费。每次出去，都是往外扔钱。他觉得十拿九稳能到手的钱，就是拿不到手。太吊诡了。

临沂郯城县一家化工厂，厂长同意出 1 万元，让贾成功过两天去一趟。两天后贾成功去了，厂长却死了。整个办公楼一个人都没有，所有的门都关着。贾成功在办公楼下遇见一个女清洁工，经过询问才知道厂长死了，厂里的人都在会堂里开追悼会。贾成功远远地往会堂方向看，果然看见一排鲜艳夺目的花圈，还隐约听见哀乐声。厂长是前天晚上 8 点多突发脑溢血死的。厂长死得真不是时候，如果晚死两天，贾成功就能拿到 3000 元的提成了。

烟台海阳县一家机械公司愿出 6000 元广告费。贾成功去的时候，葛鲁光已经提前一天去过了，把广告费带走了。公司的办公室主任说，前天上午 8 点半左右，他往《星期八》打电话找贾成功，想问他哪天来。没想到他不在，电话是葛鲁光副主编接的。这不，昨天葛副主编就来了。葛副主编说，他到乳山办点事，路过海阳，顺便过来把广告费捎走。办公室主任对葛鲁光说，贾成功记者这几天可能要来。葛副主编说，小贾是我们那儿的临时工，你把广告费交给我就行。他们就把广告费交给了葛副主编。办公室主任从抽屉里找出了葛鲁光的名片。贾成功一看，上面果然印的是“《星期八》杂志社副主编”。贾成功想起来了，前天上午，因为他的电子手表不准，他晚到办公室十几分钟。没想到，晚到这十几分钟就损失了1800元。他记得那天葛鲁光对他嬉皮笑脸的，当时他也没有多想。

酷热的7月，贾成功回了趟老家桃城。他的一位表叔当了多年的县供销社主任，在当地人脉很广。贾成功给表叔打了几次电话，请他帮忙联系当地几家企业。表叔在电话里含糊其辞，没说行，也没说不行。贾成功想将表叔一军，就买了两瓶好酒带上，回了桃城。可是一见面，表叔东拉西扯，一直回避正题。贾成功心里才明白这是不行了。贾成功不想白跑一趟，就去了他们镇上的农机厂；他记得厂长是他的一位小学老师。可是去了才知道厂子早倒闭了，锈迹斑斑的铁门锁住了院子，院子里的荒草比玉米都高。这时天快黑了，去县城的小客车都没有了，贾成功要么回家，要么住在镇上的小旅馆里。从镇上到他的村子贾庄只有五里路，步行只需半个小时。他已半年多没回家了，很想回去看看。但回家总得买点东西，他手里只有几十块钱。犹豫了一会儿，他决定不回家了，于是花7块钱在一家小旅馆登记了一个床位。房间很大，有十几个床位，住了六七个人。其中有两个枣庄口音的大车司机，喝酒、摔酒瓶子，动静很大，弄得他烦躁不安。

贾成功在小旅馆躺了一会儿，出去找了个小饭馆喝了碗肉丝面，然后在镇上转悠。有个年轻人骑着自行车从他身边过去了。他觉得那个人很像他的弟弟老二。如果真是老二，他真想坐在老二自行车后架上，跟他回家。他仔细打量那个人，却没看清楚。一是因为他的眼镜片子有个裂纹，二是因为他流泪了。他想奶奶、父母、老二老三和小侄儿了。转悠了一会儿，他还是决定回家；什么东西都不买了，就说去菏泽办事，顺便回来看看。

贾成功背着空空荡荡的旅行包，从镇上步行回家，可是刚出镇子不到10分钟，却下起雨来了，他身上马上被淋得精湿。这时已经下公路了，乡间土路十分泥泞，脚就像被吸住了一样拔不动。从镇上到宋庄只有2里地，他最少走了两个小时。走到宋庄时，雨终于停了。从宋庄到他的村子贾庄只有三里地，可是为了抄近路，他却迷路了。到处是大片大片的玉米地。他在玉米地里一钻就是四五个小时，怎么都走不出来。后来他好不容易从玉米地里钻出来，看见了村庄，终于松了一口气。可是仔细看时，他又泄气了：不远处就是宋庄小学。他在玉米地里钻了几个小时，又回到了原地。按照当地的说法，他遇到了“鬼打墙”。

天快亮的时候，贾成功终于走到了自己的村子。这时他又累又饿，真想好好吃顿饭，躺在床上美美地睡一觉。可是站在自己家门口，他又不敢进去了。他一身泥，像泥狗一样，奶奶和母亲看他这样肯定会难过得哭。他听见父亲在院子里咳嗽，知道父亲起床了，急忙深一脚浅一脚地向镇上跑去……

现在，贾成功来到了东营市河口区。他之所以来河口，是因为这地方比较小（全区总人口大约 18 万，胜利油田所属机构和地方大约各占一半），《星期八》几乎没人来过，是拉广告的“盲区”。可是到了这儿才知道不该来，因为这儿的地方企业太少了，胜利油田的下属企业又不可能在他们的小刊物上做广告。

贾成功在大街上转了一圈，决定马上回济南，于是向汽车站走去，可是走着走着，他右脚的塑料凉鞋底子忽然掉下来了。他蹲下来看了看，彻底不能穿了，只好再买一双。附近有一家较大的商场，他趿拉着鞋进去了。这家商场的凉鞋都是皮的，最便宜的也 80 多块钱。他咬了咬牙，买了一双 80 多块钱的。可是，他穿着新凉鞋从商场里出来，数了数兜里的碎钱，只有 9 块多了，而从河口到济南，车票需要 20 多块钱。

贾成功沿着公路，向济南方向走。他希望路上能遇见去济南的大货车，捎上自己，可是越走越觉得不对劲：一开始，公路两旁还有庄稼，越往前走庄稼越少，最后就没有庄稼了，只有大片大片白花花的盐碱滩。在广袤无垠的盐碱滩上，远远近近有一些“磕头机”（游梁式抽油机）在作业，那些“驴头”周而复始地低下去、抬起来。一辆辆油罐车从他身旁疾驰而过。他终于意识到自己是在南辕北辙了，他这样一直走下去会走到渤海边。原来这天阴天，他转向了。

天渐渐黑下来了，贾成功得找个地方住下。他环顾四周，看见不远处公路边有一台“磕头机”，还有个砖砌的简陋的小院。他走进小院。里面住着一个70岁左右的白发老头儿，显然是专门在这儿看守“磕头机”的。老头儿正蹲在房前，用舀子给一沟葱浇水，那沟葱长得比韭菜大不了多少。贾成功走到老头儿身边蹲下来，说想在这儿借宿一夜，再吃点东西，可是他只能留下9块多钱，不知老头儿是否愿意。老头儿上下打量着他，什么都不说。贾成功想帮老头儿干点活，老头儿说：“不用你，一边歇着去吧。”贾成功就走出院子，蹲在公路边看那些来来往往的油罐车。大概过了半个小时，老头儿大声叫他吃饭。贾成功走回院子，闻到了一股炖肉的香味。进了屋，果然是一大搪瓷盆子肉，是三只野兔。老头还开了一瓶“烟台古酿”白酒。大概因为常年遇不到几个可以说话的人，老头儿沉默得像个哑巴。贾成功也闷声不响地吃、喝。那瓶酒老头儿大概喝了二两，其余都让贾成功喝了。

老头儿的“床”只是几块木板，架在几个稀奇古怪的铁架子上，看上去很稳，也很宽，睡两个人绰绰有余。第二天一早，贾成功还撅着屁股呼呼大睡，老头儿推醒了他，同时他听见一辆汽车在院子门口轰隆轰隆的响声。老头儿说，他拦了一辆去济南的货车，驾驶室里还能坐一下人。贾成功一下子跳下床，拎起包就往外跑。老头儿叫住了他。他干笑两声，从兜里掏出那把碎钱塞给老头儿。老头儿恶狠狠地瞪了他一眼，他的手缩了回去。老头儿从屋里端出一只瓢，一把抓了三个鸡蛋塞到他裤兜里。鸡蛋是刚煮的，还有些烫。贾成功的泪水夺眶而出，他向老头儿深深地鞠了一躬，几步跑出了院子……

除了出去跑着拉广告，贾成功还经常去图书馆查找广告信息，给广告客户写信，随信寄去一份“广告刊例”。这些都是小广告，只有名片或烟盒那么大一小块。广告费当然也不多，三百五百的，提成百儿八十的。但这样的小钱也不好挣，寄一百封信，能拉到四五家就不错了。

最穷的时候，贾成功身上只有一毛钱，连馒头都买不起，只能赊着吃。他对楼下卖馒头的老太太说，他抽屉的钥匙找不着了，钱拿不出来，馒头先赊着。因为是老熟人，老太太很痛快地把馒头赊给了他。

那天晚上，贾成功去赊馒头的时候，居然遇见了他的小学同桌宋爱国。宋爱国在附近一家建筑工地上打工，工地就在他租住的南岗子街附近，在建的可能是一座高档写字楼。十几个绿色帆布窝棚在路边一字排开，里面没有床，是大通铺，那些农民工就住在里面。他们干了一天活，晚饭时三五成群地蹲在一起，就着一大盆子凉拌黄瓜，甩开腮帮子吃馒头、喝酒。每人一顿能吃四五个馒头，能喝七八两白酒。吃完喝完，大家坐在一片空地上，听宋爱国唱歌。没有伴奏，没有音响，但宋爱国唱得非常。附近一些出来散步的居民也站在那儿听他唱，没有一个不啧啧称赞的。

贾成功在几天前的一个晚上出去散步的时候就看见宋爱国了。自从 1981 年小学毕业后，这是他第一次见到宋爱国，心里还是很亲切的，很想把他叫到自己的出租屋里，好好地喝一壶，叙叙旧。但这段时间他穷困潦倒，不想被宋爱国看见，不想被他认出来。没想到，贾成功去赊馒头的时候，正巧宋爱国去买馒头。宋爱国看见他，惊愕地瞪大了眼睛，张大了嘴，想叫他的名字。他和宋爱国对视了两秒钟，忽然扭过头去，提着赊来的 5 个馒头匆匆走了。当年考初中的时候他考了全县第一，在外面混了那么多年，居然连馒头都吃不起了，这要是被宋爱国传回老家去，祖宗八辈的脸都丢尽了。他希望宋爱国没认出他来……

6

转眼就到 8 月下旬了。“在路上”的培训班结束了。博雅学院快开学了。戴娜也快离开济南回青岛了。如果两个人分别后都活着却再也不能见面，也算永别的话，贾成功觉得他和戴娜就要永别了。生离作死别，滋味不好受。晚饭后，贾成功穿着背心和大裤衩子，趿拉着拖鞋出去散步，从南岗子街一走就走到千佛山下，来回足有八九里路。他的脸拉得很长，阴沉沉的。回到出租屋里，在书桌前一坐就是俩小时，一根接一根地抽烟，一抽就是大半包。

贾成功不敢想象，如果济南没有了戴娜，这座城市该会多么黯淡，他的日子会多么难过。济南和青岛两个城市的空间距离不算太远，铁路有胶济线，公路有济青高速，交通很便利。可是他知道，即使他有机会去青岛，也不方便找她了；她会结婚生子，有属于自己的生活。时间一长，她会把他从记忆中抹掉。时间加上距离等于忘记。

贾成功想请戴娜吃顿饭，算是告别。可是他身上只有60多块钱了。拿着60块钱下饭店也太寒碜了，还不如自己做。于是他提前买了花蛤、爬虾等几种海鲜和肉、鸡蛋、青菜，提前宰好、洗好、切好。他打算等戴娜来了和她一起做，那样更有气氛。

这天下午5点多，太阳还很高，戴娜坐公交车来到贾成功租住的地方。她穿了件淡绿色的连衣裙，看上去很鲜亮。贾成功的出租屋太寒碜了，戴娜一来，就像仙女下凡了一样，一切都有了光彩。她围上围裙，做葱油鲤鱼、辣炒花蛤，蒸爬虾。贾成功给她打下手。贾成功的煤气灶和几样炊具在狭小的过道里。他靠着房间的门框，抽着烟，悄悄地看着戴娜做饭，觉得她像个贤惠的小媳妇。

想到不久就要“永别”了，这顿饭吃得有些沉闷，两个人都不怎么说话，酒一滴都没喝。饭后，贾成功坐在书桌前的折叠椅上，戴娜坐在床沿上（书桌紧靠着床）。贾成功右手像握毛笔那样握着一支圆珠笔，使劲闭着嘴，在一张16开的白纸上工工整整地写楷体“戴娜”。一张纸写满了“戴娜”，又换了一张纸。不一会儿，第二张纸又写满了“戴娜”。戴娜一会儿看看贾成功闭得有些歪的嘴，一会儿瞅瞅白纸上那一个个“戴娜”，手里拿着贾成功的打火机，“啪”摁一下，“啪”摁一下。书桌上的台扇摇着头，呼呼对着他们吹。

戴娜说："我唱歌给你听吧？"

贾成功说："好啊好啊，我还没听过你唱歌呢。"

戴娜手里玩着打火机，轻声唱起了正在流行的美国著名女歌手卡伦·卡朋特的那首《昨日重现》。她是学英文的，当然也用英文唱。她的嗓音本来不像卡伦·卡朋特，可是唱起这首歌就像了，很优美，略带感伤和沧桑。贾成功托着腮帮子，目不转睛地望着她。戴娜唱着唱着，忽然声音变了，鼻子里哼哧哼哧的。贾成功看见她流泪了，泪水流到嘴里，她也不擦。当唱到"And the good time that I had（想起过去的好时光）"时，她嘴一咧，趴在书桌上泣不成声。

贾成功急忙从折叠椅里站起来，坐在戴娜身边，揽着她的肩膀。戴娜一下子扑到他怀里，紧紧搂住了他的腰，把自己脸上的泪水蹭到他脸上。贾成功愣了愣，不知如何是好。戴娜捧起他的脸，吻他。贾成功开始抚摸戴娜，手伸进了她的裙子里。她并不反抗。贾成功又把手伸进她的内裤里，她还是不反抗。贾成功抱起她，小心翼翼地把她平放在床上。戴娜闭着眼睛，两手使劲搓着床单，张着嘴大口大口地喘……

就在最关键的时刻，意外发生了：床忽然张起来了，两人差点被掀翻。戴娜尖叫了一声。原来，贾成功这张床是从《星期八》宿舍里带过来的，一条床腿断了，他想买张新床，又买不起，只好凑合着用。床的一角不能受力，平时就需要小心一些，今天他把这茬儿给忘了。

贾成功浑身是汗，急忙把折叠椅垫在床下。折叠椅的高度不够，他又垫了几本书。之后，他用力摁了摁床，一摁，折叠椅就“吱嘎”一声。他皱着眉挠着头，不知怎样才能让折叠椅不“吱嘎”。他想将就一下算了。可是这时，戴娜却穿好了衣服，正用手拢着凌乱的头发。她脸上没有一点表情。贾成功像犯了错误似的，坐也不是，站也不是，不敢看她的眼睛。戴娜端起杯子喝了几口水，抿着嘴冲贾成功笑了笑，说：“我走吧？”贾成功眨巴了几下眼睛，急忙穿好衣服，送戴娜去公交车站。

这天是 8 月 24 日。

27 日上午戴娜就要回青岛了。26 日，贾成功约她过来吃“最后的晚餐”。他提前把菜都做好了。做了这顿饭，他身上只有 30 多块钱了。

济南的夏天很热。现在已立秋半个多月了，但因“秋老虎”发威，仍然很热。如果待在没有空调或电扇的屋里，身上一天到晚黏糊糊的，要冲几次澡。两口子干那事，需要开空调；如果没空调，开电扇只能勉强凑合，质量难以保证；如果连电扇也没有，那就不如打消念头，哪儿凉快上哪儿待着去。

这天晚饭，贾成功喝了点大约二两白酒，戴娜喝了一瓶啤酒。二两白酒对贾成功来说就像没喝一样，戴娜也能再喝一些。但他们都没有喝酒的心情。吃完饭，他们并排躺在床上，抚摸，亲吻。电扇摇着头对着他们吹。戴娜脸红扑扑的，闭着眼睛，不说话……

可是接下来发生的事情，差点把贾成功气死：他正准备脱衣服，电扇的叶轮转着转着却突然停下来了。他下了床“啪啪”

地摁电扇的开关，开了又关，关了又开，电扇却一点动静都没有。贾成功一手抓起电扇，“咣”的一声，狠狠地摔在墙角，骂了一句“他奶奶的”。戴娜面无表情地整理好白色的连衣裙，挎起坤包，准备往外走。小屋里热得像蒸笼一样，待一分钟都受不了。

两人一起来到附近的解放桥，在小花园里坐下来。解放桥是个地名，并没有桥，是解放路和历山路的交叉路口。路口的西北角有一片树木，还有石凳，也算是个小花园。小花园里黑灯瞎火的，又因为有蚊虫，没有别人来，还算安静。他们坐在一条一米多长的石凳上。石凳吸收了一天的热量，现在还热乎乎的。不远处有一家宾馆，叫历山宾馆，霓虹灯不停地闪烁。戴娜望了望历山宾馆，贾成功也瞄了瞄。

小花园外面车水马龙的，但里面真安静。戴娜撩起裙子，坐在贾成功身上，两条腿盘在他身后，双手勾住他的脖子。她的身体努力配合着他的动作，嘴里发出陶醉的声音。

可是忽然，不知什么地方响起了警笛声。声音很响，仿佛全世界都包裹在这声音里。贾成功心惊胆战，马上就不行了。戴娜坐在他身上不动，抱住他的头，使劲吻他。贾成功希望警笛声越来越远，可是警笛声却越来越近，他觉得自己的耳膜都快被震裂了。闪烁的警灯透过树叶斑斑点点地照在戴娜脸上。贾成功想推开戴娜，可是手哆嗦不止，一点都不听使唤。警笛声忽然停了。贾成功扭头，透过那些树木看见三辆警车在小花园外面的路边停下来了，距离最多有五米，警灯还在闪烁。

七八个警察迅疾地从车上跳下来，向他们这个方向跑过来。其中一个警察手里还牵着一条健壮的警犬，那警犬伸着舌头，舌头上滴着唾液，使劲挣着绳子向前冲。

贾成功希望戴娜能从自己身上下来，坐在他旁边。可是戴娜却一动不动，两条修长的胳膊紧紧地搂着他的腰。前面几个警察从他们身边跑过去了，跑向一栋居民楼。那条警犬在他们跟前停下来，嗅了嗅他们扔到草丛里的几团卫生纸，抬头打量了贾成功几眼。牵着警犬的警察用强光手电照贾成功的脸。贾成功瞥见警察手里还有一副明晃晃的手铐，一晃荡一晃荡的。他已魂飞魄散，使劲把头低下去。警犬使劲挣着绳子。警察肩头的对讲机响了，警察跟着警犬，跑了。

四周安静了下来。

贾成功浑身哆嗦，磕碰着牙齿说："我操，吓死我了。"

戴娜却从容自若，她拍拍贾成功的脸，示意他动。贾成功却一动都不能动了，浑身仍像筛糠一样哆嗦。过了一会儿，贾成功还是不行。戴娜鼻子里很短促地笑了一声，叹了口气，从贾成功身上站起来。贾成功的手哆嗦着，好不容易把裤子的拉链拉上。戴娜在他面前来回踱步，过了一会儿，抿着嘴冲他笑了笑，说："我走啦。"

戴娜向小花园外面走。贾成功想站起来，却怎么也站不起来，因为戴娜在他身上坐得太久，他的腿被压麻了。他叫戴娜等等他，戴娜回头看看他，冲他笑笑，继续往外走。

贾成功一瘸一拐地从小花园里走出来。在路灯下，他看见穿着白色连衣裙的戴娜上身挺直，头发披散在后背上，屁股往两边一甩一甩的，走过斑马线，向不远处的公交站牌走去。他想追上去，可是腿却跑不起来，哆哆嗦嗦的像抽风一样。来了一辆公交车，戴娜回头朝他摆了摆手，直着身子快跑几步，跨上去了。

贾成功像木桩一样立在斑马线上，看着那辆公交车开走、走远。红灯亮了，车流人流如过江之鲫，很多车冲他鸣喇叭，他漠无反应。有好几个司机把脑袋伸出车窗外，愤怒地骂他“傻逼”，或者吼一声“找死啊你”。

第二天一早，贾成功骑着自行车去了博雅学院。戴娜住过的南公寓楼 403 的窗户紧闭着。贾成功仰着脸，对着那扇窗户大声叫戴娜的名字，他声嘶力竭的叫声在空空荡荡的校园里回响。后来连续三天，贾成功每天都去，除了校门口打瞌睡的门卫，仍是一个人也没遇见。昔日熙熙攘攘的校园现在像一座空城。后来贾成功又去，校园里的人越来越多。再后来，校园里到处都是人，开学了。

第六章 洒狗血

1

贾成功终于有钱了。他做起了自由撰稿人。一篇一千字的散文，能挣一万多元稿费。每写一个字，就是十几块钱。

在《星期八》干了一年多，贾成功只攒下了6000多块钱。他离开桃城来济南，是想赚大钱，混得牛“B”一些，可这样下去，人不人，狗不狗，灰头土脸，连牛“C”都不是。一个偶然的机会，他发现了一个赚钱的门路，那就是做自由撰稿人。

1995年5月，贾成功去聊城拉广告。为了打发在路上的时间，他在济南长途汽车站买了一本《报刊文萃》。上面有一篇介绍自由撰稿人的文章吸引了他。文章叫《自由撰稿人笑容灿烂》，说在国际互联网普及之前，自由撰稿人是个很热门的职业，如果干好了，一年挣个几十万是小菜一碟。文章列举了北京、重庆、广西、福建、河南等地十几个自由撰稿人的情况。他们每年的稿费收入，最少的也有30多万，多的高达60多万。

坐在家里，邮递员每天都送来一沓子汇款单。自由撰稿人的种类很多，有的给《家庭》、《知音》这样的妇女类杂志写“纪实”，有的给晚报和生活类报纸写娱乐新闻，有的写时事评论，有的写财经评论，有的写体育评论，还有的写散文、随笔。

文章还说，这些自由撰稿人之所以有这么高的稿费收入，主要是一稿多投（杂志的签约作者除外）。中国的稿费标准一直比较低，省级晚报一般不超过千字200元，少的连50元都不到；有些地市级报纸稿费更低，有千字5元的，也有千字3元的，也就是一包烟钱。但中国面积大、人口多，报纸杂志的总量多，广种薄收，大面积撒网，“拾到篮里都是菜”，收入还是很可观的。各省、各地市的报纸往往只在本省、本地市发行，即使一稿多投，外省、外地市的读者也看不到，不会损害任何人的利益。对于一稿多投，《著作权法》等相关法律法规也没有禁行性规定，法无禁止即权利。

看了这篇文章，贾成功热血都沸腾了，他觉得自己适合干自由撰稿人。“纪实”他不愿写，“时评”他不会写，而写散文、随笔却是他的长项。别人一年能挣60万，自己挣10万总可以吧？如果10万还挣不到，再减一半，挣5万应该没问题吧？如果一年能挣5万，两年就能买下一套不错的房子了（那时商品房很少，房价也很低，1000元一平米就算高的了），就能在济南安家了。有了房子，又能挣钱，慢慢地就可以考虑“个人问题”了。

看完这篇文章的时候，贾成功乘坐的长途汽车都快到聊城了。他呼吸急促，浑身发烫，手心出汗，真想让司机停下来，马上下车，在路边等一辆回济南的车，马上回去，一秒钟都不等。可是，聊城那家广告客户已同意出钱了，还很热情，他还是决定去一趟。

和广告客户一起吃饭的时候，贾成功听到了孔繁森的一些事。那时孔繁森去世刚刚半年多，全国人民都在学习他。孔繁森的家在聊城地区行署大院内，是宿舍区的几间平房，家里的陈设十分简陋，沙发的弹簧都坏了。孔繁森在担任行署副专员期间，有一次他的老母亲想看电影，可是从家到电影院有好几里路，老母亲年事已高，腿脚不太灵便，家人就鼓动他叫一辆公车。以孔繁森的权力（他恰好分管行署的机关事务工作），这是一件不足挂齿的事，只要他说句话或有所暗示，工作人员就会安排得妥妥当当的。可是他不同意这样做。他出去转悠了一会儿，居然从建筑工地借来了一辆地排车，和侄子一起，拉着老母亲去了电影院。大街上熙熙攘攘，车水马龙，那辆地排车显得很寒碜。侄子很难为情，脸红脖子粗的。孔繁森却昂首挺胸，神情从容自若。路上他遇到了不少熟人，当这些人知道了事情的原委，都觉得不可思议。

听了孔繁森的这些事情，贾成功挺感动的。中国人的官本位意识比较强，对很多人来说，人生最大的理想是当官。因为当官可以公权力私用，利用社会公共资源为自己谋取更多的利益。这已经是一条约定俗成的“明规则”了。甚至一个乡长的老婆去菜市场买棵葱，都坐公车去。贾成功觉得孔繁森很了不起，也很潇洒，这种潇洒不是装出来的。

从聊城回来后，贾成功在出租屋里憋了两天，写了一篇千字左右的随笔《潇洒是一种精神力量》。以孔繁森的这件小事开头，然后写到李白的“仰天大笑出门去，我辈岂是蓬蒿人”、陶渊明的“耿介拔俗、潇洒出尘”，还有阮籍、嵇康们的“魏晋风度”，等等。最后跳出来，疾言厉色地发了一通议论：“潇洒是需要强大的人格精神力量的支撑的，伪装是伪装不出来的。没有强大人格精神力量支撑的‘潇洒’极易蹈空，无法抵达潇洒的内核。时下，人们物欲膨胀。这当然可以认为是文明高速进步的特定历史阶段的社会心理景观，但对金钱顶礼膜拜，忽视自身人格精神的合理构建和塑造以及整体性协调，整个社会心态必然是浮躁的。潇洒在本质上是一种精神力量，要抵达潇洒，必须回归精神。”

这篇小文章给贾成功带来的稿费收入是一个让他吃惊的数字：12029 元。从街头的打字社打印出来，复印了 600 份，寄到全国各地的报刊，不久就陆续收到了 400 多张汇款单。一个个数字加起来，是 12029 元。而当时，省级机关处级干部的月工资收入也不过 2000 元。

牛刀小试，就尝到了甜头，贾成功于是离开了《星期八》，一心一意做起了自由撰稿人。他需要一个固定的通信地址，为此专门从一家邮局租了一个信箱。那家邮局在火车站附近，一个大居民区里，有 60 个信箱，就像文件柜似的，在营业厅的一个角落里靠墙立着。每个邮箱租金是每月 30 元。

贾成功平均四五天写一篇小文章。那些小文章，并不是每一篇都像《潇洒是一种精神力量》那样来钱。有的他自己很满意，编辑却不喜欢，撒出去 100 份，只能收到五六张汇款单，除去邮费、复印费，连 300 块钱都挣不到。但总的来说，收入还是比在《星期八》强了不知多少倍，平均每月在 4000 元以上，比一个厅局级领导干部的工资收入都要高，而且风吹不着雨淋不着，不像拉广告那样遭罪——想想拉广告的时候受的那些苦，他都心疼自己。

贾成功没想到，不久之后，因为写这种小文章，一个他暗恋了很久的女人走进了他的生活。

2

那个女人叫钟晓梦，是《山东晨报》的编辑。《山东晨报》是济南一家著名的生活类报纸。钟晓梦是这家著名报纸的“都市风铃”栏目的编辑。同时她还是个专栏作家，主要写游记散文，在自己编的版面上发表。贾成功经常买《山东晨报》，很喜欢她的文章。他印象最深的是她写大西北的文章，比如楼兰古国、阳关古埙、千年敦煌、马踏飞燕，等等。他记得她曾经一个人在甘肃敦煌的鸣沙山上哭，因为“前不见古人，后不见来者”的无边的孤独；他记得她曾经在新疆喀什的香妃墓前长跪；他记得她曾经在内蒙古锡林郭勒盟听蒙古长调，陶醉得要死……她好像特别喜欢废墟、荒凉之类，喜欢一切残缺的事物。

读她的文字，淡淡的忧伤和落寞总像一团雾，扑面而来，让人不由得猜测她的生活肯定也有某种残缺。她忘情山水，同时也塑造了“我”。她笔下的“我”兰心蕙质、优雅脱俗、知性睿智，还有些调皮可爱。这样的女人，就像大众情人一样，肯定能迷倒很多读者。

贾成功也不例外，已暗恋她很久。自从戴娜回了青岛，贾成功心里就一直空空落落的，觉得日子过得没劲，脑中那种叫多巴胺的物质都停止分泌了，就像女人过了更年期一样。他觉得心里要是有个女人爱着就好了，哪怕这个女人并不认识他，并不知道他爱她，可是他周围没有这样的女人。在《星期八》，办公室里倒是有个白玉兰，可是他心里并不爱她，而是对她充满敬畏。离开《星期八》当起了自由撰稿人，天天把自己关在南岗子街的出租屋里，低头只能看见自己的影子，出门只能看见坐在小胡同里聊天的一群老太太和中年妇女。当他把目光放在《山东晨报》上，经常看钟晓梦的文章，渐渐就锁定了钟晓梦。

不知道钟晓梦从哪儿知道了他的地址，写信向他约稿。信很短，只有两三句话，大意是说，他的文章写得很好，希望今后能给她供稿，支持她的工作。信中还留了她的办公室电话和一个传呼号。她的字写得很有劲，像男人写的。贾成功喜出望外，撅着屁股坐在书桌前熬了两个晚上，把手头的几篇小文章整理出来，打印了寄给了她，并留下了自己的传呼号（刚买的汉字传呼）和房东家的电话。不久，那几篇小文章都陆续发表了。

9月中旬的一天下午，贾成功抽着烟，愁眉苦脸地在出租屋里转圈。他已一个多星期没写一个字了，不知道下一篇写什么，文思有些枯竭了。这时，女房东在楼下扯着嗓子喊："小贾，电话！"贾成功急忙跑下楼。

电话是钟晓梦打来的。这是钟晓梦第一次给他打电话。她说她正在著名的江南水乡周庄旅游，明天就回济南。她还说，台湾女作家三毛曾经来过这儿。一个香港的剧组正在这儿拍摄一部古装电视剧，她见到了很多著名演员，顺便采访了好几个。

钟晓梦的语气有一种压抑不住的兴奋。贾成功不知道她为什么告诉他这些，好像他是她的好朋友似的。贾成功对周庄没有概念，钟晓梦说了些什么他没听进去多少，只是觉得她的声音特别好听，清脆，甘甜，性感，比电台的播音员强多了。他身上有些酥麻。

钟晓梦最后说，晚几天她要去趟云南丽江，得提前准备版面，请他给她写篇稿子。"你必须给我写一篇。"语气带点撒娇的味道。贾成功很兴奋，浑身的细胞又蹦又跳。可是他脑子里空空的，什么都没有，不知道写什么。他让钟晓梦给他想个标题。钟晓梦沉吟着说："标题不多得是吗。你给我写一篇《庄园之梦》吧，怎么样？"贾成功说："《庄园之梦》，好的，没问题！"

可是，标题有了，内容是什么呢？晚饭后他出去散步，边散步边构思《庄园之梦》。走了五六里地，到了繁华的泉城路，脑子里还是空空的。继续往前走，不知不觉又走了五六里地，到了人民商场，脑子里仍是一个字也没有。于是继续往前走。

走到大观园附近的时候，他忽然头皮一麻，脊梁沟子一凉，打了个寒战，在一秒钟之内，各种信息、意象、符码像电光石火一样在他大脑里聚拢、爆炸、整合、沉淀。小文章有了——人物有了，故事有了，结构有了，连结尾都有了。

他到了出租屋，来不及喝一口水，抓起笔来就写。

庄园之梦

我有一帮搞艺术的朋友，穷兮兮的，聚到一起谈论最多的话题却是“假如有了钱，会过什么样的日子”，结果大家一致选择做庄园主，不买豪华别墅，也不出国，就在我们这个城市郊外的山里买下几百亩地，建造一座如梦如幻、如诗如画的美丽的庄园，过那种远离尘嚣、超凡脱俗、返璞归真的宁静生活。

我们的庄园比《蝴蝶梦》、《查太莱夫人的情人》等所有文学作品中的庄园都要美丽。庄园里的别墅用天然石块砌成，结实而朴拙，像欧洲中世纪的城堡。庄园里有大片的庄稼地和果园。粮食、蔬菜、水果全部自给自足，都是绝对无污染的绿色食品。我们像农民那样光着脊梁、赤着脚、戴着草帽侍弄庄稼，皮肤晒得黝黑。我们在青草地上摔跤，个个健壮得像公牛。我们脱得一丝不挂，一个猛子扎进清澈见底的河里，与鱼一起游泳。我们在月光下围坐在篝火旁吃烤羊腿，喝自酿的葡萄酒，醉了就躺在草丛里酣睡。雪花飘舞、万籁俱寂的夜晚，煮一壶咖啡，抽着雪茄，坐在壁炉边怀想年少时的尘埃与流浪，回忆过眼云烟的往事与旧人……我们种地、放牧、酿酒、赛马、打猎；我们读书、写作、画画、抚琴。我们健康、快乐，没有世俗的烦恼，自由自在得像田野里的百合花……

美丽的庄园让我们深深陶醉。可陶醉完了又禁不住嗟叹：那需要多少人民币呀！

为了建造庄园，画油画的冬子两年前去日本淘金。他先在东京一家赌场做清洁工。一个偶然的机会，他带着自己的画参加了艺术品拍卖会。他做梦都没有想到，在国内不被看好的画在这里十分抢手，一天成交额高达10万多美元。回到租住的阴暗潮湿的地下室里，他把那一大摞美元抱在怀里，禁不住失声痛哭。长这么大，他第一次见到这么多钱，简直不敢相信是真的。他辞去了清洁工的差事，在星级宾馆租了工作间，潜心作画，隔三岔五拿去拍卖。两年后，他银行账号上的美元已滚到了600多万。

冬子回国后，我们都盼着他赶快兴建自己的庄园。他只需拿出财产的一部分，就可以做庄园主了。可他在大饭店请我们吃了一顿饭，就再也见不着人了。后来经常在报纸、电视上看到他西装革履、笑容可掬地出席各种签字仪式——他成了一家拥有雄厚经济实力的文化传播公司的董事长兼总经理。再后来我们得知，他在市区最繁华地段买了套复式结构的豪华住宅，家里雇了三个保姆……

我们的庄园变得虚无缥缈起来。

我一位朋友是南方一家著名地产公司的副总经理，前不久挥师北上来到这个城市，很快就拿了地，两处楼盘同时在建。有一次，我们在一起聊天，我建议他去郊外的山上买地皮建庄园。他哈哈大笑，操着广东普通话，说我的这个建议“很好玩”。他说我不了解行市，有人搞过调查，只有没钱的人，为了逃避现实，才整天幻想做庄园主，可他们买不起庄园，而能买得起庄园的有钱人，又都忙着赚更多的钱，心态比较浮躁，没有闲情逸致躲起来做庄园主，他们也许想做庄园主，但顶多只是说说而已。

我琢磨着他的话，越琢磨越觉得有道理……

第三天下午，贾成功接到了钟晓梦的电话，她说她从周庄回来了，问他那篇《庄园之梦》写好了没有。贾成功说写好了，正准备给她送过去。钟晓梦说了自己办公室的门牌号，让他到报社后去她办公室坐一会儿。贾成功骑着车子去了报社，坐电梯上了楼。可是，到了钟晓梦所在的16楼，在她办公室门口站了一会儿，却不敢敲开那扇门。他又坐电梯下了楼，把稿子装进一个信封里，让一楼收发室的人转交给钟晓梦。他有些不敢见钟晓梦。他心里有鬼，自己也不知道是个什么鬼。

贾成功刚回到出租屋，钟晓梦就把电话打过来了。钟晓梦问他到了报社怎么不去她办公室坐一会儿。贾成功撒谎说在楼下往她办公室打电话，电话没人接，以为她不在。她说不对呀，我一直在办公室呀。贾成功说电话可能打错了。钟晓梦说，刚才有个同事下楼，刚把稿子捎上来，刚看完：“非常非常好，真是太棒太棒了！”又说：“贾成功，你太有才了！”

听钟晓梦这么夸自己，贾成功咧着嘴笑，脸型刹那间由瘦长变成圆的了。他希望钟晓梦再好好夸夸他，嘴上却说：“你别夸我。这只是命题作文，我还没写出更满意的呢。”

钟晓梦说：“一篇命题作文，能写到这种水平，真的很了不起！你真是才华横溢，是我所有作者中最有才华的。”顿了顿又说：“那个庄园真美啊，那种生活真好啊。你这个人简直浪漫死了。”又顿了顿说：“谢谢你，真的谢谢你。”

贾成功笑着说：“你别谢我，是我该谢谢你。要不是你给我想了标题，我就写不出这样的命题作文来。”

贾成功说的是实话。这篇小文章他还是很满意的，要不是钟晓梦约稿，就不会有这篇小文章。他复印了400份寄出去，后来收到的汇款单多达260多张，稿费加起来是9000多元。吴富贵也看到了这篇小文章，给他打传呼说：“兄弟，《庄园之梦》写得太好了，那种生活太美了！我要是个娘们儿，再年轻几岁的话，就给你当情妇！”

此后，钟晓梦经常向贾成功约稿。她经常公派外出旅游，写游记散文。每次外出之前，她都提前把自己编的那个版面编好交给总编室。她编的“都市风铃”版面一周一个，大概需要四五篇文章。有时她出去一趟时间挺长，两三个星期，就要求贾成功写两三篇，一周一篇。她说，他的文章干净、深邃、厚重，她那个版如果有他的稿子，就能评为“A 版”，她就能多拿奖金；如果这个版没有他的稿子，就感觉轻飘飘的，只能评为“B 版”。总编要求她多向他约稿。

可是，母鸡下蛋还需公鸡跳到它身上“踩”一会儿，贾成功脑子里哪能凭空有那么多货色？很多时候，他不知道写什么。实在不知道写什么，就让钟晓梦为他想一些标题。钟晓梦随便想起什么标题——比如“在那遥远的地方”、“住别墅的人”、“两个好朋友”、“幸福时光”、“别处的生活”等等——就打在他传呼上。

那些稿子，贾成功都是皱着眉头、抽着烟、撅着屁股坐在书桌前硬造出来的，有些“洒狗血”。当然，“狗血”也不是那么好洒的，往往改了又改，又没有电脑，只能在纸上写，经常累得头晕眼花，心力交瘁。吟安一个字，捻断数茎须。他写这些稿子的时候，目标受众只有钟晓梦一个人，他是为她写的，只想在她面前显摆，让她喜欢自己。

按照惯例，贾成功把稿子写好后先交给钟晓梦，然后再复印 300 份至 500 份撒到全国各地，等着收稿费。

3

贾成功油头粉面，西装革履，风度翩翩，去见钟晓梦。

他和钟晓梦打交道大半年了，给她写过几十篇稿子了，还从没见过她，很想知道她长什么样。他在《山东晨报》上倒是见过她的照片：一次是年底的“全家福”，报社全体人员的合影；一次是不久前有个专版，介绍她新出的书、几年来游记散文结集《晓梦履痕》，刊载了几位国内著名文化学者、文学评论家的评论文章，配发了她的一幅照片。照片上，钟晓梦优雅、端庄、漂亮、知性，看上去二十七八岁。照片和真人往往有差距，所以贾成功想见见“活的”。

星期六上午，钟晓梦将在泉城路新华书店签名售书，售那本刚出版的《晓梦履痕》。消息是《山东晨报》发布的。

这天上午，很多人跑到泉城路新华书店来了，是冲钟晓梦来的。贾成功来到新华书店时，看到门口排了一个20多米长的队，什么人都有，大部分是中学生模样的人，还有一些老年人。门楣上有一条红布横幅，上面是几个金色的黑体大字：“《山东晨报》资深女记者钟晓梦签名售书”。

钟晓梦签名售书的地方在新华书店一楼。贾成功一进去就看见她了。他站在一个距离钟晓梦不到两米远的书架前，装作翻书的样子，偷偷打量着她。钟晓梦和照片不太一样，比照片更成熟一些，中等身材，偏瘦；短头发，烫过，焗成了淡棕色，显得很利索很干练；脑门很大，发际线呈M形。仔细看，眉间有两条细细的直纹。她穿一身做工考究的咖啡色套装，坐在那儿身子向前倾着，看起来很秀气，浑身散发着一种知性、成熟女人的魅力。和戴娜相比，钟晓梦算不上惊艳，但和大部分女人相比，仍是稀缺的美女。

钟晓梦坐在一张铺着红布的桌子前，笑盈盈的，给买书的人签字。她边签字边和买书的读者做简短的互动交流。她手边有几管粗大的签字笔。她身旁一左一右坐着两个人。左边是一个穿浅蓝色运动装的女孩子，看上去十二三岁，文文静静的，胸前戴着校徽，校徽显示是济南一中的学生。贾成功隐约听见这女孩子悄声叫钟晓梦“小姨”。她负责收钱，收了钱把书递给钟晓梦。钟晓梦在书的扉页上签字。钟晓梦写字很快，很用力。钟晓梦右边是一个干瘦干瘦、皮肤却很白的中年男人，面前摆了一摞某出版社的宣传画册，还有小半盒名片。名片显示，他是上海某出版社的编辑。只有他闲着没事干，显得很无聊。

男人喜欢的女人有好几种。其中一种女人是腹有诗书，气质高贵，举止优雅，让男人心生爱慕，渴望和她做朋友。和这种女人在一起，只可以喝着咖啡听着音乐聊人生聊艺术，进行精神层面的交流。至于上床，当然也很愉快，但这不是第一位的。对于重视精神生活、有些文化品位的“闷骚”型男人来说，这类女人是最好的情人。法国当代著名作家、哲学家萨特的情人波伏娃就是这样的女人。两个人都才华出众，生活超凡脱俗。萨特死后，波伏娃在他的墓志铭上写了一句感人至深的话：“他的死使我们分开了，而我的死将使我们团聚。”巧合的是，在萨特去世几乎整整六年后的那个时刻，波伏娃也去世了。两人合葬在巴黎。波伏娃是这类女人中的极品，可遇而不可求——当然，这首先是因为她遇到了萨特，她也只能是萨特的好情人，换了莫泊桑或巴尔扎克、托尔斯泰，情形未必如此。不知道多少作家做梦都想遇到一个“波伏娃”，但往往直到蹬腿咽气也遇不到，即使众里寻她千百度，终于遇到了一个，腻在一起不久就俗了。事实上，“波伏娃”不常有，“萨特”也不常有。

在贾成功看来，钟晓梦就是这样的女人，就是他的“波伏娃”。他喜欢这个“波伏娃”。

贾成功杵在那个书架前，老半天不动，样子有些呆有些傻。进进出出的人不时把他挤来挤去。钟晓梦不时抬头看他一眼，显然是希望他不要老是在这个地方杵着。那位女孩子和出版社编辑也不时把目光投到他身上。有人踩了他的脚，他才想起该离开了。

贾成功走出去，站在队伍的最后。队伍又比刚才长了一些，大约有上百人。

半个多小时后，终于轮到贾成功买书了。那位女孩子收了钱，把书递给钟晓梦。钟晓梦却不急于给他签名，微笑着打量着他，问他在哪儿上班。贾成功真想脱口而出，说自己就是贾成功，可是他又觉得不能说。他目光躲躲闪闪的，不敢看钟晓梦，一本正经地说自己是硅酸盐研究所的研究员，每天和陶瓷打交道（来新华书店的路上经过那家研究所门口，他想起一位中学同学在那里工作，是研究陶瓷、水泥和高分子材料的）。钟晓梦用手背挡住嘴，低头笑了笑，又抬起头来问他是不是喜欢写文章。他说喜欢，每年都在国家级报刊发表十几篇。钟晓梦瞪大了眼睛，问都是什么文章。他说都是关于陶瓷的专业论文。

钟晓梦盯着贾成功的眼睛，像在琢磨他说的是真是假。她笑了笑说：“你这个人有点怪怪的，说不出来的奇怪。你是研究陶瓷的，却喜欢读我的文章？”

贾成功目光散散淡淡的，瞅钟晓梦一眼，又把目光移开，极力一本正经，却又有些漫不经心地说：“我不光研究陶瓷，也研究水泥和高分子材料。不过这和喜欢你的文章又有什么关系呢？难道我们这些从事自然科学研究的人就不能有那么一点点人文情怀？要知道，很多大科学家，他们的艺术造诣一点都不比艺术家差。”

钟晓梦沉吟着说：“我同意你的说法。据我所知，爱因斯坦的小提琴拉得就很好，‘杂交水稻之父’袁隆平的二胡拉得也很好。大才女林徽因就更不用说了——当然，建筑本身就是艺术。你是不是经常看我们的报纸呀？”

贾成功说：“是的，我们办公室订了一份。你编的那个版我很喜欢。我还知道有一个叫贾成功的经常在你那个版发稿子，他的稿子我最喜欢。”

钟晓梦瞪大了眼睛，惊讶地问：“你认识他？”

贾成功说：“不认识，只是经常看他的文章，就记住了这个名字。”他怕钟晓梦起疑，又随口说了三个经常在那个版上发稿子的作者的名字。

钟晓梦问：“你经常看他的文章，最喜欢他哪一篇？”

贾成功说：“我最喜欢他那篇《庄园之梦》。”

钟晓梦的神情忽然变得很恬静，目光有些痴，像是自言自语地说：“我也是。他写的那个庄园多美啊。”说着，她忽然笑了：“我记得那天的报纸出来以后，有好几个女读者往我办公室打电话，要他的联系方式，想认识认识他，和他交朋友，我没给。”

贾成功真想脱口而出“为什么不给呢”，却咂巴了一下嘴，把那句话咽下去了。听钟晓梦这么说，他很兴奋，也有点遗憾。不过，更让他兴奋的是，钟晓梦谈起那个“贾成功”来，语气有些亲昵，像是谈自己心爱的人。

钟晓梦好像很愿意和贾成功多聊聊，但她看了看贾成功身后排队买书的人，还是赶快在书上签了名，双手递给他，还站起来和他握了握手。

走出新华书店，贾成功长长地舒了一口气。他摸了摸鼻子，上面都是汗。

自从见到了钟晓梦，几天来贾成功心里堵得慌。在出租屋里，他坐在书桌前，抽着烟，准备写小文章，却写不下去。他脑子里一遍遍“闪回”见到钟晓梦时的情景，回想着和她说的每一句话，回想着她的每一个表情。他的脸上不时浮出笑意，又不时阴沉下来。他太喜欢她了。他脑中那种叫多巴胺的物质在罢工几个月之后又开始分泌了，而且来势凶猛。

可是，喜欢她又能怎么样呢？只能苦辣辣地暗恋她。28岁的贾成功看上去很潇洒，不胖不瘦，身材适中，颇有些玉树临风的意思。可是，这些有什么用呢？都是虚的。说得好听一点，他只是个会写小文章的人；说得难听一点，他只是一个漂在济南的盲流，没有工作，没有房子，也没有多少钱。如果他像他那些在济南工作的中学同学那样，是“体制内”的，在党政机关或事业单位工作，哪怕是个小科长，他也有足够的底气喜欢钟晓梦。可怜越女颜如玉，贫贱江头自浣纱。

4

没想到，有一天贾成功居然成了钟晓梦的邻居。

贾成功因为“狗血”酒得炉火纯青，收入还不错，一年多居然攒下了两万多块钱。手里有些钱了，他就不想在南岗子街住下去了。一是这个地方离他租邮箱的邮局太远，来回需要一个多小时，太浪费时间；二是他租住的小屋太小，书都没地方放。于是他通过房屋中介在济南市区的中心地段、趵突泉公园附近的海右小区租了套一室一厅的房子。租金是每月 350 元，比南岗子街那个小屋高多了，但性价比还是不错的。海右小区是个较大的小区，有 20 多栋楼，都是六层楼。小区房子也比较新。房东急需用钱，需一次性交齐三年的房租，12600 元。

贾成功搬来的第二天傍晚，遇见了钟晓梦。他骑着自行车从邮局取信和汇款单回来，在小区大门口，他看见有位穿着入时的女士很像钟晓梦，正蹲在水果摊前买橙子。他放慢速度，仔细盯着看，果然是她。钟晓梦一抬头，看见了他，瞪大了眼睛，想冲他微笑或给他打招呼。但他的眼睛躲避着她的目光，一扭头，使劲蹬了一下自行车，从她身边走过去了。

后来贾成功发现，钟晓梦和自己住前后楼。他租住的楼在南边，她家在北边。他们都住五楼。他的北阳台和她的南阳台遥遥相对。两栋楼相距大约 25 米。如果他的北阳台和她的南阳台之间搭一块木板，十几秒钟他就能走到她家里。他的北阳台是厨房，除了做饭，他经常站在那儿抽烟。她经常在南阳台上浇花、晾衣服。如果正巧他在北阳台，她在南阳台，他们就隔着两层玻璃远远地对望一会儿。晚上，他站在北阳台上，还经常看见她穿着睡衣的剪影投映在天鹅绒窗帘上。

如果他们在小区里见面，相距远的时候就互相对望一眼，目光散散淡淡的，等走近了，却互相躲避着对方的目光，面无表情。

他们的小区门口有一对卖菜的夫妻，是济南郊区唐王镇的。两口子大约三十五六岁，性情很随和，爱说爱笑的。菜都是他们自己种的，又便宜又新鲜。贾成功有时蹲在那儿买菜，钟晓梦也走过去。两人相距不到半米。贾成功不吱声。钟晓梦却用地道的济南话和卖菜的夫妻俩唠家常，有说有笑的。她管卖菜夫妻的小凳子叫“杌扎子”，夸人家的菜“杠赛来”。如果是星期天，卖菜的夫妻俩也把他们的儿子带来。小男孩大约八九岁，趴在旁边一张折叠桌上写作业。钟晓梦夸小男孩长得可爱，小男孩害羞了，她就说小男孩子“秀米”了。卖菜的妇女夸钟晓梦年轻、漂亮、皮肤嫩。钟晓梦说：“大姐你可别点划俺了，想想快三十了，心里头就木乱。”贾成功觉得钟晓梦用清脆的嗓音说济南话，挺有味道的。卖菜的妇女问钟晓梦是做什么工作的，钟晓梦笑了笑，有些调皮地说，她是研究陶瓷的，整天和黏土打交道。贾成功心里咯噔咯噔的，不明白钟晓梦为什么这么说。贾成功买了菜离开了菜摊，钟晓梦也离开了，一前一后地走。贾成功装作无意地回头，看见钟晓梦在自己身后五六米，表情很冷漠，和刚才的有说有笑判若两人。

晚饭后贾成功经常出去散步，穿一身深蓝色的羊绒运动衣。钟晓梦也出去散步，穿一身火红的运动衣。偶尔她也和老公、孩子一起散步。她的老公个子高高的瘦瘦的，长相一般，有点古板有点木讷，从气质上看倒真像个研究陶瓷的。她的孩子是个女孩，长得很像她，大约四五岁，瓷娃娃似的。大部分时候她都是一个人散步。贾成功经常和她保持 10 米左右的距离，一前一后地走，走到一处加油站再返回来，擦肩而过的时候都目不斜视，好像对方是一团看不见的空气。

这天晚饭后贾成功没去散步，因为外面正在下雨。他站在书房窗前，看着雨点斜打在窗户玻璃上。他又踱到北阳台，点燃一支烟，望着钟晓梦的南阳台发愣。这个夜晚，除了看书或写点什么，他不知道怎么打发。可是他不知道看什么书，也不知道写什么。他看见钟晓梦穿着一件粉红色的睡衣走进南阳台，收拾升降衣架上的衣物，拿回卧室，然后她又回到南阳台，站在窗前，似乎在看外面的雨。过了一会儿，她离开了南阳台。又过了一会，贾成功的传呼机响了。传呼是钟晓梦打来的，她说："今晚我一个人在家。忽然很想看《罗马假日》。想和你一起看。8 点我们同时打开 DVD。"贾成功真的有电影《罗马假日》的光盘，可是钟晓梦怎么知道他有呢？

《罗马假日》将近两个小时，看完的时候将近10点。贾成功关了DVD机，沉浸在美妙的浪漫和淡淡的惆怅中，尤其是影片快结束时，“安妮公主”奥黛丽·赫本深情地望着“穷记者”格里高利·派克的长镜头，微妙而丰富的表情就像刻在他脑子里一样。这时，贾成功的传呼机又响了，钟晓梦说：“罗马是赫本和派克的，也是你和我的。”

贾成功屋里没有电话，不能给钟晓梦回传呼，如果有电话，他也不知道该怎么回。他走到北阳台上，在黑暗中点燃一支烟。他看见钟晓梦卧室里亮着灯，她穿着睡衣的剪影投映在天鹅绒窗帘上。她打开卧室和阳台的门，走到南阳台上，好像在看窗外的雨。贾成功吸完了一支烟，又接上了一支，烟头在黑暗中明明灭灭。钟晓梦也不走，好像和他比赛耐心似的。半个多小时后，她离开了阳台。她卧室的灯一直亮着。贾成功又在北阳台上站了半个多小时，直到钟晓梦卧室的灯熄灭。雨还在下，不急也不慢，不大也不小。

贾成功心里越来越堵得慌，他想对钟晓梦说点什么，却不知道通过什么方式、说些什么。有一次，他去邮局取信和汇款单的路上，遇见两个聋哑人。一个男孩子，一个女孩子，大概二十三四岁。他们坐在路边的长凳上，彼此打着热烈的手语，表情十分生动，却一点动静都没有。贾成功看了他们几眼，脑子里忽然冒出一个奇怪的念头：如果他们会说话了会怎么样？各种信息像电光石火一样在他脑子里聚合，一篇小散文构思出来了。

小文章标题是《哑巴的爱情》，主要内容是：某印刷厂有个聋哑女孩，是照排中心的打字员。每天下午下班后，都有一个聋哑小伙子在印刷厂门口的栾树下等她，两人相拥着一起走。他们正在谈恋爱。在广场，在公园，人们经常看见他们相拥相依着散步。他们的神情有一种超然物外的恬静，质地像远古时代的雕塑或壁画。他们似乎沉浸在某种甜蜜的回忆中。后来他们结婚了。他们用眼神和手势说话，却彼此灵犀相通，和谐默契，恩爱甜蜜。后来，聋哑女孩的一位富商舅舅花巨资带他们去国外矫治了聋哑。没想到的是，会说话以后，两个人渐渐不像以前那样和谐了，相反却常常为一些琐事闹别扭，恩爱变成了伤害，最后只好离婚。

讲完了这个小故事，贾成功又跳出来发了一通议论：

“除了作为思维的载体，语言的重要功能是用来交流思想和感情的，但同时也会派生歧义、误解，如同与玫瑰花一起长出的刺。语言文字是形式化、规范化的东西，而人的心灵体验却是个体的、无限定的、非规范化的形态，具有一种非言说性。人类的语言，不管哪一个语系语种，作为表达工具都是有局限和缺陷的，都是相对粗陋、笨拙的。‘所指’与‘能指’往往‘信息不对称’，以致‘能指’游离于‘所指’，甚至蹈空。恋爱中的人大都有过‘情到深处人孤独’的心理感受，心里有眼里有口里没有，总有一种莫名的怅惘和失落。这是因为情到深处时，心中那种混合着甜蜜、温馨、美妙、期盼、忧伤的复杂情愫用语言无法表达。相对于人的无限丰富的心灵体验，世界上没有一种语言系统是完美的。在很多时候，无言是最好的表达。”

这篇小文章写出来之后，贾成功心里终于不那么堵得慌了。虽然“无言是最好的表达”，但这篇小文章却表达了很多，其实是一篇春秋笔法的情书。“目标受众”只有钟晓梦一个人。

小文章寄给钟晓梦之后，很快就发表了。几天后，贾成功去邮局取信和汇款单，收到了钟晓梦的一封信。一个大32开的信封，里面是十几页打印的文稿，有散文，有诗。除了文稿，一个字后都没有。

贾成功从晚饭前就开始一个字一个字地看，看了一遍又一遍，一直看到凌晨两点。那十几页散文和诗里，有这样一些句子：“我一定长久长久地等待过你，多少个夜晚被泪水淹没，心依旧痴痴……我近乎痴狂地在人海中搜寻你的面孔，可一张张面孔近了又远……我始终觉得你离我有多么近啊，可你却不肯露出你的身影……如果你认定我是你的梦，我愿与你并肩走过春夏秋冬，把无法触摸的爱还给曾经失落的夜晚……也许，你是远山，我是山下那棵树，山与树，今生注定不能同醒同眠。”

钟晓梦的那些文字，目标受众显然只有一个人，那就是贾成功。她爱上他了，想和他“同醒同眠”。而他认为自己是没有资格得到她的爱的。钟晓梦抛给他的这个“红绣球”，搂在怀里像只刺猬。他没做出任何回应。

过了一个多月，两人都没有动静。钟晓梦不再向贾成功约稿，贾成功也不再给她写稿。俩人也不打电话、传呼联系，像是不约而同变成了哑巴。

贾成功不敢面对钟晓梦，只能逃避。他很后悔自己多情。那种感情他玩不起，玩不起还去碰，结果人家爱上自己了，自己却成缩头乌龟了。为了躲避钟晓梦，他甚至想从海右小区搬出去。可是已经交了三年的房租，房东是不会退钱的，他只能继续在这儿住下去。他再也不在钟晓梦有可能买菜的时候出去买菜了，再也不站在北阳台上抽烟了。他做饭也是要么早做，要么晚做，不让钟晓梦看见自己。以前习惯晚饭后散步，现在也不敢了。他一天天“宅”在屋里，很闷得慌，尤其是炎热的夏天。他只能等钟晓梦散步回来再出去。

又过了两个月，钟晓梦终于有动静了，但这个动静却让贾成功心里失落到极点。她打传呼给他，说自己离开《山东晨报》了，要去北京发展。他今后再写了稿子，可以和新编辑联系，感谢他对她工作的支持。贾成功买了份《山东晨报》，上面果然没有钟晓梦的名字了。

11月下旬的一天早晨，贾成功醒来一睁眼，脑袋里“铮”地响了一下，一条奇怪的信息跳进来：钟晓梦今天会不会去离婚呢？

贾成功马上打车去了民政局，果然见到了钟晓梦。他走近婚姻登记处的大门，迎面看见墙上“聚散皆是缘，离合总关情”几个金色的舒体大字。大厅里人不是太多，他的目光正在搜寻钟晓梦，忽然看见她和老公并排从里面往外走，两人都咧着嘴笑，就像好朋友一样。贾成功急忙转身，走向民政局大门对面的一个报摊，买了份《参考消息》。他看着报纸，眼睛的余光瞥见钟晓梦的老公骑上摩托车走了，这才转过身来。一转身，他的目光就被钟晓梦捉住了。钟晓梦站在民政局大门口，脸色苍白阴沉，像雷雨前的天空。

贾成功和钟晓梦对望了一会儿，都走近对方，面对面站着。钟晓梦像摊上了什么高兴的事一样，笑嘻嘻地说："咱们去喝一杯，怎么样？"

贾成功观察着她的表情，说："没问题。"

钟晓梦仰脸望天，长长地舒了一口气，两个巴掌很响地拍了一下，说："我想喝点红酒。"

两人向附近一家酒馆走去。钟晓梦挎着贾成功的胳膊，头靠在他肩膀上。酒馆里暂时没有红酒，服务员拿来一瓶红色的酒，问他们喝这个行不行。两人看都没看，就说行。贾成功开了瓶盖，才知道是"三鞭酒"。钟晓梦吃菜很少，只是不住地喝酒，喝着喝着，就会嘿嘿地笑。后来，她笑着笑着，眼泪就流下来，泪珠滴落到酒杯里。她喝完一杯，贾成功就给他倒上。她不说话，眼睛不时地望着窗外，目光忧郁、凄楚。除了劝她少喝点酒，贾成功也不说话。一瓶三鞭酒，贾成功大约喝了六两，钟晓梦大约喝了四两。钟晓梦还想再来一瓶，被贾成功劝住了。

吃完饭，钟晓梦让贾成功打车送她回住的地方。她已不在海右小区住了，住在大明湖东门附近一个小区里，亲戚家的房子，是套两室一厅的房子，很简陋，但很干净。

两人洗了澡，变换着各种姿势疯狂地做爱，书桌、椅子、沙发等家具都利用起来了。后来他们相拥着昏昏沉沉地睡去。天黑醒来的时候，贾成功浑身酸疼，胳膊、腿都像假的一样。直到贾成功离开，钟晓梦都没问他叫什么名字，在哪儿工作。

几天后的一个早晨，天下着雨，贾成功醒来一睁眼，脑袋里“铮”地响了一下，一条信息跳进来：钟晓梦会不会今天去北京呢？他想见她最后一面，于是急忙打车去了济南火车站。在人头攒动的售票大厅，他果然看见了钟晓梦。钟晓梦穿一件紫色的风衣，使她看上去比以前高了一些，正站在一条十几米长队伍当中。她旁边有两位老人，在和她说着什么，从长相上看，应该是她的父母。贾成功远远地看着她，她也看见了他，不时望他一眼，目光散散淡淡的，面无表情。

钟晓梦买了票，和父母一起去候车大厅。贾成功两手抄在裤兜里，也跟过去了。钟晓梦拉着拉杆箱，不时回头看他一眼。不一会儿，到了候车大厅，钟晓梦和她的父母已经进去了。贾成功正要进去，忽然听见有人大声叫他的名字：“贾成功！”

贾成功惊恐地瞪大眼睛，四处寻找声源，却看见钟晓梦猛地一回头，惊愕地瞪着他，嘴张得很大，但霎时间，她又被汹涌的人流挟裹而去，再也看不见了。

贾成功正在发愣，前胸被人打了一拳。他回过神来，是吴富贵。吴富贵龇着牙咧着嘴，笑着说：“干什么呢，伸着个驴脖子站这儿。”

两人一起往外走。贾成功问吴富贵来这儿干什么。吴富贵说来送一个烟台的广告客户。吴富贵问贾成功来干什么，贾成功说来送一个北京的同学。在火车站广场走了一会儿，贾成功问吴富贵来干什么，吴富贵说："不是告诉你了吗，来送个烟台的客户。你今天这是怎么了？"

第七章
被老婆扫地出门

1

贾成功进神马集团，是为了找个媳妇。

钟晓梦去北京以后，贾成功忽然没有激情了。以前给钟晓梦写稿时，他的灵感就像济南的趵突泉一样不舍昼夜地咕嘟，停都停不下来；钟晓梦一走，灵感成了太行山区的枯井。两个月里，连一篇小文章都没写出来。他总是莫名其妙地烦躁，浑身不舒服。身上不疼也不痒，就是难受。他仔细想想自己到底想干什么，发现自己是想女人了。

贾成功都 29 岁了。对于一个 29 岁的男人来说，没有固定的性伴侣，没有正常的性生活，实在是件很残忍的事情。在一些性观念比较开放的国家，这也是一件不可思议的事情。有一次，贾成功去找吴富贵喝酒，吴富贵一本正经地劝他尽快找个媳妇，不要再蹉跎下去了。他说，人一辈子很短，活着活着就老了，再这么晃荡下去，一眨眼就是三十好几，连孙子都耽误了。

说到找媳妇，这也是贾成功最发愁的事情。在他的老家鲁西南农村，他这个年龄已经是大龄青年了。奶奶和父母都替他发愁，觉得在村里人面前没面子。他的父亲贾得福每次给他写信，都语重心长地劝他“早点考虑个人问题”。妹妹小梅给他写信说，奶奶平时很喜欢和村里的老婆子玩“老婆子碰”（纸麻将，比扑克牌稍窄），但有些老婆子总爱问她的大孙子什么时候成人。她不知道说什么好，怕别人问，就再也不玩了，闲着没事的时候，坐在院子里发呆，唉声叹气的，有时候还抹眼泪。想象着奶奶发愁的样子，贾成功心里就难受。

贾成功何尝不想找个媳妇？可是，且不说没户口没房子，连个工作单位都没有，上哪儿找媳妇去？吴富贵建议他去神马集团工作，说神马集团总部美女如云，肯定能找到媳妇。贾成功从报纸上看到过神马集团的广告，知道这家公司是济南著名的私营企业，生产一种叫“神马”的维他命营养饮料，正处于发展阶段，大陆所有的省会城市和地市级城市都有分公司或办事处，员工达8万多人，年销售收入高达40多亿元。吴富贵说，他去神马集团拉过广告，但没拉成。下班的时候他在楼门口站着，看见美女一大群一大群地往外走，真是千娇百媚。当时他就想，如果允许娶二房、三房，他就去神马集团工作，占下几个再说。

贾成功心动了，两天后就去神马集团应聘，三天后就成了神马集团的员工。

神马集团总部在大明湖南门附近，是一处独门独院，曾经是某机关的办公场所。公司院子里和楼上到处都贴着大字红色标语："工作是我们要用生命去做的事情"、"岗位比生命重要"、"像热爱生命一样热爱工作"、"今天工作不努力，明天努力找工作"等等。看到这些标语，贾成功有些心慌。他想，他这辈子"要用生命去做的事情"是什么，自己还不知道呢，虽然自己在济南没户口没房子，但生命还是比岗位更重要。

贾成功在公司的企业文化部工作，编辑内部小报。他的工作十分无聊。公司小报一共四个版面，其中三个版面刊登全国各地分公司和办事处的好人好事，他每天的任务就是从传真稿件中沙里淘金。稿子写得不好，他要想方设法修改甚至重写。假如某分公司经理结婚的第二天就踏上了开拓市场的征途，和新婚的妻子一别半月，宁静的夜晚你也思念我也思念，这样的稿子就不符合要求，必须让他提前出发，为了争分夺秒地抢占市场份额，喝完喜酒没入洞房就乘当晚的火车走了，还要让他和新婚的妻子一别数月而不是半月，而且忘记了思念，说梦话都是"哇！订单来啦！"

贾成功坚持了不到三个月，实在干够了。可是，他不想干也得干下去，而且还必须要干好。他是带着使命来的，如果完不成使命就离开公司，那就过了这个村没这个店了。他发现已经有位女孩子喜欢上他了，他也喜欢她，他想把她给娶了。

神马集团总部美女成群，喜欢贾成功的美女不在少数。29岁的贾成功很帅，偏分头，戴着金丝眼镜，挺拔俊朗，潇洒儒雅。他挣过不少稿费，买过不少好衣服。这年夏天，他喜欢穿海蓝色的真丝T恤和米黄色的亚麻西裤，裤子上还挂着背带，看上去有点“浪”。中午在公司食堂吃饭，贾成功打了饭坐在哪个桌上，很快就会有美女端着饭盒坐在他身边，直到把这个桌坐满。除了他，一个桌上都是美女，而且是公司里最美的，嘻嘻哈哈地夹他饭盒里的菜吃，或者把他爱吃的菜夹到他饭盒里，甚至有一位美女总夹起菜来喂他。

贾成功爱和美女们开玩笑。如果说女人是一所学校，他经历了好几个女人，应该读到研究生了。他脸皮练厚了，懂风情了，油嘴滑舌了，再也不是大学刚毕业时的生瓜蛋子了。他夸美女们漂亮、可爱、皮肤好，好听的话张口就来，一套一套的，夸得美女们脸蛋红扑扑的。他说话也幽默风趣，平平常常的一句话，从别人嘴里说出来味同嚼蜡，从他嘴里说出来，往往逗得美女们喷饭。贾成功发现自己很有女人缘，只是以前和女人接触少，没机会表现出来。

这些美女贾成功都喜欢，谁嫁给他，他都会激动得大哭一场，可是他对谁都不敢动心思。他认为无论是从理论层面还是现实层面，那种可能性都是“0”。她们哪里知道他在济南一无所有？哪里知道他曾经穷得只有一毛钱，连馒头都吃不起？哪里知道他家在鲁西南农村，家里挺穷？哪里知道两个弟弟在北京打工，一不留神就会被“收容遣送”到济南？桃城的老K那几句咒语般的话他是不会忘的，挺狠，但也挺准，就像点了他的死穴一样。白玉兰也说过他“在济南一无所有”。他想，自己是个什么东西，自己最清楚。他来神马集团是找媳妇的，可是到关键时刻却露怯了。佳丽当前，未能缱绻。他想找个相貌平庸一些的，可是这样的女孩子却没人接近他。

在众多美女中，有一个叫李菲的，在众多美女中，并不算太突出，但也有与众不同之处。她身高大约1米68，体态较丰腴，身体很健壮；皮肤很白很嫩，就像天天泡在牛奶里似的；脸蛋圆圆的；眼睛凹凹的，像鸽子眼，总是秋水荡漾；鼻子很挺；说话声音很柔很轻，像是怕吓着你了；缺钙的人听她说话，得提前吃些钙片，不然骨头会酥了。她是董事长办公室的办事员，打打字，发发文件，收发个传真什么的。她的办公室和贾成功所在的企业文化部是同一个楼层，隔了几间办公室。

贾成功一开始并不知道李菲喜欢自己，大概在他来公司三个月的时候，也就是他干够了想离开的时候，才感觉出来。

公司提供的免费午餐，可以在餐厅吃，也可以用饭盒带回办公室吃。后来天越来越热，大部分人都喜欢打了饭回办公室吃。办公室里有空调，比餐厅舒服。李菲打了饭不在自己屋里吃，却跑到贾成功的办公室里来。她一来，大家都众星捧月般围着她。她和贾成功的几个同事有说有笑，却唯独对他不理不睬。贾成功偶尔插话，她也不接他的茬儿，就像没听见一样。她偶尔和贾成功说话，也从不叫他的名字，而是叫他“嗳”。她只要叫“嗳”，肯定是要和他说话了。

贾成功喜欢吃辣和咸，公司食堂里的大锅菜他吃着有些不过瘾。有一次他趴在自己办公桌上低着头吃饭，自言自语地发了句牢骚，说公司的饭不咸不辣的，这样下去脖子都要饿细了。

当时李菲正和几位同事有说有笑，好像谁都没在意他这句话。可是第二天上午一上班，李菲趁他去盥洗室涮拖把的时候，悄悄交给他一个精致的塑料饭盒。贾成功回到办公室悄悄打开，里面竟然是腌制的小辣椒，他悄悄尝了一个，又咸又辣，很好吃。他很纳闷，李菲在那里和别人有说有笑，怎么听见了他的自言自语？

有一次公司开大会，贾成功因为被临时抽调到会务组起草董事长的讲话稿，加了几个晚上的班，拿到了500元加班费。同事们让他请客，他就到街上找了个西瓜摊，让瓜农往办公室背了一大堆西瓜。他还特地买了把漂亮的水果刀。每天午饭后，李菲拉开贾成功办公桌的抽屉，从里面拿出水果刀，把西瓜切好，殷勤地招呼大家：同志们吃啊吃啊，别客气。贾成功坐在沙发里，一声不响地低着头啃西瓜，总觉得有些恍惚：这间宽大的办公室是他家客厅，同事们是他的客人，李菲则是贤惠的女主人。这时如果再跑进来一个五六岁的小男孩，则会叫他“爸爸”，叫李菲“妈妈”……

贾成功打印材料，需去李菲办公室的时候，如果她一个人在，就一本正经地聊几句，问他的个人经历和家庭情况，问得很细（人力资源部的人都没这么问过）。贾成功想想自己的情况，实在不愿说，就嘻嘻哈哈地岔开话题。

李菲是什么意思，贾成功心里跟明镜似的，但他打算装糊涂。应该说，李菲的职位在公司是比较低的，但贾成功觉得，即便如此，自己也配不上她。李菲是济南人，是个城市女孩，从小养尊处优，每天喝牛奶。而他呢，小时候唯一能喝到的饮料居然是醋，去北京上大学以后才第一次吃到香蕉，还把皮给吃了。

李菲对贾成功有意思，所有的同事都洞若观火。一位女同事，姓石，年龄较大，都叫她“石姐”，向来快人快语。吃午饭的时候，她当着李菲的面，把话说得通俗易懂、入脑入心：“贾成功，你看李菲多好，你也老大不小了，就把她娶了吧。”

贾成功听了这话，端着饭盒跑到走廊去了。他站在走廊里，几口把饭扒拉进了肚子，去盥洗室刷饭盒。刷完了饭盒，他又拿着饭盒跑楼下去了，找个没人的角落蹲了半个多小时，一连抽了4支烟，直到1点上班，才像小偷似地溜回办公室。在这半个多小时里，他脑子里只考虑了一个问题：自己到底能不能娶李菲？他皱着眉头考虑来考虑去，没有结论。让他感到意外的是，这个问题他以前从来不考虑，现在居然考虑了。

接下来，贾成功做出了一个平生以来最重大的决定，那就是在公司好好干，尽快当上企业文化部部长。那时他的地位就高了，在李菲面前就不必自卑了，就可以底气十足地把她拿下。

2

贾成功要把自己的聪明才智贡献给公司。“修得文武艺，卖与帝王家。”他的动机并不高尚，他为公司做贡献，只是为了当上企业文化部部长。于是，他主动为公司写宣传稿，策划宣传活动。这正是他的特长。

公司的外宣工作是由企业文化部部长赵雪晴承担的。这位赵雪晴，贾成功并不陌生，几年前就知道她了，还经常看见她的照片，并知道她一些隐私。她不是别人，是《星期八》副主编姜开蔚的大学同学。她大学毕业后在济南一家区级事业单位工作过，后来跳槽到了神马集团，因文笔不错，又和董事长是同乡，就成了企业文化部部长。贾成功来企业文化部上班的第一天，第一次见她，就一眼认出了她，但他没说。在此之前，他已忘了姜开蔚的初恋情人在神马集团工作。

赵雪晴三十五六岁，相貌和身材都很平凡，属于扔到人堆里就找不着的那种。压在姜开蔚玻璃板下的那张照片看起来就比较一般，本人和那张照片还有相当的差距：胸部平坦得像飞机场的跑道，屁股只是大腿的延伸，皮肤不白，脸上有一些星星点点的“苍蝇屎”，说话也缺盐少醋，一点滋味都没有。人倒是不坏，对同志有春天般的温暖，如果谁感冒了，她每天嘘寒问暖。

赵雪晴虽然是公司的企业文化部部长，但在贾成功看来她业务能力并不强。可能在别人看来她业务能力挺强的，每年在中央级报纸上的发稿量都有五六篇。因此，她在公司里也是个红人。贾成功觉得五六篇太少，20 篇也不算多，他要是搞外宣，怎么也得在 50 篇以上。

贾成功虽然没正儿八经地干过新闻，但靠一种悟性，他知道“新闻”和“宣传”还是有区别的。新闻的出发点和落脚点都是为了受众，对受众来说有价值，而宣传的出发点和落脚点则是为了特定的宣传主体，不考虑受众是否接受。为了捉到所谓的“活鱼”，贾成功去全国各地的分公司采访，从黑龙江到云南，从上海到新疆，坐了飞机坐火车，坐了火车坐轮船。

在哈尔滨，他因带的衣服少，被冻感冒了，在医院里边打吊瓶边写稿子。在云南，他为了采访一位执行经理的家人，在当地向导的带领下在高黎贡山的陡坡中徒步穿行了20多公里。在湖北，他在长江里坐过26小时的慢船。在新疆和田，他在一望无际的大沙漠里骑过13个小时的毛驴。在四川自贡，他遭遇过山体滑坡，乘坐的汽车差点丢了性命。在重庆万州的大山里，因下了雨道路湿滑，他不慎滚到一处山谷里……

贾成功一心想让李菲做自己的媳妇，再苦再累也觉得是闲庭信步。深入到营销第一线，他挖到了很多宝贵的素材，短短几个月里就有30多篇报道陆续刊发在中央级报刊上。

贾成功的一位好友、中学同学王浩然帮了他不少忙。王浩然从北大经济系毕业后，被分配到某中央级大报工作，先是做财经记者，后来当上了总编室主任。他利用自己的工作便利，给贾成功发了很多稿子。当然，那些稿子，王浩然每篇都是改了又改，巧妙地找“点”，提高“附加值”，有的稿子实在不适合他们报纸发表，他就利用自己的人脉资源，转给其他报社发表。赵雪晴每年在中央级报刊发稿五六篇，就花去公关费好几万，又是请客又是送礼。而贾成功发了这么多稿子，却连一顿饭都没请过王浩然——北京他就没去过。

贾成功还造了很多假新闻，最经典的案例是“大明湖救人”。

公司车队有位老司机，50 岁冒头，喜欢冬泳。公司食堂里有位 20 多岁的年轻厨师，也喜欢冬泳。公司行政部有位摄影爱好者，也是冬泳爱好者。1998 年 1 月下旬的一天，是个星期天，天很冷，三个人去大明湖游玩。当然，他们装作是陌生人。年轻厨师站在湖边发了一阵呆，“趁人不备”跳进了大明湖。湖边的游人大声喊叫：“有人跳湖了，快救人啊——”天太冷了，没人敢往湖里跳。这时，老司机“闻讯”从前方 200 米的地方跑过来，鞋都没来得及脱，纵身跳进湖里，把年轻厨师“救”了上来。“恰巧在此游玩”的那位摄影爱好者举起手中的相机一阵“咔嚓”，用镜头记录下了老司机“救人”的全过程。有人立即给当地媒体打了热线电话报料……

这条社会新闻上了报纸和电视。那位摄影爱好者为媒体“无偿”提供了极其珍贵的现场照片。那位老司机“本来不想留名”，经再三追问，才说出自己是神马集团的司机。记者们于是追踪到公司采访老司机。老司机说，公司里像他这样的好人多得是，大家都正直善良，很有爱心。至于跳水青年，老家在河北衡水，一个人在济南打工，因涉及个人隐私，身份和职业“不宜公开”，照片上他的脸也打了马赛克。他跳水的原因是“感情受挫”，快过年了，被女朋友甩了。那位摄影爱好者是“外地游客”，记者们来公司采访的时候要躲在办公室里。

报社和电视台的记者以及成千上万的读者和观众，大概没有人知道这条新闻是假的。公司里除了贾成功、老司机、年轻厨师、摄影爱好者和企业文化部的几位同事，也极少有人知道。董事长也不知道怎么回事，当他听取了赵雪晴的汇报，十分高兴，当即决定奖励企业文化部5000元，贾成功2000元，老司机、年轻厨师和摄影爱好者各1000元。这条“社会新闻”所能达到的宣传效果，也许10万元都买不来。

这样的“社会新闻”，贾成功还造了五六条，都是有人做好事不留名，最后经再三追问，才说是神马集团的。客观上会让人认为神马集团里都是好人，这样的好人，生产出来的产品肯定也错不了，尽管放心购买。

进公司半年多，贾成功就因工作业绩突出，风头盖过了赵雪晴。赵雪晴本来是公司里的红人，现在贾成功比她更红，都红得发紫了。董事长在公司大院里、楼梯上见了贾成功都笑眯眯地主动打招呼，如果离得近，还拍拍他的肩膀。这是别的员工得不到的礼遇。

几个月后，贾成功众望所归，被任命为企业文化部副部长。这时，他来公司才一年零两个月。在这么短的时间里，从普通员工混到了副部长，公司里还没有先例。

贾成功成了副部长，李菲是普通职员，两人在公司里的地位差距很大，大概在所有人看来李菲都配不上他。但他自己知道还不行，副部长的光环还不足以抹掉他农村穷小子的“胎记”。他觉得当上正部长，就绰绰有余了。

这期间，李菲对他的态度很冷淡。李菲很少去他的办公室吃午饭了，偶尔去，也是和他的几个同事说说笑笑，眼睛里完全没有他这个人。在走廊里相遇，她很远就低下头去，不看他。贾成功有事去她办公室，她也不理不睬的，头都懒得抬起来。向来爱说爱笑的她开始郁郁寡欢。贾成功心里很着急，他担心李菲对自己的热度降下来，再和别人谈起了恋爱，那样他就竹篮子打水一场空了。他必须一鼓作气，尽快当上正部长，越早越好。

可是，赵雪晴是公司的元老，又是董事长的同乡，要撼动她的地位并非易事。贾成功再有本事，工作业绩再突出，也可以认为是赵雪晴“领导有方”，善于调动属下的主观能动性。事实上，很多单位的很多领导都是这样。“是金子，总会发光的”，这话不错，但金子发光也是需要外部条件的，如果一直埋在几万米深的地下，它发个屁光。如果赵雪晴不“让路”，贾成功也只能跟在她屁股后头，当她的助手。

贾成功心里十分着急。他决定把这块“绊脚石”搬掉，自己取而代之。为此，他得硬着头皮使出些手段来。

贾成功的办公桌原来对着墙，当上副部长后，为便于和正部长谈工作，办公桌搬到了赵雪晴对面，两人对桌办公。这段时间工作不太忙，他决定向赵雪晴摊牌。他自裁了一叠小纸条，把要说的话写在上面，把小纸条传给赵雪晴。

所有的交谈都在纸条上进行。最后各自把小纸条收回，销毁。

贾成功：赵部长，你认识一个叫姜开蔚的人吗？

赵雪晴：认识，但不太熟。

贾成功：我五年前就在姜开蔚办公桌玻璃板下面见过你的照片。

赵雪晴：我们是大学同学。我不明白你为什么和我说这些。

贾成功：我想当咱们部的部长，你有什么办法吗?

赵雪晴：你确实比我有能力，我很佩服你。

贾成功：我有这种想法，心里很内疚。

赵雪晴：你不必内疚。从公司的大局利益考虑，你当这个部长是合适的，对公司的贡献更大。我当这个部长有些吃力，也许公司里还有更适合我的岗位。咱们可以各得其所。

贾成功：是的，我当这个部长，年薪不到2万，可是我能为公司创造20万、50万甚至更多的价值。

赵雪晴：如果我是董事长，就提拔你当这个部长。你来公司时间短，董事长还不了解你。

贾成功：我需要他了解我，需要他认识到我对公司的价值。

赵雪晴：我可以帮你，我知道该怎么做。但需要经过一些组织程序，你不要太着急。

贾成功：我可以等。放心，你和姜开蔚的事情我什么都不知道。

赵雪晴：你不要再提他。如果你信任我，今后可以把我当成一个老大姐。

贾成功：谢谢你，老大姐。

此后，关于事情的进展，两人仍在纸条上交流。赵雪晴平时不苟言笑，这段时间却有些亢奋，午饭后在办公室里和大家有说有笑。平时，她对贾成功一本正经，这段时间经常叫他“帅哥”，说他有能力，是公司的中流砥柱。她的亢奋在别人看来有些莫名其妙，贾成功却心知肚明。贾成功也和她开玩笑，叫她“美女”。两人像多年的好朋友似的。赵雪晴还经常有意无意地说“董办”的人有些少，工作太忙了。贾成功心里一直有些愧疚，觉得对不起赵雪晴，就咬咬牙花去一个月的工资，买了一大堆东西去她家里坐了坐。

一个多月后，公司下发红头文件，任命赵雪晴为“董办”副主任兼任董事长助理，贾成功为企业文化部部长。两人同等级别，都是高管。除了他们两个，外人谁也不知道一纸任命背后的秘密。

在半年多的时间里，贾成功由副部长升为正部长，这种火箭速度又在公司里创造了一个神话。

3

大明湖以北大约三华里，很多年前有个小李庄，现在（1999年）仍然有个小李庄，现在的小李庄和很多年前的小李庄是同一个。小李庄的历史很悠久，最少有几百年了。新中国成立初期，小李庄是郊区农村，属北园人民公社，社员们以种菜为生。后来济南城越来越大，小李庄才划归市区，农民也变成了市民，成了各行各业的产业工人。1999 年的小李庄是一大片低矮、简陋、杂乱的民房。大部分是二层小楼。外墙是光秃秃的灰暗的水泥。临街的水泥墙体上少不了野广告，治不孕不育、尖锐湿疣什么的，还有“前方 250 米灌煤气”“此处禁止小便，谁小便死全家”的标语。高压电线密密麻麻，像蛛网似的。炒货店的小喇叭里一天到晚是“糖炒栗子，现炒现卖，好吃好扒”的叫卖声。修自行车的中年人常年蹲在垃圾台下的角落里，因腰带系得太低，内裤和屁股露在外面一大截。花圈寿衣店的老板——一个 60 多岁的老头——有些聋，和谁说话都像吵架。一群老头老太坐在路边，夏天乘凉，冬天晒太阳。不一定什么时候就会从某一栋小楼里传出来一片悲恸的哭声，那是老头或老太又“走”了一个。花圈寿衣店的老板喜滋滋的，嗓门高得一个街筒子的人都能听见。一个不丑也不漂亮的女孩穿得干干净净的，每天都站在街上，表情十分天真十分夸张，不管什么时候，见了人就嘴一咧，笑着问：“老师儿，你吃饭了吗？”她叫丹丹，是个智障女孩，看上去在 10 岁到 25 岁之间。她的父母是表兄妹，近亲结婚。经常可以见到身材矮小、行色匆匆的南方人，他们租住在这片民房里，在外面租了门头房或商场的柜台做服装、茶叶、小商品生意。

贾成功和李菲就住在这个叫小李庄的地方。李菲家，一栋普通得不能再普通的二层小楼的二楼。这栋小楼在一条只有三米宽的小巷里。

每天早晨7点50分，一辆黑色桑塔纳准时停在李菲家楼下。车刚调好头，贾成功和李菲就从家里走出来，在众多街坊邻居羡慕的目光中开车门、上车。每天下午5点10分，黑色桑塔纳准时来到小巷里，贾成功和李菲在众多街坊邻居羡慕的目光中开车门、下车。李菲家距离公司很近，步行顶多需要十几分钟。但按公司规定，贾成功这个高管享受车接车送的待遇。他觉得每天早晨走走路挺好的，本想谢绝这一待遇，但李菲不同意。即使她同意了，她的父母也不同意，他们需要街坊邻居们的羡慕。街坊邻居们都知道李家的女婿是个"当官的"。

贾成功是3月中旬被任命为企业文化部部长的，4月下旬和李菲结婚的。公布任命的那天下午下班后，他骑着自行车在李菲下班回家的路上追上了她，把她约到附近一家饭店里，正式向她求婚。李菲骂了他一句"混蛋"，端起茶杯泼了他一脸茶水，然后趴在桌子上呜呜地哭。贾成功只是拍打着她的后背，没有哄她。李菲哭了20多分钟，就坐到了他腿上，两人长时间接吻。吃完饭分手的时候，李菲已经情不自禁、柔情缱绻地叫他"亲爱的"了。

此后，两人开始频繁约会。其间，贾成功拜望了李菲的父母，也把李菲的照片寄给了自己的父母。他的父亲贾得福激动得连续三个晚上都失眠了，他的母亲激动得抹了几次眼泪。

4月下旬，风和日丽，槐花飘香，贾成功请了假，带李菲回老家，办结婚手续和婚宴。是公司派车把他们送回去的。贾成功这个虚岁33岁的人结婚，也成了轰动全村的“公共事件”。在人们的记忆中，李菲是这个村庄多少年来最漂亮的媳妇，也是第一个大城市的女人。

贾成功穿着笔挺的藏蓝色西服套装，李菲穿着大红的毛料套裙，两人都光鲜照人。婚宴在院子里摆了十几桌。老二、老三从北京请假回来了，亲戚们都来了。所有的人都很高兴。贾成功的奶奶嘴里只有一颗上牙了，她坐在椅子里，陪着几个老婆子说话，笑得像孩童一样天真。贾成功的父亲贾得福脸上被人抹了锅底灰，他背着手在院子里走来走去，所到之处一片笑声。贾成功的母亲爱哭，当有人夸李菲漂亮，夸她有福气时，她就掏出手帕抹眼泪。

从老家回来后，五一节那天，公司又为他们举行了隆重的婚礼，是集体婚礼，全公司包括各地分公司和办事处，共有30对年轻人结婚。作为企业文化部部长，贾成功当然要利用这次机会使劲“秀”一把，宣传一下公司。他和婚庆公司提前多次沟通，决定采用古式婚礼。地点在大明湖。所有的新郎、新娘都穿上鲜艳的古装，新郎峨冠博带，新娘云鬓凤钗，就像演古装戏一样。还租了几艘画舫，一字排开，让新郎新娘们游湖。场面十分热闹，让人恍若隔世。很多游客都看呆了。贾成功提前通知了十多家当地媒体，有报社的，也有电视台的。因为视觉效果极好，又有新闻价值，都给报道了，其中一家报纸还登了一个整版的照片。公司为这些员工举行集体婚礼顶多花费 10 万元，可是经过贾成功的策划，宣传效果恐怕 50 万也买不到。

贾成功本打算婚后和李菲住在海右小区的出租房里，还有两个月就到租期了，他想再交一些房租。但李菲不同意，说她家房间多，没理由搬出去住。父母只有她这么一个女儿，也舍不得她离开家。贾成功只好同意。

李菲的父母原来都是工厂工人，都下岗了。她爸爸是个能人，曾经当过车间主任，下岗后又被返聘回厂里，为厂里清欠债务，要回账来拿提成。他从小在济南地面上长大，社会上的小兄弟很多，他去要账，那些欠债的单位都给面子。他留着寸头，头发那么短还打摩丝；胳肢窝里夹个黑色皮包，每天早出晚归的。他喜欢喝茶，很酽的花茶。茶垢在茶壶里累积，成了“茶山”。看着“茶山”不断增高，他喜滋滋的。每天早晨他都会拿出半个多小时的时间，专心致志地盯着“茶山”看。他还有个本事，就是让电表走字慢。实际用 10 度电，电表可能只走 1 个字，所以家里的空调、电饭锅、电磁炉能开就开。

李菲的妈妈迷恋传销，每天都带着“产品”到亲戚和街坊邻居家串门，发展下线。但她的“产品”好像从没卖出过一件。她曾经是一起非法吸收公众存款案件的受害人，被人骗了 6 万多。闲着没事的时候她喜欢去超市。超市经常搞活动，能买到特价商品。鸡蛋比市场上每斤便宜 2 毛钱，但不能多买，每次只能买 3 斤。为了省下那 6 毛钱，她每天早饭后都去排一个多小时的队。她很少看报纸，连省长是谁都不知道，但星期一的晚报是必须要买的，而且一买就是100份。因为这天的报纸有“招聘特刊”，很厚，当废品卖也划算，一份能赚4分钱。为了买报纸，她天不亮就起床，去报摊等着。她还热衷于偷水。厨房和卫生间里，几个水龙头不舍昼夜地滴答，浴缸和几个大桶总是满满的。光偷的水都用不完。

老夫妻俩有一项共同的娱乐，打麻将。白天在外面辛苦一天，吃完晚饭就把麻将桌支好，开始搓，往往一搓就到半夜。“麻友”比较固定，无非是李菲的叔叔婶子姑姑姑父，有时候人家有事不能来，三缺一，就把贾成功叫过去。贾成功一开始不会打麻将，后来被教会了也一点不感兴趣，但只能硬着头皮心不在焉地一块一块垒。李菲不会，也不学，她在卧室里看电视，看《读者》、《青年文摘》杂志。贾成功打完麻将哈欠连连地回到卧室的时候，李菲往往已经睡了，过夫妻生活的时间都没有了。贾成功觉得岳父岳母不光不心疼他这个女婿，连自己的女儿也不心疼了。

贾成功觉得这样的生活很累，身体累，心也累。多少年来，他养成了晚上斜躺在床上看书的习惯，现在，别说看书，看晚报都成了奢望。他的“心灵单间”被挤得无影无踪了。

每天晚上，关了灯躺在床上，直到入睡之前，这段时间对贾成功来说比金子都宝贵。这个时候他习惯听着李菲轻微的鼾声，在黑暗中想想心事。他觉得这个时候他的身体、意志都完全属于自己，他不再是神马集团的部长，也不再是李家的女婿。到底是谁？自己的身份属性到底是什么？他意识到，他最鲜明的身份属性是：他是鲁西南那个小村庄那个因为挨饿少上了半年学而没有成为“国家干部”、一辈子心高命薄的农民贾得福的儿子，他的身体里流淌着农民贾得福的血液。可是，既然如此，此时此刻他怎么躺在了济南小李庄的这处民房里？这就是他梦想多年的城市生活吗？他有些茫然了。

贾成功从小就想离开农村，成为城市人。上初中以前，他脑子里城市的概念就是乡镇驻地。那时他最大的人生理想就是去镇上当工人，当一名“正式工”。镇驻地离他的村子贾庄有五里路。冬天，田野里很开阔，站在村头就能看见镇上高高的水塔。镇上的人吃自来水，据说水很清，不像他家压水井里的水那样有渣子。镇上有玛钢厂、酒厂、机械厂、棉厂。其中棉厂最大，一座座棉垛高得像山一样。贾成功跟父亲去那里卖过棉花。实行家庭联产承包责任制以后，棉花是鲁西南地区最重要的经济作物，农民也是靠种棉花渐渐过上了好日子。深秋卖棉花的时候，一辆辆装满棉花的地排车在棉厂门口的公路上绵延三四里路，很是壮观。往往排队三四天才能把棉花卖掉。去卖棉花都得带着被褥，夜里就睡在公路上，地排车下面。贾成功就在地排车下面睡过两次。夜里想尿尿，一折身子，脑袋“咚”地一声碰在地排车的“底盘”上，鼓出一个包。

贾成功的舅家表姐是棉厂的正式工。她和一个漂亮的女孩子（贾成功记得大家都叫她小韩）住同一间宿舍。表姐的工作是过磅，小韩的工作是现金出纳。小韩脸蛋红扑扑的，身体很结实，穿着时髦的喇叭裤，屁股紧绷绷的。小韩瞧不起农村人，卖棉花的都从她那儿领钱，一天到晚她眼皮都不抬一下，从不看一眼领钱的是什么人。表姐叫贾成功去她宿舍里吃过饭，是从棉厂食堂打来的，菜里面有薄薄的白肉片。小韩也和他们一块吃，但她不看贾成功一眼，吃完饭就嘴里哼着歌，照着镜子描眉、搽雪花膏。那时候贾成功就想，长大了他也在棉厂当工人，娶个小韩这样的女人当媳妇，就住在厂子的宿舍里；宿舍前面搭个鸡笼子，养几只鸡；星期天就骑着自行车领着小韩回自己的村子；晚饭后拉着小韩的手去集上散步，散步回来和小韩一起嗑着瓜子听收音机，听刘兰芳播讲的长篇评书《岳飞传》或《杨家将》。

去县城上了中学，贾成功脑子里城市的概念就是县城。他觉得县城真好。县城的人早饭可以喝豆汁儿，吃油条，不像农村人那样一年四季喝玉米糊糊。他那些县城的同学住在父母单位的家属院里，在一起喜欢讲“俺院儿里”的趣事，农村的同学都插不上嘴。县城的同学穿得很时髦，上体育课有球鞋和运动服穿，而贾成功只能穿母亲做的千层底布鞋和四个兜的蓝色中山装。县城的同学每个月都领粮票，他们吃的粮食是包括贾成功的父母在内的农民种出来的。县城的同学暑假里可以逛电影院、图书馆，而贾成功却要干一假期的农活，开学的时候黑不溜秋，像从锅底下钻出来的似的，手心还有厚厚的茧子。县城的人冬天可以在家里洗澡，而农村人只在快过年的时候洗一次澡，还得去县城的澡堂里，天不亮就骑着自行车出发，去晚了水就脏了。县城的人想几点看电影就几点看电影，农村人看一场电影要骑车子跑几十里路到县城的电影院。贾成功村里的几个年轻人为了看《少林寺》，晚饭都不吃，看完电影回到村里都半夜了。县城的人可以在家看电视，而农村人顶多听听收音机，晚饭后整个村子死一样的寂静，狗都懒得叫。那时候贾成功已看不上镇上的小韩了，他想，将来混好了也在县城生活，住在单位的家属院里，等有了孩子，孩子上了学，也可以和同学讲“俺院儿里”的事了。

上高中的时候，贾成功又喜欢上了菏泽，觉得菏泽是大城市。那是1986年夏天，暑假里他去菏泽看病，夜里住在一家小旅馆里。晚饭后有人把电视机搬到大街上，很多人搬个小马扎，坐在那儿边乘凉边看电视。贾成功每天晚上都跑过去，蹲在一个角落里看。那时正播放电视连续剧《傲慢与偏见》。这是贾成功这辈子第一次看电视。菏泽有公园，有人工湖，有宽阔的马路，有大商场。在他想象中，菏泽可能和北京差不多，只不过比北京少了个天安门。他觉得菏泽真好。但他不敢奢望将来在菏泽工作、生活，他觉得自己是个农村孩子，能在桃城县城住上家属院就很不错了。

后来去北京上大学，贾成功才知道北京原来那么大，大得让他心慌，他又觉得北京真好。大学毕业后离开北京回桃城工作的时候，他一百个不愿。他情愿在北京扫大街也不愿回小县城，但1992年他还没有丢掉“铁饭碗”的勇气，于是大学毕业后到了桃城县工业局工作。他在县城没有住上家属院，而是住在办公楼的顶层。在北京生活了几年，他已不满足于一辈子在县城生活了，于是辞了公职跑到了大城市济南……

现在，贾成功娶了个济南媳妇，住在这个济南媳妇家里。可是他不知道自己是农村人还是城市人。说是农村人吧，他确实生活在一个大城市里。说是城市人吧，他却不会说这个城市的土话。在济南土话里，“好”叫“赛”，“很好”叫“楞赛”，“太好了”叫“杠赛来”，“忽悠”叫“点划”，“郁闷”叫“秫米”，“占便宜”叫“拾漏毛”，“傻”叫“潮巴”，“自大”叫“胀包”，“走人”叫“拔腚”……这些土话贾成功都不太懂。李菲希望他能学学济南话，以便和她爸妈以及亲戚们交流，和他们打成一片。本来，鲁西南话和济南话在发音和声调上比较接近，贾成功学济南话还是有基础的，可是他不愿学济南话，总觉得别扭。打麻将的时候、陪李菲的爸爸“滋洇”（喝酒）的时候也说普通话，那么“揍势”（装模作样），仅凭这一点，李家人就很难完全认同他这个女婿，小李庄的居民也不会把他当成自己人。

按照户籍政策，贾成功和李菲结婚两年后，他就可以以“夫妻投靠”的名义在济南落下户口，到那时他就成了户籍管理意义上的济南人了。这也是他热切盼望的。可是，一想起把自己的户口落在小李庄，他心里就莫名其妙地有些恐惧，似乎有些不甘心。他很困惑：自己这辈子就这么交代了？

尽管贾成功有些不甘心，但没过多久，他这种日子就过不下去了。

4

结婚后贾成功就想要孩子，可是李菲不想要。一是她还年轻（她比贾成功小 6 岁），不着急；二是她还想干一番事业。她想让贾成功当老板，自己当老板娘。

按理说，贾成功能在那么短的时间里混到高管已经很不错了，待遇不错，权力也不小。有一次吴富贵找他，请求他的帮助。原来，吴富贵承包了《星期八》的广告，赔了 20 多万，不得不从老家借亲戚朋友的钱填窟窿。他想出去拉广告，可是连一张去烟台的火车票都买不起了。贾成功批给他 30 万元的广告额度，一下子把他救活了。葛鲁光也找过贾成功，但贾成功一分钱都没批给他。如果几年前葛鲁光不截留贾成功那 6000 元的广告，贾成功完全可以批给他 10 万元。相对于贾成功的权力，这些都是小菜一碟。李菲的同学很多，她经常张罗同学聚会，然后把上千元的餐饮发票拿给贾成功以公务接待的名目报销。贾成功觉得对不起公司，想想为公司省过那么多公关费，也就硬着头皮签字了。李菲的亲戚朋友谁需要公司的产品，她也让贾成功批条子，按出厂价购买。贾成功上下班车接车送，李菲这个部长夫人也可以蹭车坐。

可是李菲并不知足。神马集团跳槽的人很多，跳出去自己开公司，都成了大老板。运用的都是神马集团那一套营销战略战术。李菲让贾成功也辞了职开公司，至于开什么公司，她心里也没数。贾成功刚到公司的时候，觉得有些不适应，想尽快离开。后来他成了高管，享受着权力带来的好处，又有些舍不得离开了，起码暂时没有离开的打算。李菲劝他辞职开公司，他觉得不太可行。因为他干企业文化部部长还行，写写宣传稿，策划一些宣传活动，轻车熟路；干经营，进钱出钱就外行了。再说，董事长待他也不薄，让他放手去干，要钱给钱，要人给人。公司正是需要他的时候，他要是撂挑子走人，就太不仗义了。

让贾成功感到不可思议的是，李菲的父母也极力鼓动他辞职开公司。李菲的父亲有一位同学，做建材生意发了大财，身家已上千万。他认为，女婿在几万人的大公司里当高管，辞了职当个小老板那还不是小菜一碟。看老婆和岳父岳母这么认可自己，贾成功也渐渐有些动摇了。他想，也许自己骨子里有一种惰性，对陌生的领域不敢去尝试，畏首畏尾的，如果大胆尝试，说不定能获得很大的成功。2000 年国庆假期，贾成功每天都陪岳父喝酒，岳父每天都和他谈辞职开公司的事，他的一腔热血终于沸腾起来了。

国庆假期后不久，贾成功和李菲都从神马集团辞了职，在北园大街的一家建材市场租了三间门店，开办了一家建材经销公司，做起了“红石”木地板的山东总代理。他们两口子的积蓄是 6 万多元，李菲父母的积蓄是 17 万元，都拿出来作为投资。这 23 万元有些紧巴，勉强能够维持运营。

贾成功从没想过要经商，却当起了商人，成了公司的法定代表人。他名片上印的职务是总经理，李菲是副总经理。经“总经理”和“副总经理”默许，李菲的父亲也印了名片，是“经理”。贾成功还买了一部手机。

对贾成功来说，经商比“洒狗血”、当企业文化部部长难多了，每天都请建筑商、装修商吃饭，给他们送礼，请他们洗脚、按摩，给他们找小姐。他们指甲盖里有灰，嘴里有口臭，习惯当众抠鼻子、放屁。平时，和这样的人在一个桌上吃饭，贾成功都会觉得恶心。但这些人口袋里有钱。为了把他们口袋里的钱掏出来装进自己的口袋，贾成功不得不在他们面前点头哈腰，跟孙子似的。为他们花钱都花麻木了，几千元上万元往外甩，眼睛都不眨一下；跟他们说好话都说麻木了，再肉麻的话都说得字正腔圆、中气十足。每天夜深人静的时候，想想自己白天那副嘴脸，他都想抽自己两嘴巴子。好在忙了两个多月，终于初见成效：他拿到了 200 多万元的订单。如果货款到账，利润大约 30 万元。

可是，木地板还没卖出去一块，各大媒体忽然爆出一条新闻：“红石”木地板因质量问题遭投诉，工商、技监等部门经过调查，确认“瑞士总部”子虚乌有，设在上海的“中国总代理”被依法取缔，各地省级总代理也要依法取缔。不几天，贾成功的门店被工商局贴上了封条，勒令停业。公司同时被注销。

贾成功一下子成了穷光蛋，并负债 20 万元。按照常理，李菲是岳父岳母唯一的女儿，老两口的财富也是李菲的财富，所以，贾成功欠岳父岳母的那 17 万元不必太当回事。再说，他也是受了李菲和岳父岳母的极力鼓动才开公司的。但他认栽，他不光认为欠岳父岳母的那 17 万元应该由自己偿还，李菲的

3 万元积蓄也应该由自己偿还。

因急火攻心，公司被查封的当天晚上，贾成功的听力完全丧失了，成了聋子。李菲在他面前哇哇大哭，他一点也听不见，就像看电视的时候音频线断了，只有画面没有声音。去诊所打了两天吊瓶，他的听力才渐渐恢复过来。

听力恢复后，贾成功发现还不如当聋子。因为李菲天天和他吵架、闹别扭。公司倒闭后，李菲的父母不再打麻将了，也不让几个水龙头滴答了，电视也不看，家里一点动静都没有。吃饭的时候，谁都不看谁，都低着头。吃完饭各自回房间。和李菲的父母在一起，贾成功每一分每一秒都如坐针毡，极不自在。李菲的父母仍像往常那样天天出门，见了街坊邻居，仍像往常一样笑呵呵的，但仔细看他们的脸，会发现他们面部肌肉僵硬，笑是装出来的。贾成功和李菲则一天天不出门，关在屋里吵架。

人在不愉快的时候往往会想起更多不愉快的事情来。这天上午，李菲就想起了很多，都是关于贾成功的：一是在他进神马集团后很长一段时间里，明明知道她喜欢他，想嫁给他，他却刻意向她隐瞒家庭情况，在主观上是故意欺骗她的感情。二是他和她父母不亲，总是笑得那么假，一点都不像一家人。三是他们结婚的时候，他的父母只给了她 600 块钱，而花在他的两个弟媳身上的钱都上万，这还不算给他的两个弟弟盖房子。他的父母这是在欺负她。

对于李菲的三项“指控”，前两项贾成功自愿放弃“申诉”

的权利，但第三项他必须做出解释。李菲说的都是事实。他没想到李菲了解这么详细。他带她回老家结婚的那几天，经常见老二媳妇、老三媳妇和她在一起嘀嘀咕咕的，看来是在比较父母为哪个媳妇花钱多。他结婚比较突然，父母没准备多少钱，即使他结婚不突然，父母也不会给他准备多少钱。因为他和李菲都在城市，没必要按照农村的规矩办事。

贾成功申辩了几句，没想到李菲大声嗷了一嗓子，打断了他，说他的父母就是瞧不起她，以为自己的儿子有本事，娶个媳妇没本事，就给了600块钱，就像打发要饭的一样。她说："两个农民，有什么资格瞧不起我！"

贾成功的父母的确是农民，但这时从李菲嘴里说出来，却有蔑视和恶毒的意味。他身上的血直往脑门子上涌，脱口而出："你爸妈好，偷水偷电，打麻将，报纸买一百份，俗不可耐的小市民，还不如农民呢！"

李菲瞪大了眼睛，足足盯了贾成功半分钟，忽然脸变了形，咬牙切齿、声嘶力竭地喊："滚——"同时，她抓起她爸那把心爱的茶壶就往贾成功脸上掷。贾成功弯腰一躲，茶壶碎在墙上了，"茶山"变成了碎屑，四处迸溅。李菲撅着屁股趴在床上，搂着枕头号啕大哭。

贾成功很有骨气，李菲让他滚，他决不死皮赖脸地在这个家里待一天。李菲咬牙切齿地说"滚"的时候，他看了一眼墙上的钟表，是9点13分。他没有马上滚，而是为滚做一些必要的准备。要滚到哪儿去，他得先确定下来。他找出通讯录，试着给海右小区那套房子的房东打了电话，问房子有没有人住。非常巧，房东说，一个星期前房客刚搬走，他正准备去中介所招租。贾成功说不用招租了，他又要去住。房东说现在房租又提了一点，每月 400 元了。贾成功说没问题。打完电话是 9 点 16 分。

打完电话，贾成功就开始收拾自己的东西。他的东西不是太多，主要是衣物和书。有的装进箱子里，有的捆扎起来，不到两个小时就收拾好了。他下楼拦了一辆出租车，把东西装进去。最后一趟下楼之前，他把李菲家的钥匙解下来放在茶几上。这时李菲已不再哭了，盘腿坐在床上，眼睛红肿，目光呆滞而空洞。贾成功觉得李菲的眼睛有点像死羊的眼睛，不由得心生怜悯，真想过去抱抱她。他在床前站着，希望李菲开口骂他、下床打他，那样他就不走了。但李菲一眼都不看他，也不开口骂他。贾成功站了大约 5 秒钟，听着墙上钟表的嘀嗒声，心像掉进了冰窟窿，凉得透透的。他看了一眼墙上的钟表，就下楼了。钟表上的时间是 11 点 14 分。

这天是 2000 年 12 月 27 日，贾成功在这个家里住了一年零七个月。他不知道，他和李菲的婚姻是不是就这么到头了。

第八章

从天而降的 28 万元

1

贾成功，这个曾经风光一时的神马集团原高管，现在虎落平阳，又成了一个无业游民。他想在最短的时间里挣够20万元，还给李菲和她爸妈，然后和李菲好好过日子。他对这个家没有多少留恋，搬出来后觉得真轻松真自在。可是，他需要一个老婆，需要李菲，还是想和她过日子的。可是，怎样才能在最短的时间里挣够20万呢？他不知道。如果找个单位上班，光靠工资收入，除去吃喝和日常开销，恐怕最少需要10年，而那时候他都40岁了，半辈子已经过去了。

贾成功觉得那20万元像一座山一样在他头顶上压着，压得他喘不过气来。他在卫生间里偶尔无意地照一下镜子，总是被自己的表情吓一跳；他的脸上写满了无助、无奈和绝望。他在屋里坐不住，一分钟都坐不住，一秒钟都坐不住，好像每一分每一秒都像一束束利箭，从房间的四面八方向他射过来。他只好骑着自行车出去满大街转悠。在大街上转悠是捡不到钱的，但心里却比坐在屋里踏实。他穿着破旧的羽绒服，不梳头，不刮胡子，看上去很像个农民工。

贾成功骑着自行车，不知不觉到了博雅学院。他站在南公寓楼下望403室的窗户，看见那儿晾着文胸和内裤。他骑着自行车，沿着大纬二路向北，不知不觉到了黄河边。黄河边比市区内更寒冷，他站在河岸边，使劲跺着脚，看一家专业救援队的人在浑浊的河水里坐着橡皮艇，打捞轻生者的遗体。他在河边大张着嘴，瞪着眼珠子一站就是半天。他骑着自行车，不知不觉到了神马集团。他屁股坐在车座上，一只脚支地，偷偷地往院子里看。院子里很安静，董事长的加长红旗正要开出来。他使劲蹬了一下脚蹬子，匆匆走开了。走累了，他就去泉城广场，坐在木质排椅上休息，实在太累了就躺一会儿。这个地方离他租住的海右小区很近，骑自行车用不了10分钟。但他不回去睡，因为在出租屋里睡不着。该吃饭的时候，他就在路边小摊上随便吃点东西，把子肉、米饭什么的。他胃口不太好，一顿饭最多花3块钱。

贾成功喜欢在泉城广场上坐着。泉城广场是济南最大的广场，东西约780米，南北约230米，面积250多亩，简直可以用辽阔来形容；地下还有迷宫一样的购物中心、停车场。一年四季人都很多，有来玩的（比如写地书的、拉二胡的、抖空竹的等等），有各行业各部门的公共活动（比如法制宣传、税收宣传、环保宣传等），还有各种商业活动（比如房地产公司冠名的商业演出）。夏天的晚上人特别多，就像农村赶大集似的；冬天的晚上就冷清多了，10 点左右就空空荡荡的了。贾成功一坐就到 10 点多，看着广场上的人越来越少，他心里也越来越空。几乎每天晚上，他都是最后一个离开泉城广场的人。在外面游荡一天，把自己的身体弄得很累很累，回去才能睡个好觉。

这天上午，贾成功骑着车子路过泉城广场时，有一群人吸引住了他的目光。十几个年轻人，在泉标附近叮叮咣咣地搭铁架子。铁架子很多很大，旁边停了四五辆大卡车，车斗子上喷着“搬家，在路上”几个白色大字。地上堆满了用白铁皮包边的黑色的箱子，箱子上喷着“追光灯”、“烟雾机”等，电线扯得到处都是。一看就是演出机构在搭舞台，行话叫“装台”。“在路上”，看见这几个字，贾成功忽然想起了几年前戴娜在暑假里应邀办英语培训班的事，那家培训机构就是一家叫“在路上”的摇滚乐队兼搬家公司。难道是那些人？

贾成功推着自行车走过去，等走近了，一眼看见了一位老熟人：乐队的鼓手、搬家公司的副经理兼司机。小伙子的长头发仍像 6 年前那样，烫得像一簇簇的波浪，只是多出了几根刺眼的白头发。小伙子比 6 年前胖了些，正撅着屁股吃力地搬一个箱子。贾成功扎好自行车，咧着嘴笑着，悄悄走到小伙子身后，朝他背上“咣”地拍了一巴掌。小伙子一个趔趄差点趴下，嘴里骂着“哎哟我去”，放下箱子，扭过头来，打量着贾成功。贾成功龇着牙，冲小伙子“嘿嘿嘿”地笑。小伙子显然不记得贾成功了，他皱了皱眉头，问：“你干什么？”贾成功眨巴了几下眼睛，挠了挠头，说：“我帮你搬箱子吧。”小伙子又上下打量了他一眼，说：“你想搬就搬吧。又碰上一个热爱摇滚的人。”

贾成功搬箱子、扛铁架子，干得很卖力。他虽然很多年没干过重体力活了，但力气有的是。他出了一身汗，觉得很爽。午饭吃的盒饭，里面有米饭、酱鸡蛋、把子肉、炒白菜、酸辣土豆丝，还算丰盛。贾成功甩开腮帮子，很快就吃完了。这顿饭他胃口很好。吃完午饭没休息，马上接着干。看贾成功吃完了午饭还没走，又搬起了箱子，那位小伙子拍着他的肩膀说：“看来你真是一个热爱摇滚的人。”贾成功咧嘴笑笑，不说话。

一直忙到天黑，舞台终于装好了，很漂亮。贾成功在舞台背景上看见“××之夜真情回馈”几个字。那位小伙子对贾成功说：“你在这儿忙一天了，吃完饭再走吧。”贾成功咧嘴笑笑，说：“好的。”一会儿，送外卖的骑着自行车来了，是加州牛肉面，还有酱鸡腿，都放在并在一起的两只箱子上。大家或蹲或坐吃起来。

吃完晚饭，贾成功还没走。舞台一侧有个简易帐篷，里面有几把折叠椅和一张桌子，桌子上放着调节音响和灯光的设备，候场的歌手也坐在里面。这时广场上的人越来越多了。贾成功挤进帐篷，蹲在一个角落里，看看这个，看看那个。几位歌手都是男的，穿得很花哨，外面都披着军大衣。他们抽着烟，说说笑笑的，还不时骂一句粗话。7 点半，演出开始。没想到，几位歌手一上台，就和在台下的时候完全像换了一个人。主唱是一位高大结实的小伙子，看上去有三十五六岁，他弹着吉他边唱边舞，不时甩一下披肩的长头发。他的歌声激情澎湃，舞姿狂放热烈，状态很投入。贝斯手、键盘手和那位鼓手小伙子等几个人也一个比一个投入，简直能 high 翻天。台下的观众不时尖声地大呼小叫。贾成功这时坐在帐篷口，看看台上，看看台下。他隐隐约约看见台下有几位李菲家的邻居，包括那位智障女孩丹丹。他总觉得李菲和她爸妈也在人群中，可是又看不真切。

演出进行到 9 点半左右，剩下的时间由乐队和观众互动，谁想唱歌就到台上去。有五六个小伙子和小姑娘先后上台唱了歌，唱得还凑合。后来，那位鼓手小伙子跑进舞台一侧的帐篷口，对贾成功说："哥们儿，你上去唱一个吧。"贾成功笑笑说："我不会唱。"小伙子拍着他的肩膀说："你在这儿辛苦一天了，现在给你个机会——你都是会唱什么歌？"贾成功说："我会唱的歌都比较老，像《故乡的云》、《大约在冬季》、《一无所有》等等，比较新的有《中华民谣》、《涛声依旧》。"小伙子说："你就唱《一无所有》吧，我从小就爱听这歌。最好唱出咱们崔老师的味儿。"贾成功问："崔老师是谁呀？"小伙子说："崔健呀，这还用问吗？"贾成功说："我不会唱呀。"小伙子有些不耐烦了，说："你在这儿忙活了一天，饭都跟着我们吃两顿了，就是不走，不就是想唱个歌吗？像你这么热爱摇滚的人我们见多了，德州有，淄博也有，但像你这么内敛、羞涩的还没见过。别娘娘们们的，快上台吧哥们儿。”说着就拉着贾成功的胳膊，像牵一头绵羊一样把他拉到舞台上。

贾成功站在舞台上，拿着话筒，面对台下黑压压的人群，紧张得腿都打哆嗦，嗓子也有些发干。可是伴奏一响，他忽然觉得台下的人群变成了一堆土豆，乐队也突然消失了，辽阔的泉城广场上只有他一个人，他愿意怎么唱就怎么唱。唱起来以后，他把伴奏扔在一边，径直吼起来：

我曾经问个不休

你何时跟我走

可你却总是笑我

一无所有

……

贾成功吼得没有一句不跑调的，可是效果却极好，每一句都像刀子一样能穿透人心。后来，他一屁股坐在舞台上，把羽绒服脱下，使劲扔到了台下。他麦克风拿得很近，好像要吃下去一样。他拼尽了力气吼也不觉得累。辽阔的泉城广场上回响着他沙哑、高亢、粗犷的吼叫声。乐队的几个人也都疯了：两位吉他手抱着吉他，时而弯下腰，时而蹲下，时而一蹦老高，看上去不把吉他的弦弹断誓不罢休；那位鼓手小伙子咬着牙，皱着眉，头上的青筋鼓胀着，两条胳膊使劲挥舞着。等贾成功唱完，台下沸腾了，掌声、尖叫声此起彼伏。贾成功看了看台下，这才意识到台下是黑压压的人群。他正要跑下台，有个女孩子抱着他的羽绒服，哭着跑上台来，紧紧搂住他在他脸上使劲亲了一口，把羽绒服给他披上……

这天夜里，贾成功睡了个好觉，从10点睡到了第二天早晨6点，梦都没做一个。醒来后，窗外还黑咕隆咚的，没有一丝天光。他打开床头灯，看了看小闹钟，6点刚过。他去卫生间撒了一大泡尿，又钻进被窝里，在黑暗中瞪着眼睛想心事。他在济南大街上已转悠半个多月了，也没想起什么发大财的办法来。一个1米77的大老爷们儿，还能被20万块钱压倒吗？钱是龟孙，花了再拼。他要从头再来，从哪儿跌倒从哪儿爬起来。大不了再找个地方上班，慢慢地想办法。只要精神不滑坡，办法总比困难多。

想到这些，贾成功不再出去转悠了。他想找李菲谈谈，尽快搬回去住，和她好好过日子。李菲也许会指责他负气离开了她家，如果这样，他会真诚地承认错误，向她道歉。他要告诉李菲，他有信心把日子过好，成为小李庄一带最牛逼的成功人士，成为李家人的骄傲。

起床后，贾成功认真地洗刷了一番，把自己倒饬得很精神。中午，他往李菲家里打电话。电话是李菲接的。他说他想回去住。没想到，李菲鼻子里“哼”了一声，说：“回来住？你以为我家是宾馆呀，想来就来想走就走。回来干吗，在外面多逍遥自在呀，跟大明星似的，女孩儿又是抱又是亲的。哼，要饭的牵猴——玩心不退，也不怕丢人现眼！”

贾成功愣了愣说：“我有一些想法，想和你好好谈谈。”

李菲说：“你不是‘一无所有’吗，能有什么好想法？什么时候挣够了20万再说吧。我要吃饭了，没事就挂了吧。”

李菲挂了电话。贾成功的那些想法都闷死在心里了。

2

2001年春节前后，济南的气温较常年同期略高，天气很好，但贾成功却觉得十分寒冷。因为这个春节他是一个人过的，心里冷。这是他第一次一个人过年。和李菲结婚前，他每年都回老家过年。他的家人只知道他在神马集团当一个什么部长，李菲是公司职员，并不知道后来他们辞了职自己开公司的事，更不知道赔得很惨，他已被李菲扫地出门了。他打算无限期瞒下去。春节前的一天，他给父母打电话（他的老家桃城因要创建“电话县”，几乎家家户户都装了电话），说李菲很想和他一起回去过年，可是又怕家里冷（鲁西南农村不像胶东农村那样屋里烧炕，室内室外几乎一样冷），不习惯，就不回去了。虽然他不回家过年，母亲仍然很高兴，因为他毕竟有自己的小家了。

快过年了，贾成功每时每刻都盼着李菲给他打电话，上卫生间都带着手机。他们毕竟没有解除婚姻关系，还是两口子，万家团圆的时候应该在一起。可是李菲没给他打过电话。李菲很爱面子，似乎可以理解。他盼着岳父岳母给他打电话，可是岳父岳母也没给他打过电话。

农历腊月二十七日中午，贾成功厚着脸皮，往李菲家里打电话。电话是李菲的爸爸接的。贾成功说了句“爸，我是成功，我找李菲”。他以为李菲的爸爸会亲热地说：“成功，你怎么不回来住？抓紧过来吧，咱爷俩滋泅两杯。”没想到李菲的爸爸一声不吭，大声叫李菲：“菲菲，电话！”贾成功听见李菲大声问：“谁呀？”李菲的爸爸说：“贾成功。”李菲接过电话，语气凉得像刚打开的冰箱，还冒着寒气，她用济南话问：“是你呀，么事儿？”贾成功心里凉透了，想说的那些话都咽下去了，嗫嚅着说：“没事儿，快过年了……”李菲鼻子里很短促地笑了笑，说：“我还以为你挣够了 20 万，要还钱来。没么事儿就挂了哈。”不等贾成功说什么，李菲就挂了电话。

贾成功很生气，就把手机关了。

除夕夜，贾成功凑合着弄了几样菜，喝下去一瓶白酒，不到 9 点就上床睡了。别人都在看央视春晚，他没看，因为他没有电视机。外面的鞭炮声此起彼伏，吵得他心烦意乱，一直睡不着。他不明白中国人为什么喜欢放鞭炮，难道就是为了听个响？后来，外面的鞭炮声忽然很密集，到处都是鞭炮声。贾成功开灯看了看表，农历 2001 年第一天到了。在这个举国欢庆的时刻，他突然流泪了。

正月初一上午，贾成功打开手机，给父母拜年。电话是母亲接的。母亲问他是不是在李菲家，他说是的。母亲问李菲在干什么，他说她正在接电话。母亲问他的岳父岳母都好吧，他说他们都挺好。母亲说，她和奶奶都很想李菲，尤其是奶奶，每天都拿着李菲的照片看，她的眼睛有白内障，看不清，看不清还看，照片离眼睛有二个手指距离。母亲还说，这几天家里很暖和，他和李菲要是回去一趟就好了。他说过年的时候从家回济南的车不好坐，以后找机会带李菲回去。

光棍汉怕过年，被老婆扫地出门的人更怕过年。而亲情总是温暖的。此后的几天，贾成功每天都往家里打电话。如果老二、老三接到电话，还能聊几句，聊聊他们在北京打工的情况；如果是父母接电话，他就问来过哪家亲戚，走过哪家亲戚，再说几句关于天气的废话，电话就挂了。后来他就不再往家里打电话了。有时候他打开手机，等李菲或岳父岳母的电话，可是没人给他打电话（也没有短信，短信是2002年才开始普及的）。

这几天，大街上冷冷清清的，车很少，人也很少。平时车水马龙的城市仿佛一下子变成了一座空城。贾成功偶尔出去走走，总是一个人都看不见，心里都发慌，有一种巨大的孤独感和恐惧感。遇见一条狗，他都觉得很亲切，“汪汪”地冲它叫，希望它朝自己摇摇尾巴。有人说，只有神仙和野兽不怕孤独，人类自从走出密林，最怕的是孤独，所以喜欢群居。贾成功希望春节假期赶快结束，希望大街上的人多起来。他觉得过年真没意思。

每天胡乱看看书，胡乱出去走走，弄点菜喝点酒，春节假期终于过去了。从正月初六开始，大街上的人和车越来越多。正月初八，上班的第一天，大街上突然拥挤起来。贾成功有重返人间的感觉，心里踏实了。

贾成功想尽快找份工作，踏踏实实地上班挣工资。他觉得自己不是开公司的料，还得找个地方打工。农历正月十四那天上午，他骑着车子去国际会展中心“赶会”——人才交流大会，报纸上提前几天都登了。他想在这个大会上把自己“卖”出去，并尽量卖个好价钱。

路过一家大医院门口时，贾成功遇见了一个老熟人，白玉兰。白玉兰穿着一件黑色的羽绒服，戴了副墨镜，坤包也是黑的，披了件红色的披肩，脸色苍白，连嘴唇都没有血色。一开始，贾成功没认出她来，只是觉得有些眼熟，就盯着她看了几眼。没想到，她也盯着他使劲看，看了他一会儿，摘下了墨镜，叫他的名字。

白玉兰说：“我记得你姓贾，叫贾成功。你这个名字不好，成功就成功呗，怎么还是‘假’成功？贾宝玉也姓贾，他要是不姓贾就好了。我也好几年没见过你了。你还是那么帅，比那时候更帅了。你一刮胡子，脸光滑得像瓷砖。那时候你是个小雏鸡，现在是个老公鸡了。我是个更老的老母鸡。”

白玉兰说着，咯咯地笑起来。她说话颠三倒四，东一榔头西一斧子的，表情也很诡异，惊惊乍乍的。贾成功有些摸不着头脑。他盯着白玉兰看，他离开《星期八》五六年了，几年不见，她明显有些老了，脸上的皮肤松松垮垮的，笑的时候眼角的皱纹很密。

他问她：“你病了吗？”

白玉兰说："我没什么病，就是睡不着觉，心慌得厉害。请了一个月的假。你也知道，《星期八》不忙，一天一天没有多少事。小贾，你能陪陪我吗？"

贾成功发现白玉兰精神有些不正常，想想以前她对自己不错，现在需要陪伴，他不能拒绝，于是就跟她回了家。

白玉兰忙活了两个小时，做了一桌子菜，让贾成功陪她喝酒。饭后她洗了澡，赤裸着身子钻进了被窝里，并让贾成功也去洗一洗。贾成功进卫生间洗了澡，但他洗完后没上床，而是又穿上了衣服，在客厅沙发里坐下来，点了一支烟。白玉兰在被窝里一丝不挂地等着他，他一分钟一秒钟都不想等，但他却在沙发里坐着没动。

这时候，贾成功内心的思想斗争十分激烈。自从 1994 年 4 月在白玉兰床上败下阵来，6 年多了，每次想起这事他都觉得是奇耻大辱，真想扇自己两巴掌，甚至想一头撞死。同时他也无数次在心里发誓：总有一天要把这个高贵的城市女人拿下。即使他离开了《星期八》，也一直念念不忘，总想找到合适的机会。可是现在，机会终于来了，他却觉得不能那么做。因为白玉兰病了，在这种情况下，他把她拿下是乘人之危，算不上英雄好汉，胜了同时也败了。他想过些日子等白玉兰病好了再说。

白玉兰在卧室里叫："小贾，你干吗呢？"贾成功抽着烟，装作没听见。过了 20 多分钟，贾成功悄悄走到卧室门口，听见了白玉兰均匀而轻微的鼾声。他盯着白玉兰看。白玉兰向外侧躺着，被子胡乱地搭在身上，下身裸露着，一只手夹在两腿之间，屁股下面垫着卫生纸。她嘴唇紧闭着，成了一条线，面部肌肉不时抽搐一下，胸部随着呼吸一起一伏。贾成功愣了愣，走过去，轻轻地把被子给她盖好，又悄悄回到客厅。他坐回沙发里，瞪着天花板抽了两支烟，不一会儿倦意渐渐袭来，也斜躺在沙发里呼呼地睡过去了。

贾成功一觉睡到了晚上 8 点。白玉兰还在睡，而且看上去一时半会还没有醒来的意思。贾成功有些饿了，去厨房打开冰箱，找了一块火腿和一袋方便面吃了。他想给白玉兰做点饭吃，就推她，问她想吃什么。白玉兰嘴里含混不清地嘟哝着，眼睛就是睁不开。贾成功想回去，可是又有点不放心她，于是就关了灯，躺在白玉兰身边。他午觉睡多了，不困。

后来的三天里，白玉兰除了吃饭、洗漱、上厕所，大部分时间都一丝不挂地蜷在被窝里睡觉，脸都有些浮肿了。她要求贾成功在这儿陪着她，不经她同意不能走。贾成功见到了白玉兰从医院开的药，有几瓶“脑乐静”，“功能与主治”是“养心，健脑，安神。用于精神忧郁，易惊失眠，烦躁及小儿夜不安寐”。他确定白玉兰真的病了，是精神方面的问题。他是个仗义的人，不能撇下她不管，于是就在这儿陪着她，无聊的时候就看电视。电视连续剧《康熙王朝》他看得都有些上瘾了。

第四天凌晨，贾成功正睡得迷迷糊糊的，隐约听见白玉兰起床了，使劲掀床垫。他睁开眼睛，隐约看见白玉兰从床垫下面拉出一只旅行箱，旅行箱看上去很沉。她又找了一只盛牛奶的纸箱子，从旅行箱里拿出什么东西装进去，把牛奶箱子塞得结结实实的，又用小白绳捆了几圈。然后，她把那只旅行箱又塞到床垫下面。贾成功不知道她在干什么，也不敢问她。他装作打呼噜。过了一会儿，白玉兰拍拍他的脸，他仍装作打呼噜。白玉兰捏他的鼻子，他才一下子坐起来，揉了揉眼睛。

白玉兰小声说："小贾，你走吧，现在就走。我给你一个小纸箱子，你千万不要打开，回到家再打开看。"

贾成功问："什么东西呀？"

白玉兰说："回到家就知道了。"

贾成功开始穿衣服。

白玉兰说："你明天再来，明天我给你找个大箱子，把它塞满。你一定要来，全当帮我了。"

贾成功说："你病了，我走了不放心你。你还需要我为你做什么吗？"

白玉兰说："我没病，什么病都没有。这一觉我睡得很踏实，现在感觉舒服多了。谢谢你来陪我。"

听白玉兰说话，也不像有病的样子，可能觉睡好了，病情也减轻了，贾成功这才放心了。白玉兰和《星期八》的主编老李、副主编姜开蔚住一个楼上。贾成功想趁天不亮的时候离开，免得有人说闲话，于是他提着那只沉甸甸的牛奶箱子，悄悄地下了楼。黎明前的大街静悄悄的，除了路灯下打扫卫生的环卫工人，他没遇见一个人。回到海右小区的出租屋里，他开了灯，打开那只牛奶箱子，一下子愣住了——里面全是钱。一捆一捆的百元人民币。他数了数，是 28 捆，每捆是 100 张。那些钱都是新的，号都是连着的，还散发着油墨的味道。

28万！贾成功一下子有了28万！他想起白玉兰床底下的那只旅行箱，粗略估计了一下，里面最少也得有四五百万。想起白玉兰一惊一乍的样子，他大概明白了怎么回事。同时，他心里一阵阵发紧，强烈地预感到白玉兰会有什么危险。

贾成功一秒钟的犹豫都没有，决定把这28万元还给白玉兰。他坚决不能要，一分都不能要。他很缺钱，这段时间想钱想得眼都黑了，但这28万不管白玉兰以什么名义给他，他都不能要。人家的钱也不是大风刮来的，也是付出了劳动的，哪能把别人的劳动成果据为己有？即使是借给他，他也不能接受，因为他还不上。

贾成功想去白玉兰家里陪她，顺便把那28万元还给她，再问问她那些钱是怎么回事。但现在天快亮了，他怕遇见《星期八》的主编老李和副主编姜开蔚。白玉兰又让他明天去，于是他决定明天上午上班时间去。

这一天，贾成功是在心慌和不安中度过的。他总觉得会有不好的事情发生，但又想象不出会是什么事情。吃过早饭，他想去赶人才交流大会，却又磨磨蹭蹭，懒洋洋的不愿出门；想看《康熙王朝》，家里却没有电视机。他找了本《读者》杂志，看了一篇又一篇，可看完了合上杂志，什么都不记得。数那些钞票，每捆不是97或98张就是102或103张，有一捆居然是117张……

第二天上午9点多，贾成功带着那28万元钱，骑车子去白玉兰家。如果白玉兰没有什么意外，精神状态良好，他就把她“拿下”，从容不迫地做个六七次。路上他买了份《山东晨报》，习惯性地浏览了一下各个版面，“本地新闻”版的一则报道，让他呆成了木鸡。

报道说，省城的白女士买彩票中了500万元大奖，她把税后的400多万元兑了现金放在家里。这些钱让她心慌意乱，精神有些失常。昨天中午，她一个人在家喝了很多酒，然后放火把400多万元现金全部烧了。因火势太大，室内家具也被引燃。白女士面部重度烧伤，头发几乎全部被烧掉。幸亏有邻居拨打了火警电话，消防人员及时赶到，才脱离了生命危险。现白女士被送往医院接受治疗，并将接受精神鉴定。她的妹妹闻讯赶往医院照顾她，她的丈夫也将从外地赶回来。

白女士是不是白玉兰？贾成功不敢相信，无法想象。他使劲蹬自行车，以最快的速度赶到白玉兰居住的家属院外面。在胡同里，他远远地看见白玉兰家的窗帘只剩了一半；透过窗户，看见她家的墙壁都成黑的了……

贾成功坐在自行车座上，一只脚支地，双手掐腰，使劲伸着脖子，盯着白玉兰家的半截窗帘和黑墙，眼睛半个小时都没眨一下。白玉兰，这个他心目中高贵的城市女人，被几百万元的意外所得给击垮了，就像一座富丽堂皇的大厦在他面前轰然倒塌一样让他震惊。他还想把她“拿下”，却再也没有机会了。

3

贾成功急不可待地要见李菲。他想把那 28 万元一把交给她，好好过日子。

这天他理了发，洗了澡，穿上了新衣服，准备去找李菲。他照了照镜子，对自己还是挺满意的。去之前，他斜坐在沙发里，给李菲打电话，确认她在家。她家的电话一直没人接。他把手机放在茶几上，抽着烟走来走去。

过了一会儿，手机响了，他马上去接，却不是李菲，是他的妹妹小梅。小梅在电话里声音很低沉，说："大哥，奶奶不能吃饭了，也不能起床了，话也说不清楚了，恐怕快不行了。奶奶天天念叨你跟嫂子。你和嫂子都请个假，快回来看看吧。"

小梅说着，在电话里抽泣起来。贾成功一下子哭了，像牛叫一样。奶奶已经 88 岁高龄了，以前身体不错，每天都找活干，帮母亲做饭，自从贾成功结了婚，身体就每况愈下了，没想到现在这么严重了。贾成功对妹妹说，明天就带李菲回家看奶奶。

贾成功在屋子里走来走去，继续给李菲打电话，不停地打，不停地打，一分钟都不间断。刚才给她打电话是想去送钱，现在是想求她明天跟自己回老家看奶奶。他必须和她一起回去，奶奶看见她，会很高兴。他想好了，如果她能答应，哪怕给她跪下磕头他都愿意。

电话一打就是两个多小时，中午 11 点半左右，终于通了。可是还没等他开口，李菲劈头盖脸地就大声叫嚷："贾成功你好大的架子呀！过年的时候也不来拜年，连个拜年的电话都不打，手机也关机，什么意思呀你！我们李家人的脸都让给丢尽了！我算看透你了，你这个人一点人味都没有，无可救药了！”

贾成功心里犯起了糊涂：年前的腊月二十七那天中午，他给李菲打电话，想过去住，可是李菲不等他把话说完就挂了电话。她这么决绝，他当然不能过去住了，也不能死皮赖脸地再打电话了。他以为李菲不会再给他打电话，就把手机关了。也许，李家人好面子，在他们看来，他应该厚着脸皮去一趟，哪怕拜完年就滚蛋。

贾成功一句都不愿解释，声音弱弱地说：“奶奶快不行了，她很想你，你跟我回去一趟行吗？”

李菲像是没听见他的话，说：“真没想到你是这样的人！我真是瞎了眼！贾成功，我要跟你离婚。”

贾成功说：“奶奶想见到你。”

李菲说：“她是你奶奶，不是我奶奶。”

贾成功说：“我弄了 28 万块钱，想交给你。”

李菲略一迟疑，说：“我不要 28 万，我只要 20 万，我 3 万，我爸妈 17 万。”

贾成功想说，如果李菲肯跟他回去，他愿意给她当牛做马，可是听李菲说要和他离婚，他的脑子有些短路，说出来的却是：“你要是肯跟我回去一趟，我愿意让你当马骑。”

李菲鼻子里“哼”了一声，说：“去你的。你以为我是幼儿园小孩儿呀！”

贾成功说："我给你跪下了。"

李菲冷笑着说："我不稀罕。男儿膝下有黄金，一个大男人这么不自重，真没意思。"

两个人都沉默下来。

过了一会儿，李菲又说："咱们后天上午去办手续。我很忙，只有后天有空。"

李菲让贾成功找个笔，记个存折账号，把那 20 万存上。贾成功找了一支圆珠笔，在一个小纸片上记下了账号。李菲说了句"后天上午 9 点，民政局门口见"，就挂了电话。

给李菲打完电话，贾成功两腿发软，想坐在椅子里，却一屁股坐在地上，椅子倒下砸在他身上。他爬起来，呆坐在沙发里，点了一支烟，吸了半截才发现点着的是过滤嘴那一头。过滤嘴的味道很呛，他眼泪都出来了。呆坐了很久，他打开抽屉，拿出 20 捆钱，装在一个破布兜里，步行去小区附近的银行。到了银行才发现那张写有存折账号的小纸片忘带了，他又回来取。

存了钱之后，贾成功两腿机械地走，他也不知道要走到哪儿去。大约走了一个小时，居然到了小李庄，到了李菲家那个胡同口。那个叫丹丹的智障女孩披着宽大的军大衣，看见他嘴一咧，笑着问："老师儿，你吃饭了吗？"贾成功看了看手表，已经是下午一点多了，早过了吃午饭的时间，就和蔼地笑着说："我吃过了。"在胡同口站了一会儿，他又步行回去。在路上，李菲穿着臃肿的米黄色羽绒服，戴着头盔，骑着"木兰"摩托车从他身边飞驰过去了。她回头看他，摩托车的前轮差点钻进一个胖女人的裤裆里。他仰着脸对着太阳哈哈大笑……

自从接到妹妹的电话，贾成功的意识就时不时地停顿下来，出现大片大片的空白，眼珠子也直直的，整个人像一具行尸走肉。这天半夜，他的意识渐渐清醒起来，他在黑暗中仔细回想着李菲说的每一句话，渐渐确信李菲真的要和他离婚了，似乎已经没有回转的余地了。奶奶还等着他明天和李菲一起回去呢。李菲是不会跟他回去的，明天他只能自己回去了。他真想像孙悟空那样翻个跟头，马上就站在奶奶床前。可是明天他不能走，后天上午还得办离婚手续，最早也得后天下午才能回去。

第二天上午，贾成功往家里打了个电话。电话是父亲接的，父亲问他走到哪儿了。他说他还没走，今天公司有急事，回不去，得明天了。父亲好像压抑着愤怒，说了句“我知道你当着部长，工作很忙，你看着办吧”，就再没说什么。母亲接过电话，说奶奶现在连水都不能喝了，一直昏迷，能早点回来就早点回来。老二又接过电话，声色俱厉地说：“贾部长，我和老三从北京都回到家了，你从济南还没回来，你这个部级干部真忙啊。我一直以为你是个明白人，现在才知道你是个不通人性的混蛋，白吃了三十多年粮食！”不等贾成功说什么，老二“啪”地扣死了电话。从小到大，老二还是第一次对他这么不客气。

贾成功又哭了。他决定马上打个车回老家。他给李菲打电话，打算推迟几天去办离婚手续，可是李菲家的电话一直没人接。李菲可能找了份工作，上班去了。她也许中午回家吃饭。但贾成功等不到中午了，一秒钟都不愿等。他把一万元钱装进衣兜里，牙刷都没带就出了门。走到大街上，他才发现手机忘带了，也没回去拿。他拦了一辆出租车，说要去桃城。司机说，济南到桃城 300 多公里呢，最少得 300 块钱。贾成功说，300 就 300。司机说，他得回趟家，叫上他弟弟，路上轮着开。贾成功说，别叫你弟弟了，要是马上就走，给你 500。司机打量了他几眼，不再说什么。

贾成功到家的时候大约下午 4 点。院子里静悄悄的。堂屋门开着一扇关着一扇。他进了屋，屋里坐了十几位近亲属和本族的大爷、叔叔，正在吸烟、喝茶，烟雾缭绕。他的父亲母亲、弟弟妹妹和那些亲属都看着他，谁都不说话。老二看他一眼，瞪着血红的眼珠子，恶狠狠的，好像要揍他。小梅低声啜泣，也狠狠地剜了他一眼。他急忙跑到奶奶住的屋里。奶奶的床是空的，被褥也没有了。他跪在奶奶床前，抓着床帮号啕大哭。母亲不知什么时候进来了，站在他身后，悄声说已经把奶奶“偷埋”了，刚从地里回来。

在鲁西南农村，传统的殡葬方式是土葬。前些年，曾经大力推行火葬，近些年管得有些松了，但丧事也不敢明目张胆地大办，往往人死后的当天，马上就“偷埋”掉，免得被人举报。

贾成功爷爷奶奶的墓地在村西的一片麦田里。他发疯般哭着跑进了那片麦田，在坟前跪下来，抱着坟头，脸贴着粘湿的泥土，哭得声嘶力竭。

奶奶是下午两点左右停止呼吸的。那时候贾成功还在从济南到桃城的路上。如果没有离婚的事，他昨天就回来了，最晚今天上午就回来了，还能见奶奶最后一面……

回到济南的第三天上午，贾成功和李菲去民政局婚姻登记处办了离婚手续。大厅里暖气很足，贾成功不得不把黑色羽绒服脱下来放在一张排椅上。他脸色铁青，眼睛红肿，头发蓬乱，胡子很长，眼神恶狠狠的，像要和什么人拼命；又像挨了打，随时都要哭出来。李菲面无表情。贾成功用眼睛的余光瞥见李菲总是偷偷看他，试图捉住他的目光。李菲今天穿着米黄色的羽绒服、天蓝色的羊绒衫，头发束在脑后。他不愿正眼看她一眼。离婚申请表和李菲起草并打印好的离婚协议书他看都没看，就签了字、摁了手印。他只记得离婚协议书是一张A4纸，字很大，大约七八行，只有半张纸。他和李菲之间不存在子女抚养、财产分割的问题，也没有什么必须约定的。

直到从婚姻登记处大厅里走出来，贾成功都没看李菲一眼，没和她说一句话。他的羽绒服忘在大厅排椅上了，走出大厅，身上冷飕飕的，这才想起来。正要回去拿的时候，一转身，李菲站在他身后，把羽绒服披在他身上，还在他后背抻了抻，替他戴上帽子。他仍然没看她一眼，边穿羽绒服边大步走开。他在心里发狠：有机会一定狠狠地报复她！

第九章

戴娜回来了，又走了

1

山不转水转，水不转人转。贾成功与戴娜分手 7 年后又成了同事。

贾成功从报纸上看到“孔孟传媒机构”招聘电视编导的启事，就报了名。他想过安稳日子了。这些年他在济南漂着，像一艘不系之舟，这里磕一下那里碰一下，已伤痕累累，满怀疲惫。他想找个宁静的港湾停泊一阵子了。他对自己的人生没有什么规划，不知道这辈子到底应该怎么过，甚至几年后的自己是什么样都不知道。不像他那些体制内的同学，一年年按部就班，当了正科当副处，当了副处当正处，当了正处当副厅，退休前能干到什么级别，自己都能八九不离十地预见到。他们的级别、职务、待遇是边际递增的，永远处在上升状态。像贾成功这样的体制外人员，只能考虑当下。而当下，他就想过几天安稳日子，所以他需要一份相对稳定的工作。

贾成功是在笔试的考场上遇见戴娜的。

考场设在一家宾馆的一间大会议室里。上午九点开考，不到八点半，参加考试的大约 200 人几乎都到了，挤在走廊里吵吵嚷嚷的。有位漂亮时髦的女孩子站在一个角落里，面无表情，有些落落寡合。贾成功看了她一眼，心咚咚地跳得厉害。他觉得她特别像戴娜。他知道她不是戴娜，因为戴娜在青岛工作，是不可能跑到济南来的。

差一刻九点，三位考官来了，大会议室的门也被打开。考官按准考证号一个一个地叫，叫到谁的名字谁进去，对号入座。里面的小课桌都编了号。

“28 号，戴娜，来了没有？”

“来了来了——”那位漂亮时髦的女孩子手里举着准考证进了会议室。

听到戴娜的名字，贾成功眼前一阵晕眩，以至于考官第二次叫他的名字他才听见。进了会议室，他边向座位走去边和戴娜四目相对。戴娜定定地看着他。戴娜是 28 号，他是 29 号，他的座位在戴娜后面。

贾成功坐下来，戴娜回过头来，悄声说：“真的是你呀，贾成功！你好吗？”

贾成功想起和李菲离婚、奶奶去世，悄声说：“我不太好。我离婚了。不过现在觉得真好，因为见到你了。”他本来想说几句调侃的话，可说出来的句句是实话。

戴娜笑了笑，说：“今天你得帮帮我，这考试我没准备，心里一点底都没有。”

贾成功盯着眼前这张 7 年来只在他梦里出现过的妩媚、娇美的脸，闪回了与戴娜从相识到分别的一幕幕场景，脑袋有些眩晕。他一时不知道用什么样的表情面对她，不知道用什么样的语气和她说话，只想把她搂在怀里亲吻她。他嬉皮笑脸的，又说了一句大实话：“为了能和你做同事，我也要帮你。咱俩有缘，三生修得同船渡，千年修得共枕眠。咱俩共枕眠过，现在又在一个考场，而且座位挨着，怎么着也修了两千年了吧。”

戴娜抿着嘴，腮上一边一个小酒窝，右手大拇指和中指做了一个掐他脸的动作，嗔怪地小声说：“去你的！谁和你‘共枕眠’了。几年不见，我发现你变了，脸皮厚了。”

试卷发下来以后，贾成功大概浏览了一下，发现大部分考题是专门为他准备的，很容易。他活动了一下手腕，拿起钢笔来在试卷上飞快地滑翔。戴娜低着头，露出白皙的脖颈。想象着很可能和戴娜成为同事，贾成功只觉得浑身的细胞都在兴奋地舞蹈。

从上小学到大学毕业，贾成功参加过无数次考试，只有这一次，很神奇：他后脑勺旁边像是装了一台收录机，收录机里是中央电视台《新闻联播》播音员罗京抑扬顿挫的声音，正在播送各道试题的答案，他不用动脑子，只管记录就行了。试题五花八门，丰富多彩，有十五大的重大政策、新闻的五要素是什么、舞蹈艺术有哪些基本特征、我国盛唐时期最著名的三个舞蹈是什么、世界五大时装中心是哪五个城市、文艺复兴时期三位著名画家是谁、首批使用欧元的国家有哪些，等等。

考试时间是两个小时，还不到一个小时，贾成功就把试卷写满了，可以交卷走人了。但他不能走，他得帮戴娜。趁三个考官在讲台上抽着烟交头接耳，戴娜回过头来小声说："从桌子底下传过来。"试卷是两大张，贾成功先传了一张，戴娜拼命地抄，抄完后趁考官不注意，再从桌子底下传给他，同时他再把另一张传给她。试卷传来传去，三个考官浑然不觉。考官们大概以为，考生们互为竞争对手，是不会有人让别人抄袭自己试卷的。

贾成功第一个交了卷，戴娜第二个交了卷。两人前后脚走出了会议室。上完卫生间，在楼梯上，戴娜勾住贾成功的脖子，一下子跳到他身上，两腿紧紧盘住他的腰。贾成功使劲托住她的屁股。"登登登登"地往下跑。从六楼跑到一楼，用了不到半分钟。

戴娜租住在佛山小区，泉城广场附近。贾成功有些急，想去戴娜那儿。戴娜却不急，说她饿了，先吃饭。两人就去了附近一家小饭馆。吃饭的时候，贾成功把他 7 年来的经历简明扼要地说了说。他对戴娜这 7 年的生活也很感兴趣，很想知道她在青岛干什么了，为什么又离开青岛跑济南来。戴娜说，这 7 年她在青岛一家外企工作，也算白领阶层，谈过六七次恋爱，但不知为什么，和谁都不来电。其中有个正团级海军军官，人很帅，也很有前途，是她哥哥的一个同学给介绍的，可是都快登记了她又跑路了。不知为什么，一想起结婚就觉得累，就害怕，只能逃避，就又跑济南来了。这几年她经常想起贾成功，但以为他早就结婚生子了，所以这次来济南，也没打算再和他联系，没想到却在考场上遇见了。

饭后，两人来到了戴娜的出租房里。一进屋，贾成功就一下子抱住了她，把她摆在床上，捧着她的头吻她。她头发蓬乱，双颊绯红，气喘吁吁。

贾成功希望能坚持一个小时，让她彻底变成一个俘虏，一个死心塌地的快乐的俘虏。可是过了不到 10 分钟，贾成功忽然隐隐约约听见外面有呼啸的警笛声，于是一下子痿了。他背对着戴娜，狗一样卧在那里。戴娜紧紧地搂住他，安慰他不要着急。戴娜越这么安慰他，他越着急，越着急越不行。戴娜瞪着大眼睛，问他这是怎么了。他摇了摇头，什么都不说。

2

2002 年春天，34 岁的贾成功成了孔孟传媒的一名电视编导。他的工作是造故事，然后找非专业演员拍成电视栏目剧，卖给全国几十家电视台。济南的固定客户是某电视台都市频道《非常好看》栏目（公司老总原来是那家电视台的部门主任）。播出时间是每天晚上 8 点，绝对的黄金时间。观众明知道是假的，却很爱看，所以收视率一直很高。广告当然也很多，40 分钟的节目插入了 10 分钟的贴片广告，钱自然挣得多。

这份工作贾成功干得如鱼得水，因为造故事是他的长项，他擅长“洒狗血”。几年前他做自由撰稿人的时候给钟晓梦写稿，狗血就洒得绚烂多彩、绿肥红瘦，遗憾的是可以洒的地方太小了。现在好了，想怎么洒就怎么洒，只要人们喜欢看就行。更让他满意的是，公司因办公场地比较拥挤，不要求员工每天坐班，只要完成任务就行。

别的编导一般都是根据报纸、杂志上的真事写本子，每天一早买几份报纸，在社会新闻里扒拉故事，如果觉得故事不错，就报给制片人，制片人通过了，就根据这社会新闻造故事。当然，《知音》、《家庭》这样的杂志更是抢着看。贾成功造故事不看报纸不看杂志，他是硬造，全部从自己脑子里往外出。他有一个理论：在艺术上，越虚构越完美。因为生活本身是芜杂的、粗糙的、缺乏逻辑的，囿于社会新闻的报道往往放不开，是戴着锁链跳舞。

而且，别的编导造一个故事都要绞尽脑汁，一个星期能出来稿子就不错了，而贾成功两天就能造一个完美的故事。别的编导都是一个故事只做一集节目，他却动不动三集、五集。他从不做一集的，一般最少都是三集的。制片人曾经担心他这些多集的节目“水”，收视率没保证，不好卖。但卖给电视台播出以后，收视率比单集的更高，往往一集比一集高。事实证明，多集的节目有成长性，能培育观众，收视率能边际递增。不光本地的《非常好看》栏目愿意买，20 多个省的 50 多家固定客户都抢着买，有卫星频道，也有地面频道。

贾成功不光擅长在电脑里敲故事，摄像水平也很高。进“孔孟传媒”不久他就学会了摄像，不比专职摄像差。干摄像也需要天赋，得有艺术感觉，得懂得什么是美，什么是表现力，不然，拍出来的镜头中规中矩，看起来无可挑剔，实际上却很“匠气”，缺少灵气。贾成功刚开始学摄像的时候有个诀窍，就是向电视广告和电影学习。那些镜头都是烧了大钱的，甚至一秒钟都上万，构图、用光、色彩、虚实、背景以及推拉摇移都非常讲究。进公司两个月，贾成功熟悉了摄像机之后，一扛起机器就能拍出好镜头。

在同事们看来，贾成功简直太牛逼了，太不可思议。在公司里，他很受人尊重，因为他年龄比较大，大部分同事都叫他“贾哥”、“贾老师”。制片人和他年龄相仿，叫他“老贾”。公司经常开业务研讨会，他发言的时候总是语惊四座。他那些理论、见解，一部分是晚上点灯熬油从书上看来的（那些书是他偷偷地去北京逛了很多书店买来的，大部分是中戏、北电、北广等高校关于编剧、导演、表演等专业的教材），一部分是从实践中总结出来的心得。公司里的男同事有剃光头的，有扎辫子的，女同事有抽烟的，一个比一个有范儿，但在他面前都很收敛。同事们和他说话的时候，他身子使劲仰在转椅里，双手扣在肚子上，嘴里叼着一支烟。同事们私下里议论，说他眼神里有一种掩饰不住的霸气，不可复制。

贾成功觉得，和别人一比，自己确实挺牛逼，但和自己的潜能相比，弄个三集五集的节目只是雕虫小技。他总想弄个十几集的出来。后来，他就真的弄出一个大的来，15 集，相当于一部小的电视连续剧了。他先是把两千多字的故事梗概报给制片人，说要弄 15 集。制片人大概以为弄不了 15 集，就让他写出分集大纲来。他写出分集大纲拿给制片人，制片人眼珠子瞪得像鸡蛋，拿着分集大纲和他一起去找公司老总。公司老总把分集大纲留下来仔细看，第二天直接给贾成功打电话，让他赶快拿出本子来，赶快拍。

贾成功在海右小区的出租房里憋了一个多月，15 集的本子拿出来了。期间，他感动得哭了好几次。哭过之后哈哈大笑，他觉得这狗血洒得真好，把自己都感动了。好的作品首先得作者自己感动，不然的话就别指望观众喜欢。本子交给老总三天后，老总召集了副总、制片人、财务总监等十几个人，还有贾成功，在会议室开了个会。老总平时很严肃，面部肌肉僵硬，好像丧失了笑的功能，这天却笑嘻嘻的。他要求大家支持、配合贾成功，要钱给钱，要人给人，要机器给机器。事情就这么定下来了。

贾成功这个 15 集的节目叫《女白领的沉沦》，说的是一位公司女白领结婚 7 年，对婚姻感到了厌倦，就红杏出墙了。可是激情过后，她的生活一团糟，仿佛身陷泥潭不可自拔。她极力补救千疮百孔的婚姻，重新回到了平平淡淡的生活。她发现平平淡淡的生活其实也充满诗意。

这个节目其实是贾成功为戴娜量身定做的。一开始写本子的时候，女一号并不是按照戴娜的形象来写的，可是越写越觉得像戴娜，说话的语气和表情、走路的姿势等，都像，后来干脆就以戴娜为原型。

戴娜和贾成功一样，也是一名编导。她和贾成功对桌办公，中间隔了隔断，两人都坐着的时候，能看见对方的额头。在公司 60 多口子人当中，贾成功和戴娜的关系十分特殊。他们在电梯、走廊里相遇，只是像陌生人那样看对方一眼，面无表情，也不打招呼。在办公室里，他们不开玩笑，彼此有话要说时都不叫对方的名字。他们经常一起在餐厅吃饭，两个餐盘并在一起，不分你我。他们经常一起去办公室，一起离开办公室。他们经常一起逛街、去电影院，手拉着手，像一对热恋的情侣。有时候他去她那里住，有时候她去他那里住，一起吃吃饭，聊聊天。他们怎么看都像两口子。经常有人问什么时候喝他们的喜酒，好准备份子钱。没有人知道他们是什么时候认识的，都有过什么前史。

贾成功和戴娜是死搭档。很固定，固定得死死的。因公司的专职摄像较少，公司要求编导自己拍摄。女编导不会拍，可以和男编导合作。女编导没有一个会使用摄像机的。摄像机很沉，十好几斤重，还有三脚架、电池、新闻灯、反光板，等等，所有设备加起来得有 40 斤。戴娜只好和贾成功做搭档。戴娜所有节目的摄像都是贾成功，她从不找专职摄像和其他男编导合作。贾成功是摄像大腕，想和他合作的女编导很多，但谁都没有找过他，因为她们知道请不动他；他只和戴娜一个人合作。除了给戴娜当摄像，贾成功还帮她完善本子。戴娜有表演欲，喜欢在自己的节目里演个角色，倒省下一个非专业演员的劳务费了。不过她没演过什么好角色，要么是小三儿，要么是离婚女人。她演得还真不错，入戏很快，该哭的时候眼泪哗哗的。

贾成功写《女白领的沉沦》期间，戴娜每天都去海右小区贾成功的出租房里，照顾他。这期间戴娜也不用上班了，因为贾成功向制片人提过要求，说是要和戴娜合作。一集大约一万字，15集就是15万字。这不光是脑力活，也是较繁重的体力活。贾成功经常累得心力交瘁，以至于胡子都懒得刮。他需要戴娜给他做饭、洗衣服，闷的时候陪他聊天。

他们有一项娱乐活动，就是一起看A片。贾成功有好几张光盘，都是从附近的舜井街夜市上买来的。看着看着，贾成功就关掉DVD放像机，把戴娜放倒在床上。戴娜总是叫嚷："贾成功你干什么呀，不好好写本子！"但她只是说说，并不反抗。可是，一到关键时刻，贾成功就不行了，要么早泄，要么痿下来。从戴娜身上下来，他都不敢看她的眼睛。戴娜总是拍拍他的脸，说："去吧，好好写你的本子吧。"

本子完成后，拍了两个月。剪辑和后期包装花了一个半月。从开始写本子到制作完成，整个过程历时5个月左右。过程非常烦琐，确定演员、联系拍摄场地、租用服装和道具、定外卖工作餐、计算并支付演员的劳务费、做场记，等等。戴娜没戏的时候可以帮贾成功一些忙，比如买盒饭，谁吃鱼谁吃肉，谁吃米饭谁吃馒头，统计得很详细，让大家吃得很舒服。还有一个实习生小伙子跟着贾成功做助手，扛扛三脚架、拿拿话筒、打打灯光什么的。

剪辑是贾成功和戴娜一起完成的，两人天天坐在编辑机房里，连续一个月，每天半夜之前从没回过家，就像长在机房里一样。贾成功忙起来连上厕所的时间都没有，使劲憋着尿，直到快尿裤子了才去解决一下。有时候饿了，馋肉了，他们就到熟食店买个热气腾腾的大猪肘子，啃得满脸都是油。有时候馋酒了，就去附近的小饭馆里要上两个菜，来瓶二锅头，咕咚咕咚几口就喝下去半瓶。戴娜劝他不要暴饮暴食，对身体不好，他不听，说那样才痛快。节目里的音乐都是戴娜加上的，或抒情，或紧张，或悬疑，或纠结，她对音乐的感觉还是很准的。难度较大的特技和包装，最后由专业制作人员完成。

节目完成后，照例先卖给本地的《非常好看》栏目。播出后反响是空前的好。此前几个月，栏目的平均收视率是 0.36%，这 15 集的平均收视率竟然达到了 0.97%，创栏目开播以来最高纪录。广告客户一时猛增，打破了脑袋也要争个 5 秒、10 秒。栏目的热线电话都要打爆了。每天的观众来信多达四五百封。管收发的内勤以前去收发室拿信是空着手，现在要提个篮子了。热线电话和观众来信大都是赞扬之声，说这 15 集节目是非常好看。

随着这 15 集节目在济南地区热播，戴娜也被捧红了。她出去逛街，总有很多人认出她来，那么多的陌生人都冲她微笑，和她打招呼，还有人找她签名。有的观众询问了《非常好看》栏目，知道她是孔孟传媒的，就把电话打到了公司。

3

贾成功没想到，他会见到钟晓梦。他去广州参加亚洲影视艺术节颁奖典礼，钟晓梦去采访。这时钟晓梦是《中华娱乐时报》的记者。

贾成功主创的那 15 集节目，几十家固定客户都买了，播出后收视率都很高，公司就推荐参加了这届艺术节的评选。本来没抱太大希望，只是重在参与，扩大一下“孔孟传媒”在业内的影响，没想到却获了栏目剧最佳编剧奖、栏目剧优秀导演奖。公司老总本来决定让制片人和贾成功两人去领奖，并已向组委会发去了回执，但临行前制片人闹起了肚子，最后贾成功一个人去了。

这届艺术节在广州香格里拉酒店举行。人很多，各路媒体的记者一群一群的。著名影星也来了不少，有中国的，也有日本、韩国、印度、越南等国家的。大部分是国内的。男明星一个个派头十足，女明星一个个珠光宝气。

颁奖典礼进行了一天，上午没进行完，下午继续进行。下午四点多，贾成功穿一身黑色的西服套装、黑色的衬衣，打一条红底蓝斜条的领带，走过红地毯，风度翩翩地走上了领奖台。他从一位鹤发童颜的电影界前辈手中接过了奖状和金光闪闪的奖杯。台下的掌声四起，比他想象得热烈多了。领完奖往下走的时候，他瞥了一眼台下，发现记者席上有位女记者很眼熟，很像钟晓梦。那位女记者冲他微笑。快走下领奖台的时候，因为看那位女记者，他在台阶上摔了一跤，一屁股跌在台阶上，好在没有人看见。

晚饭后贾成功回到房间，洗了个澡。他想休息一会儿，然后去组委会查查媒体记者名单，确认那位女记者是不是钟晓梦，如果是她，就再查查她的房间号，去找她聊聊。他刚洗完澡，还披着睡衣，这时有人摁门铃。他急忙开了门，进来的果然是钟晓梦。钟晓梦在他肩膀上很响地拍了一巴掌，说："贾成功，真行啊你！"

两个人拥抱在一起，后来倒在了床上。

事毕，两个人抚摸着躺了一会儿。钟晓梦懒懒地躺在床上，毛毯胡乱地搭在身上。贾成功穿上内裤，跷着腿坐在床前的椅子里抽烟。抽完烟他没躺在床上，而是继续坐在椅子里。钟晓梦和贾成功说话的时候习惯说一句"嗳，我跟你说"，同时用脚蹬一下他的腿。椅子和床离得有点远，贾成功就把椅子往前挪了挪，让她很容易就能蹬到自己。

两个人有一搭没一搭地闲聊。钟晓梦说，她很想开个影视公司，这个行当现在是暴利，利润特高，但又不想离开报社，因为这个平台很难得。她劝他好好利用"孔孟传媒"这个平台，使劲弄钱。她说，她所在的报社经济效益比较一般，但她有自己的路子弄钱。要想弄到钱，得多动脑子，把公共资源变成个人资源。她说："这个世界上谁最亲？父母最亲，钱最亲。"

贾成功觉得钟晓梦很陌生。从外表看，钟晓梦有很大变化，衣着更时髦了，脸上的皮肤有些松弛了，比六年前更成熟更有风韵了，有一种风霜感，像个老江湖。嗓音不像以前那么清脆了，有些沙哑，有些疲惫，有些沧桑。她说北京味的普通话，“很好”不说“很好”，而说“特好”。发型有些古怪，像个茶壶盖，盖住了大脑门。关于以前他为她“洒狗血”，关于“研究陶瓷”，关于晚上散步，关于在阳台上对望，关于《罗马假日》，关于她离婚那天两人昏天黑地地做爱，关于在济南火车站相见，等等，她一个字都没提。好像他们没有这些前史，好像他们的生命从来没有过什么交集。就像冬虫夏草，冬天是虫，夏天是草，虫和草是同一个东西。可是，虫和草之间毕竟还隔着一个春天。以前的钟晓梦和现在的钟晓梦，中间却是断裂的。他不知道她本来就是这样还是变了一个人……

这次去广州，除了领奖，贾成功还有一个重要任务，那就是请一些明星面对镜头，为他们公司的固定客户《非常好看》栏目说几句赞美的话，用于制作栏目宣传片。广告词都准备好了，一条一条的：“《非常好看》，不见不散”、“品人间悲喜，看《非常好看》”、“呼唤真善美，传递情与爱。《非常好看》，不容错过”……一共20多条。为此贾成功还专门带了一台小摄像机。可是他有些怵头，怕那些大腕明星不给面子。第二天，他把自己的任务跟钟晓梦说了。钟晓梦轻描淡写地说：“没事儿，我带你去找他们。”

钟晓梦一个个地给那些明星打电话。果然，他们都很给面子，让他们怎么说他们就怎么说，说一遍不行就再来一遍。那些明星都和钟晓梦嘻嘻哈哈的，对贾成功也很友好，客气地叫他“贾先生”。贾成功不知道钟晓梦为什么有这么大的能量。钟晓梦淡淡地说：“都是哥们儿、姐们儿，经常一块玩儿，关系特好。”

这次贾成功在广州还有几条“花絮”：一是广东某影视传媒公司的老总找到他，邀请他去自己的公司担任艺术总监，年薪10万元。他婉言谢绝了，因为这老板很黑很瘦，普通话说得也很费劲。贾成功不敢想象和这位老板共事多么别扭。他相信对一个人的第一感觉。二是日本、韩国、新加坡等几家境外影视传媒机构的老板主动找到贾成功，表达了合作的意向。这几位老板都会讲汉语。他们和贾成功交换了名片。三是几家报纸、杂志的记者采访了贾成功，请他谈栏目剧编剧艺术。他一点都不谦虚，提出一个说法：编剧不是技术是艺术，要有深沉博大的人文情怀。人文修养是一个编剧需要长期苦练的“内功”，如果只懂一些技术层面的编剧知识，就只会耍花架子，作品的内核必然缺乏厚重和大气。这几家报刊访谈的标题都一样：《编剧不是技术是艺术》。这是后话。

艺术节的最后一天中午，贾成功和钟晓梦在房间里做爱，已经做两次了，他还想做第三次。钟晓梦劝他别因为这事误了飞机，留得青山在不怕没柴烧。他说不行，必须做三次。钟晓梦笑着说：“你想弄死我呀。”他说：“我不想弄死你，我想死在你怀里。”第三次比第二次时间更长。事毕一看表，不到40分钟飞机就起飞了。钟晓梦边提裤子边给那些明星打电话，不知从哪位明星那儿借到了一辆红色的法拉利跑车，火速把贾成功送到机场。红色跑车在广州大街上开起来像一溜火。贾成功是最后一个登机的，一脸一头都是汗。

4

从广州回来后，贾成功和钟晓梦热乎得像度蜜月，虽然是异地。除了休息日，钟晓梦每天都给贾成功打电话。如果他在单位，她的电话就短一些，一般不超过半小时。如果他在出租房里写本子，如果他的手机电池有足够的电量，她的电话就长一些，一般在一个小时以上。她一天最少打一次。打电话也没多少事，只是闲聊。没什么聊的时候她就给他起外号。因为贾成功比以前胖了，她给他起个外号叫“贾胖子”。因为贾成功每次和她在一起都做爱三次，她给他起个外号叫“贾三次”。因为贾成功有些闷骚，她给他起个外号叫“贾闷骚”。每想起一个外号，她都得意得哈哈大笑，还撒娇地让他得答应一声。她有好玩的短信，也发给贾成功：

“希望你每天都快乐得像炉子上的茶壶一样，虽然小屁屁被烧得滚烫滚烫的，但依然吹着开心的口哨，冒着幸福的泡泡，乐得屁颠屁颠的。”

“如果有来世，就让我们做一对小小的老鼠，笨笨地相爱，呆呆地过日子，拙拙地依偎，傻傻地在一起，如果你生病了我就紧紧地搂着你，喂你吃耗子药。”

“若要一阵子高兴，做官；若要一个人高兴，做梦；若要一家人高兴，做饭；若要一帮人高兴，做东；若要两个人高兴，嘻嘻，做爱。”

钟晓梦的家人在济南，她经常回来。从北京到济南，交通很方便，坐特快火车只需三四个小时。只要有时间，她就和贾成功见一面，吃饭，做爱。见面都是在宾馆里。房费她能报销。贾成功无意间见过她的发票，她明明在酒店里住了一天，却开了三天。有些酒店不管那么多，只要把多出来的税拿上，多少天都给开。

这年秋天，贾成功办了一件大事，在济南南部一个新建的小区买了一套95平米的房子。因那部15集的节目卖得很好，公司奖励他1万元。白玉兰给的那28万还剩下7万多，他自己攒了1万多。这些是9万多。总房款是24万多，首付30%，其余房款按揭贷款。贷款期限是10年，每月房贷是1800元。

买下这套房了，简单装修了一下，置办了些家具，贾成功手里只剩下不到1000块钱了。他的生活一下子紧张起来。他的工资是绩效工资，干得多拿得多。在公司60多人中，他是最能干的。即便如此，他每月收入平均也就是2700元左右。还上房贷，每月只剩900元。物业费，水电费，电话费，月票费，打个车，吃个饭，吸个烟，喝个酒，同事结婚随个份子，等等，光是这些乱七八糟的小花销，一个月最少也得七八百。每月都剩不下钱，成了“月光族”。好在戴娜和他很铁，可以借钱给他。

这样被套牢的日子实在太难受了，贾成功很想发一笔财，不久机会来了。

钟晓梦给他寄来一本长篇小说，叫《梦的门》，是一位著名作家写的，请他改成30集的电视连续剧剧本，并向他承诺，每集给他4000元的劳务费。但他不享有著作权，说白了，就是当“枪手”。这样的枪手在北京比比皆是，有落魄诗人，有三流作家，还有在校的研究生。钟晓梦说，她看过他那部15集的节目，绝对相信他的水平。这是个12万元的大活儿，就像天上掉馅饼一样，不偏不倚，正好砸在了贾成功的头上。他心里很感激钟晓梦。

这个大活儿贾成功干了8个月。这8个月里，他工作也得干，但干得少了。正巧赶上“非典”，没多少工作。他每天都是凌晨3点钟才上床睡觉，早晨7点起床。脑子累得实在不转圈了，他就在沙发里打个十几分钟的盹儿。电视机一个星期都不开一次，炒一锅菜吃好几顿。从家里去公交站牌的几分钟里，他也是边走路边看那本书，琢磨着怎么改编。

戴娜知道贾成功揽了个私活（没问是什么人给的），忙，就经常过去住，做做饭，洗洗衣服，打扫打扫卫生。每次她都买一大堆吃的，把贾成功的冰箱塞满。晚饭后，她拉着贾成功去小区的花园里散步。贾成功写了一天本子，有些累，坐下就不愿动，戴娜揪着他的耳朵也要把他揪下去。贾成功穿几年前买的那身深蓝色的羊绒运动衣，戴娜穿宽松的牛仔工装裤。两人手拉着手慢慢地走，什么都不说。戴娜因为小时候练过体操，走路的时候婀娜多姿，上身挺直不动弹，两腿不是迈出去的，而是往前甩出去的，屁股往两边扭。小区里很多邻居都偷偷看她。她这种走路的姿势，往往被认为是装出来的，是故意卖弄风情，用济南话说是“揍势”。戴娜的步子很轻盈，贾成功却觉得抬脚有些累。如果他不愿走了，两人就在花园里的原木椅子上肩并肩坐下来。或者戴娜坐着，贾成功躺下，闭着眼睛，头枕在戴娜腿上。这时候，戴娜就会用面条一样柔软的手给贾成功揉太阳穴，唱歌给他听，大都是美国乡村音乐，歌词翻译过来都很“老”，比如：“爷爷，告诉我20年前的美好旧时光”、“当我们年轻时，在新英格兰的风雪夜”等等。这样的歌适合一个饱经风霜、嗓音沙哑的老男人在秋风萧索、落叶缤纷的黄昏唱，或在大雪飞舞的冬夜坐在温暖的壁炉旁边唱。但在春风沉醉的夜晚，戴娜唱起来却也味道十足，有沧桑，有伤感，有怀旧。虽然她是漫不经心地小声哼唱，但贾成功的心早已飞起来了，飞到了很远很远的地方。贾成功从一本文摘杂志上看到过一个夸张的说法：如果把美国乡村音乐的唱片倒过来放，丈夫不会再出走，破败的村镇会重现，时光会倒流，连跑丢的狗都会再回来。他对这种说法不太理解；他并不希望时光倒流，只是希望这种时刻能像休止符一样停顿下来，因为这样的美好时刻在他的生命中太少了，对他来说太珍贵了。

贾成功和戴娜看上去像一对恩爱夫妻。有些邻居（中年妇女）还真把他们当成两口子了，见了就打招呼，问戴娜“你们家的水表或电表一个月走多少字”，戴娜就胡编个数字。贾成功也觉得戴娜很像他的妻子。他换季的衣服该买了，却因写本子没时间出去买。戴娜不吱声，一个人去逛商场，用自己的钱替他买回来。贾成功的房贷该还了，可是因为干活少收入低，还不上，戴娜就打开他的写字台抽屉，从里面找出存折，去银行替他还上。她替他还了三次房贷，共计 5400 元。

和戴娜在一起，贾成功觉得自己就像掉进了蜜罐里，甜蜜、幸福。他想，戴娜要真的是自己的妻子，那该多好啊。可是这可能吗？他觉得一点都不可能。

这期间，钟晓梦给贾成功打电话少了，偶尔打电话也是询问剧本的写作进度。她回济南的时候仍约他见面，在一起也主要是聊剧本。

剧本终于写好了。贾成功通过电子邮件发给了钟晓梦。大概过了一个星期，那天是个星期二，贾成功在家，下午 4 点左右，钟晓梦给他打来了电话，一打就是两个小时，直到太阳落山。她很兴奋很激动，说剧本她看了，也请电影学院一位教授看了，写得特好。她夸贾成功才华横溢，有巨大的潜能，后来都没有词儿夸了。既然剧本得到了认可，贾成功就希望钟晓梦说说那 12 万元劳务费的事。可是她一个字都不提。他也没好意思问。

此后钟晓梦连续一个多月再没打过电话。自从在广州见面后，这么久不打电话还是第一次。贾成功隐约预感到那 12 万元劳务费不是那么容易到手的。写这部剧本太累了，如果把精力用于工作，他大约能挣六七万。

又过了一个月，钟晓梦仍像哑巴了一样。贾成功发短信询问情况，钟晓梦也不回复。又过了一个月，钟晓梦回济南，约贾成功在山东大厦见面，给了他一个牛皮纸信封。信封很厚，里面是 1 万元。钟晓梦盯着他的眼睛，语气平静地说，那个本子导演看了很不满意，没法用，又找中戏的一个教授重新写的。又说，这部戏的演员都定了，班子都搭好了，导演急着开机，但因为本子需要重新写，迟迟开不了机。最后说，那 1 万元是她个人的一点小意思，辛苦他了。听钟晓梦这么说，贾成功很惭愧，低着头都不好意思看她，恨不能倒贴 12 万元。

贾成功在房间里坐一会儿就走了。那个牛皮纸信封他没拿，扔在床上了。钟晓梦抓着他的手，硬把信封塞到他衣兜里，他出门的时候又悄悄扔回去了。这次和钟晓梦见面，“贾三次”一次都没有做，和钟晓梦唯一的身体接触是在她塞钱的时候抓了抓她的手。

贾成功觉得钟晓梦太不地道，一开始说本子好，后来又说不好，到底好不好？肯定有一次是撒谎。钟晓梦故意说本子不好，肯定有她自己的小算盘。贾成功心口窝里就像钻进去一只刺猬，又扎得慌又痒得慌，赶也赶不走。他不想再理钟晓梦了，吃个哑巴亏算了，尽快一刀两断。可是过一段时间，如果钟晓梦不给他打电话，他就很失落。钟晓梦回济南，请他吃饭，他就很高兴。和她在一起，做爱三次彻底成了历史，两次的时候居多。钟晓梦又给他起个外号，叫“贾二次”。他觉得这个外号既不幽默又没意味，很乏味很恶俗。以前还把她当成波伏娃，世界上哪有这样的波伏娃？

贷款买房，弄得贾成功生活很窘迫。他需要“输血”，可是钟晓梦不光不“输血”给他，反而从他身上“抽血”，让他元气大伤。他有些恨钟晓梦，但更恨自己。

5

戴娜又要走了，上一次走是回了老家青岛，这一次走得较远，那个地方不通火车也不通汽车，只能坐飞机，而且飞机要坐十几个小时。她去的是美国。她嫁给了一个美国佬。

整个夏天，戴娜工作一直有些心不在焉。她很少去办公室，说是在家写本子，可是她的本子却迟迟拿不出来。制片人问贾成功，戴娜这是怎么了。贾成功说，我哪知道啊，她又不是我媳妇。

其实他们经常在一起，要么她住在他家里，要么他住在她的出租房里，一起吃饭、聊天、做爱。做爱时他还是那样，要么早泄，要么半路上痿下来。戴娜建议他去医院看看。他不去。她也许真的认为他有什么病。他自己心里明白怎么回事，却羞于说出口。他不好意思说是让恐怖的警笛声吓坏了。这成了他的一块心病。

这段时间戴娜总是心事重重的样子。她电话很多，但每次接电话都躲着贾成功，跑到厨房或阳台上去。贾成功经常隐隐约约听见她说英语。

贾成功想找机会和戴娜好好聊聊。这天是星期天，他买了些吃的和两瓶红酒去了她那里。他们一起下厨房做饭。他围着围裙，宰鱼、剁鸡、择菜，嘴里哼唱着《最浪漫的事》。戴娜倚着厨房的门框看他忙活，冲他笑，拿着毛巾帮他擦脸上的汗。忽然，他抬头看她的时候，发现她在流泪。她紧闭着嘴，以免泪水流进嘴里。《最浪漫的事》戛然而止。他问她怎么了，她擦了擦泪，又咧着嘴冲他笑，没头没脑地说："你这个人做老公挺好的。"

贾成功愣了愣，眨巴了几下眼睛，忽然摇了摇头，撇了撇嘴，说："切，你这人眼力不行。"

吃饭的时候，戴娜一杯接一杯地喝红酒，什么都不说。贾成功劝她少喝点，她也不理会。饭还没吃完，她离开饭桌，坐在沙发里，哭得稀里哗啦的。贾成功也不再吃了，坐在她身边，替她擦泪和鼻涕。戴娜抽噎着说："抱抱我。"贾成功就把她抱起来，在客厅里转了一个圈儿，然后把她放在床上，搂在怀里。戴娜在他怀里一拱一拱的，边哭边说，说出了一个美国佬的名字。她之所以哭，是因为迫于压力不得不嫁给他，心里很纠结。

那个美国佬叫约翰逊，是美国康州人，48岁，离异，家境殷实，有一栋建筑面积600多平方米的别墅和一个面积1000平方米带花园的院子。他身材瘦长，眼睛微凹而有神，灰白的头发梳得纹丝不乱，喜欢穿花格子衬衫、牛仔裤、休闲皮鞋，看起来很绅士。他曾在美国一家综合类大学任教，在济南某大学做过访问学者，后来辞去教职，在故乡康州创办了一家生物科技研究所。他和山东济南、青岛几家生物工程公司有项目合作，因工作关系经常来中国山东。他很喜欢中国女人，尤其是山东女人，很想找一位漂亮的山东女人当老婆。

戴娜有个哥哥，在青岛开了一家生物工程公司，是私营企业。公司需要和约翰逊合作。这对公司很重要，能赢得相当丰厚的利润。前不久，戴娜回青岛看望父母，正巧她的哥哥邀请约翰逊来公司考察，因她英语好，哥哥就让她当翻译。约翰逊在公司里考察了两天，合作的意愿不是太强烈。他的研究所拥有雄厚的技术力量，世界各地找上门来与他合作的企业多得是，和戴娜哥哥的合作只是大年三十打了只兔子——有它过年，没它也过年。不过最后，约翰逊还是表示愿意和戴娜的哥哥合作，同时他也坦率地表达了一个愿望：希望戴娜小姐能做他的妻子。

原来，在两天的考察中，戴娜给约翰逊留下了极好的印象。戴娜不亢不卑，彬彬有礼，温文尔雅，让他一见倾心。她一口流利的英语，也让他觉得彼此没有什么隔阂。其间，约翰逊请戴娜去一家会所跳舞、喝咖啡。当他单独和这个山东美女面对面坐着的时候，这个向来有绅士风度的老男人居然有些语无伦次，一会儿说英语，一会说生硬的汉语。他第一次在一个女人面前如此失态。在有意无意的闲聊中，约翰逊得知戴娜还没有结婚，又喜欢美国和美国文化，就打定主意非她不娶。当然，他也必须与戴娜的哥哥合作，于是就向戴娜的哥哥摊了牌。戴娜的哥哥表示，这事还需妹妹本人同意，他可以做她的工作，尽快给约翰逊一个答复。

戴娜的哥哥明白，从表面上看，虽然让妹妹嫁给约翰逊并不是双方合作的附加条件，但如果妹妹拒绝嫁给约翰逊，即使合作起来，约翰逊也随时能找到借口终止合作，实际上这是一桩彻头彻尾的交易。这让他心里有些不舒服。但他马上就想开了，觉得这桩交易超值：妹妹都 30 岁了，是老姑娘了，早该嫁人了，作为哥哥看见她在家里晃悠，心里还不是滋味，约翰逊虽然老了点，但这个美国人有身份有地位，还那么富有，能看上妹妹，是妹妹的福分。当然了，他也有自己的私心：如果约翰逊成了自己的妹夫，在自己面前还不得服服帖帖的？他公司每天赚来的钞票如哗哗流水。

这天晚上，戴娜的哥哥去了父母家，要和妹妹好好谈谈。他以为戴娜会很感激他，没想到，他一提这事，戴娜就嗷了一嗓子，说他自私，拿她做交易，并说谁看上那个美国佬谁嫁给他去，反正她不嫁。听妹妹说自己自私，戴娜的哥哥火气腾地就起来了，开口就骂："脸皮真厚！"要说自私，他觉得没有比妹妹更自私的了。这些年，父母有个大病小灾都是他忙前忙后，搭上钱搭上脸找好医院、好大夫，妹妹顶多去医院送送饭、陪陪床；父母住的大房子也是他出钱买的。妹妹又为这个家做了些什么？她大学毕业后，他搭上钱搭上脸到处求人，在青岛给她找了份好工作，可她不干，后来他又搭上钱搭上脸到处求人，在青岛给她找了份更好的工作，可她没干几年，说丢就丢，又跑到济南瞎混；老大不小了也不想着成个家，连正团级的海军军官都不嫁，整天瞎晃悠，只顾自己逍遥自在，全家都跟着丢人。

听哥哥这么说，戴娜哇哇大哭。她难过的不是哥哥骂她，而是她忽然意识到她真的没为这个家做过多少事情。哥哥比她大了8岁，能量大，有本事，全家都很依赖他。她也懒得多管，多少年都习惯了。哥哥从来不发牢骚，没想到他也一肚子委屈。戴娜是个要强的人，仅仅为了堵住哥哥的嘴，她当即决定嫁给约翰逊。她的父母思来想去，也都觉得这是好事，于是轮流安慰她。她爸爸说，他年轻的时候本来有机会留学苏联，学电机制造，但因为不放心她的奶奶，就放弃了留苏的机会，想想真是一辈子的遗憾。年轻人，出去闯闯不是什么坏事，再说她英语那么好，正好可以用起来。

戴娜知道，同意嫁给约翰逊，她只是赌气，事实上她对那个美国老男人一点感觉都没有。她这是拿自己的幸福去赌明天，没准儿是往火坑里跳。而在她冲哥哥发脾气的时候，她脑子里想的是贾成功，第一个念头就是“如果自己嫁给约翰逊，贾成功怎么办”。这时候她强烈地意识到，她已离不开贾成功了。所以，从青岛回到济南后，她就后悔了。而约翰逊呢，不断催她早点办手续，早点跟他走。她真的不知道该怎么办了，心里十分纠结……

听戴娜说了这些，贾成功觉得事情太复杂了。他从床上坐起来，点了一支烟。戴娜想嫁给他，他很感动，但他觉得自己配不上戴娜。他是这么想的：他很喜欢戴娜，和她相处那么久，感觉越来越亲。不知从什么时候开始，他发现他对她的情感有了一些变化，除了恋情之外，还多了一份亲情，就像多年的夫妻或兄妹一样。他也老大不小了，这些年也累了，很想安安静静地过日子，做梦都想和她天天厮守，白头到老。但他的条件太差了：家是农村的，老家很穷；没有济南户口，是城市边缘人；职业也不稳定，是体制外人员，就像没线的风筝一样飘来飘去，自己的未来是什么都不知道。因为贫穷被两个女人甩过，内心极度自卑，报复欲极强。因为那根在脑袋里藏了11年的绣花针，总觉得命运欺骗了自己，有些玩世不恭。文不能安邦，武不能定国，只会胡编乱造拍个片子骗骗观众。和海军军官、约翰逊相比，自己算个什么东西呢？

戴娜却认为，贾成功比海军军官、约翰逊强多了。她说，他这个人虽然有时候吊儿郎当的，但本质不坏，还有很多优点，比如聪明机灵、吃苦耐劳、坚韧不拔等。更难得的是，她觉得就像从小就认识他似的，和他在一起心里特别踏实，一点都不累。她仔细回忆发现，从他们相识的第一天，她就有这种感觉，而且和他相处越久，这种感觉越强烈。她在青岛工作的那7年，一直都在寻找这种感觉，可就是找不到；那些男人要钱有钱，要地位有地位，可是和他们在一起心里就是觉得累，没办法，她只有逃避。这些年她认识的男人也不少了，只有贾成功让她心里不累，所以她想一辈子和他在一起。至于今后的生活，她觉得没什么可怕的。两人都有专业特长和技能（如果贾成功在“孔孟传媒”干下去，有望成为艺术总监），养家糊口总不成问题。她不求大富大贵，只想过那种简简单单、平平淡淡的日子。

贾成功觉得戴娜考虑问题太简单，有些想当然。生活残酷得很。戴娜愿意和他同甘共苦，风雨同舟，他很感动，但这只是她现在的愿望。他不怀疑她的真诚，但却不敢相信未来。李菲一开始不也很喜欢他吗，可是后来怎么样呢？当然，他相信戴娜不是那种人，但他不敢想象，如果戴娜和他一起过穷日子，他心里会是多么痛苦。戴娜家庭条件比较优越，从小到大没受过苦，他不忍心让她跟着自己受半点委屈。想象一下她委屈得流泪的样子，他都心如刀绞。虽然在法律和人格上男女平等，但女人由于身体柔弱，还是依赖男人的。钱不是万能的，但没钱是万万不能的。如果他手里有 200 万，就可以考虑娶戴娜当老婆，不然他想都不会想。只有钱让他感到自信。

听了贾成功的想法，戴娜叹了口气，不再说什么，只是默默流泪。

第二天是星期一，戴娜找到公司老总，提出了辞职。

此后，戴娜和约翰逊忙着办各种手续，做各种准备，还回青岛陪了父母几天。贾成功知道她忙，也不打扰她。这些天，他也尽量让自己忙起来，一闲下来就心慌。他在弄一个 5 集的节目，拍摄已进入尾声，再拍一些海边小城的镜头就可以进入后期制作阶段了。他还没想好去哪个海边小城拍镜头，一会儿想去日照，一会儿想去蓬莱。

8 月上旬的几天，戴娜让贾成功去她那儿住。她和约翰逊终于做好了出国前的各种准备。约翰逊去上海处理一些公务，在那儿等着她，然后从上海飞纽约。戴娜订了 8 月 9 号下午从济南去上海的机票。

这几天，戴娜每天都在出租房里收拾东西，主要是衣服、化妆品和书。她的东西不是太多，家具、家电都是房东的，最多的是衣服。其余就是锅碗瓢盆和茶杯、茶壶等日常用品了，这些留给贾成功。她买了一只很大的红色牛皮拉杆箱，如果塞得紧一些，她要带的东西刚好装满。她委托贾成功把房门锁匙交给房东。

贾成功还欠戴娜 5400 元钱。他没还她钱，而是花 8000 元钱买了块名牌金表送给她。这些钱他是以“节目前期经费”的名义借的公款。戴娜又买了部摩托罗拉手机送给他。

8 月 9 号是个星期六，贾成功去戴娜的出租房里，帮她收拾东西，准备最后的午餐。戴娜在济南没有亲人，贾成功就是她最亲的人了。她的父母想来济南为她送行，她没让。贾成功一个上午都嬉皮笑脸的，耍贫嘴，一分钟都不闲着。他说戴娜有福气，找了个美国老公。他说戴娜和老约的 baby 肯定很漂亮，像瓷娃娃似的。他说戴娜老了肯定是个幸福的小老太太，膝下有一大群美国孙子。他说将来等自己老了，成了糟老头子的时候，回忆年轻时候的人和事，戴娜肯定是最难忘的人，最难忘的事肯定是把她从泰山极顶背下来。他想起什么说什么。戴娜蹲在地上收拾东西，脸上一丝笑意都没有。贾成功想不起来说什么的时候就唱歌，唱《2002 年的第一场雪》、唱《老鼠爱大米》、唱《最浪漫的事》，天上一句地上一句，没一句不跑调的。

贾成功进了厨房，才一下子静下来，就像突然没电了一样。他在洗菜。戴娜悄悄进来了，站在旁边看了他许久。她看见他撅着嘴，阴沉着脸，就像挨了打想哭又不敢哭似的。他穿了件白色的老头衫，弓着腰，头上的汗顺着脖子往下流。她看见他把那几棵可怜的香菜洗了五遍，又在洗第六遍，叶子都揉搓没了。她看见他头上有好几根白发。她觉得他像个老头儿，是今天上午突然变成老头儿的。她悄悄走过去，从背后搂住了他的腰，脸埋在他后背上，默默流泪。

戴娜说："我爱你。爱得绝望，爱得麻木，爱得想死。"

贾成功站着没动，手里揉搓着那几棵可怜的香菜。

戴娜说："求求你，说一句'你留下来吧'。现在还来得及。"

贾成功愣了一会儿，忽然哈哈大笑，模仿济南人的腔调说："你这个女同志杠赛来，现在都嘛时候了，胡咧咧么？"

戴娜用小拳头在贾成功后背一阵捶打，跑进卧室趴在床上号啕大哭。

吃完午饭，两人乘坐机场大巴去了机场。取了登机牌之后，戴娜迟迟不去安检，和贾成功一起在大厅的长椅上坐着。当着来来往往那么多的人，戴娜把脑袋拱进贾成功怀里，呜呜地哭，还捧着他的脸一个劲儿地吻他。贾成功觉得有些不自在。他拍打着她的后背，抚摸着她的头发，说别哭了妹妹，到那边和老约好好过日子，他要是欺负你你就给我打电话，我坐上飞机去把他的大鼻子揍扁。他第一次叫戴娜"妹妹"。戴娜哭得更凶了，她使劲捶打他的胸脯，眼泪都蹭在他的短袖 T 恤上。贾成功不知所措，搜尽枯肠想起了吴富贵给他讲的几个笑话，自言自语似的讲给戴娜听。

笑话还没讲完，戴娜突然坐直了，仔细听机场广播。广播里说，济南到上海虹桥机场的班机很快就要起飞了，请还没有登机的旅客马上登机。听了广播，戴娜看了一眼手表，急忙拖着那只红色拉杆箱去安检。

戴娜安检完了往里走，扭头看贾成功。她看见他弓着腰低着头，双手抄在裤袋里，蹒跚着向候机楼的出口走去。她看见他撞上一辆空行李车，一脚把行李车蹬出去老远，行李车又撞在一个中年妇女的屁股上，他急忙过去向中年妇女道歉。她看见他走出候机楼出口，像个农村老头一样蹲在那里抽烟。她看见来了一辆机场大巴，他像个老太太似的双手抓着车门旁边的扶手，动作迟缓地上了车，又蹦下来小跑着去售票亭买票。她看见他上车后一直走到最后排坐下来，拉上了车窗玻璃的布帘……

贾成功不敢娶戴娜，是因为贫穷，是因为没有 200 万。可是戴娜刚离开他才 10 天，他就在蓬莱意外地拍到了海市蜃楼，就一夜暴富，一下子有了 870 多万。

第十章

复婚13天又离婚

1

转眼间两个多月过去了，已经是金秋十月了。在戴娜去美国后的这两个多月里，贾成功的生活中发生了很多重要的事情：一是在蓬莱拍到了海市蜃楼，并卖给了日本人青木太郎，有了870多万元；二是从“孔孟传媒”辞了职，准备干点什么；三是投资700多万元在北京、上海、杭州、广州买了12套商品房和一座小岛；四是提前还上了房贷，按“购房落户”政策在济南落下了户口，成了户籍管理意义上的济南人。

这四件重要的事情有一个共同特点，那就是让贾成功兴奋，导致他失眠。这两个多月里，贾成功几乎没睡过一个好觉。每天连续睡4个小时并不做梦，他就很幸福了。最让他兴奋的当然是财富。他买那些房产和那座小岛投资的700多万元就像种子一样，正在生根发芽，能为他长出更多的钱。他知道，他这辈子再也不会过苦日子了。

能在济南落下户口，也让他十分兴奋。当初从桃城来到《星期八》当“狗”的时候，他想都不敢想会有这么一天。和李菲结婚后，他曾盼着两年后以“夫妻投靠”的名义把户口落到小李庄，没想到结婚不到两年就离婚了。现在，他不光成了济南人，还成了济南的富人。揣着身份证走在大街上，看着那些行色匆匆为生计奔忙的人（尤其是外地人），他心里有一种按捺不住的优越感。

贾成功想让自己的身体疲劳一些，以便睡个好觉，于是每天晚上都出去走，往往一走就到凌晨甚至天亮。一个个日子，贾成功的黑夜从早晨开始，早晨从下午开始。从下午到晚上，他坐在客厅沙发里抽抽烟、胡乱地看看书、琢磨琢磨今后干什么。更多的时候，脑子里是一片空白。

他很想找人说说话，可是找谁说呢？他想请四五位要好的同学聚聚，可是捧着通讯录打了一圈电话。大家都很忙，时间定不下来。他最好的朋友吴富贵不久前去了北京，开了个公司。至于那几个女人，她们就像漂流的岛屿一样朝各个方向漂移，离他越来越远了，最终将湮没在浩渺的烟波中。远在桃城的朱蕊，孩子都上小学了。戴娜在地球的另一端，远隔浩瀚的海洋。李菲和他的空间距离倒是很近，但感情破裂到那种程度，这辈子恐怕再也不会有什么交集了。北京的钟晓梦吧，有些不地道，他打算“冷处理”，慢慢和她断交。

钟晓梦这个女人，贾成功觉得有些捉摸不透。他想和她一刀两断，从此是陌路，但因为几年前那一段太美好了，他又不想弄得跟仇人似的。他希望善始善终，对她冷漠一些，让她知趣地不再和他联系。他觉得自己对她已经够冷淡的了，可她呢，不知道是迟钝还是脸皮厚，还是经常给他发短信。发短信也没什么事，无非是“你还好吧，忙什么呢”之类。贾成功仅仅出于礼貌，就简单地回复“我还好，没忙什么”。这样的短信，一点有效信息都没有，唯一能传递的信息是这个人还健在。有一次钟晓梦发短信说：“梦见和你一起游香山了，漫山红叶。忽然有些伤感，有流泪的冲动。吻！”贾成功觉得她真矫情，不愿理她，但出于礼貌，还是回复了，只有一个字：“日！”没想到她又回复：“哈哈哈，那你来呀。”贾成功鼻子里“哼”了一声，关了手机。

在这几个女人中，贾成功最想念的是戴娜。他很想知道她在美国是否幸福、是否想家、是否想念他。他希望夏天的时候她把空调开得足足的，别热着；冬天的时候把壁炉烧得暖暖的，别冻着；下雨天出门不忘带伞，别淋着。如果她有个头疼脑热，他愿坐飞机去照顾她，给她端茶倒水，伺候她吃药打针；如果他是个穷光蛋，买不起去美国的飞机票，从太平洋里游泳也要游到美国去。如果她生孩子，他愿意替她忍受疼痛——可惜这办不到。如果她需要输血，如果血型匹配，他愿意把自己的血输给她，自己死了都愿意。如果约翰逊对她不好，让她委屈让她流泪，他会去找那个美国佬玩命，打得他满地找牙……他知道戴娜的手机已经停机了，但还是忍不住给她发短信，大都是自言自语：“要是有个微缩版的你就好了，我装在口袋里，想你的时候就拿出来亲亲你的脸。”

他还把钟晓梦发给他的那些好玩的短信发给戴娜：“老天太蓝，大海太咸，人生太难，和你有缘，想你失眠，见你太远。唉，这可让我怎么办？想你想得我吃不下筷子咽不下碗！”“希望你每天都快乐得像炉子上的茶壶一样，虽然小屁屁被烧得滚烫滚烫的，但依然吹着开心的口哨，冒着幸福的泡泡，乐得屁颠屁颠的。”

有一天傍晚，贾成功试着拨打戴娜使用过的手机号码。没想到，手机响了两声，居然通了。电话里是一个老头的声音，问他找谁。他说不找谁，并问老头是谁。老头说他姓高，是南部山区高家庄的，正在山上放羊呢。他问高老头是不是收到了一些短信，高老头在电话里嘿嘿地笑着说，那些短信都“杠赛来”。贾成功骂了几句，合上了手机。他不是骂高老头，而是骂自己犯了一个十分低级的错误，居然没想到那个手机号码还会被卖出去。

后来，贾成功终于干了一件正事，那就是上了驾校，并拿到了驾照。拿到驾照后他马上买了一辆黑色帕萨特轿车。直到这时，他的睡眠才渐渐好起来。

贾成功开着崭新的黑色帕萨特在济南大街上漫无目的地转悠，脑子琢磨着今后到底干点什么。和所有刚学会开车的人一样，手痒痒，总想摸方向盘，恨不能到菜市场买棵葱都开车去。他以前曾经骑着破自行车在济南大街上转悠，那时候的感觉是落魄、恓惶。现在的感觉则是牛逼，因为能买得起私家车（而且还那么贵）的人毕竟不多。

贾成功没想到，在大街上转悠，却和前妻李菲不期而遇。

2

那天上午，贾成功从银座购物中心出来，发现车门的把手里塞了几张印制精美的宣传单。他把宣传单胡乱折叠一下装进了外衣口袋里。回到家，脱外衣的时候，他把宣传单从口袋里掏出来，瞥了一眼，就愣住了。

宣传单上居然有李菲，是两张大幅彩照，一张工作照，穿着蓝色工装，背景是各种荣誉证书、奖状、奖杯；一张是生活照，化了淡妆，穿一身白色的休闲装，优雅地喝着咖啡。宣传单上印着职级、资格证号、联系方式，还有个人荣誉：2000 年荣获名人协会高级会员称号；2001 年美国百万圆桌会议内阁会员；2002 年参加“世界华人保险大会”，并代表公司参加本系统高级峰会……服务信条是“精诚所至，金石为开，用我的真诚与执着陪伴您一生”。

贾成功想见李菲，立马掏出手机按名片上的电话打过去了。李菲的声音有些哆，但他一听就知道是她。贾成功的手机号换了，但声音没什么改变，不知道她听出来没有。他称呼她“李小姐”。她没问他贵姓。贾成功说，他想购买多种商业保险，想和李小姐见面聊聊，地点请李小姐定。李菲迟疑着说，她下午在公司，要是有时间，可以去她公司。李菲公司的地址在济南最繁华的大街泉城路上。贾成功知道那附近有个趵突泉茶社，是用趵突泉的泉水沏茶，味道很好，于是就约李菲在那家茶社见面。

打完电话，贾成功继续脱外衣，可是外衣还没脱完，他就后悔了。他穿着一只皮鞋一只拖鞋，坐在沙发里抽烟。他不知道自己为什么要给李菲打电话，他又不买保险。人的各种有意识的行为，都是有心理动机的。他给李菲打电话，约她见面，心理动机是什么呢？他不太清楚。想想感情破裂到那种地步，他不愿去见李菲了。可是再想想自己现在那么有钱，他又觉得非见不可。

约定的见面时间是下午3点，贾成功提前10分钟就赶到了。他穿一身藏青色名牌西服套装、刚从银座购物中心买的名牌皮鞋，打了名牌领带，头上打了摩丝，身上喷了香水，气宇非凡，一看就是个“成功人士”。

在茶社找了个安静的地方坐下来，贾成功要了一壶“日照极品雪青”，一碟瓜子和开心果、大杏仁、夏威夷果等几碟坚果。茶社里的茶几和椅子都是藤制的，看上去很考究。天花板上的扬声器里播放着轻柔的钢琴曲《秋日的私语》，情调很温馨。

贾成功远远地盯着门口，琢磨着见到李菲采用什么表情和语调。他们离婚两年多了，这两年他没有一天不在恨她，恨她只认钱，对自己那么绝情，尤其是想到因为离婚的事没能见奶奶最后一面，他就觉得永远不能原谅她。现在，他不知道自己还恨不恨她，只是觉得有点新奇，有点刺激。

3 点刚过，李菲进了门。她一进来，贾成功就看见她了。她外面穿一件驼色的羊绒外套，里面穿一身蓝色职业装，头发梳在脑后，看起来很干净很利索。贾成功仔细观察着她的表情，打算根据她的表情及时调整自己的表情。李菲的目光在茶社里逡巡，很快就看见了贾成功。看见贾成功的一刹那，她的表情凝固了，脚步也放慢了，但两秒钟之后就活泛了，有些矜持地笑着，朝贾成功走过来。看李菲笑了，贾成功也微笑着，站起来迎接她。李菲走近他，上下打量着他，在他肩膀上“咣”地拍了一巴掌，说：“还真是你呀！还真是你呀！”

贾成功笑笑，请李菲坐下来。看着眼前的李菲，想着离婚时的李菲，一时间他有些恍惚。

李菲小口小口地呷着茶，问贾成功怎么知道了她的手机号码。贾成功如实说了。李菲说：“你混得不错，都开上自己的车了。”

贾成功心想，他购买的那些房产这几个月肯定升值了不少，他的财富也许有上千万了，于是说：“不算太好，也就有一千万吧。”

李菲瞪大眼睛盯着他，满脸惊讶，说：“我的天哪，一千万还不算太好，太烧包了你！”

“烧包”是济南土话，语义不太好解释，在这个语境中，是有了钱心里得意，嘴里却故意苦穷。

贾成功琢磨着，如果李菲问他怎么那么有钱，他该怎么说。可是李菲并没问。她撬开了一枚夏威夷果填进嘴里嚼着，说：

“真好吃。”然后她小口品茶，说：“这茶真香啊。”然后，她望了望窗外。

贾成功问李菲这两年是怎么过的。她轻描淡写地说，在朋友的公司里做过总经理助理——她特别声明一句，那个总经理是个女的——后来又做保险。他问她结婚了吗，她手里端着茶杯，小口地呷着，有些哀怨地说：“跟谁结呀，我是二婚，谁要我呀。”

两人沉默了大约半分钟。

李菲问贾成功这两年是怎么过的。贾成功也轻描淡写地说，瞎混，跟无业游民似的，只是瞎猫碰到死老鼠，弄到了一些钱。李菲笑着问他结婚了吗，他笑着说：“谁能看上我呀，家是农村的，又那么穷，谁嫁给我谁倒八辈子血霉。”

李菲盯着茶杯说：“干吗这么损自己呀，现在你也是有钱人呐。”

贾成功觉得自己的话从逻辑上讲不通，被绕进去了，就敷衍说：“比我有钱的人多得是。”

李菲问他那28万元钱是怎么来的，他笑而不答，心想现在才问也太晚了。

李菲说：“你这么有钱，身边的女人肯定多得是。”

贾成功说：“没有，一个都没有。”

李菲说：“你骗人，我才不信呢。男人有了钱，女人都喜欢。”顿了顿又说，“再说，你不光有钱，人也挺帅的，而且越来越有成熟男人的气质，属于钻石王老五。”

贾成功哈哈大笑。李菲这么夸他，也许是出于真心，但他却觉得有点别扭。

天很快就黑下来了，两人又去附近的餐馆吃饭。吃完饭，李菲让贾成功陪她去贵和购物中心逛逛。不知是有意还是无意，她挎着他的胳膊，脑袋不时地靠在他肩膀上。外人也许会认为他们是很幸福很甜蜜的一对小夫妻。她只是逛，并不打算买什么东西。贾成功花 7000 元买了副金项链、花 18000 元买了个爱马仕的包送给她。在他们夫妻关系存续期间，他还从没为她这么破费过。李菲嘴里说了句“这么破费干吗”，紧紧地挎着他的胳膊，一脸甜蜜和幸福。

走出商场，在一个广告牌下的阴影里，李菲突然钻进贾成功怀里，两手使劲搓他的胸脯，又紧紧地搂住他的腰，嘴凑到他耳边，小声说：“我想去看看你的房子。”

贾成功的呼吸一下子急促起来。但他一秒的犹豫都没有，语气很坚定：“不行，我家里有点乱，不好意思让你去。”

李菲柔情缱绻地说：“那有什么嘛，我可以帮你收拾呀。”

贾成功说：“改天吧。”

李菲嘟了嘟嘴，说：“那好吧。”

李菲仰起脸，闭上眼睛。贾成功犹豫了一下，和她接吻。他使劲吸她的舌头，她大概被吸疼了，鼻子里哼哼唧唧的，两手使劲搓他的肋部。他被搓痒痒了，想笑，这才停下来。

贾成功开车送李菲回家。小李庄拆迁了，李菲家等着回迁，临时租住在济南西北部一个小区。那个地方比较偏僻，公交车也不太方便。他把她送到小区大门口。

在开车回家的路上，贾成功有时“嘿嘿”地笑几声，有时鼻子里“哼”一声。在天桥附近，他看见一座高楼的楼顶有一个闪烁着霓虹灯的巨幅广告牌，上面有“产地海中”四个红色的黑体字。他脑子里琢磨着什么东西的产地在海中，眼前出现了一堆刚刚打捞上岸的海参、螃蟹、龙虾、黄花鱼。过了一会儿，等红灯的时候他才恍然大悟：那四个字应该是“中海地产”。他咧嘴笑了笑，但又马上收住了笑。在路灯下，他看见镜子里自己那张脸阴沉着，有些发青，像被揍过一样。忽然，街边的路灯变得模糊不清了，一团团光亮诡谲变幻，他摸了一下脸，发现自己流泪了。

他脑子里冒出一个念头：他要和李菲复婚，复婚后马上再离婚，这样他心里才痛快。

2

这天上午，贾成功刚吃完早饭，正百无聊赖地抽着烟在屋里转圈，接到了钟晓梦的电话。钟晓梦说她住在山东大厦，很想见见他，好好聊聊。上次见钟晓梦大概是 6 月份，现在已经是 12 月了，又半年多了。贾成功本来不想见她，这段时间一直有意疏远她，可是，听着她略显疲惫却依然清脆的嗓音，想象着她的身体，他才发现自己一直在盼着她的电话，于是一口答应了下来。合上电话他就开始后悔，心里骂自己犯贱。可是他边骂自己犯贱，边哼唱着“2002 年的第一场雪，比以往时候来得更晚一些”，进卫生间洗了个澡，从头到脚倒饬了一番。倒饬完毕，他边骂自己犯贱，边下楼开上车，直奔山东大厦而去。

和以前一样，第一次做爱时间比较短，顶多十几分钟。之后，钟晓梦在床上懒懒地躺着，贾成功在椅子里坐着抽烟。钟晓梦仍喜欢每说一句话都蹬一下贾成功的腿，贾成功就把椅子挪得离床近一些。钟晓梦一口咬定贾成功和以前不一样了，肯定发财了，而且发了大财。贾成功笑着问她是怎么看出来的。她说凭感觉，一个人有钱和没钱，眼神、神情、举止都是不一样的。贾成功笑着问，脱光了还能看出来吗？钟晓梦说，能，比以前更像个英雄了。贾成功说他真的没发财，从“孔孟传媒”辞了职，穷得连饭都吃不上了，脖子都饿细了。钟晓梦有些放荡地笑着说：“拉倒吧你！你说脖子细了，可我觉得下边那东西倒粗了，又粗又硬，特舒服。咱俩这么铁，你还瞒着我，真不够意思。”贾成功本不想告诉钟晓梦他发财了，打死也不说，但不知为什么，现在却没管住自己的嘴，轻描淡写地说出来了。

钟晓梦激动得下了床，一丝不挂在房间里走来走去，最后坐到了贾成功腿上，拍着他的脸说：“行啊哥们儿！几个月不见，鸟枪换炮了。看来你的运气真是太好了。我得和你热乎着点，好借你的光。”说着，紧紧捧住他的脑袋，在他脸上亲了又亲。

贾成功的腿被钟晓梦坐麻了，他掐了掐她的屁股，她才站起来。她两手啪啪地拍着屁股，在房间里走来走去，又向贾成功要了一支烟点上。她劝他去北京开一家影视公司，说他有投资能力，自己又会写本子，而且写得那么好，摄像也不错，和她认识的那些影视公司老总相比，起点很高。

钟晓梦夸贾成功本子写得好，贾成功就想起了30集的《梦的门》，于是说："我写本子不行。"

钟晓梦脱口而出："谦什么虚呀哥们儿，你的本子写得多好啊。"说完，她好像忽然想起了什么，表情有些僵硬，冲贾成功嘿嘿地傻笑。

贾成功怕钟晓梦难堪，急忙换了个话题，说他以前开过公司，赔得很惨。钟晓梦问他开过什么公司，他就把代理红实木地板的事说了，并说因为这事老婆也把他扫地出门了，最后还离了婚。钟晓梦说，他就不该开那么个破公司，卖什么破地板。那么聪明的人，干这种蠢事，脑袋瓜子真是让驴踢了。人要想成功，必须在自己擅长的领域里发展，把自己的比较优势发挥到极致。在石头上下功夫，永远得不到金子。当然，人的运气也是很奇怪的，总有一些时候要走背字。不过，不要一朝被蛇咬十年怕井绳，事还是要干的。他最适合开影视公司。万事开头难，只要干起来了，一步一步往下走，遇到的困难和问题就会迎刃而解。就像穿越原始森林，一开始面对这片森林，内心会充满恐惧，不知道里面有没有路、能不能走出去，可是一旦进去了，边走边找路，就总能走出去。如果迟迟不行动，就会被想象中的困难和问题捆住手脚，永远一事无成。这是一种可怕的惰性。

贾成功说，开影视公司，光注册资金就得几千万，他砸锅卖铁也凑不到那么多。钟晓梦说，大活人还能让尿憋死吗，验资需要 2000 万元，到时候她帮他想办法。

钟晓梦还说，如果她有那么多的资产，早就开影视公司了。现在的影视公司特多，其中也有不少赔钱的，但那是因为题材没抓准，或者本子没写好，或者演员没找对，或者制作得不好，不然就不可能赔。干这一行是暴利，投入产出比特高。她列举了几部近期正在热播的电视连续剧，有的投资 500 多万，片子卖了 3000 多万，投入产出比是 1 ∶ 6。很多搞实业的投资商，对这一行狗屁不懂，却冒着风险跨行业投资，就是看好了高回报率。这是一块肥肉，谁不咬谁傻逼。

这段时间贾成功一直在琢磨怎么利用这第一桶金干点什么。离开“孔孟传媒”之后，他发现自己干影视还真没干够，开车走在大街上，看见楼群、人群、树木、花草，就琢磨着怎么拍镜头才美。几年前卖木地板只是为了赚钱，毫无乐趣可言，而干影视却是他的偏好，很快乐很过瘾，很有成就感。如果一个人从事的职业恰恰是自己的偏好，那他就赚大了——又赚钱又赚快乐。贾成功很想做与影视有关的事情，只是老虎吃天无从下口。现在，经钟晓梦一点拨，他有豁然开朗的感觉。

贾成功终于热血沸腾了，他拍着自己的大腿，说：“就这么定了！去北京，开公司！”

钟晓梦又走过来，坐到他腿上，拍拍他的脸，说：“这就对了哥们儿！咱们发大财的时候到了！”

贾成功又把钟晓梦掀到床上。这一次，俩人进行了一个多小时，换了好几种姿势。钟晓梦一会儿让贾成功快点，一会儿让他慢点，一会儿让他轻点，一会儿让他狠点。俩人都酣畅淋漓、死去活来。

这次见钟晓梦之后，贾成功内心又激动又惶恐。激动是因为他知道自己下半辈子该干什么了，惶恐是因为他对这个行当还缺乏了解，没有充分的自信。没有金刚钻，不揽瓷器活儿。他知道影视公司不是那么容易开的，作为影视公司老总所必须具备的能力他并不具备，比如管理能力、协调能力、对市场的预测和评估能力，等等。业务上也不过硬。和专业编剧相比，他写本子的水平还有些初级；和专业摄像相比，他的摄像水平只是小儿科，中规中矩而已；至于灯光、录音、剪辑、道具、化妆、服装等等，有的他懂一点，有的则是一窍不通。这些工种都不可小瞧，干好了都是“腕儿”。在某些电视台，优秀的灯光师被称为“灯爷”；优秀的摄像师出去干私活，一天的报酬就上万；优秀的化妆师如果跟剧组，一部戏下来就能挣几十万，尤其是年代大戏，随时需要化妆、补妆，比较辛苦，来钱也更多。虽然这些工种都可以聘请专业人员来干，但内行一些还是有必要的，起码能唬住别人。如果自己什么都不懂，只会掏钱买盒饭，别人就从心里瞧不起你。起码得有一样能唬住人的。自己什么能唬住人呢？贾成功想来想去，认为自己最大的优势就是写本子。能把本子写好，好到极致，连人物对白都没法改，在剧组里就能牛逼哄哄的。

于是贾成功决定写一个本子出来，先练练手。本子写好后再请专家给把把关，如果得到认可，他开公司心里就有底了。

写什么呢？贾成功苦思冥想了好久，决定写中国历史上的萧太后，即萧燕燕。

了解中国历史的人都知道，在北宋时期，辽与宋对峙。北宋真宗时期，20 万辽军南下，威胁北宋都城东京，真宗被迫与辽签订了屈辱的“澶渊之盟”，开了以“岁币”求和的先例。然而很少有人知道，20 万辽军的最高统帅是一位 40 多岁的女人，她就是中国历史上赫赫有名的巾帼英雄萧燕燕。萧燕燕不光是一位有文治武功的政治家，也是一个美丽多情的女人，敢恨敢爱，情炽如火，她和一个名叫韩德让的爱情佳话，一直让人津津乐道。这个女人身上很有戏。

贾成功十几岁的时候，看过一本关于萧燕燕的连环画，就强烈地喜欢上了她。后来他又看过一些史料，就更喜欢了。除了喜欢，更多的是敬佩。他觉得这个女人很了不起，有政治头脑，有治国方略，有迷人的人格魅力。在中国历史上，除了女皇武则天，论文治武功，没有哪个女人能和她相提并论。一个可爱的女人一旦当了官，往往有些面目可憎。而萧燕燕身为皇帝的妈，居然还那么可爱，这样的女人无论在历史上还是在现实生活中都不太好找。如果贾成功生在她那个年代，即使是出身寒微，也会苦苦地暗恋她，比几年前暗恋钟晓梦还带劲。

贾成功强烈地爱上了这个女人，于是决定写她的故事。如果想写某个人的故事，首先得深深地爱上他（她），爱这个人及这个艺术形象（恨那些可恨的人，恨也是一种广义上的爱。

恨的是那些人，爱的是那些艺术形象）。还得爱得持久一些（起码得等作品完成），如果写一半不爱了，那作品也只能写一半，再写下去也是瞎揉搓，像阳痿了一样没意思。

萧燕燕的故事能不能拍成电视剧，贾成功有些拿不准，于是打电话征求钟晓梦的意见。钟晓梦认为，关于萧燕燕的文学作品已经不少，影视作品也有，题材已经不太新鲜了。但如果本子从观念、手法上注入一些现代元素，在价值取向、审美取向上时髦一些，人物关系复杂一些，矛盾冲突和悬念多一些，就能抓住观众，就不怕“题材撞车”。有些好题材，只要有创新，重拍多少遍都有收视率。

听钟晓梦这么说，贾成功有信心了。不久钟晓梦给他寄来一大包文字资料，有正史，有野史，还有关于辽代服饰、饮食、生产劳动、婚丧嫁娶等方面的资料。这些资料都很珍贵，贾成功在济南转了好几家图书馆也没看到过。

贾成功静静地坐在电脑前，开始敲《萧燕燕》。先设计一些个性饱满、具有强大叙事功能的艺术形象，分别给每个人写小传，然后再编这些人的故事；先写故事大纲，再写分集剧本。这活儿可不好干，顺利的时候一天能码七八千字，但有时候在电脑前一坐就是几个小时，一个字也敲不出来。大概半个多月后，贾成功渐渐进入了状态。

就在这时，李菲又重新走进了他的生活。

3

贾成功闲下来的时候，经常想起李菲。自从上次以购买商业保险的名义和她见面后，他们再没联系，一晃就是大半个月。他有些盼望她的电话。当然，如果她再也不联系他，他也不会主动给她打电话，至于复婚再离婚的事，也只好作罢。

有个星期天上午，贾成功在电脑前坐了一个小时，咖啡喝了两杯，烟抽了半包，心渐渐回到了辽代。萧燕燕那么漂亮那么端庄，让他深深着迷。他的手指快速地敲击着键盘。这时，手机响了。贾成功吓了一跳，急忙去接。电话是李菲打来的。她说，她给她爸买了件毛衫，她爸穿着有些大，死活不要，他要是不嫌弃的话，她想送给他。贾成功不缺毛衫，什么衣服都不缺；他自己买的和戴娜给他买的衣服够他穿好几年的。于是他说，毛衫他不需要，可以送给她的叔叔、姑父、姨父。李菲说，她觉得他穿着最合适。贾成功也有些想见李菲了，就同意了，并把自己的住址告诉了她，让她有空送过来。

一个小时后李菲就来了。除了那件据说给她爸买的毛衫(装在精美的包装盒里），她手里还提了很多东西，有青菜、肉、鲤鱼、鸡蛋，还有一箱酸奶。她不像是来送毛衫的，像是来过日子的。贾成功把东西提进厨房。他从厨房里往外走，李菲解开外套的扣子，气喘吁吁地挡在厨房门口，傻傻地冲他笑。他看了她一眼，面无表情。她脸上的笑又收敛了回去，马上往后闪了两步。他侧身从她身旁走过去，进了书房，并关上门，坐在电脑前，继续敲《萧燕燕》。

李菲在这个 95 平米的空间里转了一圈，开始拖地板、擦门窗、洗衣服、做饭。

李菲做了一桌子菜，筷子、酒杯都摆好，去敲书房的门。贾成功说“请进”。李菲推门进去了。贾成功铁青着脸，歪着脑袋问：“干什么？”李菲怯怯地说：“咱吃饭吧。”贾成功抬头看了看墙上的挂钟，已过了 12 点了。

吃饭的时候，李菲问他正忙什么。他说正写一个电视剧本。李菲的眼睛热辣辣地望着他，问能拍成电视剧吗。他说那当然，写本子就是要拍成电视剧的。她问写的什么内容，他说写的萧燕燕。她大概不知道萧燕燕是谁，却没问。她问能挣多少钱，他说也许几百万，也许上千万。

李菲做的菜很好吃，很对贾成功的胃口。贾成功已不记得多久没吃过这么可口的饭菜了。李菲吃得很少，早早地就吃完了，两只胳膊支在饭桌上，托着下巴，神情专注地看着贾成功。贾成功不抬头看李菲。他喝了大约二两茅台，把一盘红烧肉吃光了，把糖醋鲤鱼吃得只剩下脑袋和尾巴，满脸都是油。李菲忽然流泪了。她抽了一张纸巾擦泪，又抽了一张纸巾擦贾成功脸上的油。贾成功不知道李菲流泪了，因为他没看她。自从李菲进门，他的目光在她身上停留的时间不超过 3 秒钟。如果他仔细看看她，会发现她今天很漂亮，穿得漂亮，脸蛋也漂亮。

吃完午饭，贾成功又进了书房，关了门。他在沙发上斜躺着，打了 20 多分钟瞌睡，醒来又坐在电脑前敲《萧燕燕》。

萧燕燕的一颦一笑都让他神魂颠倒，如醉如痴。

屋里的光线越来越暗了，他扭头看了看窗外，看见附近一幢写字楼的玻璃幕墙上映着一轮锅盖那么大的红彤彤的太阳。他抬头看了一眼挂钟，5点多了。天马上就黑了。他关了电脑，但仍坐在电脑前发呆，琢磨着晚饭吃什么、上哪儿去吃。他想喝羊肉汤了，再吃两个吊炉烧饼，如果还有胃口，就再吃点肉丝蒜薹、芥末金针。千佛山下有一家鲁西南风味的酒楼，羊肉汤味道很好，他想开车去。

贾成功站起来，伸了个懒腰。这时，有人敲书房的门，声音很轻。他身上的寒毛一下子乍起来了，脊梁沟子发凉，急忙开了门，是李菲。同时一股好闻的羊肉汤味扑进了他的鼻子。李菲站在书房门口，说："吃饭吧。"贾成功愣了一下，跟着李菲去了饭厅。他写《萧燕燕》入戏太深，把李菲给忘了。

李菲炖了半锅羊肉汤，炒了一盘肉丝蒜薹，拌了一盘芥末金针。主食是吊炉烧饼。贾成功想吃什么，李菲就做了什么买了什么，贾成功觉得简直有些神奇。茅台酒也给他斟好了。李菲坐在他对面，看了一眼餐桌上的饭菜，问："怎么样？"他说："很好很好。"他今天码字比较顺，心情不错，饭吃得香，酒喝得也香。李菲问他本子写得还顺利吗。他说挺顺利的，眉飞色舞地讲萧燕燕的故事。李菲神情专注地望着他，像小学生听老师讲课一样。

贾成功大约喝了六两茅台，有点晕晕乎乎的，就走进卧室，想躺一会儿。一推开卧室的门，他就愣住了。卧室变样了。床单换了，被罩换了，枕头换了，床头灯也换了。李菲在厨房里收拾碗筷，自来水哗哗地响。贾成功很舒服地躺下来，望着天花板，心里有些恍恍惚惚的。下午的几个小时里，李菲应该出去过，她是怎么进来的呢？他看见床头柜上有一串钥匙。那串钥匙是从他裤腰上解下来的；他的裤子挂在衣柜里。他看见李菲带来的那件毛衫（装在精美的包装盒里）也在衣柜里。李菲是来给他送毛衫的，送了毛衫却没走，饭都给他做两顿了，还帮他收拾房间，现在还没走的意思。她收拾好碗筷去卫生间洗澡了，他都闻到洗发露和沐浴露的香气了。他一连翻了两个跟头，闭上眼睛，“嘿嘿嘿”地笑了。

李菲穿着睡衣，披散着长头发进了卧室，让贾成功也去洗一洗。他就去洗了。洗完澡他钻进被窝，发现李菲从头到脚一丝不挂，双颊绯红。两年多不见，她的身体好像更白了，也更丰腴了……

在此后，他们非法同居了几个月。李菲对他的照顾可以说是体贴入微。她知道他是鲁西南人，爱吃鲁西南风味的饭菜，就变着花样从鲁西南风味酒楼往回买。比如肉松烩白菜、红焖羊肉、拌羊脸儿、煸金蝉等等。她悟性较高，有些菜吃一次就会做。她每天中午都骑着摩托车回来给他做饭。她还经常看养生保健类的文章，什么东西对身体有益就让他吃什么。贾成功总觉得心里有一些话想和李菲聊聊。可是他正在写《萧燕燕》，又什么都不愿多想。他给了李菲一张 10 万元的银行卡，让她随便花。

转眼春节快到了。这个冬天不太冷，贾成功想回老家过个年。自从和李菲结婚后，他没回老家过过一个春节。李菲主动提出陪他回家过年，她说在农村过年热闹，在城市里一点意思都没有。贾成功当然希望李菲能陪他回去过年，好让父母知道他们没离婚，只是他没主动提出来，等李菲表态；如果李菲不陪他回去，他表面上看起来会若无其事，但心里会气急败坏。

李菲买了很多东西，包括妹夫在内，给每个家庭成员都买了礼物。车后备厢里塞得满满的。其中给老头子买了一套深灰色毛料西服，还有领带。这是老头子平生第一次穿西服。老头子穿上西服，打上领带，外面披着黑呢子大衣，在村子里走来走去，像个大干部似的。给老太太买的外套很时髦，显得很年轻，有几分雍容华贵。老太太说她都不敢穿出门去，怕人笑话，但她拿着镜子照了又照，还是穿着出了门，逢人就炫耀说这衣服是大儿媳妇从济南买的。

自从奶奶去世后，贾成功每次回老家，都去奶奶住过的屋里，在遗像前站一会儿，有时候还住在这个屋里。到家的这天傍晚，他又去了。大概因为要过年了，他想起以往和奶奶一起过年时的情景，忍不住又流泪了。李菲悄悄地进来了。她盯着奶奶的遗像看了一会儿，就开始抽泣，继而跪下来，号啕大哭。贾成功觉得有些突然，他本来在流泪，这时止住了泪，抓住她的胳膊使劲拉她站起来。她站起来，仍是大哭不止。过了一会儿，母亲进来了，劝她不要哭了，说奶奶去世的时候，知道他们工作忙，赶不回来，也没谁怪他们。没想到，听母亲这么劝，李菲哭得更恸了。母亲不知如何是好。李菲为什么哭得这么恸，贾成功心里跟明镜似的。他不劝她，一句都不劝，只是不断地给她递面巾纸。过了一会儿，老头子和老二、老三也进来了，李菲这才渐渐停止了哭。

李菲在家，为这个家增添了不少欢乐气氛。包括老二媳妇、老三媳妇，全家人都愿意和她说话。老二、老三的孩子，“大娘”、“大娘”地叫得很亲热。老二的儿子、老三的女儿喜欢和大娘打羽毛球。小梅的女儿来走亲戚，和“妗子”玩了半天跳绳，都不愿走了。李菲喜欢抱她，搂得很紧；还爱亲她，恨不能从她的小脸上咬下一块肉来。老太太和小梅看她这么喜欢孩子，都劝她赶快生。她说头几年工作忙，怕耽误工作，不敢生，现在条件好了，也不怕丢饭碗了，怀上就要。

4

回忆过去，最让贾成后悔的一件事，就是为了报复李菲，和她复婚又离婚。他认为李菲的死和他的这一恶作剧有某种因果关系，为此他时常陷入深深的自责之中，大骂自己真不是个东西。

写剧本《萧燕燕》期间，李菲来照顾他的生活，他心里还是很满意的，也很依赖。但他只是被动享受，潜意识里并不希望她对自己这么好，内心里也并没把她当老婆。他一直想找机会和她好好聊聊，却又觉得这事挺复杂，不知道如何开口。再说，他还写着剧本，不希望被这事干扰，所以一直拖延着。其实，几个月来他心里一直很纠结。

《萧燕燕》写了6个多月，2004年5月中旬完成。贾成功从头到尾顺了一遍，感觉很满意。他发现自己的潜能很大。在写作之前，他想象不出写完后会是什么样子；写完后才发现，居然如此丰富、博大、精妙、生动，有些不敢相信那些奇妙的文字是自己的手指敲出来的，那些个性丰满呼之欲出的人物和细腻可感的细节是自己造出来的。人大概都有某些方面的潜能，只是很少有契机被激发出来，平时自己都不知道。

5月下旬的一个星期六，贾成功通过电子邮箱把剧本发给了钟晓梦，请她找专家给把把关。这天晚上李菲做了一桌子菜，说要庆祝一下。贾成功喝了一斤半茅台，有些高了，衣服都没脱就上了床。喝了酒身上热，夜里他把被子蹬了，结果第二天醉意还没消，又感冒了。脑子里混混沌沌的，思维和表达很迟钝，自己说话就像听别人说话，还隔了一层玻璃。他下楼想去小区门口的药店买感冒药，却进了超市，在里面转了一圈，就是想不起来买什么，空着手往外走的时候，看见交款台后面的货架上摆满了香烟，就买了一条软中华。回到家里才发现，自己因为感冒，其实一点都不想抽烟。李菲哭笑不得，下楼给他买了感冒药。

午饭后贾成功睡了个午觉。起床后还是昏昏沉沉的。李菲让他坐在沙发上，说要和他商量个事。他就坐下来。李菲说，明天是星期一，她想去办个手续。贾成功问什么手续，她说结婚手续。她说，他们在一起都半年多了，也该办手续了。贾成功忽然有些头疼，脑瓜子就像要裂开了一样。他揉了揉太阳穴，瓮声瓮气地说，好吧。

领到结婚证的第二天一早，两人正吃早饭，李菲告诉贾成功她怀孕了，已经一个多月了。听了这话，贾成功愣在那里。李菲笑盈盈地望着他，一脸幸福。贾成功的脸阴沉下来，说："去做了吧。"李菲问他为什么，他说不为什么。李菲弱弱地说，前些日子本来想告诉他，可是怕影响他写剧本，所以就没说。贾成功不想谈论这个话题，就进了书房，站在窗前抽烟。李菲收拾了碗筷，跑进卧室，趴在床上嘤嘤啜泣。

李菲再也没多问什么，只好去堕了胎。她请了假，回父母家住，让她妈妈伺候小月子。

贾成功开车去了北京，想和钟晓梦谈谈剧本的事。他住在潘家园那套复式结构的大房子里，并置办了一些家当，看起来像个家。钟晓梦把中戏和北电的两位教授请出来吃饭。两位教授刚看完本子，都认为写得很好。一位教授说，本子如果想卖的话，他可以做经纪人，最少可卖 100 万元。钟晓梦说，200 万也不卖，我们要自己拍。这两位教授是业内的专家，得到他们的肯定，贾成功心里很踏实。

贾成功天天和钟晓梦厮混，做爱、吃饭。钟晓梦不断安排他和一些影视演员接触，一起吃饭、聊天、打高尔夫。这些演员有著名的，也有不著名的，对贾成功都很客气，大都叫他"贾总"。贾成功心里有些受宠若惊，但极力不动声色。有的演员对他特别热情，邀请他去天上人间会所。他心里明白，他们都想上他的戏。他不想欠他们的，今后有机会要还人情。

钟晓梦还经常叫来一桌子小美女陪贾成功吃饭。这些小美女大都是北漂，想在演艺圈里混，得知他要开影视公司，都很巴结他，有的叫“贾总”，有的叫“贾哥”，有的还尊称“贾大爷”、“贾老”，嗓音的含糖量一个比一个高，如果他体内缺钙的话，骨头都会酥了。吃完晚饭一起去 K 歌，一 K 就 K 到半夜。在包厢里，小美女们都喜欢往贾成功怀里钻，都喜欢坐在他大腿上。一开始，贾成功怕钟晓梦吃醋，想收敛一些，可是钟晓梦懒懒地坐在沙发里，嗑着瓜子，看上去一点都不在乎，于是他也无拘无束地和小美女们嬉笑。有 4 个小美女在钟晓梦的鼓动下还要了贾成功的手机号，之后给他发短信，请他有空到自己屋里坐坐。贾成功闲着没事的时候，就把自己倒饬得头光脸滑的，开车去找她们……

还是北京好，似乎连呼吸都比在济南顺畅，贾成功都不想回济南了，想尽快把影视公司开起来。但济南他还是要回去的，他要回去离婚。闲下来的时候他经常想起李菲，越想越觉得李菲太势利，不是真爱他。回忆非法同居的几个月，李菲对他越好，他心里越恨她。因为在他看来，她的目的性太明确，那就是和他复婚。尤其是怀孕一个多月了才告诉他，这分明是逼他就范。而他不吃这一套。

贾成功和李菲互发了一些短信，讨论离婚的事。李菲同意了，什么要求也没提。

贾成功回到济南，办了离婚手续。上次办复婚手续是 5 月 24 日，这天是 6 月 7 日，前后只有 13 天。贾成功想把那套 95 平米的房子赠予给李菲，李菲不要。趁李菲不注意，他把一张 30 万元的银行卡（装在信封里，写了密码）塞进她包里。几天后他把那套房子及大部分家具卖掉了。

济南再也没有他什么了，他去了北京，再也不回来了。他是 1994 年离开桃城来的济南，现在是 2004 年，他在这个城市生活了 10 年。

第十一章

相识不如不相识

1

2004 年 8 月中旬，刚立秋不久，贾成功的影视公司终于开张了，叫“黄钟影视传媒有限公司”，主要业务是拍摄、制作、发行影视剧。

钟晓梦帮了贾成功很大的忙。可以说，如果没有钟晓梦，贾成功的公司就开不起来。整个夏天，钟晓梦几乎每天上午都开着她那辆红色的吉普大切诺基，去位于潘家园的贾成功的住处。两人坐在客厅的沙发上，开着空调，商量各种事情。贾成功穿着大裤衩子，光着上身。钟晓梦一进屋就换上一件紫色的吊带短裙，或者只穿丁字内裤和背心（她的一些衣服放在贾成功的衣橱里）。午饭要么下饭馆，要么打电话叫外卖。饭后睡会儿午觉，钟晓梦睡贾成功的大床，贾成功去楼上另一个房间睡小床。午睡后，钟晓梦梳洗打扮一番，开车去单位，处理一些事情，晚饭前再回来。晚饭都想喝点酒，两人像情侣一样牵着手去附近的饭店，钟晓梦喝红酒，贾成功喝啤酒。有什么事情需要出去跑，两人就一起出去。

在贾成功屋里谈事的时候，钟晓梦的电话总是很多，平均十几分钟就有一个，大都是下属向她请示工作上的事情，比如问稿子怎么写。有时候，钟晓梦张口就来，一五一十，如此这般。有时候她也不知道怎么写，就沉吟着说："我考虑考虑，一会儿给你回电话。"合上手机就自言自语："我靠！稿子不会写就来问我，我哪知道怎么写呀，又不是我采访的，我又不是个神。"她把胳膊抱在胸前，在屋里走来走去，皱着眉头，这时候她眉间的两条竖纹就很深。过一会儿，她把电话打过去："小张啊，这稿子就不会写吗？我可以告诉你怎么写，但这样不利于你的进步，所以你还得自己动脑子。不是钟姐说你，这一年多你进步可有点慢。这稿子你尽最大努力吧，再请教一下你们主任，最晚明天下午下班之前发给我。"有时候她还在电话里发脾气："怎么那么笨呢！新闻点就那么难找吗？我正忙着呢，别再给我打电话了！稿子必须在今天下午 5 点之前发到我的邮箱里，晚了扣奖金！这稿子你要是写不好，我认为你就不适合这份工作了，明白吗？"打完电话，她蜷在沙发里，瞪着天花板，不住地唉声叹气，显得很无助很无奈，心力交瘁的样子。这时候，她额头上就会出现一些细小的抬头纹，看上去像个小老太太。贾成功总是忍不住伸手去摸她的额头，把抬头纹给她抹平。钟晓梦自嘲地说，她生得不是时候，她是属马的（贾成功这时才知道她生于 1966 年，比自己大两岁），生于阴历六月，算命的说，这个月份出生的属马的人一辈子都操心劳碌，粗茶淡饭，汗珠满身，到老了才能享几天福。

一起出去办事，如果钟晓梦开车，贾成功就心惊胆战。她开车很骠悍，像玩命一样。她那辆红色的吉普大切诺基，屁股后面喷了几个金色的魏碑体字：“别嘀嘀！要不是打不过你，姐早就跟你翻脸了！”不过，因为她开车快，还没有车在她后面嘀嘀过。她走路的时候也是急匆匆的，步子迈得很大，脚步很响，身子向前倾着，胳膊使劲甩着，看上去像是去抢什么东西。贾成功在她屁股后头，都跟不上她。以前在济南的时候，还没见她走路这么快过。贾成功觉得她快走的时候姿势有点难看。北京的夏天也够热的，从车里出来，或离开有空调的房间，马上就会大汗淋漓。看着钟晓梦后背的衣服贴在身上，文胸都清晰可见，贾成功都有点心疼了——以前对她没有心疼的感觉，不像对戴娜那样。

开影视公司，注册资金需要2000万元，钟晓梦又帮了贾成功的大忙。贾成功可支配的资金顶多有200万元，把北京、上海、广州的那些房产抵押给银行，贷款700万，还有1100万的缺口。吴富贵往他账户上打了400万，还有700万的缺口。钟晓梦得知后，从她供职的报社临时挪借了700万，这样总算凑够了2000万元。贾成功的办公场地也是钟晓梦帮他租的，在南二环一座高档写字楼里。一间大办公室，大约50平米，装修得很豪华，这是贾成功的总经理办公室；一间小办公室，大约30平米，摆了3张办公桌和1张布艺沙发，这是员工的办公室。员工也是钟晓梦帮他招的，只有两个人，一个老太太一个小姑娘。老太太刚从某机关的主管会计岗位退休，在这儿干会计；小姑娘刚大学毕业，学的是法律，在这儿干文秘兼内勤。

钟晓梦这么帮自己，贾成功心里很感动，但嘴上从没说过一句感谢的话。他想以后等公司赚了钱，他会给钟晓梦一些"真格的"，绝不让她吃亏。

公司成立后，贾成功拍的第一部作品，是由他担任编剧的30集电视连续剧《萧燕燕》。以前在"孔孟传媒"的时候，编剧、摄像、导演、灯光、剪辑、音响，他只带一个实习生就全办了，现在要拍电视剧了，才觉得以前那些只是小儿科。拍电视剧，是一项很浩大的系统工程。立项、搭班子、前期拍摄、后期制作，他都两眼一抹黑。幸亏有钟晓梦帮他。她总是很淡定，常挂在嘴边的一句话就是"着什么急呀哥们儿，我有办法"。

钟晓梦果然有办法。立项后，摄制组的班子很快就敲定了。导演、制片、摄像、灯光、剧务、服装、化妆、道具、录音等等，都是南方一家实力雄厚的电影制片厂的人马。演员也是钟晓梦联系的。贾成功提供了十几位主要演员的名单，不到半个月，钟晓梦都联系上了，并把剧本发给他们看。接下来，贾成功要做的就是分别找这些演员谈片酬和档期。这个过程比较漫长，将近两个月。因为这些演员都很忙，有的正在剧组拍戏，有的要参加各种商业活动，还有的出国了。还有的演员档期都排一年了，实在没时间，只好再找替补。好在这些演员都和钟晓梦很熟（年老的称她"小钟"，年轻的称她"钟姐"），对贾成功也都很热情，片酬要得不是太离谱。女一号和男一号的片酬分别是每集 2 万和 1.5 万。等和所有的主要演员签了职员聘用合同书，已经是 10 月上旬了。

这期间，有一件事让贾成功重新恨起了钟晓梦。

贾成功去成都找一位女演员谈片酬和档期。晚上在宾馆房间里，从当地一家地面电视频道看到了一部电视剧，叫《梦的门》。看见这三个字，贾成功惊讶得一下子从床上坐了起来，瞪大眼睛盯着电视机。前年秋天，钟晓梦请他把长篇小说《梦的门》改成剧本，承诺每集给他 4000 元劳务费。他头晕眼花地忙了 8 个月，没想到，承诺的 12 万元最后只给了 1 万，那 1 万他也因为生气没要。当时钟晓梦爽约的理由是本子写得不行。可是这天晚上，贾成功打开电脑，从邮箱里找出了剧本，和电视剧仔细比对，发现 90% 以上的台词都没动；大约有 15% 左右的场景有改动，但也只是把夜晚改成了白天，把室内改成了公园里。编剧的署名有三个，其中第一个就是钟晓梦（另两个他不认识）。在片尾字幕中，有两行字：

媒体支持：中华娱乐时报

推广企划：北京花解语文化传播有限公司

贾成功早就怀疑自己被钟晓梦骗了，现在确认了。他关了电视机和电脑，坐在椅子里抽烟。他觉得这个女人的心真够狠的，真够贪婪的。他开影视公司，她处处帮他，客观上确实帮了他，但主观上却是为了她自己。她把他当成一只母鸡，下了蛋给她。想到今后还要继续和这个女人共事，心里就有些害怕……

摄制组确定了，主要演员找好了，接下来还有两件大事要做，一是找投资，二是找配角。投资大约需要800万，配角大概需要30个。贾成功打算再次用自己的房产做抵押，从银行贷款。钟晓梦说“着什么急呀哥们儿，我有办法”。不知道她用了什么办法，不几天就借给800万元（一张支票）。

配角主要是侍女和丫鬟。贾成功打算花点钱，通过新闻媒体发布启事，请各地艺术院校表演专业推荐女演员。钟晓梦说，选配角是一个绝好的炒作机会，要在全国海选，把动静弄得大一些，这样片子好卖。对于炒作，贾成功并不外行，但他走的是“洒狗血”的路子，而现在，除了“洒狗血”，还需要丰富的人脉资源。钟晓梦说，这事包在她身上了，只需他最后拍板和配合。

几天后，一场隆重的新闻发布会在某五星级饭店举行。驻京媒体的“娱记”来了100多位。十几个年轻人忙前忙后，签到，分发通稿、红包。通稿准备了10份，角度、长短不一，供各媒体各取所需，装在一个文件袋里。红包是2000元现金，装在一只牛皮纸信封里。那十几个年轻人对钟晓梦都毕恭毕敬的，叫她“钟姐”或“钟总”。在外地的男一号、女一号和导演专程坐飞机赶来了。钟晓梦还请了两位嘉宾来捧场，一个老头儿、一个老太太，都白发苍苍的，是全国观众都熟知的德高望重的表演艺术家。

上午10点整，新闻发布会开始。贾成功和男一号、女一号、导演、嘉宾从休息室走上主席台。钟晓梦是新闻发布会的主持人，坐在主席台最边上。她穿了件蓝底金花的旗袍，披着大红披肩，脸上化了浓妆，头发盘得像个盛馒头的小筐，显得妖冶、冷艳、高雅。她从容淡定，与记者互动时又机智俏皮，不忘适时开句玩笑，尽显亲和力。贾成功西装革履，气宇轩昂，但他有些矜持，不住地喝水。

在这次新闻发布会上，贾成功宣布，剧中的主角已经选定，还需要30名漂亮女孩演配角，将在全国范围内海选，请各地艺术院校表演专业推荐女学生。

在此后的两天里，关于黄钟影视传媒公司的报道铺天盖地。报纸娱乐版最少是1/3版面；电视娱乐新闻最少是10分钟；网络媒体有的上了首页。各媒体的新闻点各不相同，有的侧重于揭秘男一号或女一号的情事，有的侧重于探讨这种历史剧的娱乐性，有的甚至批评海选女配角的做法是炒作。每个报道都是免费的大广告。最给力的当然是钟晓梦供职的中华娱乐时报，专门拿出了一个整版，详细介绍了故事梗概、演员阵容及历史上的萧燕燕其人，还刊登了新闻发布会的一组照片。

新闻发布会后的第二天，贾成功的公司接到了40多个女孩子的报名电话，她们大都是北漂。从第三天开始的一个多星期里，每天的电话最少也有100个。文秘小赵忙得连喝水、上厕所的时间都没有，会计老谢不得不替她接电话。老谢是个慈眉善目的老太太，但她说话时带有一口山西忻州口音，“云”和“永”不分，听起来有些费劲。

不到一个星期，全国各地报名的女孩子多达上千人，都寄来了照片和个人资料。那些邮件都堆在老会计和文秘办公室的沙发上，很大的一堆。贾成功亲自挑选。他相信第一感觉，能让他眼前一亮就能让观众眼前一亮。

大约140多个女孩子接到通知后来北京面试。地点在一家宾馆里。面试内容是每人表演一个最拿手的节目，可以唱歌，可以跳舞，也可以模仿经典影片中的片断，时间不超过5分钟。评委有10个人，除了贾成功、老会计、文秘、钟晓梦，还有钟晓梦请来的6位专家（某大学表演专业的老师）。其实，让这些女孩子来面试只是见真容，看看她们的身材和气质，听听她们说话的声音，只要脸蛋漂亮，机灵乖巧，选谁都差不多。因为她们在戏里大都连一句台词都没有，甚至也不需要任何表情，只要穿上戏服面对镜头别晕倒就行。评委其实只需贾成功一个人，但那样显得极不严肃，所以又拉了9个人撑门面。10个人都打了分，但只有贾成功的打分是有效的。面试进行了两天。面试结束后回到办公室，贾成功翻了翻打分表，不到半小时，30个配角就定下来了。

当然，钟晓梦没有放过机会，又炒了一把。她通知了20家媒体的记者，全程现场拍摄、采访，动静又闹得不小。面试结果没马上公布，而是又隔了两天，留够“发酵”的时间，让观众、读者去猜。贾成功真是服了钟晓梦，屁大点事经她一炒，动静就那么大。

《萧燕燕》开拍时，已经是 10 月下旬了。剧组在内蒙古赤峰、辽宁辽阳、山西大同、河北坝上拍了些外景。战争场面比较宏大。某部队出动了 2000 多名战士充当古代的士兵，某牧场也出动了上千匹健壮的“战马”。然后，剧组辗转宁夏银川镇北堡西部影视城、浙江东阳横店影视城拍摄。

贾成功作为投资人、出品人、总制片人和编剧，必亲临现场，倒不是掏钱管饭（那是剧务干的事），主要是监工。他在片场，没人好意思偷懒，因为大家花的每一分钱都是他的。有些娇气的女演员想偷懒，一天拍 10 场都觉得累，但他在片场，一天能拍 20 场。贾成功看起来有些儒雅，一点都不凶，但他不苟言笑，那张脸还是有点吓人的。他天天靠在片场，还有一个目的，就是偷偷地跟导演学东西，他想今后有机会自己也做导演。他和导演几乎形影不离，看似漫不经心、不动声色，其实很用心。每天晚上回到自己房间里，他都把当天的心得记在一个本子上。有不明白的问题他也不轻易问，而是慢慢琢磨，实在琢磨不透，就找机会故作漫不经心地问导演。导演剃着光头，其貌不扬，但实际上挺有文化挺有内涵，对贾成功也很敬重。

这期间，钟晓梦经常千里迢迢地赶到片场探班，每次都有两个 20 多岁的小伙子，在她面前俯首帖耳的。他们是带着采访任务来的，回去要发稿子；脖子里挎着相机，手里拿着采访本，不断地拍照片、在本子上记些什么，偶尔还和一些候场的演员交谈。钟晓梦穿得很洋气，戴着太阳镜，坐在监视器前、贾成功旁边。在片场，贾成功的气场是最强大的，但钟晓梦一来，就抢去了他的气场。钟晓梦和剧组的很多人都熟悉，亲热地叫“哥们儿”、“姐们儿”。拍戏的时候，她感觉哪个演员表情不对，就不顾摄像机正开着，几步跑过去，给人家说戏。演员和摄像师都无所适从，盯着导演和贾成功，等他们发话。导演咧着嘴，挠着自己的光头冲钟晓梦大声喊：“大姐，阿姨，这戏是你导还是我导呀？要是你导，哥们儿可就回宾馆撅着屁股睡觉去啦！”钟晓梦看看这个，看看那个，吐了吐舌头，自言自语地说：“我靠！好心当成驴肝肺，这么不待见咱呀。”贾成功剜她两眼。钟晓梦坐下来，但安静了不到半小时，又忍不住站起来指手画脚。贾成功抓着胳膊拉都拉不住。导演唉声叹气地说：“小姑奶奶，小祖宗，别在这儿要宝了行不行？这机器开着，烧的是贾总的钱，咱别搅人家的场子好不好？”贾成功不能再忍了，他从监视器前站起来，走过去抓着钟晓梦的手腕一拧，然后双手推着她的后背推出去十几米远。剧务急忙搬了把折叠椅一溜小跑，过去说：“钟小姐您请坐！”跟她来的两个小伙子笑得面红耳赤。

晚上，钟晓梦住在贾成功的房间里；她在宾馆也开了房间，空着。贾成功和钟晓梦在一起，心里有些发慌，巴不得她离自己远远的。他打算等片子赚了钱，最少给她 200 万元的好处，作为她帮助自己的回报。但他又隐约觉得，她不是那么容易打发的。

2

贾成功终于可以休息一段时间了。

《萧燕燕》拍了将近两个月，2005 年 1 月终于在浙江横店封镜了，交由北京一家制作公司进行后期制作。后期制作的周期大约需要 3 个月。这 3 个月里贾成功决定休整一下，琢磨琢磨下一个片子拍什么。这事不能急，如果选题没有论证好，就匆忙上马，说不定会赔。像这种公司，往往是忙半年闲半年，忙能忙死，闲能闲死。拍完一个片子之后，拍下一个片子之前，这段时间是很闲的。老会计只要把账做好，可以不去坐班。文秘每天上午去上班，在 QQ 上聊聊天，接接电话、收收信件什么的。贾成功隔两三天去趟办公室，打打电话，翻翻报纸杂志，坐一会儿就走。公司就像放假了一样。

贾成功大部分时间都在家里看书和电影。书大部分是影视编剧、表演、导演方面的，有国内的，也有国外的。以前在“孔孟传媒”的时候也看，但那时候实践经验少，缺少针对性，有些内容似懂非懂一知半解；现在有了丰富的实践经验，经常有醍醐灌顶的感觉。他也看历史、哲学、文学方面的。书看累了，他喜欢开着车在北京城闲逛，琢磨下一部戏拍什么。

那天早饭后，贾成功开着车从潘家园向东再向北，不知不觉来到了东四环四惠桥东的高碑店。在一片比较破旧的居民小区附近，有一个早餐摊点吸引了他。这时已经 9 点多了，人们大都吃过了早饭，可是这个早餐摊点前还有很多人排队买油条。更吸引贾成功的是这个摊点的主人，远远地看过去，很像宋爱国。

在距离摊点大约20米的地方，贾成功停下车，透过车窗玻璃远远地看。排队买早点的人有十七八个，都是老头老太太，都穿着厚厚的羽绒服。这个摊点的早点有油条、胡辣汤、豆腐脑、豆浆、茶鸡蛋。油条很大，足有一尺多长。买了早点后，有人提着回家，有人坐在旁边的简易棚子里吃。那个花花绿绿的简易棚子里摆了五六张折叠方桌和一些马扎。那个卖早点的中年人像饭店厨师一样戴着干净的白帽子，穿着干净的白褂子，边炸油条边和买早点的人说说笑笑。一个矮胖的中年妇女给他打下手，也戴白帽子穿白褂子。她不怎么说话，有人和她打招呼，她就咧嘴笑笑。两个人都不摸钱，面前有个铁皮盒子，顾客自带零钱，没零钱自己找钱。

贾成功判断那个人就是宋爱国。他记起上次见宋爱国是1995年夏天的一个晚上，在济南南岗子街附近。那是他最落魄的时候，穷得都没钱买馒头了。他去赊馒头，被宋爱国看见了，他装作不认识，低着头匆匆地走了。那时候他不敢面对自己的小学同桌，现在却很想和小学同桌聊聊。于是他下了车，走到早餐摊点前。这时排队买早点的人越来越少了，只剩下两个老头儿。宋爱国正用鲁西南话和最后那个满脸老人斑、看上去像退休干部的老头儿开玩笑："你又来啦！咋还没死嘞你！退休金一个月好几千，得糟蹋老百姓多些钱啊！"

这样的玩笑，外人都会觉得开得太大了。可那老头咧着嘴，笑呵呵的，用四川普通话说：“我倒是想死撒，可是刚才我给八宝山打电话，电话没人接撒。啥子时候电话打通了，先报上名，我就坐地铁过去啰。哈哈哈哈。”

老头儿买了两根油条、一碗豆腐脑，提着走了，临走的时候邀请宋爱国有空去他家里耍，说五粮液给他留着呢。宋爱国满口答应。看得出，宋爱国和老头很亲近。

贾成功一直看着宋爱国。这时宋爱国看了他一眼，马上瞪大了眼睛，说：“你你你……”贾成功真想脱口说出自己的名字，可是此时此刻，他脑子里却突然想起了 7 年前赊馒头时的情景。接下来，他躲开宋爱国的目光，说：“我来一根油条，一碗胡辣汤。”宋爱国打量着他，问他是带走还是在这儿吃。他本来想说“带走”，说出来的却是“在这儿吃”。

宋爱国把两根油条盛在一个小竹筐里，舀了一勺胡辣汤倒进一个方便袋里，把方便袋放进一只碗里，端着碗摆在简易棚子里的一张小桌上。贾成功过去坐下吃。宋爱国边收摊边和他闲聊，问他是哪里人。他说，他是河北邯郸人，姓吴，是做建材生意的。他的普通话很标准，没有邯郸味。宋爱国笑着说：“吴先生的口音听不出是哪里人。”

贾成功回到家里，在沙发上坐着发了半天呆。他发现，1995 年夏天他穷得赊馒头吃，被宋爱国看见，这事成了他心里的一个结，怎么也解不开。他在心里讽刺自己太不敞亮，活得太累。既然在宋爱国面前隐瞒了自己的身份，也不好意思再改了，今后只好将错就错下去。

此后，只要有时间，贾成功就去宋爱国的摊点吃早餐，每次都是坐在那个简易棚子里吃。宋爱国炸的油条就是好吃，又松软又香。炸油条的花生油不反复使用，炸过三遍之后就当众倒在路边的下水道里。胡辣汤味道也很好。不过，贾成功开车跑那么远来吃早餐，并不仅仅因为宋爱国鼓捣的早点好吃，主要是因为他想和小学同学在一起。和宋爱国在一起，他心里说不出来的踏实。宋爱国像小品演员黄宏一样，不笑的时候都像在笑，笑起来就更有喜感了。看着他的笑脸，心里就舒坦。宋爱国一口地道的鲁西南话，原汁原味的，听了也觉得特别亲切。

如果是双休日，宋爱国的早餐摊点还会多出两个帮忙的。一个男孩子，一个女孩子，都是大学生模样。他们是宋爱国的儿子和女儿，一对双胞胎。男孩叫欢欢，女孩叫乐乐。两个孩子不算太帅太漂亮，但也不丑，看起来很阳光。女孩子文文静静的，不大说话；男孩子就开朗多了，能说会道的。他们都在北京上大学，男孩子学法律，女孩子学经济。他们也干不了多少活，主要是帮着招呼招呼顾客、收拾收拾碗筷、找找零钱什么的。有的顾客盯着两个孩子看，问宋爱国："都是你的？"宋爱国自豪地说："都是我的。"顾客就说宋爱国有福气。宋爱国咧着嘴笑，看得出他是真开心。宋爱国和一些老主顾聊天的时候经常说，他有儿有女，有吃有穿，虽然辛苦了点，赚钱也不是太多，但每天都高高兴兴的，日子还是很满足的。他一个农村人，又没多少文化，能过上这样的好日子，那是烧了八辈子高香了。

贾成功看着宋爱国一家四口在那儿忙碌，心里十分羡慕。他觉得宋爱国很幸福。这种幸福他是不可能拥有的；如果能拥有这种幸福，他情愿抛弃所有的财产。

除了宋爱国，吴富贵和王浩然也让贾成功感到很亲切。但王浩然不在北京了，到上海某著名大学任教去了。

贾成功特别爱往吴富贵那儿跑。十年前在《星期八》的时候，贾成功就觉得吴富贵有些卓尔不群，将来必定有出息。这家伙爱折腾敢折腾，折腾意味着风险，同时也意味着机遇；风险越大，一旦成功，收益也越高。果然，后来吴富贵终于逆袭成功，发了。

吴富贵的公司不叫公司，叫“×× 文化发展中心”，在一幢高档写字楼租了一个楼层，招聘的员工有 80 多人，每人一台电脑。林子大了什么鸟都有，城市大了什么骗子都有。北京的骗子多，吴富贵就是其中一个。吴富贵是怎么骗人的？这个问题很复杂，不太容易说明白。简单地说，他是制造并出售虚假头衔的。举例说明：如果你在县城或乡镇工作，热爱书法，书法却不热爱你，一辈子也没发表过或卖出过一幅字，但你不用郁闷，不一定哪一天，你就有可能被聘为“百年书法 ×× 传世人物”，“个人事迹及佳作”被收入印制精美的大型画册。如果你从事的职业和文化一点都不沾边，比如是个乡村兽医，说不定也会被评为“感动中国 ×× 文化人物”，“个人事迹及佳作”与鲁迅、郭沫若等文化名人的事迹共同编入国家级大型画册。画册出版后全球公开发行，并交政府部门、大专院校、图书馆、博物馆研究和收藏，还将作为国礼向各国大使馆和国际文化学术机构赠送……如果你同意入选，需购买画册 10 本以上（最少需 4000 元，而成本不到 400 元）；如需要当选证书、奖牌、奖杯，需支付制作工本费（奖杯 1000 多元，而成本不到 100 元）。

收到这样的信，看着那一个个名头很大的公章（有的还是国际机构的外文公章），有的人会一时脑热，忘记自己姓什么。

头衔五花八门，没有做不到，只有想不到。如果能盖上外星球的公章，“地球球长”的头衔都敢卖。上当的还真不少。明知道是上当，但不当成上当，而是当成一种交易，周瑜打黄盖——一个愿打，一个愿挨。花几千块钱过把干瘾，值。就像自慰一样，没人让自己爽，就自己让自己爽。在这个意义上说，吴富贵干的并不完全是坏事，起码有“精神抚慰”的作用。当然，真正有成就的人，因为有人让他爽，就不需要这些了，收到这样的信，骂一句“坑爹”就扔掉了。但中国人口多，需求总量还是很大的，所以吴富贵发横财了。

至于红头文件上那些名头很大的公章，中国 ×× 协会、中国 ×× 学会、中国 ×× 研究会和国际 ×× 协会、国际 ×× 学会、国际 ×× 研究会，等等，都是真的。这些机构也都存在，起码暂时还没被注销，都缺钱，谁给钱就让谁用公章；或者说，某些人挖空心思，上蹿下跳成立这些机构，本来就是为了赚钱的。公章的材质都很好，有的还是金属的，怎么使劲盖都用不烂。

吴富贵很忙，用他自己的话说，忙得连放屁的时间都没有，若每天 240 个小时都不够用。全国各地各条战线有成千上万的人等着他骗，每一分每一秒都意味着金钱。要给下属开会，要不断研发“新项目”，要应酬。大脑每一分每秒都高速运转，丝毫都不敢懈怠，每天都有一大群脑细胞被活活累死。

贾成功一般下午三四点钟去吴富贵办公室，门都不敲，推开就进去。吴富贵皱着眉头，用山东话埋怨说：“咋不打个电话预约一下，我正忙着哩。”贾成功也用山东话说：“预约个屌！”说着往沙发里一坐，跷着腿，看报架上的报纸杂志，不理吴富贵；口渴了就自己从饮水机里接水喝。吴富贵订的报纸杂志很多，够他看一阵子的。吴富贵坐在宽大的老板台前办公，打电话，接电话，看文案。不断有下属来找他汇报工作，都恭恭敬敬的，他在下属面前板着脸，表情很严肃。如果进来的是漂亮的女下属，贾成功就冲吴富贵扮鬼脸。吴富贵瞥他一眼，使劲绷住不笑。女下属走后，贾成功问吴富贵把人家潜规则了没有，吴富贵说他做梦都想，可是有贼心没贼胆，兔子还不吃窝边草呢。吴富贵有时候还在电话里发脾气，这时候他就从老板椅里站起来，一手抓着电话听筒，一手打着手势。贾成功的目光从报纸上移开，看吴富贵两眼，再移回到报纸上。

贾成功看报纸杂志看累了，就看吴富贵办公室里那些观赏性植物，有榆树、槐树、柳树和小麦、大豆、玉米等——这些确实是供吴富贵观赏的。吴富贵的办公室很大，在靠南的窗户下面，辟出了大约宽 2 米、长 5 米的一块地方，摊了一层大约厚 40 公分的土（那些土是他夜里开着车，从东六环以外的河北省三河市一趟趟地偷运来的），周围用砖砌上，里面种了那些树和农作物。夏天的时候，种茄子辣椒西红柿。如果办公室足够大，他还想再种几棵西瓜。如果按面积计算，这10平方米每天的租金和物业管理费最少需要2000元，而吴富贵全年的收成大概不超过20块钱。简直难以想象，在中国首都的一座高档写字楼里，居然还有这么一间种着庄稼的办公室。贾成功蹲在那片“庄稼地”前，一股一股地吸着泥土的气息，总是很陶醉。

吴富贵是下午5点下班。等他下班后，两人一起乘地铁去三里屯或星吧路、后海的酒吧街喝酒、吹牛。每次，一人一瓶茅台。聊天没什么主题，想起什么聊什么。有一次吴富贵说起了白玉兰，说《星期八》的人都知道贾成功去白玉兰家里送过鸡蛋，副主编姜开蔚一口咬定俩人眼神不对劲，肯定有一腿。即使没那事，大家也嫉妒白玉兰对他那么好，整天“小贾小贾”的，甜得发腻。葛鲁光截留贾成功的广告，就是因为嫉妒。姜开蔚也截留过贾成功的广告，也是因为嫉妒。有好几次，贾成功出差期间，有他的汇款单，姜开蔚偷偷盖上杂志社的公章，把钱冒领出来，广告提成据为己有。

贾成功只知道葛鲁光截留过他的广告，却没想到是因为嫉妒，更没想到姜开蔚也那么做，简直太下作了。吴富贵问贾成功，他和白玉兰到底有没有那事。贾成功摇摇头，躲避着吴富贵的目光，说真的没那事。贾成功心里隐隐作痛。这时他发现，很多年以来，他对当年没有把白玉兰拿下一直是耿耿于怀的，就像体内存留的弹片，阴天下雨的时候就很坚锐地疼那么一下子。他不想谈白玉兰，急忙岔开话题，问费志高和葛鲁光的情况。吴富贵说，费志高在济南混了几年，又回老家教书去了，因他从原单位辞了职，不在编，只能在一家私立中学，虽然拉广告赚了些钱，但职称、工龄都没了，很不值。葛鲁光后来离开了《星期八》，在济南开过一家广告公司，因为诈骗，进去过三年，出来后在朋友的一家公司里当人力资源部主任，也是瞎混。贾成功觉得，当年《星期八》的那几个临时工，只有他和吴富贵混得还不错。

吴富贵最喜欢聊的是故乡的人、故乡的事。他老家在泰山南麓一个村子，有山有水，也有很多有意思的人。吴富贵很思念他的小山村。清澈见底的小河、河边的青草地、幽深的胡同、袅袅的炊烟、卧在夕阳下的老牛，以及大爷爷、二奶奶、三大爷、四大娘、五叔、六婶子等亲人，都经常进入他梦中。他想光着脚在故乡的田野里奔跑；他想把自己脱得一丝不挂，像蝼蛄或蚯蚓一样钻进故乡的泥土里；他想把故乡的泥土当面粉蒸馒头吃、当咖啡冲水喝。他此生最大的愿望是当一个农夫，静静地感受春花秋月、夏风冬雪，在青山绿水间平静地守望着一个个日子……

说到这儿，已戒烟好几年的吴富贵会向贾成功要一支烟。贾成功把烟和打火机递给他，急忙站起来去卫生间。他知道，接下来，吴富贵的眼泪会被烟“呛”出来，并埋怨说“这是啥屌烟，这么呛”。贾成功在卫生间里慢慢地洗手，慢慢地把手吹干，让吴富贵有足够多的时间流泪、擦泪。吴富贵 45 岁，比贾成功大 8 岁。贾成功觉得吴富贵有些矫情：想当农民，这有什么难的，把户口迁回村子里不就得了？如果户口不好迁，完全可以在村子里租几亩地种着，犯不着在北京被香烟“呛”出泪来。

贾成功也去过吴富贵的别墅，在北京西北部一个富人区，是一座两层楼的单体别墅。院子里本来种着些竹子、冬青等观赏性植物，但都被吴富贵砍掉了，之后种上了庄稼。为了收集人粪尿当肥料，吴富贵在院子里建了个厕所，大小便都舍不得用室内卫生间。他甚至梦想整个别墅区的人（包括那些高贵优雅的女人）都去他家大小便，花钱买也愿意，一泡屎 10 元，一泡尿 2 元。他对人的排泄物简直迷恋到了贪婪的程度。他定期请员工聚餐，不去饭店，去他家。不是为了省钱，是为了收集人粪尿。谁去他家厕所大小便了，他心里都记着，年底发红包的时候有所体现——最少给 200 块钱。

吴富贵的老婆说他脑子有病，还说他天生是穷命。吴富贵 1960 年出生的时候正赶上三年自然灾害，差点饿死。确切地说，真的死过一回。那是他一岁多的时候，家里没吃的，被饿得躺在床上没气了。他的父亲找了一块烂苇箔把他卷起来，扔在了家后的苇子地里。天黑的时候，他父亲路过那片苇子地，发现苇箔在动，走过去解开一看，他正瞪着眼珠子，嘴唇翕动着，原来他又活过来了。因为有这么一段，他从小就发誓，长大了要吃“国粮”。后来他通过考学终于成了“非农业”，吃上了“国粮”，却发现“国粮”也没有什么好吃的，于是辞去了公职，去济南、北京闯荡。打拼了那么多年，混得比大部分城市人都好，他却又想当农民了。

吴富贵的老婆原来是他们老家县医院的护士，吴富贵在北京混好了，就让老婆辞了职，到北京了。她每天侍弄侍弄别墅里的庄稼，洗洗衣服做做饭，其余大部分时间用于擦大大小小十几个房间的地板和窗户。他们的两个儿子都在国外上大学，一个在西班牙学西班牙语，一个在英国学建筑设计。

3

这段时间，贾成功的日子貌似轻松，其实却有些上火，经常牙疼。一是他没想好下一部作品拍什么，二是不知道《萧燕燕》能不能赚钱。这部剧总投资是 800 多万元，他希望能卖出去 1000 万元。毕竟是处女作，权当练手和交学费了，如果还能赚个 200 万元，就喜出望外了。

贾成功没想到，后期制作接近尾声的时候，有一天钟晓梦给他打电话，提出要买断这部剧的发行权。那是 4 月中旬的一天，贾成功楼下花园里那些他叫不上名字的花都开了，红的，黄的，蓝的，紫的，五彩缤纷，十分好看。一些蜜蜂在花间飞来飞去。接到钟晓梦电话的时候，贾成功正架着单反相机，像专业摄影家那样架势，拍那些花和蜜蜂。

钟晓梦在电话里说，近期各地电视台古装戏扎堆，《萧燕燕》可能不好卖，她很为他着急。不过，作为朋友，她愿意帮他，打算买断这部剧的发行权，风险由她承担。听钟晓梦这么说，贾成功并没相信她的好心。他心里一阵阵发紧，不知道她又要给他下什么套。没想到，她开出的价码是1200万元。一听1200万元，贾成功心里不那么紧张了，同时他也表示担忧，怕卖不到1200万，那样就把钟晓梦坑了。虽然钟晓梦对他不地道，但他并不希望钟晓梦吃亏。“宁人负我，我不负人”是他的一条做人准则。钟晓梦说，她有办法，卖1200万应该没问题。她还提出，要和他签一份正式的发行权有偿转让合同。贾成功说他得考虑考虑，两天后给她回话。此后的两天里，贾成功也没考虑出结果来，因为他还没干过发行，不了解行情。钟晓梦却两次给他打电话，催他签合同，于是他稀里糊涂地就同意了。

合同是在贾成功办公室签的。合同文本是钟晓梦提前打印好的。她还带来了公章。直到这时，贾成功才知道钟晓梦名下有一个公司，叫“北京花解语文化传播有限公司”，她是法定代表人，公司业务范围包括“影视剧制作和发行”。签了合同，两人又说笑了一阵，就快到中午了。钟晓梦提出请贾成功吃饭，庆祝合作成功。贾成功谢绝了，说公司里还有些事情急需处理。钟晓梦拥抱了他一下，在他脸上很响地亲了几口，下楼去了。钟晓梦走后，贾成功坐在宽大的老板椅里，把脚跷到老板台上，晃悠着身子，连抽了三支烟。

“花解语”，想到这三个字，贾成功脑子里一下子检索出很多相关信息来。这三个字经常出现在全国各地报纸的娱乐版上，是各种娱乐新闻的署名作者。这个名字他太熟悉了，几年前就记住了。因为做过自由撰稿人，他有个习惯，每到一地都买几份当地的报纸看。在他印象中，他在北京、济南、哈尔滨、拉萨、海口、上海、广州、杭州等地的最少几十家报纸上见过这个名字，其中北京的报纸上最多。他还想到，在《萧燕燕》开拍之前，他去成都找那位女演员的时候，在当地电视台某地面频道里看到《梦的门》，片尾字幕里有一行文字是“推广企划：北京花解语文化传播有限公司”。

想到这些信息，贾成功心里一阵慌乱和恐惧，脊梁沟子里一阵阵出冷汗，浑身乏力。他觉得这个女人道行很深，相处那么久了，她居然一个字都没提过。他隐约觉得，这次钟晓梦又挖了一个陷阱让他跳。

不久，贾成功得知，《萧燕燕》让钟晓梦卖了最少 2000 万，她最少赚了 800 万。

4

贾成功准备写电视剧《傻瓜皇帝》的剧本，边搜集资料边写故事大纲。这个题材已经有人弄过了，但他不怕“撞车”，他要写得另类一些，搞笑一些，穿越一些，从观念和手法上多注入一些现代元素，契合现代人的价值取向和审美取向。

《傻瓜皇帝》说的是中国晋代惠帝司马衷的故事。这个皇帝傻，是真傻，IQ 极低，居然稀里糊涂地当了 17 年皇帝。他的老婆、当时的第一夫人贾南风身上的故事更多。她奇丑无比，身高只有 140cm，性情乖张暴戾。她是“官二代”，她爸是开国元勋贾充。她和皇帝的婚姻是一场政治阴谋。她很擅长玩弄权术，在很短的时间里肃清异己，广置党羽，起用了一些能人帮她维持朝政，达八九年之久。史书称这段时间为“虽暗主在上，而朝野安静”。这朵举世无双的“奇葩”还极好色极荒淫，不仅与宫廷太医等人淫乱，还经常从民间物色美男子为她提供服务，玩腻了就杀掉。社会上经常发生人口失踪案件，失踪者一律是俊美男子，很少有人知道他们的真正下落。贾南风作恶多端，自己也没好下场，作为“八王之乱”的始作俑者之一，公元 300 年被迫喝下一壶“金屑酒”，结束了生命，时年 44 岁……

不知不觉两个月过去了。有一天吴富贵给贾成功打电话，邀请他去后海酒吧街“吹吹牛 ×”。贾成功整天写剧本，脑瓜子都疼了，正好想放松一下，就去了。这一次，吴富贵叫了他的一个下属作陪。小伙子是宁夏石嘴山人，很朴实很直爽。问起他在北京的工作经历，他说到曾在一家叫“花解语”的公司工作过。贾成功就装作漫不经心的样子，问钟晓梦和公司的情况，并说他几年前在济南的时候和钟晓梦认识，但不是太熟，后来也没再联系。小伙子不知道他和钟晓梦是什么关系，关于钟晓梦和她的公司，就说了很多。

钟晓梦是中华娱乐时报的副总编辑，同时也是花解语公司的总经理。公司和报社的关系很微妙，是战略合作，是相互利用。

公司和很多明星有宣传协议，能为报社提供很多独家新闻。而报社是公司的一个宣传平台和依托，报社的资源可以为公司所用。一加一大于二，互惠共赢。钟晓梦和她的公司的确为报社做过一些贡献，所以报社任命她当副总编。在此之前，她曾担任首席记者、资深主笔、记者部主任、运营总监等。有花解语公司做后盾，她这个副总编比较好当。她不用坐班，不用参与报社的日常管理，也不用参加每周一上午的“编前会”。她只需为每期报纸提供一定数量的稿件即可。而她公司的稿件多得是，足够报纸用的（自己的报纸用不完，就交给别的报纸用）。她的公司也因此被报社的一些同事戏称为“第二编辑部”。下属写了稿子从邮箱里发给她，她修改后交给总编室（和其他报纸），署名一律是“花解语”。只要是她改过的稿子，见报时一般一个字都不动。她还经常利用明星资源策划商业演出，报社作为主办单位扩大了影响，公司作为承办单位赚足了银子。她的公司如果不与报社合作，是报社的巨大损失。她在报社的地位是谁也动摇不了的。

那些明星的新闻，有的是真的，有的是假的，真的没有假的多。真的大都是正面报道，假的大都是负面报道。假新闻都是钟晓梦和她的团队一手策划的。比如：某男明星和某女明星在车里接吻、去宾馆开房、戴着墨镜逛街，被“偷拍”了下来，第二天就成了很多报纸的娱乐头条，而且一炒就是一个月。再比如：两个女明星分别在公开场合互相“揭短”，打“口水仗”，恨不能把对方掐死，报纸一炒就是两个月。普通读者不会想到，这两个女明星其实私下里是好姐妹，穿一条裤子都嫌肥。再比如：某些明星的“不雅照”“走光照”“一不留神”流向了社会。这都是钟晓梦和她的团队干的。对这些明星来说，公众的注意力就是“生产力”，就意味着上位和金钱。明星最怕的是寂寞，最怕的是离开公众的视线；不怕臭名远扬，就怕被人遗忘。很多已经过气得几乎被人遗忘的明星，经钟晓梦的公司一炒，马上就火起来了。

这个小伙子知道钟晓梦收购《萧燕燕》发行权的事。钟晓梦说这个片子不好卖，实际上很好卖。她利用自己的人脉资源极力炒作，全国各地电视台竞相购买播映权，短短两个多月，已有9家省级卫视和23家地面频道购买了播映权，销售收入已超过1500万元；最后，保守的估计也会超过2000万元。这么说，钟晓梦从贾成功那里最少能赚800万元。至于那部《梦的门》，她最少赚了400万元。

小伙子离开钟晓梦的公司，是因为钟晓梦克扣他的奖金。他很能干，按公司规定，他最多的时候一个月能挣一万多。钟晓梦看他挣得多，就舍不得给了，想方设法克扣。员工表面上都很尊重她，但心里都对她很反感。她不坐班，但要求员工坐班。她买了指纹考勤机，员工上下班都要去摁一下，上午下午各两次。迟到或早退，一分钟罚款100元，两分钟罚款200元，依此类推。中间员工也不敢出去，因为不一定什么时候，她就会往办公室打电话，问都是谁在。没人敢骗她，如果张三不在，接电话的说张三在，她有可能让张三接电话。因公司员工经常坐飞机出差，某航空公司为了笼络客户，向公司赠送了十几个印有订票电话和网址的不锈钢水杯。当时她不在办公室，大家觉得这东西不值钱，就私下里分了。她知道后大发雷霆，认为那些不锈钢水杯是公司的资产，员工没有权力自行处置。后来，因公司经常订加州牛肉面外卖，对方就赠送了 16 只精致的玻璃碗（用小纸箱盛着）。这一次她也不在办公室，但那些玻璃碗都没人看一眼。那个小纸箱一直放在她办公室的书架上……

贾成功实在不敢想象，钟晓梦居然是这样的人。直到这时，他才知道钟晓梦从一开始就在利用他。他联想到一件事：几年前在济南的时候，《萧燕燕》剧本写好后，他来北京和中戏、北电的两个教授谈剧本。一次和钟晓梦闲聊，说起打算和李菲离婚的事，钟晓梦极力怂恿他离婚，说这样的女人不能要，太势利了。而吴富贵对此事的态度却截然不同。吴富贵听了他离婚的消息，毫不犹豫地把一杯茅台酒泼了他一脸，接着把酒杯摔得粉碎，桌子拍得咣咣响，高声骂他。吴富贵说，李菲虽然在人格上有一些缺陷，但总的来说是个好女人，应该对她宽容一些，如果不离婚，会是好媳妇。吴富贵还讽刺他心理扭曲了，有精神障碍，应该去精神病院住几天。现在想想，他觉得吴富贵才是真心为他好。而钟晓梦却没安什么好心，从主观动机上说，无非是想把他和老婆拆散，以便更好地利用他。

贾成功对钟晓梦的恨就像吞进胃里的一个钢球，消化不了，也排不出去，每天都堵得难受。他心里很难过，难过的不仅仅是钟晓“黑”了他那么多钱，更让他难过的是他眼睁睁地看着一份曾经美好的情感变得丑陋不堪。如果他们之间没有在济南的那一段，他心里多少还会好受一些。他很后悔没有尽早和钟晓梦一刀两断，总是欲罢不能，藕断丝连。当断不断，反受其乱。现在被她弄得伤痕累累。如果早早地做个了断，她在他心里永远是那个兰心蕙质、让他深深迷恋的钟晓梦。心里有那么一个女人爱着，真是一件十分美好的事情。

贾成功没想到，钟晓梦没有像他期望的那样变好，反而变得更加贪婪。

5

贾成功和钟晓梦若即若离，每隔一两个星期见一次面，都是钟晓梦主动联系贾成功，去贾成功家里。俩人一起吃吃饭，聊聊天，上上床。和钟晓梦在一起，贾成功再也不像以前那样什么都说了，而是有所保留。关于《傻瓜皇帝》，他就没透露一个字。他在钟晓梦面前变得优雅起来，在床上也有些矜持。钟晓梦笑话他，说他装。她在他身体下面说脏话，用手掐他的屁股，让他狠一点，“不然就没了”。有恨才能狠，他想起她两次骗了他 1200 多万，刹那间就狠起来了，简直能把她穿透。她拼命地扭动，恣意地喊：“亲爱的我爱死你了，亲爱的我爱死你了。”

完了事，贾成功坐在床头抽烟，钟晓梦懒懒地躺在床上。

贾成功问：“刚才你说爱死我了，你真的爱我吗？”

钟晓梦哈哈大笑，说：“咱们又不是少男少女，什么爱不爱的呀？”

贾成功眨了几下眼睛，说：“我明白了。”

钟晓梦好像想起了什么，说：“你明白个屁！不管怎么说，我对你还是有感情的。有一次我梦见你死了，我都哭醒了。我也梦见过我爸死，但没哭。”

贾成功不知道说什么好，就自嘲地说：“嗨，今天怎么起腻了？现如今少男少女都不愿说那个字，我太厚颜无耻了，太矫情了！快，收拾收拾，找地方吃饭去。”

虽然钟晓梦信誓旦旦，但贾成功心里仍然没底，不知道钟晓梦对他的情感到底是什么成色。

因拍摄《萧燕燕》时和南方那家电影厂合作比较愉快，拍《傻瓜皇帝》也请了那班人马，贾成功拟定了一个主要演员名单，请导演帮他联系，然后再由他谈片酬、签合同。这部片子预计投资1100万元。贾成功公司的钱不够，又不想拉赞助，就再次以北京、上海、广州的房产做抵押，贷款600万元。片子在河南洛阳拍了些外景，其余大部分场景是在浙江横店拍的，进展很顺利。

拍《傻瓜皇帝》，贾成功一开始瞒着钟晓梦，后来钟晓梦还是知道了，打电话问他是否需要帮助。贾成功说不需要任何帮助。后来后期制作快完成的时候，钟晓梦又得知了消息，提出以2000万元买断发行权。贾成功早已打定主意，钟晓梦就是给两个亿也不卖——他就不想再和她有经济上的瓜葛。他发行没经验，就以 18 个点儿的“预留”（销售码洋的 18%）委托一家实力雄厚的专业发行公司替他发行。这家发行公司公关能力很强，手段很野，他们邀请很多电视台负责人去巴厘岛举办高峰论坛，去马尔代夫的水上木屋开研讨会，活动期间，合同就签了，片子就卖了。《傻瓜皇帝》还被卖到了泰国、越南、老挝及非洲一些国家。贾成功和发行公司实现了双赢，片子收回了 4600 万元，扣除 1100 万元投资，净赚了 3500 万元。如果卖给钟晓梦，不知道会损失多少。

在贾成功看来，这部片子和钟晓梦没有一毛钱的关系。可是后来，钟晓梦却向他索要 300 万元的辛苦费。她的理由是：这部片子的摄制组本来是她的人脉资源，是她在他拍《萧燕燕》的时候介绍给他的，她理所当然应该得到一些报酬。

接到钟晓梦这个电话的时候，是 5 月下旬的一天晚上 10 点多，当时贾成功正和吴富贵在后海酒吧街的一家酒吧里“吹牛 ×”。这天晚上吴富贵谈到了朱蕊，让贾成功十分惊讶。吴富贵前不久回了趟老家，发现老家的县城变化很大，于是就问贾成功桃城的变化大不大。说到桃城，吴富贵忽然想起了朱蕊。事情是这样的：吴富贵和朱蕊的老公是大学同学，两人关系不错，一直保持联系。朱蕊的老公是桃城一家大企业的总经理。去年夏天，朱蕊的老公带朱蕊和孩子来北京玩，吴富贵请他们一家三口吃过两次饭。说起在北京工作的桃城人，吴富贵提到了贾成功，没想到朱蕊说自己认识。朱蕊说，她和贾成功是中学同学，工作后还都在一个系统里，和贾成功很熟悉。后来朱蕊给吴富贵打电话，经常有意无意地问起贾成功的各种情况。吴富贵每次见贾成功，都想说说朱蕊，可是一吹起牛来就忘了。

听吴富贵说朱蕊的情况，贾成功心跳得很快。关于朱蕊，他既想多知道一些，可又有些不敢知道似的。他故作平静地说，他的中学同学太多了，很多都忘了，朱蕊他也只是记得这么个名字。他心里莫名其妙地有些难受。吴富贵没有注意到他的反常。他正心里难受的时候，接到了钟晓梦要300万元的电话。在电话里，钟晓梦的语气很平常："成功啊，300万，你不会觉得多吧？"贾成功不知道怎么答复，就说他考虑考虑。合上电话，他有些怀疑自己听错了，但仔细想了想，确信自己没听错。他气得胃里一阵阵难受，翻江倒海一般。

贾成功已很多年没醉过了，这天晚上却醉了。他喝的并不算多，像往常一样，和吴富贵一人喝了一瓶茅台。酒量和心情关系很大。他都不记得是怎么回到家的，只记得抱着吴富贵的胳膊，在大街上跌跌撞撞、深一脚浅一脚地走了很久。吴富贵吵吵着要回老家当农民，还扯着嗓子像狼叫一样唱"吹落了思乡的尘，却吹不去额头的纹，走遍了天下的路，才想起了回家的门"。后来两个人走累了，才分别打上车各回各家。贾成功醒来的时候是第二天上午，他穿着衣服躺在地板上，外套上有呕吐的秽物；没穿鞋，袜子上满是泥土。他在房间里找鞋，没找着。他换了一身干净衣服，脱衣服的时候发现右腿膝盖下面有一片瘀青。

贾成功洗完澡，打开衣橱，找出钟晓梦留在这儿的文胸、内裤、睡衣，用剪刀剪成指甲盖大小的碎片，从马桶冲下去了。他写字台抽屉里还有她十几张照片，是他的第一部作品《萧燕燕》开拍之前开新闻发布会的时候照的。照片上她十分漂亮动人，可是现在再看，却觉得她面目狰狞可怖。他花了一个多小时的时间，把她的十几张照片剪成一堆小米粒大小的碎屑，也从马桶冲下去了。他在房间里走来走去，最后坐在沙发里号啕大哭。

贾成功情愿把《傻瓜皇帝》赚来的3500万元都给钟晓梦，也不希望她开口索要300万元辛苦费。他不想眼睁睁地看着那份曾经美好的情感变得太过丑陋，于是只好躲着她。她打电话他不接，后来又把她的手机号码设为拒接来电。没想到，钟晓梦却步步紧逼，给他发短信要那300万元。

担雪塞井空用力。贾成功彻底凉了心。他给钟晓梦发短信，一五一十地戳穿她是怎么骗他的，问她有什么可解释的。她没回短信。他给她打电话，想和她好好谈谈，可是她却不接电话。从此两人不再联系。

不久，贾成功把他正在居住的潘家园那套复式结构的大房子卖了。不因为别的，仅仅因为钟晓梦来过这里。他想把她从自己的生活中抹掉，抹得干净一些。和房子一起卖掉的还有钟晓梦睡过的床、盛过衣服的衣橱、坐过的沙发。他在北京还有7套房产，其中百万庄那一套也是复式结构的。他搬到了百万庄。

“一生肝胆向人尽，相识不如不相识。最好不相识，便可不相知；最好不相知，便可不相恋；最好不相恋，便可不相负；

最好不相负，便可不相弃。”时光是单行线，过去了就不能再调头。如果能调头，贾成功愿意继续“洒狗血”，和钟晓梦住在济南的海右小区，她在南阳台看他，他在北阳台看她，在某个下雨的夜晚同时各自在家里看《罗马假日》。和现在相比，那时候他很穷很辛苦，但每天都像打了鸡血似的。还是那种日子好，可惜再也回不去了。

贾成功和钟晓梦仍然生活在同一个城市，头顶是同样的天空，同晴同阴，同冷同热。不过，多姿多彩的北京在贾成功眼里已失去了光彩。高楼、街道、天桥、人群，触目所及都像早期电影里的镜头，有些黯淡，有些发黄。在大街上，看到快步行走的女人，他都忍不住多看两眼；看见红色吉普大切诺基，他都盯着车屁股看有没有喷着“别嘀嘀！要不是打不过你，姐早就跟你翻脸了！”路过和钟晓梦一起吃过饭的饭店，他就使劲伸着脖子，看他们曾经坐过的座位上坐的是什么人；在轰隆轰隆的地铁里，他撅着嘴，皱着眉，目光呆滞而空洞，被人挤来挤去；开车出去，他经常走错路，于是将错就错，总是把车开到一个莫名其妙、稀奇古怪的地方，有一次居然开到了天津，而这时他已忘了要去哪里、要干什么。

贾成功觉得他过往中那段极其美好的情感已经死去，他生命的一部分也已经坏死。更让他蛋疼的是，这块坏死的组织无法切除掉，每时每刻都在自己身体里，走到哪儿带到哪儿。

第十二章

河岸边的追船人

1

自从 2003 年 8 月戴娜去了美国，贾成功以为这辈子再也不会见到她了。他做梦都没有想到，戴娜还会回到他身边。这时，贾成功正以编剧、导演和总制片人的身份在浙江横店拍摄 38 集历史谍战大剧《草木皆兵》。

这时是 2010 年 9 月上旬，贾成功离开济南来北京开公司已经 6 年多了，他也 42 岁了。这 6 年是他生命中含金量极高的 6 年。

首先是发财了，他成了亿万富翁。在《草木皆兵》之前，算上《萧燕燕》和《傻瓜皇帝》，他一共拍了 5 部电视剧，一共赚了 7000 多万元。2003 年他投资 700 多万元在北京、上海、广州购买的那些房产和在杭州千岛湖买的那座小岛，这时已升值到 3000 万元以上了。也就是说，他身家已经过亿了。

其次是出名了，他成了著名编剧和著名导演。5 部电视剧的编剧都是他，其中 2 部的导演也是他。作为编剧他在影视圈里早已得到认可。干导演虽然入行有些晚，经验不是太丰富，规则掌握得少，但艺术感觉非常好。在艺术创造中，在某些情况下，规则掌握得多并不是好事，它能束缚人的创造性思维。规则都是人创造的，富有创新思维的智慧的大脑不会被既有的规则所遮蔽，能自觉地遵守规则，也能在一定的规范之内突破规则、创造规则。贾成功就属于这种人。

拍戏的时候，贾成功对演员要求特别严，一句台词都不能改，多一个字或少一个字都不行。别管多大的腕儿，对角色的演绎都不能有任何所谓“个人化”的表现，都得完全听他的。如果他认为某个演员笑得不对，会让这个演员一遍遍地笑，哪怕笑一百遍，从早晨笑到天黑。一整天都在拍一个笑的镜头，也成了影视圈里的佳话。但大家都很服他，因为收视是硬道理，他担任编剧和导演的电视剧收视率就是高，电视台就是愿意买。参加电视节的时候大家都主动和他搭讪、握手、合影。他经常出现在报纸、电视、网络的娱乐新闻里。有些学者、教授也主动为他写评论文章，称赞他是影视界的一匹健壮有力的“黑马”。

有了钱，有了名，接下来顺理成章的就会有女人。一个男人只要有钱，不管他长得多么歪瓜裂枣，都会有年轻漂亮的女人投怀送抱。如果一个男人不光有钱有名，还潇洒、优雅、沉稳而且未婚，那就甭提了。贾成功就属于这样的男人。

贾成功是个货真价实的“钻石王老五”。无论从里到外，还是从上到下，他都散发着成熟男人的魅力。他戴一副金丝眼镜，头发永远梳得纹丝不乱，着装总是很优雅。大概因为小时候穷，穿不起好衣服，出于一种补偿心理，他买名牌高档服装上瘾；不光买，还经常定做。各种板型、颜色的高档西服和休闲服最少有 80 多套。以前他在济南“洒狗血”的时候，曾写过一篇随笔《人家剩下的是时髦》，嘲讽那些富豪买名牌摆阔。后来他有钱了，才发现自己以前很浅薄很病态。穿不起名牌，当然不知道名牌好了。等自己穿上了名牌，才觉得名牌就是好，面料好，做工更好。好的服装应该能塑造人，能改变人的形象、气质和心态。如果穿休闲西服，他会把西服的纽扣解开，双手插在裤兜里，身子挺得直直的。如果穿正装西服，他会把该系的纽扣都系上，双手抱在腹前。表情永远自信、淡定、沉静，不动声色。

和李菲离婚后，贾成功一直没再结婚。他也想找个女人成个家，赶快生个孩子，好好过日子，但却一直遇不到合适的。他理想的妻子是贤妻良母型的女人，可是他接触的女人好像没有谁愿意做贤妻良母。她们大都是漂在北京的“非著名”女演员，都急不可待地盼望着成为著名女演员。老是遇不到合适的，时间一长，心就累了、懒了，慢慢地他也就不想成家的事了。

当然，他没有老婆，却从不发愁女人，只要手机开着，几乎每天都有女演员约他吃饭、聊天、打高尔夫。至于上床，只看他愿不愿意。他并不是见个女人就上床，他有自己的原则：必须彼此真心喜欢，不能有功利目的。如果哪个女演员为了上位才和他上床，他永远不会和她上床，也永远不会让她上位。

他真心喜欢、感觉也喜欢他的女人还真不少，最少有80个，和部队的一个连差不多。他在心里管她们叫“红粉连”。这些女人的共同特点是：年轻、漂亮、优雅、有内涵、不张扬。但他和“红粉连”只动身体，不动感情。感情这东西他玩不起，也早就懒得玩了。和钟晓梦玩了一场感情，把他累得够呛，心力都透支了。不即不离、平平淡淡地保持着一份情谊，彼此怀有善意，彼此珍重，谁也不难为谁，这样就挺好。

贾成功发现，结束了和钟晓梦那场累人的感情之后，他有一个重要变化，那就是再也不相信爱情了，再也不会为女人动心了。无论多么美丽的女人，他见了都不会动心，顶多也只是感官上喜欢而已。无论多么美好的爱情，几乎无一例外地始于深情，终于痴恨，最后双方都伤痕累累。不为女人动心，不为情所累，不爱不恨，不喜不悲，无挂无碍，无是无非，不伤害别人，也不被别人伤害，他认为是很幸福的。

《草木皆兵》是一部历史谍战剧，是贾成功的第六部作品，也是他本人最看好的作品。故事说的是1946年秋冬，中共北平地下党和国民党特务围绕国军第十一战区司令长官孙连仲“谋求和谈”事件斗智斗勇的故事。这部作品也是贾成功自己干编剧自己干导演。外景地仍是浙江横店影视城。

横店地处浙江省东南部，是东阳市的一个镇，但却是亚洲最大的影视拍摄基地，被美国《好莱坞》杂志称为“中国好莱坞”。影视城分秦王宫、明清宫苑等八大景区，几乎绕小镇一周。最繁忙的时候，会有15个以上的剧组同时在这里拍片。

很多著名导演和演员在这里拍过戏。镇驻地比较繁华，有十多家星级宾馆，还有一大批基地宾馆、快捷酒店。除了各剧组的演职人员，镇上还有不少怀揣明星梦的群众演员或特约演员，还有身怀绝技的马术师、武师、替身等，都是所谓的“横漂”。在这里，普通话几乎淹没了各地方言。

戴娜就是在横店找到贾成功的。那天是10月12日，贾成功在剧组所住的宾馆的一楼大厅里抽烟，他打算抽完这根烟就上楼回房间。在他不远处一个沙发里，坐着一个时髦、漂亮、优雅的年轻女人。那女人盯着他看，但他没在意。那女人捉住他的目光，冲他一笑。他这才认真地看了她一眼，同时心脏都快从喉咙里跳出来了。这不是戴娜吗？但他知道戴娜正在遥远的美国，不可能是她。他也冲她微笑了一下，极力镇静下来。那女人叫他的名字：“贾成功！”

在剧组里，没有一个人对贾成功直呼其名。除了一些老演员叫他“成功”或“小贾”，其他人都是叫他“贾导”。直到这时，贾成功才确信眼前这个女人确确实实是戴娜。他有些眩晕。但他毕竟是见过一些场面的人，在任何情况下都可以做到不动声色。他的屁股刚要抬起来，又坐下了。戴娜笑吟吟地问：“贾成功，你还记得那个笑话吗？公主说的那两个字是什么呀？”

贾成功快速地眨着眼睛，脑子里懵懵懂懂的。忽然，他想起2003年8月戴娜离开他的那一天，在济南机场他给她讲了几个笑话，其中一个是：王子被施了魔法，一年只能说一个字。

王子五年没说话，攒够了一句话，就来到公主面前，说："公主我爱你。"公主只说了两个字，王子就晕倒了……当时这个笑话没讲完，戴娜就去安检了。公主说的那两个字是什么呢？是"什么"。

贾成功咧着嘴冲戴娜笑，说："那两个字是'什么'。"

戴娜问："那两个字是什么？"

贾成功不动声色地说："那两个字是'什么'。"

两个人说话就像打哑谜。戴娜终于明白过来了，哈哈大笑。他们分别已经 7 年多了，可是在他们之间，仿佛并没有这么长时间，好像戴娜听笑话的时候去了趟卫生间，回来让贾成功接着讲。

2

戴娜嫁给美国佬约翰逊之后，定居在美国东部的康涅狄格州（简称康州）纽黑文市，住的是山坡下一座带花园和游泳池的别墅。康州虽不像阿拉斯加州那样美得要死，却也颇具特色，既有现代化城市，又有森林覆盖的山峦，点缀着 17 世纪房舍的宁静村庄。虽没有特大城市，却是美国一个高度工业化、人均收入最高的州。纽黑文市则以耶鲁大学和康州大学闻名于世，距首都华盛顿有 7 个小时的车程，距美国第一大城市纽约 1 小时车程。

纽黑文市城市不算大，戴娜出了门走过小小的街区，总是看到四周空荡荡的，别说人，连条狗都没有，这时心里总会生出一种可怕的孤独感。这个小城的华人大约有 30 多人，大部分来自中国的南方，彼此之间也很淡漠，从来没有人张罗过华人聚会，大家偶尔见面也习惯说英语，就像混在北京的外地人见了老乡仍说普通话一样。孤独的时候，戴娜总是想念自己的家乡青岛，想念她曾经工作、生活过很多年的济南，也想念贾成功。

约翰逊并不希望她出去工作，只希望她做一个全职太太。她想生个孩子，可约翰逊和前妻已经有两个孩子了（都在寄宿制学校），不想再要；她做妈妈的权利也被剥夺了。约翰逊去上班后，偌大的别墅里只有一只肥硕的黑猫陪着她。那只猫很懒，吃饱了就卧在窗台上，微闭着眼睛，深沉得像个悲观哲学家，对她不瞅不睬。约翰逊给这只猫起了一个很拗口的名字，叫“pessimistic”，中文意思是“悲观”。一天的家务，戴娜一小时就能干完。时间多得漫无边际，对她来说，要“杀死”那么多时间实在是一件犯愁的事情。每天，她最少有三四个小时站在别墅的阁楼上看外面的街景，但街景没什么好看的，无非是稀稀落落的车辆和行人；有三四个小时看那些没完没了的肥皂剧，庸俗无聊的肥皂剧更让她恹恹欲睡。有时去看电影，影院里空空荡荡，只有她一个人，这让她充满恐惧。她每天看“悲观”，叫“悲观”，自己也越来越悲观。她觉得自己成了约翰逊豢养在笼中的一只金丝雀。

戴娜觉得生活一点意思都没有，乏味透顶。她在家里憋得难受，后来严重失眠，失眠折磨得她都想自杀。她想出去找一份工作，不为赚钱，主要是为了接触社会，于是向当地一家华人服务社（一家主要为移民代办营业执照、财产继承等各种事务的公司）寻求帮助，并在一家慈善中心谋到了一份差事。依仗良好的英语基础和标准的普通话，她工作如鱼得水。虽薪水不高，有些忙碌，她觉得很快乐。可是，因为她偶尔比约翰逊回家晚，“悲观”被饿着了，约翰逊也被饿着了。约翰逊就很不高兴，不顾她的感受，坚决要求她辞去工作，老老实实待在家里。她只好又一天天重复寂寞、单调、乏味的日子。约翰逊在情感方面并不是一个细心的人。她很失望，开始怀疑这桩貌似光鲜、让人羡慕的跨国婚姻的价值。

让戴娜下定决心离婚的，是约翰逊的性虐待。约翰逊千里迢迢从东部的纽黑文跑到西部的洛杉矶，从号称“全美最大成人消费文化展”的洛杉矶性文化博览会上，买来一条很特殊的凳子（类似中国古时候的“春凳”），做爱的时候把戴娜绑在上面。他还喜欢在做爱前让戴娜穿着紫色的睡袍，用剪刀把睡袍剪得一绺一绺的。7 年里他剪碎了 500 多件睡袍，仓库里还有 400 多件。他从制衣厂一次进了 1000 件，共 10 箱子，每箱子 100 件。约翰逊每次剪睡袍的时候，当冰凉的剪刀触碰到戴娜腿上，戴娜都心惊肉跳，浑身哆嗦。约翰逊看着地上的碎布，是欣赏旷世杰作的神情。戴娜总觉得此时的约翰逊像魔鬼一样面目狰狞。约翰逊还患有原发性早泄，这种病很好治，但他不治。做爱一般不超过 3 分钟，最高纪录是 5 分钟。她从来就没有得到过满足，一次都没有。对她来说，性生活完全是一种痛苦的折磨，像被强暴了一样。婚姻维持了7年，她再也不能忍受下去了，就提出了离婚。她的哥哥和约翰逊本来有比较密切的合作关系，随着她和约翰逊离婚，合作终止。她无法向家人做出解释，只是说感情破裂。她的哥哥再一次对她感到了失望，不想对她说一句话、一个字。

离婚的时候约翰逊主动给了戴娜200万美元，算是补偿。

这7年里，戴娜一共回国4次。其中一次是为父亲奔丧、处理后事。她的父亲于2007年因胰腺癌去世。这次从美国回来后，她在青岛陪了陪母亲，看望了几位亲友。从网上搜索贾成功的信息，得知他现在是国内著名的电视剧编剧和导演，仍然单身，正在横店拍戏的报道。在这个世界上，除了母亲，贾成功是她最想念的人，她想和他在一起，于是决定去找他。她想给他一个惊喜，于是事先没和他联系，突然出现在他面前。这天她从青岛坐飞机到了杭州，又从杭州坐大巴来到横店，经过打听，居然找到了贾成功所住的宾馆。

两人住在了一起。俗话说久别胜新婚，可是他们分别了7年多，却没有性生活。因为戴娜性冷淡，极其厌恶那事。那天晚上，她接受贾成功的亲吻和抚摸，可是下身没有一点感觉。贾成功表示理解和尊重，一点都不难为她。戴娜和7年前相比，看起来有些老了，有一种风霜感：笑的时候眼角有很多细小的皱纹；眼神有些疲惫，像心事重重的样子；头发焗成了栗子色，但最少有30根头发的根部是白色的；乳房和屁股有些下垂，小肚子有些凸了。她也 37 岁了。

戴娜和贾成功每天都形影不离，像他的助手一样替他拿水杯、衣服、手机，自己嚼口香糖的时候也往他嘴里塞一颗。贾成功想喝水的时候，她拧开保温杯的盖子先自己尝一口。贾成功觉得冷的时候，只一个眼神，她就把外套给他披上。甚至贾成功去卫生间，她看他的表情都知道他要办个大的还是办个小的；如果他要办个大的，她就从包里抽一些纸悄悄塞到他手里。她的目光柔情缱绻，时时刻刻缠绕着他。剧组的主摄像、录音师喜欢跟她开玩笑，叫她“嫂子”，并说她是来横店度蜜月的。她听了只是笑笑。《草木皆兵》戏里的悬念很丰富，而贾导和这个从天上掉下来的漂亮时髦女人的前史，大概是戏外最大的悬念。

戴娜来得很是时候，如果她晚来几天，贾成功可能就一命呜呼了。贾成功因过度劳累，突发了脑溢血。戴娜成了他的救命恩人。

在《草木皆兵》开拍半个月后，贾成功偶然从网上看到，已有好几家影视公司都在拍谍战剧，而且演员阵容很强大，宣传攻势也很猛。这让他感到压力很大。他粗略估算了一下，如果《草木皆兵》早一个月面世，片子最少能多卖 1000 万元。为了抢占市场先机，他必须和时间赛跑。于是他把某些原定白天拍的戏改在了晚上。剧本当然也跟着改，一个镜头、一句台词想不到，就有可能穿帮。他的脑袋像装满了各种字条的抽屉。为了保持精力和体力，他吃海参，喝浓茶，偷偷地嚼人参。夜里拍戏，都是直到累得脑子短路，表达都不准确的时候才收工。吃完夜宵，别人都睡了，他还不能睡，泡上一杯浓茶改本子。凌晨 3 点以前他就没睡过觉，每天睡眠时间不超过 4 个小时。当然那些演员也很累，但他们不是每天都那么累，没戏的时候一天天闲着，而贾成功从早晨 6 点多起床，直到次日凌晨 3 点上床，每天都是 21 个小时连轴转。

那天晚上，主摄像、副导演、制片主任、男一号等人到贾成功的房间里谈事。贾成功住的是套间，有卧室，有客厅。客厅很大，有沙发、办公桌、书架等。沙发能坐十几个人。他穿着睡衣在客厅里，戴娜在卧室里看电视。从美国回来后，戴娜很快就调过了时差，平时每天晚上 11 点准时睡觉。可是这天晚上却没有睡意，一直到凌晨 1 点多才躺下，但睡不踏实，神经绷得很紧。贾成功和剧组的几个人谈事谈到凌晨 3 点。

几个人走后，贾成功进卫生间洗刷。不一会儿，他咣啷一声摔在地上。戴娜听到了动静，急忙跑进卫生间。她看见贾成功躺在马桶旁边，歪着嘴，脸色发乌，嘴里呜噜呜噜的，听不清在说什么，就像傻了一样。戴娜扶他起来。他折起身子，却又一下子躺下了，同时大小便失禁，弄脏了睡裤。戴娜听说过，在这种情况下，一尿一拉，人就完了。她马上用房间里的座机打了 120 急救电话。趁 120 急救车还没到，她急忙脱掉贾成功身上的睡衣睡裤，把他的身体擦洗干净，找出干净衣服给他换上。

不到 10 分钟，120 急救车赶到。医护人员向戴娜简单询问了情况，把贾成功抬到床上，给他打上吊瓶。20分钟后，贾成功清醒了过来。医护人员问他的名字、年龄，他回答得很正确。只是嘴还有点歪，说话不太清楚。医生说，贾成功得的是脑溢血，是由过度劳累造成的，幸亏打急救电话及时，如果晚10分钟，他的命就保不住了。戴娜走到床边，问他是否认识自己。他做了个点头的动作，咧了咧嘴，紧紧抓住了她的手，眼角流出了泪水。

从贾成功摔倒，直到医护人员对他实施抢救，整个过程中戴娜一直很平静、很从容。可是等医护人员走后，她扑到贾成功身上呜呜地哭，边哭边骂他狠心，说自己下半辈子还指望他呢，还想和他相依为命呢，他倒好，居然要丢下她不管！贾成功咧着嘴龇着牙，嬉皮笑脸的，一手紧紧抓住她的手，一手抚摸着她的头发。他的样子看起来有些流氓，也有些滑稽。戴娜轻轻拍了拍他的脸，笑了。

剧组里没有人知道夜里发生了什么事。第二天，拍摄正常进行，只是收工提前了些，夜里11点多就能睡觉了。唯一不正常的是，贾成功戴了个口罩，说话声音含混不清，需要戴娜的翻译。吃饭的时候，他也不能和大家在一起了，只有戴娜陪着他在房间里吃。贾成功告诉剧组里的人，自己感冒了，怕传染给大家，就戴上了口罩。每天晚上，戴娜都陪贾成功去医院输液。三天后，贾成功的嘴终于不歪了，口罩可以摘下来了。

经历了这么一场劫难，贾成功有死里逃生的感觉，见到每个人都觉得亲，像自己的亲人。每天清晨打开窗帘，沐浴着来自 1.5 亿公里以外的阳光，都觉得是在享受着某种恩赐，他总是情不自禁地流下泪来。傍晚看着夕阳西下，也会对生命中的这一天充满留恋，他觉得活着真好，和活着相比，赚钱并不重要。但想到那些竞争对手来势汹汹，病好了不几天，他又投入了紧张的工作中。戴娜劝他悠着点，他总是说忙过这几天就好了。

3

不久，贾成功又和死神打了个照面。

《草木皆兵》进入后期制作，贾成功终于可以休息一段时间了。这时正是 2011 年 1 月，快过农历新年了，正是一年中最冷的时候。

戴娜和他住在一起，除了没有结婚证，没有性生活，他们很像一对夫妻。戴娜打算尽快治一治自己的性冷淡，她觉得应该能治好。贾成功也觉得自己慢慢地不再那么害怕警笛声了，等戴娜治好了性冷淡，他们的夫妻生活应该很和谐。他们打算尽快领结婚证，尽快要个孩子。

贾成功想尽快带戴娜回老家一趟，让父母放心。这几年，父母最发愁的事就是他没个媳妇。他和李菲离婚、复婚、又离婚的事起初瞒着父母，但没有瞒太久，大概只有一年多。李菲跟他回老家的时候说过尽快要孩子，可是后来就没有动静了，老太太就给他打电话，问他怎么回事。他说不小心流产了。后来他去北京开公司，老头子打电话问他李菲在北京干什么，他说在他公司里，给他当办公室主任。老头子说："忽悠，接着忽悠。"后来，他自己都觉得再瞒下去实在太无聊了，才承认他和李菲离婚了。父母虽然对此早有预感，但还是感到难以接受。老头子说他"一阔脸就变"，个人品质有问题，并为自己没教育好这个儿子感到惭愧。老太太说他作，那么好的媳妇都不要。他说，他要想结婚很容易，想嫁给他的女人多得是，可是几年过去了，却没有女人嫁给他。老头子知道他混得很好，肯定是挑挑拣拣的挑花眼了，既然管不了他，也就不再干涉他的生活。只是，他没个媳妇，这成了老两口的一块心病。戴娜从美国回来后，贾成功决定这辈子就和她相依为命了。尤其是他在横店拍戏的时候突发脑溢血，戴娜救了他一命，他更觉得这辈子再也离不开她了。

因为老家冬天太冷，贾成功打算春暖花开的时候带戴娜回去。可是不久，他却住进了医院里。他出了车祸，差点把命丢了。

在完成了一部电视剧之后的休整期，贾成功经常去逛书店、看书。那天上午他逛北京图书大厦，见到了一本刚刚出版的《我们的女神：魏特琳》。他翻了翻内容简介，就决定改编成电视剧。他把这本书买回来，看了一下午，晚上又接着看，一直到凌晨5点多，终于看完了。他被魏特琳感动了，深深地爱上了这个女神。

魏特琳，中文名华群，1886年出生，1941年去世，美国基督会在华女传教士。在南京大屠杀期间，她积极营救中国难民，利用金陵女子文理学院教务主任职务和美国公民身份，保护了上万名中国妇女和年轻姑娘，使她们避免了日军的伤害。长期的劳累、战争带来的精神上的刺激，她疲惫不堪，并得了精神忧郁症。1940 年 5 月，病重的她不得不离开了她工作了 20 多年的中国。在美国治疗期间，她仍时刻想念着中国，希望有机会为中国人服务。她去世后，墓碑上刻着四个字：金陵永生。

贾成功兴奋得一夜没睡，天快亮的时候想睡一会儿，却怎么也睡不着。从艺术创作的角度说，他很看好这个题材，相信能把剧本写好，能把片子拍好；从市场的角度说，他认为这个片子很好卖，能发一笔财，最少能赚 4000 万元。于是他决定尽快和这部书的作者签协议，买断电视剧改编权。可是，书上关于作者的介绍很简单，没有工作单位和联系方式。上网查了查，得知作者是南京一家文史机构的研究员，是个年近六旬的老作家。一个上午，贾成功打了 20 多个电话，终于查到了老作家的手机号码。可是手机却关机了，晚饭前，终于打通了。贾成功说明了自己的意思。老作家说，他正在太原开一个学术研讨会，明天下午回南京。不过事情很不巧，广东一家影视公司也要买这部书的电视剧改编权，公司老总后天去南京找他签协议。

听老作家这么说，贾成功很着急。先下手为强，他要马上去太原见老作家，把电视剧改编权抢过来。他想坐飞机去，可是当晚从北京到太原没有飞机。他想坐火车去，可是当晚的几趟火车都没有软卧，硬卧也没了。长途大巴倒是有卧铺，但他觉得不安全，不敢坐。只好自己开车去。从北京到太原，走高速公路有 500 多公里路程，如果路不堵的话，他开着奔驰 S600 三个多小时就到了，还能在宾馆里好好睡一觉。

贾成功吃了晚饭后就要走。戴娜死活不同意，劝他明天一早坐飞机去，说他一夜没睡，再开车走远路太危险了。贾成功说，如果明天一早坐飞机去，到太原就中午了，万一老作家没时间见他，电视剧改编权就抢不到手了。戴娜说，前一阵子在横店，他就因为疲劳过度得了脑溢血，医生不让劳累，这次连夜去太原，不是玩命吗？贾成功说，这一阵子他什么都没干，光养精蓄锐了，精力很好，身体很好，一点都不累，再说如果今晚不去太原，他会急得睡不着觉，还不如早早地去，到那儿好好地睡一觉呢。戴娜觉得他说的也有道理，就同意了，反复叮嘱他路上小心，到太原好好休息。

从六里桥上了京石高速，向西经杜家坎收费站出了北京城，奔河北，从石家庄转入石太高速，过娘子关，进入了山西境内。不久，弯路和上下坡路接连不断，车也开不太快。这样的路段，驾驶员都会感到无聊，甚至会昏昏欲睡、胡思乱想。过了阳泉市平定南收费站，不知为什么，贾成功忽然毫无铺垫地想起了李菲，脑子里是和李菲在一起时各种各样的镜头：在神马集团的时候，中午在食堂吃饭，李菲用自己的筷子夹菜喂他；他们结婚的时候，李菲穿着大红的毛料套裙，在他老家院子里走来走去；建材公司倒闭后，他从李菲家搬出来的那天，李菲撅着屁股趴在床上，搂着枕头号啕大哭……想到和李菲离婚，贾成功不敢再往下想。可是，李菲的形象仍往他脑子里钻，怎么也挥不去。他觉得两腿有些凉，就把空调开大。不一会儿就满头大汗，他又把空调开小。李菲的脸好像就在前挡风玻璃上，看着他，表情不断变化，或嗔，或喜，或怨，或悲。他揉了揉眼睛，李菲的脸还在前挡风玻璃上。他的车前面是一辆运煤的重型大卡车，车速比较慢。李菲的脸挡住了他的视线，他没看见。他下意识地看了看表，是10点半。忽然，随着咣当一声巨响，他眼前一片漆黑……

发生在山西省寿阳县境内的这场追尾事故，使贾成功右腿骨折、左腓骨骨折、右侧睾丸挫裂伤。在当地医院接受了简单的治疗后，他转院到北京一家大医院。在医院里一躺就是4个多月。其间戴娜对他悉心照顾，每天都做些好吃的，用保温饭盒给他送过去：鲫鱼汤、王八汤、骨头汤，还有用西红柿、圆葱、小白菜、芹菜炖出来的八宝菜，比医院的饭菜好多了。她陪他聊天，或抓着他的手，静静地坐在床前，四目对望，什么都不说。他想看电影，她就把iPad带到医院。

贾成功的骨折治疗效果很好，但右侧睾丸因挫裂伤严重，被切除了。阴茎勃起功能出现严重障碍，吃伟哥都不管用，几乎完全丧失了性功能，伤残等级为6级。不仅如此，出院前经过全面体检，他的身体患有多种疾病：颈椎椎间盘突出、腰椎椎间盘突出、重度脂肪肝、胃溃疡、十二指肠溃疡、前列腺肥大、窦性心律不齐、甲状腺结节、胆囊息肉、肺结核、高脂血……医生告诉他，今后他必须戒烟戒酒，尽量少吃肉，尽量少吃咸、辣、甜食物，不能劳累，必须静养。

要想好好活下去，就得听医生的，可是贾成功觉得，如果完全听医生的，活着也就没什么意思了。他喜欢抽烟喜欢喝酒，喜欢吃肉喜欢吃咸喜欢吃辣。两天不抽烟不喝酒，看见人都想咬，一天不吃肉嘴里就能淡出鸟来，没有辣椒简直吃不下饭去。孔子说："饮食男女，人之大欲存焉。"男女之事已经不行了，如果饮食之事再给废了，那还活个鸟劲？每想到这些，贾成功都阴沉着脸，皱着眉头，不住地叹气。

4

贾成功出院后不久，和戴娜一起回了趟老家。

贾成功出车祸的事本来想瞒着父母，但老两口好像有感应，总觉得他出什么事了。瞒了两个多月，一直过了 2011 年农历二月二，有一次老头子给他打电话的时候，他才说出了实情。老两口在家里哭了很多次，说要去北京看他。他拒绝了，说有人照顾自己，照顾得很好。老两口问照顾他的是谁，他嬉皮笑脸地说是他媳妇。他还说，不经他的允许，千万不要来北京，来了只会给他添乱，等他出了院就带媳妇回家。

戴娜从小在青岛长大，连个农村亲戚都没有，对农村生活很好奇。对这次跟贾成功回老家，她期待了很久。贾成功出车祸后，曾经发誓这辈子再也不开车了。可是出了院他才发现，他对车有很强的依赖，觉得没个车太不方便了，于是又花 100

多万买了辆白色的宝马。戴娜也有驾照，也想开车，所以同意他买车，但严禁他疲劳驾驶。6 月中旬，贾成功开着宝马，带着戴娜从北京回到了故乡鲁西南小村庄。

贾成功和戴娜住在他的弟弟老二家里。老二和老三家的房子收拾得都很好，又干净又敞亮，一尘不染。房间装了空调，厕所有抽水马桶，洗澡有太阳能热水器。老二家离父母的院子近一些，贾成功就领着戴娜去他家里住。

戴娜对贾成功的家人都很亲，随他称呼老头子和老太太“大大”、“娘”。老头子老太太也把她当成了自家的儿媳妇。老二、老三的媳妇和戴娜年龄相仿，但看上去都比她老七八岁。她们亲热地叫她嫂子。贾成功的大侄子已过了 18 周岁，高大帅气，叫戴娜大娘。听那么大个小伙子叫自己大娘，戴娜觉得很好玩，每次都捂着嘴笑。

这次回家，家里有不少事情让贾成功心里很不爽。

大概从 2003、2004 年开始，村里人越来越有钱了。红砖红瓦的新房越来越多，里面装修得很舒适。如果在北京，这样的房子恐怕连部级干部都住不上。农业税取消了，种粮还有补贴，打工的机会也多，农民的日子确实好过了。别管年轻的还是年老的，都出去打工。贾成功的邻居大爷贾义江 71 岁了，是个老瓦匠，在桃城县城北面的开发区盖楼，每天披星戴月，工作 12 个小时，能挣 70 块钱。他的弟弟贾义河 68 岁了，在建筑工地上搬砖，搬得多就拿钱多，经常搬到凌晨 3 点，累了就蹲在一个背风的地方打个盹，天亮了再继续搬。出过工伤事故的也不少，轻的失去了几根指头，重的失去了一条腿。贾成功的一个远门堂兄不慎从一座在建的 20 层楼的楼顶摔下来。

贾成功的父亲和两个弟弟都不打工。贾成功有的是钱，不让他们遭那份罪。这些年，老二、老三用他给的钱作为投资，干过很多种营生，养甲鱼、蝎子、小尾寒羊，等等，但都赔了。从 5 年前开始，两人选对了项目，这才慢慢开始赚钱了。

老二选的项目是种牡丹。当地有种植牡丹的传统，近几年政府提出牡丹要向产业化迈进，产品以牡丹油为主，涵盖牡丹食品、牡丹化妆品、牡丹旅游纪念品等各个层面，建成了牡丹油、牡丹花蕊茶、牡丹软胶囊加工生产线。其中牡丹油是从牡丹籽中提取的高级食用油，十分珍贵和稀有，可预防、缓解或治疗与高脂血有关的疾病。在一些高档饭店里，凉拌牡丹花是一道很贵的菜品。

老三选的项目是“种”知了，也就是金蝉。脱壳前的知了在油锅里放上盐一煸，特别好吃。山东、河南、河北、安徽一带的人特别喜欢吃。在一些大饭店里，一只煸金蝉在 2 元钱以上。这东西是动物，却可以像种庄稼一样“种”出来。最重要的是先弄到“种子”，也就是蝉的卵。金蝉脱壳之后的成虫叫“蚱蝉”，蚱蝉可以捉，但难度较大，安徽阜阳等地有专门出售的。夏天，老三去安徽买来一些蚱蝉，把一片废弃的梨园用纱网罩起来，把蚱蝉放进去，让它们交配。蚱蝉在梨树枝条上排卵，产卵后不久死去。蝉卵吸收枝条的养分，不久枝条也逐渐枯萎。把枝条剪下来扎成捆，放进一间室温大约 30℃的“孵化室”。

一个月后，寄生在枝条里的蝉卵成为芝麻粒大小的幼虫，从枝条里钻出来，像种芝麻一样把它们撒到地里。幼虫钻入土壤中，靠近杨树的根系吸收营养，三年后长大成为金蝉，破土而出。

老二的牡丹种了 20 亩，牡丹花、牡丹籽的收入每年能突破 20 万元。老三的知了种了 30 亩，每年的收入能突破 30 万元。他们成了村子里最富的人。可是这两个最富的人，也是最不开心的人。

老二种牡丹的那 20 亩地是租村里人的，租金每亩每年 400 元。这个价位算高的了，超出了所有人的预期。很多人在外面打工，不愿意种地，如果有人种自己的地，一亩给 100 块钱都愿意。老三“种”知了的那 30 亩地是村集体的，是一片种不出庄稼的河滩沙地，多少年来一直闲置着，经村干部允许，老三可以无偿使用。他花钱改良了土壤，种上了一行行的毛白杨树（其根系能为知了提供营养）。

前些年，老二、老三干什么赔什么的时候，村里人对他们都很友好。后来，他们开始赚钱了，村里人的态度也变得不可思议了。婚丧嫁娶往往是全村人的公共事件，往往都去帮忙、捧场、凑热闹，少不了一起喝酒吃饭。这种场合，老二、老三就比较孤独落寞，因为没有人愿意和他们多喝酒。别人都喝得脸红扑扑的，他俩的脸色一点都没变。他俩不好意思彼此敬酒，更不好意思自斟自饮。别人忙着喝酒，没时间吃菜，他俩也不好意思动筷子。酒不喝，菜不吃，只能无聊地干坐着，看看这个，看看那个，很难受很别扭。

村里还总有人以盖房子缺钱为借口借老二、老三的钱。说是借，却不还了。他们也不能开口要。村里大部分人都借过他们的钱，少的两千三千，多的七千八千。村里集资修柏油路，老二、老三出钱最多。可是沙子、水泥总有人用小车往自己家里推，说是砌个锅台、抹厕所墙什么的。沙子、水泥不够用了，村干部就动员老二、老三再出些钱。那些钱老二、老三倒出得起，但心里总觉得窝囊得慌。他们当了冤大头，见了人也得笑呵呵的，如果他们的脸稍微有点难看，别人的脸比他们更难看。

贾成功曾经为让家人过上了好日子而感到欣慰，而现在，这种欣慰感大打折扣。有了钱又会怎么样呢？不会怎么样，只是有了钱而已，而且还会多出一些没钱人的烦恼。

最让贾成功痛心的是他的大侄子，也就是老二的儿子。贾成功觉得他把这孩子给害了。这孩子很聪明，从小学到初中一直学习很好，颇有他大爷贾成功当年的风范，可是上了高中却学习不好了。为什么学习不好？因为贾成功给他钱了，钱多了，作。

贾成功很喜欢这个大侄子，愿意出钱让大侄子读大学读硕士读博士，并希望大侄子将来去北京工作，他出钱给他买房子、娶媳妇。在他潜意识里，他想把大侄子当成自己的儿子，等他老了，经常去看看他，陪陪他，也算身边有个亲人。他甚至还想过，如果将来大侄子愿意为他和戴娜送终，他的全部遗产都可以让大侄子继承。贾成功上学的时候生活很苦，他不希望大侄子再受一点苦，所以大侄子去桃城一中上高中以后，他给大侄子一张银行卡，不断给他打钱。大侄子要二百他会给一千，要一千会给五千。

可是贾成功没想到，这孩子没定力，有了钱就浮躁了——穿名牌衣服，戴名牌手表，做时髦发型，偷偷地领一帮同学去网吧玩游戏，俨然桃城一中的阔少。结果，有女孩子喜欢上他了，足有 20 个。其中一个是县里某重要人物的女儿。这个女同学是最漂亮的。后来，这孩子就把那个女同学的肚子弄大了。他自知后果严重，没等学校开除，就主动辍学了。辍学后帮他爹弄弄牡丹，帮他叔弄弄知了，一天到晚手机不离手，夜里很晚了脸上还一团亮光。

贾成功心里很失望，也很愧疚，有些不敢面对老二和老二媳妇。但老二和老二媳妇好像没有一点责怪他的意思，还因为他给孩子那么多钱对他充满感激。两口子就没打算让孩子上大学，反正种牡丹也赚钱，过几年给孩子盖房子、娶媳妇不用发愁。老二媳妇甚至说，这孩子没有上大学的命。听了这话，贾成功鼻子里“哼”一声，嘴里“唉”一声。

5

更让贾成功蛋疼的事情还在后头。

戴娜很喜欢农村，对农村的一切都感到新奇。她让贾成功领她去地里挖野菜。在贾成功的童年记忆里，麦收后的田野里有马生菜（学名马齿苋）、苦菜（学名山苦荬）、扫帚菜，但现在因为地里打了除草剂，这些野菜都没了。戴娜让贾成功领她去村头的河里摸鱼。在贾成功的童年记忆里，河里有很多鱼，而且很大，夏天在河里嬉戏，能被一条大鱼掀翻。但现在因为河水被一家从南方迁过来的制药厂污染，鱼都死光了，甚至连青蛙都没有。这几年贾成功经常梦见他曾就读过的宋庄小学和桃城一中，打算有空去看看。自从 1981 年和 1988 年小学、中学毕业，两个校门他就没踏进去过了。他上学的时候，宋庄小学和桃城一中的教室都是破旧的蓝砖老房子。听说现在都盖了楼，他很想知道校园变成什么样了。还有，他小时候最大的理想曾经是在镇上的工厂里当一名工人，听说镇上现在建设得不错，也想领戴娜有空去赶一次集。

可是县城他没去成，镇上也没去成，甚至 3 华里以外的宋庄小学也没去成。老头子不想让他们去。老头子有些阴阳怪气地说：“还是在家凉快凉快吧”。贾成功是个敏感的人，他知道老头子这样说，肯定有原因。经再三追问，老头子才说，贾成功在村子里名声不大好，最好低调一点内敛一点，“别跟个啥人物似的”，到处招摇。老头子听到过一些议论，说有的家长教育自己的儿子好好上学，将来像贾成功那样想娶谁就娶谁。这些话听起来是赞美，其实是嘲讽。老头子听到这样的议论，如芒刺在背。

听老头子这么说，贾成功一下子明白了村里一些年轻人见到他时的表情。麦收刚过，村里在外面打工的年轻人回来麦收还没回去。贾成功和戴娜穿得光彩照人，像刚下凡的神仙似的，在村子里走来走去。这些年轻人见了贾成功都礼貌地打招呼，同时看戴娜一眼，咧着嘴笑。贾成功觉得他们的笑有些怪异。一开始他没当回事，听老头子这么说，他才知道那是不怀好意的笑。村里人好像难以接受这样一个事实：李菲已经够漂亮的了，贾成功却和她离婚了；像他这样二婚的男人，能找个不瞎不瘸的女人就不错了，没想到第二个媳妇比第一个更漂亮，身材更好，就像画中人似的。按理说，贾成功就是把范冰冰或张曼玉娶回家，都和村里人没有一毛钱的关系，但村里人有权利看不惯。

更让老头子老太太纠结的是，他们的大儿子都40多岁了，还没个孩子，这会让他们在村里人面前抬不起头来。贾成功的小学同学，好几个男同学当爷爷了，好几个女同学当奶奶了。在鲁西南农村，只有闺女没有儿子的人被叫作“湿绝户”，连闺女也没有的人被叫作“干绝户”。“湿绝户”往往被人瞧不起，受人欺负；“干绝户”就更不用说了，死的时候没人摔盆子，死后没人烧纸，混得再好也是白活一个人。贾成功就属于“干绝户”。

老两口不知道自己的大儿子已经丧失了性功能，开导他说，晚要孩子有晚要孩子的好处，等将来上了年纪，孩子还年轻，身体好，又没有拖累，能好好地尽孝。关于睾丸，贾成功难以启齿，只好说自己年龄太大了，精力跟不上了，已经打定主意不要孩子了。

谈论这个话题的时候是一个晚上。那天晚饭后，老两口搬着小马扎去老二院子门口乘凉。老二一家三口打着手电，到村头的树林里摸知了去了。戴娜在老二家的盥洗室里洗澡、洗衣服。贾成功看了看电视，走出了院子，看父母在那儿乘凉，就过去蹲下来陪父母聊天。贾成功每天都和戴娜在一起，很少有机会单独和父母聊天。他刚蹲下来，父母就说到了要孩子的事。听他说已打定主意不要孩子了，老太太一下子哭了，说“死都闭不上眼”。老头子也是又抹眼泪又擤鼻涕的，看上去是万分的伤心、难过。

看老两口这样，贾成功如万箭穿心。从小到大，除了爷爷奶奶去世，他还从没见老头子流过泪。贾成功意识到，他没有孩子，这让父母不能接受。在父母看来，人活着，“熬的就是一辈儿一辈儿的人”，这也是人生的全部意义所在，不管是穷人还是富人，不管是种地的还是当官的，祖祖辈辈都是如此。人活一辈子，过的不是自己的日子，而是小孩的日子。这也是人的一个基本属性，如果没有了这个属性，人也就不成其为人，就是异端，就是整个家族的耻辱。

贾成功意识到，这个家他再也不能想回来就回来了。他征服了城市，却失去了故乡；故乡只是他的出生地，只是他的亲人生活的地方。他不属于故乡，故乡也不属于他。从此他只能漂泊，漂泊就是故乡，漂泊就是宿命，死了都不知道那把灰撒在哪儿。

戴娜喜欢田园生活，很想当一个农妇。她很喜欢台湾已故女作家三毛的几句话：“谁喜欢做一个永远漂泊的旅人呢？如果手里有一天捏着属于自己的泥土，看见青禾在晴空下微风里缓缓生长，算计着一年的收获，那份踏实的心情，对我，便是余生最好的答案了。”她和贾成功曾经设想，在贾成功的村子里建一栋欧式风格的乡间别墅，在北京待够了就回来住些日子。看来这个设想太过诗意，十分不靠谱。

这些年贾成功拼命挣钱，一心想出人头地，想成为父母的骄傲，没想到最后带给父母的只有痛苦。不孝有三，无后为大。他确实对不起父母。老二、老三两家，虽然有时候会惹父母生气，但却让父母享受到了天伦之乐。而他呢，只是给了父母一些钱，而那些钱对父母来说并不多么重要。父母不愁吃不愁穿，最发愁的是大儿子死的时候没有人在跟前。老两口每天晚上说起这个来就长吁短叹，愁得睡不着觉。

贾成功本来还想告诉父母他身家已超过了一个亿，但却懒得说了，没意思。在父母看来，因为他没有孩子，别说一个亿，就是有一百个亿一万个亿，这辈子也是瞎活、白活，毫无意义，连那些有儿有女、身体健康、存款不到一万元的普通农民都不如。

贾成功曾经以为自己是个成功者，没想到在父母和故乡人眼中却是一个彻头彻尾的失败者、可怜人。那么，这些年辛辛苦苦，到头来不就白忙活了吗？

他觉得自己的人生就像一条船，上面载着他的健康、快乐、美好的情感等等，除了财富，所有的好东西都在上面了。可是他在河边睡了一觉，醒来船却没了，被河水冲走了。他提着船桨，光着脚，拼尽所有的力气沿着河岸追赶，却怎么都追不上了，只好眼睁睁地看着那条船越漂越远，越漂越远，直到看不见……

第十三章

老年公寓和孟姐

1

人类一思考，上帝就发笑。贾成功一思考就蛋疼。虽然他少了一只睾丸，但蛋疼的程度一点都不比正常人轻。

他蛋疼是因为觉得自己的上半辈子活得没意义。从老家回到北京以后，他就浑身乏力，往沙发里一坐就不愿动弹，口渴了懒得站起来去倒水，内急了懒得去卫生间。客厅、书房、卧室的墙上都挂着一只钟，但几只钟都不准，有的快有的慢，他每天都调一下时间，可每次都懒得动。他的上衣内衣经常穿反，领口紧紧地勒着脖子，一勒就是一天。出去吃饭，他会穿一只皮鞋一只拖鞋……他觉得这么多年自己是一个孤独的跋涉者，目的地是远方的一座金山，可是快靠近金山的时候，忽然发现金山已变成了粪堆。想想多年的艰辛，顿时觉得很悲催，于是一下子泄了气。

几年前有一部叫《士兵突击》的电视剧很火，青年演员王宝强饰演的傻里傻气的许三多，用河北邢台话说：“人活着就是有意义，有意义就是好好活着，好好活着就是做有意义的事。”这几句话有点绕，听上去像扯淡，但其中的道理却很朴素很深刻，适用于各种人群，因此也被无数人奉为至理名言。可是对贾成功来说，活着的意义又在哪儿呢？他不知道。他只知道，他不能再像以前那样活着了，那样就注定了人生的败局。他要换一种活法，极力拯救自己的下半生。于是，从老家回到北京后，他马上办了三件大事。

第一件事是把《草木皆兵》的发行权卖了。这部剧是他的收官之作，他本来很看好，认为肯定能卖个好价钱，出车祸之前一直打算亲自发行，但这个时候已经没有这个心思了。于是他主动联系曾经替他发行过《傻瓜皇帝》的那家发行公司，表达了有偿转让发行权的意向。没想到的是，那家公司开口就报出了 6000 万，远远超出了他的预期。这部剧总投资是 1700 万，贾成功赚了 4300 万。对他来说，4300 万元和 43 块钱没什么区别。

第二件事是把苦心经营了 7 年的影视公司注销了。

第三件事是变卖了北京、上海、广州的房产，转让了杭州千岛湖那座小岛的使用权，只保留了北京百万庄那套复式结构的住宅供自己居住。2003 年他投资的那 700 多万元，这时已变成了 3600 多万元。这时他身家约 1.6 亿，成了名副其实的亿万富翁。他懒得理财，懒得投资，就把大部分人民币换成了黄金，800 斤金条存放在某银行的个人财富管理中心。

从此，贾成功一下子闲下来了。他想起古印第安人的一个传说：在路上连续走三天要休息一天，因为走得太快的时候，灵魂会跟不上躯体，所以一定要停下来等等灵魂。贾成功发现，他活了40多年，尤其是从大学到现在，整整20年了，这20年匆匆忙忙地生活，每天都在赶路，居然没有为灵魂停下来一天。他要停下来等等自己的灵魂。他要每时每刻都和自己的心灵对晤，每时每刻都做自己，活得清醒而自觉。活得清醒而自觉，这对他来说很重要。于是，他过起了那种传说中的慢生活。

不少人提倡慢生活，其现实背景是现代人生存压力太大，生活节奏太快。在北京、上海、广州、深圳等大城市，在上午上班前，经常会看到一些衣着考究的女白领，不顾斯文地小跑着赶地铁，在车上吃面包、喝牛奶，哈欠连天。东京、香港这样的国际化大都市更不用说了。在这些地方，很多人一天240个小时都不够用，甚至上卫生间都三次并做一次，膀胱都憋大了。忙啊忙，总是忙。他们何尝不想过那种慢生活，可是那可能吗？一慢下来就适应不了岗位，就会丢饭碗。有统计显示，巨大的生存压力和工作压力导致中国每年过劳死亡的人数达60万人，越来越多的都市白领处于亚健康状态。另外一家世界知名调查机构则得出这样的结论：2012年，中国内地上班族所承受的压力位列全球第一。

在这方面，成都人值得学习。成都街头的酒馆、茶馆比较多，很多人在那里一坐就是一天，喝酒，吹牛，打牌，下棋，摆龙门阵。三五十块钱就能舒舒服服地“耍”一天。很多出租车司机如果一大早就挣够了一天的花销，就找个地方把车一停，在酒馆里“耍”到天黑。他们活着，图的就是安逸。欧洲的慢生活更慢。他们选择的道路是：“让美国成为军事超级大国，让中国成为经济超级大国，而自己成为生活方式的超级大国。”德国人是欧洲最勤勉的，但据《明镜周报》的一项权威调查，他们全年的平均工作时间是 960 小时，也就是 40 个昼夜。而中国某些行业的上班族（如新闻记者），往往一年也休息不了 10 天。

并不是所有的人都愿意、都能够过慢生活。慢生活和生活方式有关，和价值取向有关，和人文传统有关，更和 GDP、钱袋子以及社会保障制度有关。腰包鼓鼓的还不愿过慢生活，一休息就愧疚的人，肯定有自虐倾向，活着就是为了受苦。贾成功有那么多的金子，再慢的生活他都敢气定神闲地过。

贾成功的慢生活是怎么过的呢?

贾成功是和戴娜一起，是非法同居关系。但他们都把对方当成了相伴到老、到死的人，和家人一样亲的亲人。他们只是懒得去婚姻登记机关领那张纸。对他们来说，法律的承认已经不重要了，尤其是贾成功失去性功能之后，不能要孩子了。自从 1994 年 5 月他们在泰山上相识，到这时已经 17 年了。这 17 年里他们没有一次完美的性生活，今后也不可能有了。前些年他们之间还有男女恋情，现在只剩下了亲情。贾成功经常有一种奇怪的感觉：戴娜一打扮会非常漂亮非常优雅非常高贵，可是他总觉得有些陌生。他还是喜欢看她穿着家居服，素面朝天的模样，觉得很亲。他的妹妹小梅也给他这种感觉。他觉得戴娜是他的妹妹或者女儿。戴娜小时候的一张普通的照片，贾成功宝贝似的珍藏着。那时戴娜大概五六岁，胖嘟嘟的，扎两个小辫，眼睛瞪得很大，眼珠黑得发亮，天真无邪得让人心疼。那是一张三寸的黑白照片，但她两颊红扑扑的，是照相馆的人给上了色。这张照片镶在一个很精致的铁制相框里，摆在贾成功书房的写字台上。夜深人静的时候，他经常长时间地盯着这张照片看，有时候看着看着就会莫名其妙地流下泪来。

贾成功睡觉打呼噜，而且很响，因此他和戴娜不在一个屋里睡。戴娜在美国也习惯了一个人睡一个屋。贾成功的住宅是复式结构，他睡上层，戴娜睡下层。他们的卧室都很大很舒适。每天睡到自然醒，醒来的时候是 8 点左右。洗刷完毕将近 9 点，他们一起去“曼哈顿”——他们楼下的社区商业街叫“曼哈顿商业街”——吃早饭。“曼哈顿”很大很繁华，街两边的超市、美发厅、时装店、化妆品店、工艺品店、画廊、银行营业厅鳞次栉比，尤其是餐饮，应有尽有。这个时候社区里很安静，除了穿着制服在草坪上操练的保安，偶尔能看见几个遛狗或推着小车出去买菜的老人。

吃完早餐，两人一起去社区大门口的报摊上买一摞报纸回来，坐在木质排椅上或回家坐在沙发里看。看完报纸往往就 12 点多了，他们再一起去“曼哈顿”吃午饭。午饭后睡一个多小时，然后一起出门，各自坐地铁，戴娜去宣武门附近一家健身俱乐部游泳、打壁球、练瑜伽，贾成功去西郊一家高尔夫俱乐部打高尔夫。晚饭戴娜会亲自下厨，做几样好吃的，虽然都是家常菜，但很合贾成功的口味。晚饭后，戴娜去"曼哈顿"跳广场舞，从7点半跳到9点半。在此期间，贾成功在家坐在沙发里看电视，没有爱看的节目就用投影仪在客厅里放大片看。其余的时间，两人各自上上网、看看书。贾成功偶尔来了兴致也写些随笔、影评发到网上，没人阅读就自己阅读。

贾成功的手机最多一天开一次，偶尔打开也是看看有没有重要的短信，之后马上关机。如果开机超过半小时，肯定会接到电话，大都是"红粉连"的那些女演员约他吃饭、聊天、上床。她们还不知道他的影视公司注销了，他也不知道该怎么向她们解释，所以不接她们的电话，短信也不回。不久，他把用了几年的手机号停了。他希望那些认识、熟悉他的人，和他有过什么交集的人都忘记他，让自己成为他们生命中的一个过客。

戴娜则一心想做个最平凡的家庭主妇。她有手机，但一个星期也开不一次机，偶尔开机也只是给青岛的母亲打电话。她喜欢穿宽松的休闲服，扎两个辫子，脸上除了搽营养皮肤的化妆品，从不化妆，甚至口红都不用。她素面朝天去农贸市场买菜，从不讨价还价，甚至都懒得问价；买菜也不自己挑，而是让那些商贩替她挑，他们都把好菜挑给她。卖菜的商贩、超市营业员、报摊主人、社区保安都认识她，都对她很友好。她经常给流浪猫送食物，用方便袋盛着，送到附近一座立交桥的一个桥墩下面，倒进一只塑料盆里。不一会儿，就会有六七只蓬头垢面的流浪猫不知从什么地方窜出来，抢着吃。它们平时看不见藏在什么地方，夜里在楼下打架，叫声很凄厉。

去“曼哈顿”跳广场舞是戴娜生活中的一项重要内容。跳舞的有三拨人，其中一拨大部分都是60岁以上的老头儿老太太，戴娜就在这一拨，她也是这拨人中最年轻的。组织者是一位退休前在某街道担任过某主任的老太太，慈眉善目的，姓阚，人称“阚主任”。每天晚上7点半，阚主任准时骑着电动车驮着大音箱过来。她是舞蹈老师，自己先在家里从网上看视频选舞曲，学会了再教给大家。后来她发现戴娜不光学得快，比她跳得都好，就主动让贤。戴娜觉得自己确实跳得不错，也希望大家都能跳好，也就当仁不让了。不过，阚主任保留了选舞曲的权利，选好了告诉戴娜，让她提前在网上学，学会了教给大家。戴娜在家里经常打开电视机，看着广场舞的视频练习，抬胳膊、伸腿、扭屁股，姿势十分优美迷人。

一开始，贾成功和戴娜都觉得这种慢生活挺有滋味的，“此中有真意，欲辩已忘言”。可是时间一久，他们又觉得没多大意思，总觉得缺了些什么。饱食终日，无所用心，也仅仅是活着而已，和等死没什么两样，这并不是他们想要的生活。

2

贾成功曾经打算过吴富贵那种山居生活，可是那种生活对他来说也不过是浮云。

吴富贵在北京这几年，随着钱越来越多，当农民的愿望也越来越强烈。一开始，贾成功觉得那是一种中年人的矫情，光说不练，只是痛快痛快嘴而已。没想到，这家伙居然动了真格的。

2010年，吴富贵整整50岁了，已经到了“知天命”之年。他知道自己下半辈子想过什么样的生活，也有足够的物质条件过那种生活了。“羁鸟恋旧林，池鱼思故渊。”当农民的念头已不可遏抑。

有一次他“研发”了一个新的骗人项目（与“中国国际××书画家协会”、“中国国际××名人联谊会”合作，骗那些不入流的所谓“书画家”去欧洲多国办巡回展销会，收取高额团费），连续一个星期，每天夜里都在办公室加班到凌晨两点，第二天还得早早地去办公室。他睡不好觉就头疼，一头疼就烦躁，一烦躁就觉得活得没意思，人生观都消极了。那天早饭后他哈欠连连地开着车到办公室楼下，正要进楼门的时候，仰脸望着这幢高耸入云的写字楼，心里忽然充满了恐惧，不愿进去了。

他去地下车库里把车开出来，在大街上漫无目的地转悠。他脑子里在琢磨一个问题：如果从今以后再也不进这个楼门了，会怎么样？得到的答案是：不会怎么样，他还是他，照样有茅台喝、有别墅住。接下来他就想：既然如此，为什么还要进这个楼门呢，那不是找罪受吗？他来到了一座立交桥上，这时手机响起来，是下属打给他的。他不接。过一会手机又响起来，是另一个下属打给他的。他仍不接。他的手机铃声是钢琴曲《秋日的私语》，这支曲子平时他很喜欢，可是今天却觉得很刺耳。

他知道，如果他今天不去办公室，就会一直听《秋日的私语》，直到电池耗尽。他打开车窗，用尽力气把手机扔出去。手机响着优美舒缓的《秋日的私语》被扔出去很远，最后落在一座写字楼前音乐喷泉的池子里。

不久，吴富贵注销了公司，变卖了别墅，离开了北京，带着老婆来到泰山当起了农民。他在泰山南麓的半山坡上租了60亩地，使用权是35年。之所以租35年而没租更长，是因为他预期自己的寿命是85岁，按照这一预期，他顶多还能再活35年。他把泰山当成了自己的终老之地。

很多城里人有了钱之后，都梦想当几天农民，或者去郊外租一块地，节假日换上休闲服，戴上墨镜，开着车带上小铁锨、小铲子、小锄头，去地里弄弄那些庄稼，体验一下所谓的田园生活。如果有可能，再借头牛骑骑，在牛背上吹吹笛子，摆个pose拍几张照片，发到QQ空间或博客里。最贴切的说法是“伪乡土化情结”，或者是一种玩票心态。在这种情结或心态之下，他们也体会不到田园生活的真意，顶多是浮光掠影。

相比之下，还是陶渊明更地道。大约1600年前，陶渊明不愿为五斗米折腰，在当了13年小官之后毅然辞官归隐，带着老婆在江西庐山当起了的农民。“方宅十余亩，草屋八九间”。两口子都下地干活，“夫耕于前，妻锄于后”。他们种的地比较少，日子过得挺清苦。如果庄稼丰收，还可以“欢会酌春酒，摘我园中蔬”，要是遇上灾年，只好“夏日抱长饥，寒夜列被眠”。陶渊明还爱喝两口，一喝就高，穷的时候没酒喝，实在馋了就接受朋友的接济，甚至上门借贷。他人脉资源很丰富，本来有当官的机会，但他情愿在小山沟里受穷，也不愿当个小官受那鸟气。当官固然可以光宗耀祖，享受荣华富贵，这些都是别人能看见的，但也有别人看不见的，比如要付出巨大的心理成本，会焦虑，会烦躁，会失眠，等等，所谓“高处不胜寒”。从大的生命意义上说，在某些情况下当官并不划算。陶渊明算透了这笔账，这也是他的精明之处。陶渊明在小山村过了22年的清苦日子，62岁去世，在当时也算高寿了。

陶渊明归隐田园多少有些无奈，吴富贵当农民则是一种自主选择。陶渊明的日子有些清苦，吴富贵却悠闲自得赛神仙。

吴富贵的房子建在半山腰，一处一亩多的平地上，是六间石头房子，结实而朴拙。没有院墙，连篱笆都没有。房前的空地上种了一片竹子和几棵葡萄树、银杏树。一条崎岖陡峭的沙石小路与山脚下的村庄相连，大约一公里。站在山下远远望去，那座石头房子显得孤零零的。山坡上种满了栗子树、核桃树、杏树等，树下种菜，有萝卜、白菜、土豆、茄子、辣椒、西红柿、大葱等等。不管白的紫的红的，都是绿色的。面积较大的平整的地块种小麦、玉米、地瓜、花生等等。他养了200只鸡、200只鸭、200只鹅。鸡鸭鹅舍建在石头房子后面。鸡鸭鹅们每天一大早就浩浩荡荡地进驻到菜地里，吃菜叶上的虫子。菜地里不施化肥不打农药，虫子都很肥。因为虫子肥，鸡鸭鹅们也很肥，肥得都有些笨拙了。温饱思淫欲，它们的繁殖能力很强，几乎一天一个蛋，经常下双黄蛋。它们自幼生活在这片山坡上，习惯了这儿的一草一木，不会离开这儿，不用圈养。

吴富贵和他的老婆每天都很忙，只要想干活，活就多得干不完。比如去田间锄草，清理鸡鸭鹅舍，把粪便挑到地里，去小溪里挑水等等。光是每天捡一篮子一篮子的鸡鸭鹅蛋，就会把吴富贵的老婆累得腰疼。活多得干不完，就想干什么干什么，不想干什么绝不干什么。如果想看书，就什么活都不干，捧着书从天亮看到天黑。吴富贵喜欢清晨站在竹林里看露珠在日光下越来越小直至消失；喜欢晚上在葡萄架下喝着茶看月亮看星星，听山泉听山风；喜欢中午脱得一丝不挂，盘腿坐在山间小溪里看青蛙、泥鳅、小鱼在自己裆间钻来钻去。

一开始，吴富贵对这种自由自在的山居生活简直迷恋死了，再也不用绞尽脑汁地“研发”新项目，再也不用加班到凌晨，再也不用恐惧iPhone、e-mail、QQ的轰炸，再也不用见那些让他蛋疼的人，再也不用吃扯淡的饭、喝扯淡的酒、说扯淡的话。忘情于青山绿水，沉醉于清风朗月，自己就是天，自己就是地，自己就是王，自己就是爷。他甚至想，多少年后等自己死了，那把灰就均匀地撒在这片山坡上，也算“托体同山阿”了。

吴富贵经常给贾成功打电话，向他描绘自己的山居生活多么美好，并极力怂恿他也去，和自己做邻居。一开始，贾成功毫不动心，认为吴富贵那种生活是“伪乡土化情结”。后来，吴富贵说得多了，贾成功慢慢就有些动心了，于是急不可耐地去了一趟。到了才发现，那种生活其实并不那么美好。

那次去泰山是在2011年6月上旬，在贾成功刚出院不久，回老家之前。贾成功没开车，是坐火车去的。吴富贵从山下的村庄借了一辆电动三轮车去接站。吴富贵上身穿粉红色的短袖T恤，下身穿黑色的大裤衩子，脚蹬拖鞋，胡子显然好几天没刮，看上去像个地地道道的农民。从山下爬到半山坡，贾成功累得气喘吁吁，嗓子发干。吴富贵用粉皮炖鸡、葱炒鸡蛋、红烧茄子、白糖拌西红柿、手擀面条和自酿的葡萄酒招待贾成功。夜里贾成功住在吴富贵的石头房子里。他的房间里没挂蚊帐，被蚊子咬得一夜没睡好。山上的花蚊子很大，个头都快赶上蜜蜂了。贾成功本来想多住几天，可是受不了蚊子的亲吻，只住了两天就回北京了。这两天吴富贵很开心，领着贾成功在山坡上到处参观，检阅那些鸡鸭鹅，滔滔不绝地介绍那些经济作物怎么管理。看得出，他很喜欢很享受这种生活。不过，贾成功并没觉得这种生活有什么好，日常起居太不方便了。他想象中的山居生活不应该是这个样子。他隐隐约约预感到，吴富贵不久就会厌倦这种生活。

果然，还不到一年，吴富贵对这种生活就厌倦了。山里没有电，夜里照明点蜡烛，蜡烛照明不清洁，鼻孔里每天晚上都吸入很多灰，第二天早晨擤的鼻涕都是黑的。家里没有多少家用电器，只有固定电话和一台老式收音机，用的还是电池。一开始，他不上网，也不看电视，远离了喧哗与骚动，远离了“持续无意义信息过剩”，觉得耳根清净，真好。可是他的老婆觉得缺少娱乐，生活太单调了，想看电视。老婆唠叨次数多了，他于是从山脚下的村庄里扯上来电线，又是请客又是送礼，花了不少冤枉钱。有了电，就买了电视机，后来又买了冰箱、空调、电脑，连接了宽带。石头房子夏天还是很凉快的，但冬天冷得像冰窖一样，靠炭火取暖不卫生也不方便。没有自来水，生活用水靠山泉。可是山泉从 10 月份就干涸了，一直干到第二年雨季。在漫长的八九个月里，只能去山下的村庄挑水。吴富贵肩膀上的皮都被扁担磨破了。肩膀上的皮磨破了倒不要紧，要紧的是冬天下大雪，路滑，那条山间小路根本走不下去，如果不小心滚下去了，空着手都爬不上来，更别说挑两桶水了。于是他们建了泵站和水塔，从山下的村庄把自来水引上来。

漫山遍野的栗子、核桃、杏需要出售，粮食蔬菜需要出售，鸡鸭鹅蛋需要出售。可是那条山间小路太窄太陡，车开不上来。那些山货只好烂在地里，看了都心疼。于是他花大钱修水泥路。路修好了，吴富贵的老婆就想让吴富贵开车带她兜风，于是又买了一辆 SUV。

电扯了，水引了，路通了，车买了，吴富贵和老婆都觉得再住石头房子就有些矫情了，应该建一栋别墅，于是花 200 多万建了栋别墅。上下两层，和北京的那栋同样结构，同样大小，同样装饰，就像亲兄弟俩一样——就是比照北京那栋建的。

住上了别墅，吴富贵心里开始困惑了：我卖掉了北京的别墅，又在这半山坡住上了同样的别墅，这不是把北京的别墅搬到山坡上来了吗？既然如此，我为什么还要离开北京，难道是图这儿冬天凉快、夏天蚊子大？我到这儿来不是当农民的吗，有这样的败家子农民吗？不忘初心，方得始终。当初离开北京的时候到底是怎么打算的呢？他忘了。因为走了太久，忘记了为什么出发。他只知道，现在的生活并不是他想要的生活。他想要的生活到底是什么样的呢？他不知道。日子越过越糊涂了。

吴富贵的老婆想回北京。她觉得还是北京好，日子过得舒服。购物方便，只要有钱，想买什么买什么。跟着吴富贵来到这半山坡上，买瓶洗发水都得下山走很远，也买不到什么好牌子。她觉得自己脸上的皮松了，粗糙了，眼角往下耷拉了，老得像个农村妇女，每次照镜子都把自己吓一跳。在北京做头很方便，那么多的美容美发厅。在这儿三个月也做不一次头，头发都分岔了干枯了，像冬天山上的草一样。

吴富贵也觉得北京好了。他想念三里屯、后海、星吧路那几条酒吧街上可口的美食了，想念北京街头那些风情万种的小美女了，想念抑扬顿挫的北京话了，也想念贾成功了。两口子经过商量，决定回北京生活。去北京之前，他们必须把别墅和几十亩山地转让出去，但下家却不好找。在当地媒体上发布过几次广告，倒是来过几个财大气粗的暴发户，对这栋别墅和这片山坡很满意。但他们都往死里压价，要是成交的话，吴富贵最少得赔1000万。1000万不是个小数目，那可是割身上的肉。吴富贵咬咬牙能挺过去，他老婆就不行了。没办法，只好等那些有经济实力、本性善良的下家上门。可不知道要等到猴年马月。

一开始，吴富贵经常和贾成功煲电话粥。大都在晚上八九点钟，一聊就一个多小时。玉米抽穗了，茄子丰收了，辣椒变红了，栗子和核桃结果了，他盛情邀请贾成功秋天再去做客。贾成功对玉米抽穗、辣椒变红实在不感兴趣，至于秋天去做客，也不感兴趣，他只是希望有机会再去看望吴富贵。

后来，吴富贵的电话越来越少，越来越短。贾成功偶尔打过去，对那些粮食和蔬菜表示一下关心，吴富贵却没有什么兴致。前不久，贾成功想去一趟，吴富贵却在电话里嬉皮笑脸地说："兄弟，没什么意思，你还是别来了，还是北京好啊。"他还说，他发现自己情商有些低，像铁臂阿童木、金刚葫芦娃、哪吒一样。贾成功不明白吴富贵为什么和几个小孩相比，吴富贵苦笑着说，放着北京的好日子不过，来到这破山坡上当农民，大人有这么办事儿的吗？

再后来，吴富贵的固定电话停机了，手机也停机了。

3

贾成功也曾打算过宋爱国那种生活，可是宋爱国那种生活他也过不上。

几年来，贾成功一直很想找机会和宋爱国聊聊，把自己的真实身份告诉他，然后和他做朋友，甚至把他当亲人。这些年，他在北京认识的人很多，所谓的朋友也很多，但他觉得他和他们之间没有纯粹的友谊，只有利益。他岁数越大，越看重友情；他经常觉得孤独，经常觉得心里凉，需要友情的温暖。他喜欢宋爱国，愿意和他在一起，哪怕什么都不说，心里也熨帖。

在北京，除了宋爱国，还没有人能给他这种感觉。他希望宋爱国好好地炸油条、卖油条，每天都开开心心的。在他看来，宋爱国的那种生活虽然辛苦了点，但活得很有意义，真的很幸福。

几年前，宋爱国曾经说过，他最大的梦想是在他卖油条多年的社区租一间门面房，开一家小饭店，每天都能见到那些老顾客。贾成功很想给宋爱国一些钱，帮他实现这个梦想。他不图宋爱国的任何回报，只图跟着宋爱国享受那份快乐，享受那种幸福的感觉——这是一种精神上的回报，多少钱都买不到。

后来他去宋爱国曾经卖油条的地方，却再也见不到那个摊点了。打听了几个老头儿，得知宋爱国两年前就搬走了，但不知道搬到哪儿去了。后来贾成功才知道，宋爱国早已不炸油条了，已经成了名人。

贾成功上次带着戴娜回老家的时候，在进入桃城县境的高速公路上，看见一个巨幅广告牌，上面有几个大字："'油条哥'的故乡——桃城欢迎您。"还有宋爱国的一幅巨幅照片。不过，如果不仔细看，肯定认不出照片上的人就是宋爱国。照片上的宋爱国，很酷，很有大明星的范儿——穿着黑色皮衣，戴着墨镜；头发染成葡萄酒色，在头顶像鸡冠一样高高地翘着；胡子最少半个月没刮，很有男人味；笑得有些矜持，像英国著名球星贝克汉姆。这么洋气的人，在桃城县绝对没有第二个，即使是在北京大街上都不多见。谁看见这么个人，肯定都不相信他曾经是个炸油条的，而且炸得那么好吃。也就是看了这幅广告牌，贾成功才知道宋爱国成名人了，而且是桃城县“名片”级的名人。

在老家期间，贾成功还听到了宋爱国的一些事情。经常有全国各地的记者风尘仆仆来到宋庄，采访宋爱国的家人和邻居，连他爹宋刀子养的狗和鸡都经常上电视。宋爱国在桃城可以说呼风唤雨，神通广大。据说县长请他吃饭都挨不上号。亲戚们谁有什么难事，都找他帮忙。有的亲戚在外面打工出了工伤，他出面要求赔偿，只要不太离谱，几乎要多少给多少。有的亲戚养鸡场的鸡卖不出去，他给大饭店打个电话，大饭店就一车一车地拉走。他还喜欢“路见不平一声吼”。一位村干部在殡葬的事情上索贿受贿，发死人财，村民们敢怒而不敢言，他听说后直接给县领导打电话，第二天那位村干部就被撤了职。作为名人，宋爱国的话语权很大，哪怕满嘴跑舌头胡说八道，媒体都会报道，的确有很多人买账。

宋爱国本来是个炸油条的，却成了名人。一个油渍麻光烟熏火燎，一个光鲜照人牛气哄哄，两个社会角色之间的反差也确实忒大了。他的成名，有点像闹着玩，但玩着玩着，一不留神就“亮”了，红遍了大江南北，火透了长城内外。

在北京卖油条的几年里，每天晚饭后，宋爱国都跑到附近一个休闲广场上唱，唱一个多小时才回家。夏天的时候，那个休闲广场上人很多，有附近的居民，也有很多农民工，就像在农村赶大集一样。还有一个“盛世情歌咏队”，是附近社区的几位中年人自发组织起来的，男的穿燕尾服，女的穿旗袍，脸涂得像猴屁股似的，有点像那么回事。没有乐队，用一个大音箱放伴奏曲。唱得还真不错，每天都有上百名观众。他们唱的时候，那些观众就围成一个圈，把他们围在当中。一曲终了，掌声就像下饺子似的噼里啪啦一阵子。

宋爱国一开始是躲在树丛里唱，但因为他唱得太好了，“盛世情歌咏队”的人就去树丛里把他揪出来，让他在音乐的伴奏下对着麦克风唱。谁唱歌都有人鼓掌，只有他唱歌没人鼓掌，因为他一开口，所有的观众都呆成了木鸡。如果看不见他本人，他唱《我和你》，会以为他是刘欢；唱《我和我的祖国》，会以为他是李谷一；唱《滚滚长江东逝水》，会以为他是杨洪基；唱《我心永恒》，会以为他是席琳·迪翁；唱《我的太阳》，会以为他是帕瓦罗蒂……他模仿谁像谁，就没有一个不像的，简直比真人都真。

后来，有人用手机把他唱歌的视频拍下来发到网上，不到两天，点击量就高达几百万。又有人把他“人肉”了出来，知道他是个炸油条的，就给他起了个名字叫“油条哥”。不久，包括央视在内的十多家电视台蜂拥而至，争相采访他，并邀请他参加娱乐节目。一时间，打开电视机，就见“油条哥”。“油条哥”就这样迅速蹿红。

成名后的“油条哥”再也没有时间炸油条了，每天都要接待来自全国各地的媒体记者，参加各种商业演出，上午还在北京，下午就飞到了哈尔滨，晚上又飞到了海口。大把大把的出场费进了腰包，比卖油条不知强了多少倍。

后来，宋爱国被一家经纪公司收归旗下，成了一名签约艺人。公司的那些人他大部分都看着不顺眼，男人要么扎辫子，要么剃光头，还有的留着很长的胡子；女人要么抽烟，要么喝酒，脸上的粉搽得有二尺厚，一笑就掉渣，身上的香水味能把人呛死。他们从来不正眼看他，而是目光游移，好像他是一团看不见的空气；和他说话都说北京话，每句话的后缀都是“你知道吗”，好像他连 1+1=2 都不知道。那天在公司里，他肚子有点不舒服，就进了卫生间，蹲在格子里。一会儿外面进来两个人，站在小便池那儿边尿尿边议论“那个傻 ×”的鲁西南话多么可笑。他知道公司的人都这么说自己。他很纳闷，人和人之间为什么就这么冷漠呢？那些人明明是靠他赚钱，却在他面前高高在上，一个个像大爷似的。他接受哪些媒体的采访，参加哪些商业演出，为哪些产品做代言，甚至穿什么衣服、留什么发型、说什么话、笑到什么尺度，等等，都得听公司的安排。好像他是个木偶，没有脑子没有情感。受委屈是经常的事。比如，一家化肥生产企业请他代言，公司给他的报酬是 40 万元。这 40 万元确实让他很动心，但他提出一个条件，必须在自己老家试一试，如果乡亲们用了这种化肥确实增产了，他才代言。可是听了他的这个要求，公司里的人都认为他脑子进水了。他找老总，老总向他发火，说都和厂家签合同了，不干也得干。他气得真想一跺脚走人，可是想到那 40 万元，脚就没敢跺，站着没动。

整天看别人的脸色过日子，宋爱国心里很不爽，同时也想念那些到他摊位上吃早点的老主顾了，真想再卖油条去。可是他不能再去卖油条，他得拼命挣钱。以前他从没想过在北京买房子，觉得那一点可能都没有，现在觉得可能了，就想买一套，这最少需要五六百万。他的儿子刚参加工作，谈了个女朋友，他这个当爹的也想给儿子买一套，让儿子尽快结婚。他的女儿正上研究生，每年要花好几万。他粗略算了一下，要想在北京生活得舒服一些，他这辈子最少要挣1500万。挣够1500万，也成了他的奋斗目标。

从此，只要给钱，公司让干什么就干什么，不管什么样的商业演出，不管拍什么广告，“拾到篮儿里都是菜”。他每天的时间都被公司安排得满满的，恨不能一天当成三天用。争分夺秒地赶飞机，在去机场的路上刮胡子、吃方便面；一上飞机就睡，睡到目的地。他每天站在美仑美奂的舞台上，面对摄像机和观众，唱同样的歌，说同样的话，脸上堆出同样僵硬的笑容。每天见各种各样的人，吃各种各样的饭，喝各种各样的酒，住各种各样的宾馆。能睡到自然醒成了奢望，能一个人静静地呆半天成了奢望，能一个人细嚼慢咽地吃顿饭成了奢望。多少年来灿烂的笑容不见了，他动不动就皱眉头，表情疲惫不堪……

贾成功终于明白，在这个高度物质化的时代，没有谁会跟钱过不去，有发财的机会谁都不会放过的，至于内心的焦躁、拧巴等，是可以忽略不计的。那种简单却幸福的生活，一副矫情的皮相，不过是廉价的心灵鸡汤，在物欲面前是易碎的。

4

因为不知道下辈子怎么活才有意义，贾成功的老毛病——失眠——又犯了，睡眠质量越来越差。晚上 11 点多上床，凌晨 2 点能睡着就不错了。有时候睡两个小时就醒，再睡就睡不着了，一直瞪着眼睛到天亮。睡着了也是不停地做梦，什么稀奇古怪的梦都做，有一次甚至梦见自己骑着一头猪，抓着猪耳朵在内蒙古大草原上奔驰。奇怪的是，他经常做同一个梦：要考试了，可是试卷发下来，却发现所有的题都不会做。网上说，做这种梦说明精神空虚。他想了想，觉得网上说得很对；他不知道日子该怎么过，对即将到来的每一个日子都充满恐惧，心里每天都很空虚。

戴娜的情况也不比贾成功好多少。夜里，一个人躺在那么大一层房子里，她觉得孤独、凄凉，甚至恐惧。她很想和贾成功一起睡，但贾成功打呼噜，她又受不了。后来她想了个办法，那就是睡觉前让贾成功去她床上躺着，陪她聊天。躺在贾成功怀里，紧紧地搂着他的身体，想起什么聊什么，聊着聊着就累了，慢慢就入睡了。

戴娜最喜欢聊生死。她的家族有癌症史，他的爷爷和父亲都是因癌症去世的，而且去世前遭了很多罪，她很担心父亲把病遗传给她。她不怕死，只要死的时候不遭罪，什么时候死都行。她希望自己死在贾成功前面，让他把自己收拾了，把灰撒到青岛的大海里。贾成功也希望戴娜比自己死得早一些，他把她送走了，至于他死了谁来 收拾，那把灰埋在哪儿，他从来没想过。如果可能的话，他愿意捐献遗体，为祖国的医学事业做点贡献。

聊着聊着自然就聊到了那些钱怎么花。戴娜有 200 万美元，贾成功有 1.6 亿人民币。他们的日常开销并不高，按照现有物价水平，每月 1 万元都花不完。如果按每月 1 万元的开销计算，那些钱够他们花多少年呢？贾成功大概算了一下，15000 年！钱这东西是身外之物，死了也带不走，不如做一些有意义的事情。后来，两人决定开办一所高档的老年公寓。这个想法源于一条触目惊心的网络新闻：

事情发生在郑州。某媒体记者获知一家老年公寓的护工殴打虐待老人，遂进行暗访，发现：这家老年公寓的护工每天凌晨 3 点左右把老人们拖起来，如果哪位老人不想起来，就抽这位老人的耳光。有的老人被要求整夜坐在椅子上、被绑在床上，根本不能睡觉。有的老人哀求说想睡一会儿，护工不予理睬。有个老头渴极了想喝水，护工（一个中年男人）就拿个尿袋喂老头儿喝尿，还嬉皮笑脸地问好不好喝。老头儿稍有反抗，这个护工就拿硬物猛击老头儿的膝盖，边打边骂。老头儿一阵阵惨叫："哎哟哎哟哎哟，你别打，你打得可疼……"

那天晚上，贾成功偶然从网上看到了这段视频，看得泪流满面。同时他想到了自己将来老了谁照顾？如果住进了老年公寓，会不会也受到这样的遭遇？人老了，失去了生活自理能力，是很可怜的，如果得不到好的照顾，会活得极没尊严。他让戴娜也看这段视频，戴娜看后难过得号啕大哭。

这条新闻对他们刺激很大，让他们不约而同地产生了开办老年公寓的想法，主要是为失独、失能老人养老送终，提供高质量的人性化的服务，不以营利为目的，完全是公益性质的。当然这事很复杂，得经有关部门审批，还得找场地、招聘工作人员等等，需从长计议。

直到这时，贾成功和戴娜才清醒地意识到，他们苦苦思索的有意义的活法，其实是对社会和他人有益的活法。那种慢生活，他们却觉得没意义，心里空虚，这是因为那种生活对社会和他人无益。吴富贵那种生活，只可以“独善其身”，不可以“兼济天下”，对社会和他人更是无益。至于宋爱国那种所谓“简单但幸福的生活”，只是让一些人吃上了油条、喝上了胡辣汤，自己也跟着乐和乐和，得到一种浅层次的满足，仅此而已。直到这时，贾成功和戴娜才清醒地意识到，他们都是那种能让他人幸福自己也会因此感到幸福的人。这样一种人，按经济学上的说法，是“利他主义”的价值观念在自己的“偏好体系”中占据比较重要位置的人；在主流价值体系和道德评价体系中，则被认为是“高尚的人”。这样的人如果死了，悼词里把“高风亮节”之类的词儿用上也不会让人觉得矫情。

前些年，贾成功对这个世界有一种强烈的征服的欲望，脑子里整天琢磨着怎么赚更多的钱，怎么拿下更多的女人，从没想过要“兼济天下”。四川汶川特大地震和青海玉树地震的时候他也捐过不少款，但那只是一种本能的善举，并没有多少“利他主义”的自觉意识。现在，自己居然自觉地“利他”了，成了一个“高尚的人”，他都不知道这种变化是从什么时候开始的。戴娜也许本来就是个“高尚的人”。

不过，他们可不想被人贴上“高尚”的标签，那样他们会觉得腻歪。从行为动机上来说，他们并不认为自己是“高尚的人”；客观上做对社会对他人有益的事，主观上却只不过是为了活得更有意义，是在追求自己的幸福最大化，让自己的生命保值、增值。人的各种客观上的“利他”行为，主观上或多或少都有“利己”的动机。比如富豪们做慈善，有的是为了得到善报，有的是为自己的公众形象加分，以便获取更多的物质利益，甚至还有的是非法所得太多，良心不安，以此为自己赎罪。最起码，他们的慈善行为能让他们内心获得快乐和安详。助人为乐，这个“乐”的主体不是被助者，而是特定的助人者。“利他”的同时获得了物质或精神利益，结果还是达到了“利己”的目的。在这个意义上说，“人不为己，天诛地灭”并没有错。

贾成功和戴娜开办老年公寓当然也有自己的私心。一是为自己找个人生归宿。他们都没有孩子，不知道谁给自己养老送终，办起老年公寓，自己老了就住在那里、死在那里，从病到死再到烧成灰，享受一条龙服务。二是把自己的老人接过来，享受亲情的温暖。贾成功这些年和父母在一起的日子太少了，总觉得缺少父爱和母爱，心里凉。几年前的冬天他曾让父母来北京住过，可是老两口很不适应，主要是没有社会交往平台，一天天待在家里，出门就见一张张陌生而冷漠的脸，连个聊天的人都没有。如果老年公寓办起来，老两口住进去，整天和一些老头、老太婆在一起，也许会很开心。贾成功也可以天天和父母在一起，好好尽孝。戴娜也可以把她妈接来住。这些年，戴娜总觉得欠她妈和她哥哥的太多。她爸去世前，主要是哥哥伺候，非常辛苦，两个月瘦了 30 斤。那时她在美国，心有余而力不足。现在有条件了，她想多承担一些家庭义务。

不久，开办老年公寓的事有了一个重要进展。

在宣武门附近那家健身俱乐部，戴娜认识了一位姐姐。两人都是 VIP 会员，因经常见面，渐渐就熟悉起来了。经过攀谈得知那位姐姐是济南人，都是山东老乡，更觉得亲切了。瑜伽课的教练是一个头发卷曲、皮肤黝黑、年轻帅气的印度小伙子，用有些生硬的汉语称呼那位姐姐“孟姐”，大家也都跟着叫“孟姐”。戴娜经常和孟姐一起打壁球、上瑜伽课、在跑步机上跑步。在闲聊中，戴娜知道了孟姐的一些事情。

孟姐有个姐姐，是济南一家医院的护士长。几年前，孟姐的姐姐和一位患者发生纠纷，脸被那位患者用水果刀划了七八刀。伤得很重，一侧腮被穿透了，一只眼睛失明了。去韩国做过整容手术，但效果不太好。慢慢地，孟姐的姐夫对姐姐就不好了，想离婚。孟姐出面劝姐夫，为了正上大学的女儿，也不要离婚。姐夫答应不再提离婚的事，却经常向孟姐借钱，每次都狮子大开口，动不动就几百万。他经营济南南部山区一家生态旅游度假村，投资搞基建、进设备，确实很烧钱。为了维护姐姐的家庭，孟姐只好借钱给姐夫。没想到，那家生态旅游度假村的一种游乐设施不牢固，摔死过几个人，被有关部门勒令停业整顿，后来人气就不行了，不得不低价转让，损失很惨重。孟姐借给姐夫的1000多万元钱都打了水漂。孟姐的姐姐被那位患者害惨了。

那位患者是个女的，三十多岁，看上去还挺漂亮的。据说她结过一次婚，被男人甩了，因此有些抓狂。她得的是乳腺癌，这让她无法接受，在医院里很狂躁，经常冲医务人员发脾气。有一次，孟姐的姐姐催促她去门诊接受一项常规检查，她磨磨蹭蹭不愿去，孟姐的姐姐不得不再次催促她。没想到，她忽然夺过一位患者家属手里的水果刀，发疯一样往孟姐的姐姐脸上又捅又划。孟姐的姐姐惨叫一声倒在地上。几位护士和医生闻声跑进病房里。那个女的躲到阳台上。医生和护士们涌向阳台。忽然，她打开窗户，从这间11楼的病房跳了下去……

戴娜知道，孟姐是个很有爱心的人，四川汶川大地震和青海玉树地震她都去了灾区，分别从成都、西宁订了很多棉被、帐篷、方便面等救灾物资，并亲自租大卡车送过去。

一次闲聊的时候，戴娜说起开办老年公寓的想法，孟姐非常感兴趣，说她也在琢磨这事，也有这想法。孟姐还说，她这些年赚钱赚累了，觉得钱多了也没什么意思，不如干点有意思的事情。她是个闲不住的人，如果办起了老年公寓，她可以亲自管理，当成下半辈子的事业。

戴娜经常和贾成功谈孟姐。贾成功对孟姐的姐姐和那位女患者挺同情的，对孟姐挺钦佩的。他想，如果孟姐这个人有能力、人品又可靠的话，他愿意把自己的大部分钱都拿出来，和她一起经营管理老年公寓。他问戴娜，那位孟姐叫什么名字，是干什么的，怎么有那么多钱。戴娜说不知道，她只知道那姐姐姓孟，因毕竟不是太熟，也不便问人家。贾成功很想找个机会认识一下这位孟姐。戴娜说，孟姐这个人很年轻很漂亮，做人也很爷们儿，是个女汉子，他肯定会喜欢的。

不久，戴娜回了青岛，她要陪老妈一段时间。她妈身体不太好，有哮喘病、糖尿病、关节炎。她想把老妈接到北京来，但老妈在青岛生活习惯了，不愿离开青岛。戴娜不仅属于贾成功，也属于老妈，她得尽孝。她打算 2013 年春节后回北京。

贾成功和戴娜商定，等戴娜从青岛回来，他们就开始运作老年公寓的事。

第十四章 归零

1

北京很大，世界很小。贾成功曾经以为，这辈子他再也不会见到钟晓梦了，他们的缘分彻底到头了，可是他没想到，他和钟晓梦会坐同一辆大巴，会在同一张餐桌上吃饭，钟晓梦还住进了他的房间里。在欧洲 10 个国家旅游，他们同吃同住同行同游了 11 天。

人有了钱，都愿意旅游；钱越多，跑的地方越远。贾成功很想看看自己生活的这个地球是什么样子，于是趁戴娜回青岛陪老妈，尽快完成这个心愿，以后办起了老年公寓，就忙起来了，就没时间了。

从 2012 年秋天开始，贾成功开始了他周游世界的计划。3 个月来，他东一榔头西一斧子地跑遍了大半个地球。大的国家去过美国、加拿大、俄罗斯，小的国家去过汤加、瑙鲁、马尔代夫。他还去了趟南极，由于航线和飞机续航能力的限制，从中国到南极需要先飞到阿根廷首都布宜诺斯艾利斯，累计飞行36小时，然后再辗转飞行3.5个小时，到达地球最南端、号称世界尽头的城市、阿根廷南部火地岛地区首府乌斯怀亚，再坐两天的船，穿过德雷克海峡，行程1000公里，到达南极大陆。这次南极之行他都快累趴下了……

转眼到了深秋，天渐渐冷了，贾成功想尽快去趟欧洲。他和旅行社联系，上交了各种材料，签证很快就批下来了。按照约定，旅行团成员11月19日上午11点在首都国际机场6号门内集合。贾成功赶到的时候将近11点，一群人正散乱地聚在6号门内。他数了一下，有40多人。年龄最大的有70多岁，最小的也有30多岁。女性多于男性。听口音，大部分是北方人。夫妻结伴而行的居多。还有一对男女，男的看上去将近40岁，还算潇洒，女的看上去35岁左右，还算漂亮，两人都嚼着口香糖，矜持地悄声说笑，一看就是有不正当男女关系。

贾成功从包里掏出当天的京华时报，正翻看的时候，一个女人拖着棕色的拉杆皮箱微笑着朝他走过来，看上去准备和他打招呼。她的脸很光洁，光洁得像马赛克似的，但皮肤很紧，似笑非笑的，表情很古怪。贾成功盯着这个女人看了大约两秒钟，确认她是钟晓梦。他们已经两年多没见过了，他也没打算这辈子再见到她，没想到却和她在一个旅行团。太突然了，一点心理准备都没有，他想和她打招呼，可实在不知道说什么好，于是转身去了卫生间。从卫生间回来，他看见钟晓梦远远地站在人群的边缘，手里玩着手机，脸上一点表情都没有……

接近 12 点，旅行团搭乘的国际航班起飞了。波音 777 向蒙古国首都乌兰巴托方向飞去，之后经新疆北部、哈萨克斯坦进入俄罗斯，飞过伊尔库茨克、叶卡捷琳堡、莫斯科、圣彼得堡等城市，大约 10 个小时后到达奥地利首都维也纳。

一辆红色的大巴拉着旅行团 40 多人，跑了奥地利、意大利、瑞士、法国等 10 个国家。司机是一位体格健壮的比利时美男子，40 岁左右。每到一地，导游兼领队何先生都滔滔不绝地介绍当地的人文、历史、自然、习俗等方面的情况。何先生是南京人，50 冒头的年纪，皮肤偏黑，眉毛很浓，身材矮胖。他普通话不太标准，因为口音的缘故，即使讲笑话都显得郑重其事。他博学、健谈、幽默、敬业，很有亲和力，并通达人情世故，是个称职的导游兼领队。在稍长一些的行程中，他给大家播放赵本山的小品和郭德纲的相声。整个车上不笑的只有三个人：贾成功、钟晓梦和司机。贾成功是不想笑（他很难被什么笑话、小品逗笑）；钟晓梦是不敢笑，因为她做了整容手术，脸上的皮肤很紧；司机是听不懂。

欧洲真好，人文传统好，生态环境好，城市建筑好。天蓝，地绿，山青，水秀，高楼大厦比较少，几乎都看不到厂房、烟囱。那些教堂、宫殿、城堡、广场，充满想象力和不可遏抑的创造激情。小镇，村庄，公路两边处处是田园牧歌式的景色。大街上很干净，建筑物上的涂鸦随处可见，帅哥美女并不多见，偶尔能看见一些。美女们性感、活泼、热情、奔放，帅哥则阳光、大方。不管男女老少，都穿得很随意很休闲。

在欧洲的11天，贾成功觉得，他心里有很多很多话想和钟晓梦说，但又觉得哪怕和她说一个字（比说礼节性的问候“你好”），都很难。他只能什么都不说。而钟晓梦却一直在寻找合适的机会接近他。

按照导游何先生（大家都叫他“何导”）的要求，在大巴上，旅行团成员的座位是固定的，第一次上车后坐的位置就是个人的固定位。这样安排其实也是大家的意愿，因为在11天里，这辆大巴几乎是团友们的第二个家，一些不贵重的东西，可以放在座位上方的行李架上，不用每次都拿上拿下了。刚到欧洲的那天傍晚，在维也纳机场，贾成功没像别人那样抢着坐在前面，而是走到了车厢后头。旅行团一共44个人，车的座位是50多个，坐不满。贾成功坐在倒数第三排，在过道左侧，一个人占了两个座位。钟晓梦也坐在倒数第三排，在过道右侧，也是一个人占了两个座位。他们后面那一排座位空着。最后一排坐了两个人，那对野鸳鸯（女的叫男的“胖哥”，男的叫女的“英子”），缠缠绵绵，搂抱在一起，哼哼唧唧地接吻。每当他们接吻的时候，钟晓梦都下意识地看贾成功一眼。贾成功眼睛的余光瞥见钟晓梦在看自己，就扭过头去看窗外的美景。

晚上贾成功和一位叫刘有才的中年人住一个房间。刘有才是济南人，40冒头，白白胖胖的，很幽默很风趣，和谁都自来熟。他是医药代表，入行十几年，赚了不少钱。钱多得花不完，就出国旅行，他已经去过50多个国家了。贾成功觉得和刘有才很投脾气，如果是在几年前，他会和他攀老乡、交朋友。可是现在，他懒得多说话，他甚至没告诉刘有才自己也是山东人，并在济南生活过10年。晚饭后，贾成功总是早早地上床，看看电视，或者胡乱地想想心事。刘有才则去别的房间找团友们打牌或搓麻将，常常凌晨2点才回来。这个团的44个人，在北京上飞机的时候还都是陌生人，彼此之间很冷漠，在维也纳，一下飞机，大家马上都亲热起来了。刘有才和每个人都像已经认识了30年似的。

团里另一个人见人爱的人就是钟晓梦了。她善于装嫩和卖萌。因为脸上做过整容手术，她看起来很年轻。她把头发扎了个把子，头戴一顶深红色的铁丝网一样的帽子，看上去很清爽，像个纯情少女。如果仔细看，会发现她小肚子有些突出，屁股也有些下垂。她擅长摄影，每到一处景点都热情地给团友们拍照。她需要拍照的时候就找刘有才帮忙，因为都是济南老乡，她和刘有才比较亲近。她拍照的时候总是摆出各种各样的pose，看上去很迷人。贾成功需要拍照的时候也请刘有才帮忙。

钟晓梦平时很活泼，和团友们说说笑笑的。可是在意大利首都罗马时，她的脸就像石膏像一样，一丝笑意都没有。

罗马号称“世界之都”，城市很大。这是一个遍布残壁断柱的废墟的城市，除了天空，触目所及一切都是沧桑和凝重。这些已留存了3000多年的废墟，总是让人想象古罗马帝国的辉煌。罗马可看的景点很多，何导就选择了一个既省时又浪漫的观光方式，那就是去电影《罗马假日》的拍摄地点，每到一地都介绍男女主人公在此地拍摄时的一些趣事。

钟晓梦带了一台 iPad，里面有电影《罗马假日》，每到一处景点她都和电影里的场景仔细对比，并让刘有才给她拍照。她戴了太阳镜，看不清什么表情。这天有些阴天，除了她没有人戴太阳镜。她不断地打哈欠，在某些景点坐下来就忘了起来，车快开了才想起去卫生间，一车人都等她。刘有才说“老乡今天精神不太好”，她说夜里没睡好。只有贾成功心里明白到底是怎么回事。他想起 1996 年 8 月的那个晚上，那时他和钟晓梦都在济南，在海右小区住前后楼，同时各自在家里看电影《罗马假日》。那个时候，他们大概都不会想到，16 年后的一天他们会一起来到罗马。而来到罗马，那种美妙的感觉已荡然无存。

瑞士是欧洲最美丽的国家之一，中部城市卢塞恩（又名琉森）是瑞士最美丽的地方之一。这里有清澈的溪流，湛蓝的湖水，幽深的杉林，峻峭的雪峰，是全球著名的度假天堂。旅行团入住的宾馆就坐落在卢赛恩湖畔。在欧洲的这些天，为了省钱，旅行社安排的宾馆一般都在郊外，环境都很美，但这次入住的宾馆是一座五层的粉红色小楼，算不上太豪华，但位置极佳。冲湖面有两间相邻的带阳台的房间，贾成功和刘有才住了一间，钟晓梦住了一间（和她同室的是一位中年妇女，因老父亲突发心脏病住院，提前从法兰克福回国了）。打开窗户，或进入阳台，美丽的湖面就毫无遮拦地映入眼帘。贾成功觉得真美。刘有才激动地说，这简直是“总统级待遇”。

在宾馆餐厅吃完晚饭就 9 点多了，但欧洲天黑的时间较中国晚，这时还有些天光。团友们都在宾馆前面的空地上溜达，欣赏湖光山色。钟晓梦想让刘有才陪她去湖边走走，刘有才不想去，说想找个地方喝点酒，于是钟晓梦就自己去了。贾成功晚饭后先回房间洗衣服，洗完了衣服才出来。他也想让刘有才陪他去湖边走走，刘有才同样婉拒了他。他不知道钟晓梦已经去湖边了。这家宾馆在半山坡，下到湖面要走一段盘山小路。湖边的杉树很茂密，还有多种果树。面对美景，贾成功心里生出一些莫名的忧伤，他真想变成一粒尘埃，日夜悬浮在静静的湖面上、树林间，或者干脆死在这里，融化在泥土里。

走到湖边，贾成功看见了钟晓梦。她正坐在湖边的草丛里，面对湛蓝的湖水发呆，神情有些落寞。同时他听见了一种似曾相识的动静。循着声音，他看见了胖哥和英子。在大约 15 米以外的草丛里的一张排椅上，英子赤裸着下身撅着屁股跪在上面，胖哥跪在她身后……贾成功急忙往回走。钟晓梦也站起来往回走。两人大约相距 10 米。月亮不知什么时候升起来了，很圆很白。贾成功想起，这天应该是农历的十月十四。

回到宾馆房间，刘有才不在，可能找地方喝酒去了。这些天来，团友们朝夕相处，越来越熟悉，眼看欧洲之行快结束了，今后将天各一方，心里难免生出淡淡的离愁别绪，很多人都去喝酒了。贾成功不想喝酒，就洗个澡上床了，打开了电视机。过了一会儿，床头的电话响了，来电显示是隔壁的电话，钟晓梦打来的。贾成功犹豫了几秒钟，抓住了听筒，但没拿起来。电话响了大约半分钟。过了一会儿，他听见隔壁房间有很响的关门的声音，继而听见钟晓梦的脚步声远去了。

第二天早晨，刘有才告诉贾成功，他和十几个团友，包括他的老乡钟晓梦，在宾馆对面那家酒吧喝酒，喝得很 high，一直喝到凌晨两点酒吧关门。钟晓梦自己喝了一瓶白兰地，之后一直在那儿弹钢琴——酒吧里有一架破旧的钢琴——弹了很多曲子，有《良宵》《梁祝》《致爱丽丝》《蓝色多瑙河》《高山流水》等等。没想到钟晓梦会弹钢琴，还弹那么好，很多老外都听入迷了。回宾馆的时候，钟晓梦走路跌跌撞撞的，紧紧抓住他的胳膊，她哭了，看上去很难过。胖哥和英子也去喝酒了，是后来去的。胖哥去卫生间吐了一回，脸色煞白，满头虚汗。两人回宾馆的路上抱头痛哭。

按照旅行社拟定的行程，要从维也纳坐飞机回国。回维也纳的途中，要在一个叫林茨的小镇住宿。这天晚上 9 点左右，旅行团的大巴到了林茨。这个多瑙河边的小镇非常漂亮，放眼望去，满眼柔和的绿色，山峦河谷舒缓起伏，零星的庭院小舍点缀其中，淡淡的云雾像轻柔的纱曼。旅行团入住的酒店是一幢别墅式的小楼，四周是绿茵茵的草坪。

安顿好后，已经是晚上 10 点多了。贾成功坐了一天汽车，腰酸背疼。他围着小楼转了一圈就回了房间，洗了个澡，早早地上床睡了。刘有才和钟晓梦一起出去了。刘有才回来的时候大概 11 点半左右，贾成功已迷迷糊糊地睡着了。刘有才把他叫醒，坐在他床边神秘兮兮地说：“你有两个弟弟一个妹妹，你是老大，你妹妹最小。钟晓梦是姐妹俩，她有个姐姐。你和钟晓梦已经认识 17 年了，是老相好，你们俩都很有钱。胖哥和英子是网友，是去年春节前通过 QQ 聊天认识的。胖哥是西安人，英子是大连人，他们都有家庭，都不能离婚，这次回去之后就相忘江湖，生离作死别了。何导大学毕业后在南京工作，20 多年前辞了职到欧洲发展，后来当了导游，在北京买房定居。他离过三次婚，现在是单身，他有两个女儿一个儿子……”

贾成功越听越害怕，眼睛瞪得溜圆。关于他的家庭情况以及他和钟晓梦的事情，刘有才说的都是对的。刘有才的嗓音到了夜晚很有磁性，又有些发颤，缥缥缈缈的，但又很清晰。贾成功一点睡意都没有了，他坐起来，点了一支烟。刘有才也点了一支烟，抽了两口，绘声绘色地说起这天晚上经历的事情：他和钟晓梦出了小镇之后，打算去多瑙河边看看。寂静的田野里只有他们两个人，农舍稀稀落落的，月亮朦朦胧胧的。走着走着，钟晓梦忽然说她有些害怕。刘有才察觉到，钟晓梦的声调都有些发颤了。其实刘有才也莫名其妙地有些害怕，心里一阵阵发紧。钟晓梦紧紧抓住了他的手。他的手很凉，钟晓梦的手更像一块冰。他壮着胆子环顾四周，在朦胧的月光下，看见田野里远远近近有很多低矮的墓碑。原来这里是一片墓地。他和钟晓梦手拉着手跑回了酒店，头都没敢回。

贾成功对刘有才和钟晓梦这天晚上经历的事情不感兴趣，他只想知道刘有才怎么知道这么多隐私。刘有才疑惑地说，他也不知道怎么回事，就在刚才，上楼的时候，他脑子里忽然迸进来很多信息，每个团友的家庭情况和主要经历都一目了然。

他坚信这些信息是完全真实的，错了管换。贾成功问刘有才，关于他和钟晓梦，他还知道一些什么。刘有才笑了笑，摇了摇头，什么都不说。贾成功又抽了一支烟，之后躺下来，想早点睡。

刘有才没有睡的意思，也不洗澡，也不换衣服，在那儿窸窸窣窣地收拾行李。过了一会儿，他提着自己的行李出去了，门没关。又过了一会儿，他又进来了，和他一起进来的还有钟晓梦；他手里提着钟晓梦的行李。洗发露、沐浴露的香气顿时充满了整个房间。

钟晓梦嗔怪地说："老乡你这是干什么嘛！"

刘有才有些自责又有些自嘲地说："我这灯泡亮遍了欧洲大地，今天要歇歇了。"

刘有才说着就往外走。钟晓梦似乎有些不情愿，提起行李往门口挤。

刘有才挡在门口，说："这是何必呢老乡，咱们不是说好了吗？痛痛快快的，别来回折腾了。大半夜的，注意国际影响。人生苦短，珍惜情感。天涯陌路，情何以堪。天上月满，人间月半。千金良宵，破镜重圆。忘掉恩怨，回到从前。我go啦——"说着轻轻地带上了房门。

钟晓梦在门口站了一会，把门锁上了。

钟晓梦进来的时候，贾成功折起了身子，扬着脑袋，看着她和刘有才推推搡搡，听着两个人的对话。刘有才走后，他脸朝墙背朝外，用被子严严实实地蒙住了头。他在被窝里瞪大眼睛，屏住呼吸，仔细听钟晓梦的动静。他听见钟晓梦窸窸窣窣地脱衣服，又换上了睡衣，还去了趟卫生间。之后很久一点动静都没有，他好像听见了钟晓梦喘息的声音，感觉她就在他床前站着。过了很久，钟晓梦轻轻地扯他身上的被子。他抓得紧紧的，一点都没扯动。又过了很久，他听见钟晓梦关了床头灯，这才小心翼翼地露出半个脑袋来。

过了大约一个多小时，贾成功听见小镇教堂的大钟响了两声，知道是凌晨两点了。他去卫生间小便，回来，在廊灯和落地灯微弱的灯光中，站在钟晓梦床前打量她。钟晓梦穿着紫色的真丝睡裙，被子胡乱搭在身上，四仰八叉地躺着，睡姿充满挑衅意味。她的胸脯比几年前更丰满了，面部光洁柔和得像巴黎卢浮宫里的油画。贾成功看得有些呆。忽然，他察觉到，钟晓梦呼吸急促了，胸脯起伏的频率加快了，眼角渗出了泪水。他大起惶恐，急忙钻进了被窝……

第二天早晨贾成功醒来的时候，刘有才正跷着腿坐在沙发里抽烟，见他醒了，仔细研究着他的脸，冲他点了三下头，意味深长地笑了笑。贾成功觉得刘有才聪明得有点过头了。

这天中午，旅行团回到了维也纳，在维也纳游览了半天，当晚乘飞机回北京。在欧洲 11 天，贾成功和钟晓梦没说一句话。回到北京，出了首都机场，他们各自消失在茫茫人海中。

2

从欧洲回来后，贾成功就坚信，这辈子他再也不会见到钟晓梦了。没想到，半个月后钟晓梦却成了他的邻居。

一个星期六的上午，贾成功百无聊赖地站在阳台上抽烟，看见一辆搬家公司的车进了社区，停在他北边那幢楼的楼下，一个女人穿得很臃肿，戴着太阳镜，一会儿上楼一会儿下楼，对搬家公司的人指手画脚的。几天后的一个傍晚，贾成功在社区的花园里溜达，忽然有一只毛茸茸的白色的小狗跑到他跟前，摇着尾巴，趴在他脚上向他作揖。这条小狗很小很瘦，比兔子大不了多少，毛很短，表情很喜气。他不知道这是谁家的小狗，为什么对自己那么友好。他抚摸了几下小狗，抬起头来。这时他看见大约 20 米以外站着一个女人，一瞬间他愣住了——居然是钟晓梦！钟晓梦显然也愣住了。他们都面无表情，对视了几秒钟。钟晓梦大声叫狗："贝贝过来，乖，听话！"趴在贾成功脚上的小狗抬头看了看贾成功，摇了摇尾巴，跑向了钟晓梦。钟晓梦蹲下身子抱起小狗，走了。贾成功也走开了。

直到这时贾成功才知道，几天前刚搬来的那个新业主是钟晓梦。两年前他把潘家园的房子卖掉后搬到这儿，就仅仅因为钟晓梦去过那个房子，他想用搬家的方式把她从记忆里抹得干净一些。没想到钟晓梦又追到这儿来了。去欧洲旅游的时候和钟晓梦同团，当时就觉得北京大而世界小，现在觉得北京其实也很小。

不几天，贾成功又知道，他和钟晓梦的房间直线距离只有 30 米。他住的社区有 20 多幢高层，他住 16 号楼，钟晓梦住 17 号楼，楼间距是 30 米。巧的是都住 28 层（贾成功的房子是复式结构的，28 层和 29 层）。更巧的是钟晓梦的南阳台和贾成功的北阳台正好相对。如果两个阳台之间架一块木板，不到 20 秒就能走到对方家里。贾成功站在北阳台上，钟晓梦站在南阳台上，彼此都能清楚地看见对方。

每天晚上，贾成功房间的灯很晚才熄，一般都在凌晨一点以后。钟晓梦熄灯的时间和贾成功差不多。每天晚上，贾成功都站在北阳台上往钟晓梦屋里看。钟晓梦也经常站在南阳台上往贾成功屋里看。有时候，他们会同时站在各自的阳台上看对方。当然，他们看不清对方的脸，只能隐约看见对方阳台上站着一个人。他们一站就是很久，他迟迟不离开，她也迟迟不离开，就像比赛耐心似的。这时候，贾成功心里就有些恍惚，好像不是身在北京，而是在济南的海右小区，他和钟晓梦还年轻，都不到 30 岁；他爱她，她也爱他，爱得火急火燎的……

傍晚散步的时候，他们经常在楼下相见，仍是毫无表情地看对方一眼，一句话都不说。不知从什么时候起，钟晓梦那只小狗的脖子里多了一条红绳子，她牵着小狗，不让它乱跑。奇怪的是，那小狗每次看见贾成功，都拼命地挣着绳子，想向他跑过来。这时钟晓梦就嗔怪地对小狗说：“贝贝不乖，不听话了。”说着，她牵着小狗匆匆走开。走很远，那小狗还不住地回头看贾成功。小狗的目光总是让贾成功一阵阵心疼。

3

贾成功没见过外星人，如果有个外星人蹦到他面前，他会很惊讶。不过还有比外星人更让他惊讶的：朱蕊来了。他们已经 18 年没见了。

这天晚饭后，贾成功的桶装矿泉水喝完了，他就给送水工打电话要求送水。水站就在小区内的一个角落里，租了物业公司两间平房。经营水站的是一对 40 多岁的中年夫妻，家是内蒙古通辽的，每天骑电动三轮车给业主送水。一年四季，两口子的脸蛋都是红的，就像涂了彩一样。

大约一刻钟之后，送水的中年妇女把水到了。进门，中年妇女后面跟着一个穿红色厚羽绒服、手拎旅行包的中年妇女，脸蛋也是红红的。贾成功去书房拿了 15 块递给送水的中年妇女。送水的提着空桶走了，那位跟进来的中年妇女却没走，而是站在门口冲贾成功傻笑。贾成功仔细打量着这位不速之客，在忆记库里快速地检索着，但脑子就像短路了一样，怎么也找不着这张脸。那中年妇女用一口原汁原味的鲁西南话说："咋了？不认识我了？我是朱蕊啊。"

听到"朱蕊"两个字，贾成功惊讶得瞪大了眼睛。朱蕊看上去足足有 50 岁，她的头发最少有 1/3 是白的，脸上皮肤很松，还有一块块的色素沉着，抬头纹和眼角、眉间的皱纹很深。如果走在大街上，贾成功绝对不敢相信她就是朱蕊。

贾成功去关了房门，请朱蕊在沙发里坐下来。他在她对面的一只皮墩上坐下来。朱蕊打量着这个装修豪华的空间，眼睛瞪得很大。她刚进门的时候脸红，那是冻的；现在脸更红了，那是热的。屋里暖气很热，贾成功请朱蕊宽衣，并找出戴娜的一双棉拖鞋让她换上。朱蕊脱下羽绒服，只穿一身紫色的贴身内衣，身体的轮廓纤毫毕现，前胸一大堆，像绑了个小米袋子。显然，她没戴文胸。饮水机里的水烧开了，贾成功给朱蕊冲了一壶咖啡。贾成功问她吃饭了没有，她说吃了。贾成功说，她要是还没吃，就请她去附近的饭店吃点。她说吃了，真的吃了。朱蕊打量着贾成功，眼神很古怪，既想看他又不敢看他似的。贾成功一和她对视，她就咧着嘴冲他傻傻地笑。

贾成功很想知道朱蕊是怎么找到这儿的，但又懒得问。朱蕊好像知道他的心思，不等他开口，就说，前年夏天她一家三口来北京玩，吴富贵开着车带他们转了一些地方，路过他住的社区的时候，吴富贵指着大门让她看，说他就住在这儿，于是她就记住了这个社区的名称。今天到社区后，她去物业公司查到了他的楼号和房间号。在楼下，她正想摁他的门铃的时候，送水工先摁了，她就跟着进来了。

朱蕊小口小口地啜着咖啡，说出了来找贾成功的原委。她的丈夫——桃城县某国企的总经理，一个多月前被曝出了和一个女人的不雅照片，第二天就被双规了，被免职、开除党籍，再后来移送司法机关了，前不久检察机关以涉嫌贪污、受贿、巨额财产来源不明罪对其立案调查。赃款退了一些，但他为那个“烂货”挥霍了200多万。求爷爷告奶奶，能借钱的人都找遍了，钱也没凑多少。本想跟吴富贵借一些，可是这个家伙联系不上了，她实在走投无路，就想到了贾成功。她说："反正现在没人看得起我，我也不管脸是啥腚是啥了，想起谁就找谁借钱，有枣没枣打一杆儿。要不是为了俺儿，那个熊人就是枪毙了我都不管！我都想亲手杀他一万次！自从出了这事，俺儿就像个哑巴似的，一天一天不说一句话。我日他奶奶，那个熊人可把我和孩子坑苦了！"

朱蕊说话的时候嗓门很高，像是吵架，唾沫星子喷到贾成功脸上、手背上。贾成功问朱蕊想借多少钱，朱蕊说，10万不嫌少，50万不嫌多。贾成功起身去书房，从写字台抽屉里拿出3张银行卡，在一张纸上写下密码，连同银行卡一起给了她。这3张银行卡是他和戴娜日常消费用的，大概有100万元以上。他说，这些是100万，不用还了。朱蕊小心翼翼地把银行卡装进一只坤包里，坐在那儿抹眼泪。贾成功希望她走（他知道凌晨两点有一趟路过桃城的火车），但她却没有走的意思。她说，今天坐了大半天的长途汽车，腰都快累断了，打算明天一早坐长途汽车回去。贾成功把自己的卧室收拾了一下让她住。

时间还早，才9点多，贾成功觉得一分一秒都很难熬，就开着车去了位于西四环的一家高档洗浴中心。按摩、桑拿，看歌舞表演和吃自助餐，挨到凌晨一点多，回到家，她进戴娜卧室里倒头就睡。后来，他听见了关门的动静，就睁开了眼睛。这时外面天色已经很亮了，阳光金灿灿的。他知道朱蕊刚才走了。他急忙走到阳台上往下看，看见朱蕊穿着厚厚的羽绒服，体态很笨重，左手拎着旅行包，右手提着一袋垃圾，东张西望的，像在找垃圾箱。绿色的垃圾箱就在地下车库入口处，朱蕊不知道，走过了，提着垃圾继续往外走，一直走出了贾成功的视线。

贾成功穿着睡衣，楼上楼下走了一圈，发现每个房间都收拾得干干净净，连他和戴娜的皮鞋都擦了。阳台晾衣架上挂着他的袜子、内裤、衬衣、鞋垫，其中鞋垫平平整整的，用小夹子夹着。厨房里，电磁炉上的锅里有两个煎鸡蛋、三片面包、一大碗小米粥、一碟咸菜丝，还都是热的。客厅沙发上有一幅十字绣，打开，长约 1.5 米，宽约 1.2 米，绣的是牡丹，红的黄的紫的，还有黑的，密密匝匝，十分鲜艳，一角还绣着“花开富贵”四个金黄色的大字。茶几旁边有一个长方形的长约半米的花花绿绿的小纸箱，箱子上印有“桃城特产铁杆山药”几个字。箱子很沉，足有 20 斤，打开一看，共有 10 根铁杆山药，粗细均匀，整整齐齐，用红绳子在当中和两头缠了三道。

贾成功来不及洗漱，急忙穿上衣服，开车去追朱蕊。他怕她不知道怎么坐地铁，想把她送到车站，可是追了一段路，却没看见朱蕊。因车堵得厉害，他又回来了。他抽着烟，在朱蕊住过的房间（也就是他自己的卧室）里走来走去，在床沿上坐了一会儿，又四仰八叉地躺在床上，盯着天花板发了半个多小时的呆，泪水顺着眼角流进了他的耳朵里。

4

贾成功偶然得知，戴娜口中的那位孟姐是钟晓梦，在医院里捅伤、划伤钟晓梦的姐姐然后跳楼自杀的那个患者是李菲。

自从钟晓梦搬到这个社区后，贾成功的胃口不太好，见到朱蕊后，胃口变得更差。想起什么不愉快的事，胃里就胀得厉害，像塞了个皮球。钟晓梦的房间和他的房间直线距离只有30米，他不可能忽略她的存在，而一想起她，他心里就难受。朱蕊居然老成了那样，这让他难以接受。心里一难受，胃就胀得厉害。他的胃属于“情绪胃”。“曼哈顿”的那些饭店里什么好吃的都有，但他觉得合口味的却不多。他总是吃不好，老觉得身体虚，浑身没劲，于是就想买一些“神马”喝。“神马”饮料能增强体质、提高免疫力、改善肠胃功能，他在济南神马集团的时候经常喝。

这天下午，贾成功从报纸广告上看到了神马集团北京分公司的地址，于是开着车去买。分公司在宣武门附近一家半新不旧的宾馆里，租了半个楼层。楼梯拐角处挂了两个牌子，一个是北京分公司，一个是北京办事处。贾成功知道神马集团人员流动很大，原以为这里不会有他的熟人，没想到，却遇到了一个熟人：赵雪晴。路过一间办公室门口的时候，贾成功看见里面沙发上坐着一位看上去50多岁的女士，正戴着老花镜看一张花花绿绿的宣传材料。只看了那位女士一眼，贾成功就认出她是赵雪晴。虽然赵雪晴看上去老多了，但模样还没变。这时赵雪晴抬眼打量他，眼睛瞪得很大，开口叫了声“贾部长”……

赵雪晴现在是神马集团北京办事处主任兼北京分公司总经理。她儿子研究生毕业后在北京工作，不回济南了，她就申请来北京办事处和分公司工作，卖掉了济南的大房子，又添了些钱在北京买了个小房子，和儿子一起生活。

两人说到了当年的一些同事，赵雪晴很自然地就提到了李菲。她小心翼翼地问贾成功，他和李菲离婚以后联系过没有。贾成功说没有。赵雪晴叹了口气，欲言又止。贾成功心跳得很厉害，咧嘴笑了笑，极力镇静下来，问李菲到底怎么了。赵雪晴不看贾成功的眼睛，语气平静地说，几年前李菲被查出患有乳腺癌，住进了医院，因为和医务人员发生摩擦，情急之下用水果刀划了一位护士长的脸，然后自己从 11 楼的病房阳台上跳楼了，当场就没救了。那位护士长一侧腮被穿透了，一只眼睛失明了，脸上也被划了七八道子。

赵雪晴口中的每一个字都像一把刀子，捅在贾成功的心脏上，但他极力保持镇静，始终面无表情。赵雪晴叹了口气，摇了摇头，不再多说。她站起来，拍了拍贾成功的肩膀，坐在老板台上写了个条子，然后从隔壁叫来个小伙子，把条子交给小伙子，让他领着贾部长去仓库取货。赵雪晴赠送了贾成功两箱价值 3000 多元的保健品。贾成功往外走，赵雪晴跟在他屁股后面送他，但他没回头，也没和赵雪晴握手。走下宾馆楼门口台阶的时候，他一脚踏空，摔了一跤。仓库在宾馆大楼后面，他开着车，拉上那位小伙子绕过去。他在车里坐着没动，小伙子把两箱“神马”装进他的后备厢里。他的车发动的时候，小伙子笑着冲他摆了摆手，他漠无反应。

贾成功的脑子有些短路，意识长时间地停顿。回家的路上，经过戴娜经常去健身的那家俱乐部时，他下意识地向楼下望了一眼，却意外地看见一辆红色的切诺基。他在路边停下车，盯着切诺基的屁股看，居然看见几个金色的魏碑体字：“别嘀嘀！要不是打不过你，姐早就跟你翻脸了！”他又看车牌子，果然是钟晓梦的车。他把车窗玻璃摇下一条缝，点了一支烟，目不转睛地盯着从楼门口出来的一个个人。过了一会儿，他看见钟晓梦和一个时髦的年轻女人从旋转门里走出来。钟晓梦弯下腰，把深蓝色羽绒大衣的拉链拉上，然后向自己的车走过去，和那个年轻女人互相挥手道别。贾成功听得清清楚楚，两人道别的时候，那个年轻女人说的是“mèng姐再见”。

听到这两个字，贾成功的脑袋像被什么钝物击打了一下，一阵阵眩晕。他愣了愣，慢慢回过神来：原来，戴娜口中的那位“孟姐”应该是“梦姐”，其实就是钟晓梦。这几年来，钟晓梦和他共事时一直表现得很贪婪，因此，戴娜口中那位很有爱心的孟姐，打死他他都不会相信是钟晓梦。以前他曾经觉得钟晓梦像冬虫夏草，现在更觉得像了。

贾成功觉得自己的脑袋越来越大，里面像是塞进去了一大堆乱麻，想捋一捋都不知道从哪儿下手。他需要冷静、冷静、再冷静。他要把那些乱七八糟的信息慢慢理顺，找到其中内在的逻辑关系。

贾成功的车开得很慢，不断有车超过去，其中就有钟晓梦的那辆红色切诺基。回到家里，他瞥了眼墙上的挂钟，快 8 点了。他在屋里转了一个圈，这才想起车后备厢里那两箱“神马”忘了搬上来了。家里暖气很足，但他没换衣服，一会儿就满头大汗。他想给戴娜打个电话，可是摁了几个号又删除了。他觉得事情很复杂，不知道从何说起。他肚子有些饿，但什么都不愿吃。他坐在沙发里连抽了两支烟，下楼出去散步。

不知什么时候下起雪来了。不是雪花，是坚硬的雪粒子。到处是白茫茫的一片。风也很大，像狼嚎一样。贾成功漫无目的地走，边走边“反刍”那些乱七八糟的信息。他浑身冷，胃里也越来越难受，就像想吐却又吐不出来一样。不知不觉，他已走了 4 个多小时，到了一个蒲黄榆。这时雪越下越急，路上的车辆和行人越来越少。贾成功身上一阵阵发冷，意识也越来越清醒，终于把脑子里那一大堆乱麻给捋顺了。他发现，他和李菲复婚 13 天又离婚、李菲在医院里“行凶”、钟晓梦的姐姐被毁容、钟晓梦黑他的钱，这一个个看似孤立的事实却具有某种内在的必然的因果关系，形成了一个怪圈。怪圈的起点是他，终点也是他……

想到这里，贾成功忽然眼前一黑，两腿一软，栽倒在雪地里，意识也像断了电的灯泡，瞬间消失。不知过了多久，贾成功的意识自行恢复，慢慢站了起来。他想慢慢走回家，可是两腿却一点力气都没有，浑身打战，就像冻透了一样，只好打车回去。他在路边等了很久才打上车。回到家，看了看墙上的钟，已经是凌晨 2 点多了。他脱去外衣，没换睡衣就躺下呼呼大睡。

贾成功醒过来的时候，已经是 4 天以后了。他得了一场重感冒。这天上午他睁开眼睛，看了一眼墙上的钟，是 10 点多。钟表上的日期是 12 月 25 号，手表上的日期也是 12 月 25 号，而他见赵雪晴那天是 12 月 21 号。直到这时他才知道自己迷糊了 4 天。他仔细回想这 4 天里都发生了什么，意识里一片混沌。他隐隐约约能想起来的事情有：去“曼哈顿”吃饭、深更半夜煮面条吃、打开饮水机烧水喝、去社区诊所打吊瓶，好像还开着车去了一趟银行，去了一趟商场。一切都像梦游似的，或者像隔着毛玻璃看电影，影影绰绰，模模糊糊，极不真切。

贾成功慢慢腾腾地起了床。他浑身酸疼，尤其是两腿，像灌了醋一样；头也疼，像要裂开了一样；身上没有一点劲，轻飘飘的。他去卫生间洗刷。照镜子的时候，他被镜子里的那个人吓得寒毛都乍起来了：那个人的头发大约白了一半，鬓角是全白，其余地方是黑白相间；唇边和下巴的胡茬子也白得刺眼；眼珠子使劲瞪着，就像不会转动了一样；脸色蜡黄，一点血色都没有。他冲镜子里的人咧了咧嘴，镜子里的人也冲他咧了咧嘴。他“嘿嘿”地笑，镜子里的人也“嘿嘿”地笑。他知道镜子里的那个人就是他，名字叫贾成功。他不明白自己怎么突然变成了这样。

在书房里，贾成功发现了一只保险柜。保险柜靠墙立着，很高很大很结实。他推了推，纹丝不动。这只保险柜又是怎么回事呢？他使劲回想，渐渐想起是自己从一家商场买回来的；

买保险柜的时候，售货员小姑娘还笑嘻嘻地叫他“大爷”。后来商场的两个人来送货，热情地指导他怎么设置密码。那么买保险柜干什么呢？他使劲回想，渐渐想起他曾经开车去过一次银行，把那800斤金条取回来了。金条是银行的一位中年男性工作人员和两个荷枪实弹的武装押运员乘坐一辆灰色面包车给送回来的。那几个人走后，他把金条和银行卡、存单都装在保险柜里了。那么，为什么要把那些金条和银行卡、存单都装在保险柜里呢？贾成功不知道。也许，在他潜意识里，他活了44年，生命里最有价值的也就是那些东西了，他要紧紧抓住。他想看看那些金条、银行卡和存单，可是，保险柜的密码他却不知道。他记得他设置了一个密码，随手写在一张小纸片上了，把小纸片放在写字台抽屉里了。于是他急忙翻抽屉。可是抽屉里并没有什么小纸片。小纸片找不到，手却老是碰到计算器。计算器有“真人发音”功能，是一个女人的声音，声音很清脆也很古板。每次碰到计算器，这个女人就说：“归零！”。碰一下说一次。

听到“归零”两个字，贾成功心惊肉跳，他觉得这两个字有很强的暗示性。这时，他已不敢确认那些金条、银行卡和存单是不是真的放在保险柜里了，也不敢确认有没有去银行取金条这回事了。可以确认的事实是：那些金条的凭据已经没有了。那些凭据装在一个牛皮纸信封里，牛皮纸信封锁在写字台一个抽屉里，可是抽屉里没有那个牛皮纸信封。不能排除的一种可能：那些金条的凭据和那些银行卡、存单被他“梦游”的时候不小心弄丢了。贾成功不甘心，继续在写字台抽屉里扒拉着寻找那张小纸片，手却再次碰到计算器，那个女人说：“归零！”他气急败坏地把计算器摔在地上。“归零！归零！归零！归零！归零！归零！”计算器居然没摔碎，他又狠狠地踩了一脚，那个女人的声音变得有些沙哑，说：“归零。”这时，贾成功确信保险柜是空的了。他一屁股瘫坐在地上，瞪着天花板，张着嘴大口大口地喘粗气。

这时，贾成功能随意支配的钱只有6000多元现金了，那些钱在他写字台的抽屉里。他打开钱包找平时消费用的银行卡，才想起那3张银行卡几天前都给了朱蕊。物业公司几天前在楼门口贴出了关于交纳2013年度物业费和车位费的启事。贾成功应交物业费4500元，地下停车场的车位费是4800元，两项合计9300元。而他只有6000多元，连物业费和车位费都交不起了。以往，这些费用他总是尽早交上，现在却只能拖下去了，慢慢地想办法。

贾成功忽然想起，他在写字台抽屉里寻找那张小纸片的时候，好像看到过一张存折。急忙拉开抽屉，果然找到了一张中国建设银行的存折。他急忙打开存折仔细看。存折已经很旧了，签发日期是2005年9月14日，最后一次取现的日期是2006年1月9日，余额是34189.55元。一下子有了3万多元，贾成功欣喜若狂，仰着脸哈哈大笑。这些钱够他花一阵子的了，到戴娜过完年回来不成问题。而且存折的密码他是知道的，他最早有存折是1992年大学毕业后在桃城县工业局工作的时候，密码是他的办公室电话（那时的电话号码还是6位数），虽然他早就不在桃城了，但后来所有存折的密码从来没变过。

贾成功忽然觉得很饿。他好几天没好好吃饭了，快到中午了，也该吃午饭了。他决定去“曼哈顿”，带着那张存折，吃完饭从“曼哈顿”的建行营业厅取些钱，马上去交物业费和车位费。

贾成功收拾一番下了楼。一出楼门口，顿时觉得一股寒气袭过来。刚下过雪，到处是白茫茫的一片。路过钟晓梦楼下时，贾成功使劲拧着脖子，抬头望钟晓梦的窗户。他决定找钟晓梦好好聊聊，催着她尽快把老年公寓办起来。到时候他要住进去，想住多久就住多久。他得要个单间，每天早晨让护士给自己量量血压、测测心脏；让护工给自己洗洗衣服，打扫打扫房间；一天三顿吃可口的营养餐；每天看看书，写写字，上上网，做做操，喝喝茶，下下棋，聊聊天，跳跳舞……钟晓梦也拿他没办法，毕竟他们是17年的老交情了。这时，他看见钟晓梦开着那辆红色的切诺基进了社区大门口，向地下停车场的入口处驶去。他咧着嘴，嘿嘿地笑了。